中公文庫

背教者ユリアヌス（一）

辻　邦生

中央公論新社

背教者ユリアヌス㈠　目次

背教者ユリアヌス（全四巻）内容

第一巻

第二巻

主な登場人物

ユリアヌス　コンスタンティヌス大帝の甥。父の死後、幽閉状態に。
バシリナ　ユリアヌスの母。
ユリウス　コンスタンティヌス大帝の異母弟、ユリアヌスの父。
ガルス　ユリアヌスの異母兄。
コンスタンティヌス大帝　キリスト教を保護し、帰依する。
コンスタンティウス　大帝の子。
コンスタンティア　大帝の娘、コンスタンティウスの妹。
アガヴェ　バシリナの侍女。
マルドニウス　バシリナの家庭教師。
エウセビウス　ニコメディアの大司教。
マグネンティウス　ガリア出身の近衛隊長。ローマ帝国の西方領土で叛乱を起こす。
ヴェトラニオン　将軍。ダヌビウス河上流地方の叛乱を指揮。
ゾナス　ユリアヌスの親友。リバニウスの塾で学ぶ。
リバニウス　ギリシャ修辞学の学者。ニコメディアに塾を開く。
ビリタス　軽業師の親方。
ディア　ビリタスの娘。

コンスタンティヌス大帝とその一族

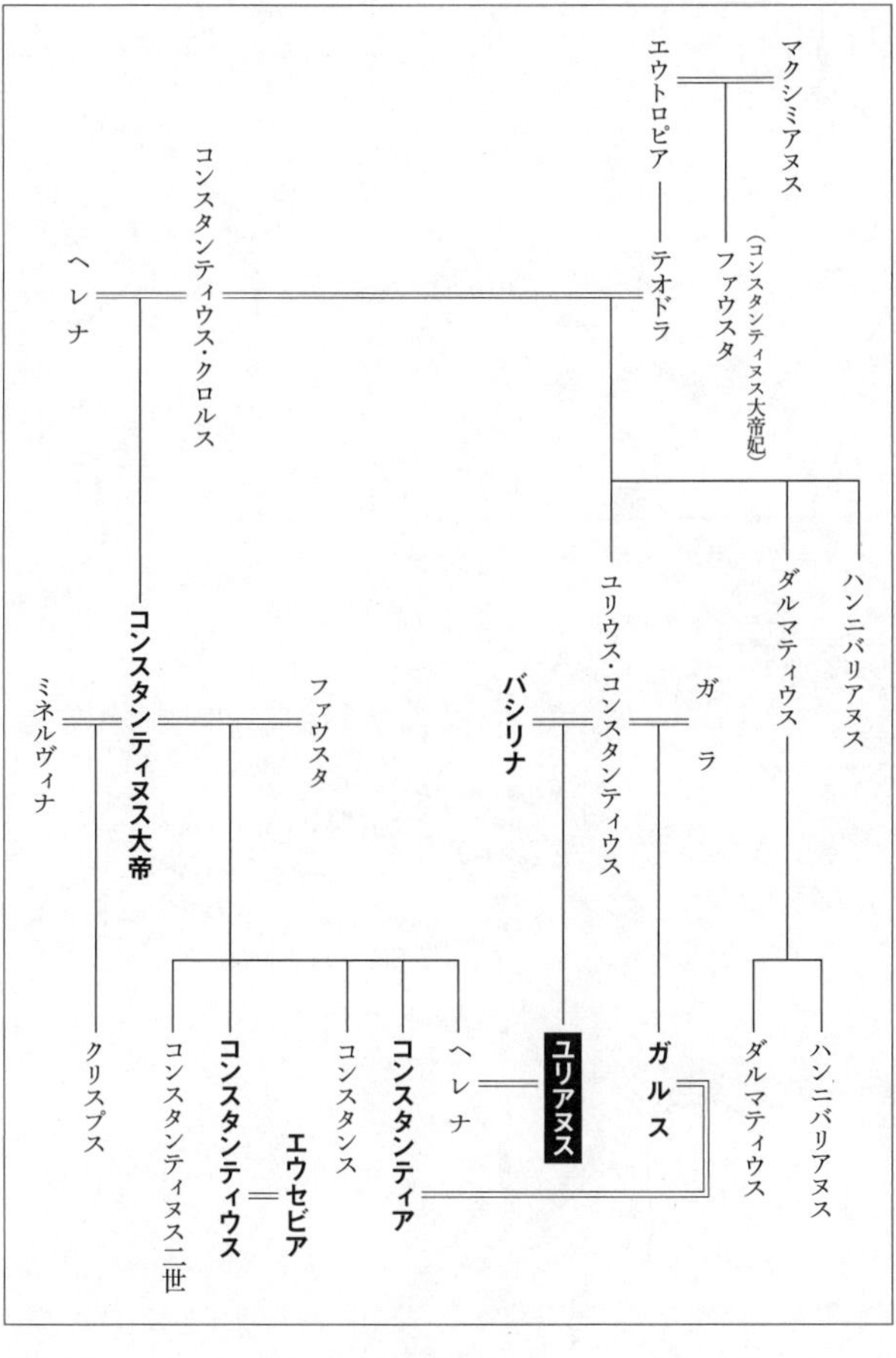

キ ア
黒 海
カ ス ピ 海
ルディカ
ノフィア)
トラキア
アドリアノポリス(エディルネ)
コンスタンティノポリス
(イスタンブール)
カルケドン
リポポリス
ヘラクレア
ニコメディア
ビテュニア
エ ー ゲ 海
エフェソス
アテナイ
(アテネ)
カパドキア
カエサレア
マケルム
アミダ
ビルタ
エデッサ
ニシビス
ニネヴェ
ティグリス河
ペ ル シ ア
タルスス
キリキア
ダフネ
ヒエロポリス
キルケシウム
アンティオキア
シ リ ア
カリニクム
エウフラテス河
クテシフォン
アンバール
セレウキア
バビロン
キプロス島
ダマスクス
アエリア
(エルサレム)
アレクサンドリア
エ ジ プ ト
ナイル河
紅 海

四世紀のローマ帝国全図

かの人を我に語れ、ムーサよ……

Ἄνδρα μοι ἔννεπε, Μοῦσα ……

——ホメロス——

背教者ユリアヌス㈠

渡辺一夫先生に

序章　若いバシリナ

濃い霧は海から匐《は》いあがっていた。

もちろん海も見えなければ、陸も見えなかった。ただ夜明け前の風に送られて、足早に動いている白い団塊が、どことはっきり定めがたい空間を、ひたすら流れつづけている感じがあるだけだった。

時おりそうした白い流れが薄れて、思わぬ近さに、奇妙に黒ずんだ尖塔《せんとう》や、胸壁をつらねた建物の一部が浮びあがることもあったが、それさえ瞬時に掻き消されて、また茫々と白い霧の流れがあたりを濃く包んでいった。もちろん霧の流れは音をたてることはなかったが、気のせいか、耳をすますと、木々の枝をかすめている素早い気流の音が聞えるような気がした。むろん波の音はたえず霧の下のほうで聞えていた。そして夜明けが近づいて、霧に包まれたまま、あたりが明るみはじめるにつれて、時おり岩のうえに鳴きかわしているらしい鷗《かもめ》の声が聞えた。霧の流れも前よりいっそう早くなっていった。

胸壁が現われては、薄れ、薄れてはまた現われた。胸壁につづく尖塔が黒くくっきりと現われ、しばらく白い流れに身をさらすように立っていた。露台から降りてゆく庭園の木立が現われ、木立のとりかこむ大理石の建物が淡く浮びあがった。霧の団塊が、いくつとなく、濃くなり、淡くなりして流れつづけているようだった。

すると、突然、ある霧の流れが走りさったあとに、なにか嘘のように新鮮な青さで、ひろい海面がひろがりはじめ、次の瞬間、霧の走りさるあとから、白い波の砕けている海岸と、海岸にそった長い城壁と、城壁にかこまれた壮大なコンスタンティノポリスの宮殿の屋根の連なりが、一挙に、息をのむような鮮かさで現われてきたのだった。

すでに宮殿の幾つかの円屋根の頂きは朝日に輝き、金色の装飾が赤味を帯びた光を反射していた。入りくんだ柱廊や噴水のある庭園や木立のあいだには、なお霧の名残りが淡くただよっていたが、大宮殿の中央をしめる元老院、裁判所、廟堂、礼拝堂など重なりあった青い屋根屋根は威厳にみちた重々しい拡がりをみせて、秋のはじめの朝日に金色に染めだされていた。屋根と屋根のあいだを、ばら色になった羽をひろげて、鷗の群が鳴きかわしていた。

若いバシリナの眼は、そのときになって、はじめて微笑らしいものを取りもどした。彼女は露台の手すりに身をもたせかけて、鷗の群れ飛ぶ姿を、眼を細めて眺めていた。

バシリナがその朝、夢にうなされて目覚め、胸騒ぎに似た不安から、思わず廊下づたいに露台まで出たのは、まだ夜は明けておらず、霧も濃く宮殿をつつんでいるときだった。しかしバシリナはそれでもなぜか寝台に戻って眠りに入るのがおそろしく、そのまま夜着のうえに羽織った寛衣の衿をあわせ、じっと渦巻く霧を見つづけていたのである。はじめ彼女は、何度か、その暗い霧のなかに、自分がうなされていた夢の場面をくりかえしてみるような気がして、思わず頭をふって、そうした妄想をはらいのけようとしていた。

それはたとえば彼女が夜風の吹き荒れる暗い道を歩いているところとか、細い長廊下の奥にある小部屋とか、小部屋の戸をこじあけたとき、そこに見た重なりあう血みどろの屍体《したい》とか、その小部屋の奥に立っていたらしい男の影とか——そういったとぎれとぎれの映像にすぎなかったが、前後の脈絡はまるで曖昧なのに、そうした個々の場面は、現実の出来事のように鮮かだった。

夜が完全に明けきっていなかったためと、深い霧のために、彼女はすっかり目が覚めきってからも、すぐには、夢のよびおこした恐怖や不安からのがれることができず、もし良人《おっと》のユリウス・コンスタンティウスがその朝旅に出ているのでなければ、おそらく良人の部屋まで駆けこんでいったかもしれなかった。

もちろんこんな不安や孤独を感じたのは、宮廷に暮すようになってほぼ一年になろうとしていたが、バシリナにとってはじめての経験だった。彼女はどちらかと言えば寛大で鷹揚な性格で、見知らぬ人々のなかにまじっても自分から調子を合わすことができ、宮廷のなかでも深刻な不安や孤独を感じないですむことが多かったのである。

彼女がコンスタンティノポリス遷都《せんと》の祝いでごったがえす宮殿の大広間で、たまたま妻をうしなったばかりのユリウス・コンスタンティウスに会い、ユリウスの眼をひき、たびたび宮殿に呼ばれ、その揚句、正式に結婚を申しこまれるようになったとき、周囲の危惧や反対を押しきってユリウスの気持をうけいれたのは、もちろんユリウスの温厚な誠実な態度にひかれたためだが、もう一つには、彼女は宮廷生活にも、ユリウスの兄──皇帝コンスタンティヌスにも、なんの恐れも不安も感じなかったからである。

コンスタンティヌスの弟と結婚すること、そして新たに建設され、人々の好奇心を駆りたてていた大宮殿に住むこと──それだけですでに、なにか異常な環境の変化であり、ニコメディアの片田舎に住んでいた旧貴族の娘には目くらむような感情を味わったとしても、それは当然のことと言えたかもしれない。しかしバシリナはそうしたことにはほとんど心を動かされている様子はなかった。とめどなくお喋りをつづける従姉たちがきて、宮廷生活の孤独や、冷淡さ、中傷、嫉妬、復讐、裏切りなどについて話していったときにも、彼女は、口にこそ出さなかったけれど、自分なら十分にうまくやってゆけると思っていたのである。

しかしとくに叔父や叔母をおどろかしたのは、彼女が、身近に暮すようになるコンスタンティヌスその人に対して、ほとんど畏怖らしいものを、何一つ感じていないということだった。たとえば父のすぐ下の弟であるアグニウス叔父などは、まるい眼をしばたたきながら言ったものだった。

「私はコンスタンティヌスが先帝リキニウスやマクセンティウスを弑逆《しいぎゃく》したことをいまさらとやかく言おうとは思わぬ。私は正直者だ。だから、私の言葉は信じてもらいたいが、コンスタンティヌスに関するかぎり、すべては悪だ。いいかね、この言葉を信じてもらいたい。私は正直者として言うが、あの男に関してはすべては悪なのだ。耳をおったりしないで聞いてほしい。私は、お前の父と同じく先帝リキニウスに仕えた者だ。だからこそ、ひとしおコンスタンティヌスの忘恩、裏切り、野心、冷酷さが身にしみてわかるのだ。あの男は、野心のためとなると、なんでもやる。妻も殺せば子供も殺す。友人を裏切れば親だって売りとばす。面とむかっては、白い歯を出して、無邪気そのものという顔をして笑うが、くるりと後を振りかえるだけで、すでに残忍な殺意で顔がゆがむのだ。お前は、あの男が篤信《とくしん》の母の影響で、あのガリラヤ人を信じ、温厚な性格になったというが、いかに人が変りうるといっても、血をみることを何とも思わぬ、あの冷酷な、野心に憑《つ》かれた男が、そうやすやすと寛大で柔和な人間になれると思うかね。あの男は野心に狂っているのだ。野望にあえいでいるのだ。気違い犬なのだ。人さえみれば、食らいつかずにはいられない犬なのだ。あれのまわりは血の海だ。私は正直者として言うが、あの男に関してはすべては悪なのだ。血の海なのだ。あの男の野心、嫉妬の前にすべての人の血が流されたのだ。バシリナ、これは呪いというものだ。とても人の力ではとめることのできないものだ。一度他人の血を流した奴は、木の葉のそよぎにも怯えなくてはならぬ。針が落ちても飛びあがらなくてはならぬ。氷のように冷たくなったかと思うと、次の瞬間には火のように熱くならねばならぬ。それが殺人者の宿命なのだ。コンスタンティヌスが息子のクリスプスを殺したときのことを知っているか。クリスプスは叫んだものだ――父上、私は実の息子です。あなたに忠実でなかったことなど、一度だってありません。私は誓います。懇願いたします。どうか私を信じて下さい。私がたてた数々の手柄が、父上、すべてあなたに捧げられていることを、どうか信じて下さい。クリスプスはそう叫んだ。身をよじった。涙まで流した。だが、あの男は何一つ聞きいれなかった。哀れな皇子はイストリアのポラに送られた。そこで犬のように殴り殺された。だが、バシリナ、これは父親のやることだと思うかね。血の通った人間にできることと思うかね。いや、いや、人間には、こういうことはできぬものだ。あれは化けものなのだ。野心と冷血と妄想に憑かれた怪物なのだ。お前も知っているだろう。皇妃ファウスタがどうやって死んだかを。ファウスタは、いいかね、自分の妃だった。ながが年つれそっていた妻だったのだ。それをあの男は、ファウスタが豊満で美しかったばかりに、あらぬ妄想を抱いた。あるときはファウスタが、先妻の子と不義を働いていると考えた。あるときは厩番《うまやばん》の奴隷と情交していると思いこんだ。そして揚句のはてに、豊満なファウスタが浴場に入ったとき、戸口の錠をおろして、突然、熱湯を噴出させたのだ。その熱い湯気のなかで、白いファウスタが虫のようにのたうって死ぬのを、あの男は冷たく見おろしていたのだ。そうなのだ、バシリナ、お前はこういう男の弟と結婚するのだ。こういう男の身うちの一人となるのだ。あの男が寛大柔和に笑おうと、そのしたには殺意と狂気がひそんでいる。青草のかげに蝮《まむし》がかくれ、無花果《いちじく》の葉かげに蠍《さそり》がうずくまるようにだ。いいかね、私は正直者として言うが、あの男に関するかぎりすべては悪なのだ。このことは忘れないでほしい」

こうした噂は、むろん好人物のアグニウス叔父が、眼をぱちぱちさせながら、重そうな頭を傾げて考えついたことではなく、すでにその頃、宮廷から町々、ローマ属領をまもる軍人たちのあいだにまで公然と知られていた出来事だったのである。当然ながらそうした噂には、それぞれの立場、見解によって幾通りかの異説もつたわっていた。そしてその異説を綜合してみても、コンスタンティヌスの前半生が、アグニウス叔父の言葉を借りれば、「血の海」のなかを通っている事実を否定するものは一つもなかった。

また事実、コンスタンティヌスを宮廷で見た者は、その巨大な体軀、がっしりした首のうえの幅広の堂々たる顔、ぎょろりとむきだした灰色の眼に、威圧されるような気持を味わった。その声は大きく、広い控えの間を二つ越した先でも、コンスタンティヌスが早口で喋りちらす声をきくことができた。広大な元老院の広間でさえ、その声は雷鳴のようにとどろき、コンスタンティヌスの身体は、周囲の元老院議員たちより一段と大きく見えた。ローマにいた時代、彼はつねにローマ皇帝の伝統にしたがって、簡素な衣服をまとい、武人らしい禁欲と、二十、三十という議題を一瞬のためらいなく裁決してゆく素晴しい明晰な判断力をそなえていた。

しかしバシリナがはじめて会ったころ、こうした簡素な衣服や、軍人らしい禁欲はすでに過去の言い伝えにしかすぎず、コンスタンティヌスは明るい派手な衣裳を好み、宝石をちりばめた王冠を頭にのせ、黄金の首飾り、指輪、装身具に夢中になる初老の、やや疲れの出はじめた皇帝だった。にもかかわらずその巨大な体軀のまわりには、かつての血なまぐさい数々の事件と、東はアルメニア、小アジアから、西はガリア、ブリタニアに及ぶ広大な版図を支配する王者の威光とが、光背のように、重々しく立ちこめていたのである。

たしかにこうしたことを考えあわせると、若いバシリナが、コンスタンティヌスに、当初から何の偏見も先入観も抱かず、したがって何のおそれも感じなかったことは、いささか風変りに見えたのも当然である。しかしバシリナの考えでは、コンスタンティヌスに会う前から、あれこれ臆測して、おびえたり、威圧を感じたりするほうが、むしろおかしいのであって、そうしたことはその人に実際に会ってから後、自分の印象にもとづいて感じられるべきことだというのだった。そしてまた事実コンスタンティヌスにはじめて拝謁したとき、バシリナの予想のように、謁見の間の豪華な飾りや、広間を埋めつくす大勢の貴族、武官、宮廷人、女官などにかこまれていたにもかかわらず、動揺らしいものはほとんど感じなかった。それどころか、皇帝の眼のしたに、小さな疣のようなものがあって、皇帝が笑うたびに、それが皺のなかに沈んだり、現われたりするのを、おかしいと感じる余裕さえ残っていた。

もちろんバシリナのこうした落着きや、怜悧《れいり》さにもかかわらず、宮廷の女官たちのあいだで、嫉妬や悪口がまったく囁かれなかったというわけではなかった。とくに、彼女が、先帝リキニウスに仕えた貴族の娘だという身分が、一般貴族や女官たちの嫉妬を煽りたて、結婚当初、バシリナ自身の耳にきこえるほど、こうした身分違いの結婚に対する露骨な反感が示されていた。しかしこのこともバシリナがいわばはじめから十二分に覚悟していたことであって、彼女の天性の一種のやさしさと人好きのよさが、皇帝の弟の妃にふさわしい品位をそこなうことなしに、いつか、こうした反感を好意にかえていった。彼女が宮廷にきて半年足らずのうちに、女官長のメッサリナが、大勢の女官たちの集まる後宮の広間で、はっきりと「こんどのお妃ほど可愛らしい方は見たことがございません」と言ったとき、それはほとんど宮廷全体の意見を代表しているといってよかった。

しかし最後まで反感をもちつづけた人々がいないわけではなかった。たとえばメッサリナ女官長と競いあっていた皇妃づき女官アバルバレなどは、こんどの妃はまったくの木偶《でく》で、しかも眼のとれたタナグラ人形のようなものだと言っていた。それはバシリナの眼が、青灰色のすきとおった感じの眼で、見開いていても、どこを見ているか、よくわからないような、ある種の謎めいた、空虚な感じを与えたからである。良人のユリウス・コンスタンティウスはバシリナのこの風変りな、謎めいた眼に強くひかれていて、コーカサスの山脈の色とか、ガリアの狼の歪んだ眼とか、戯《たわむ》れに呼んでいたが、たしかに彼女のほっそりしたやさしい顔立ちのなかで、この眼だけが、際立った印象を与えたのは事実だったのである。

しかしこうした反感がたとえ宮廷のなかに残っていたとしても、それはバシリナにはほとんど感じられないものだった。少なくとも敵意や嘲笑にさらされて、暗い傷つけられた気持や、不安、恐怖を味わうということはなかったのである。

それだけに、その霧の深い朝、露台に出たバシリナの心によどんでいた重苦しい不安は、彼女から、いつもの、明るい、軽々とした感情の動きをうばっていた。彼女は思いつめたような、暗い表情で、その霧の流れを見つめていた。

彼女がそのとき最初に考えたのは、アルメニアに巡察の旅をつづけている良人の身のうえに、何か異変があったのではないか、ということだった。しかしその前日、受けとったばかりの手紙によると、東の国境の治安は整っており、そうした軍事的な騒乱が起る予兆はまったくなく、よほどの突発の事故でもないかぎり、こうした危惧は杞憂にすぎないことは、彼女にもよくわかっていた。

「良人の旅は平安であるにちがいない」バシリナは自分の考えをたしかめるように、そう口に出してつぶやいた。

としたら、いったいこの胸を重くふさぐ不安はどこから生れるのだろうか。いったいそれは何の予兆なのであろうか。

バシリナはすきとおった、謎めいた、空虚な眼で、じっと霧の奥をみつめた。そのとき、ふと彼女は、自分の身体のどこか奥のほうで、何か奇妙なものが動く気がした。彼女は耳を傾けるように、じっとこの身体の奥の奇妙な動きに注意をこらした。すると、突然、バシリナの形のいい弓なりの上唇の端に、微笑のようなものが浮んだり消えたりした。

「このせいだったのだ」彼女は自分の身体にそっと手をあてながら言った。「この怖れは、身体の奥に動きはじめた新しい生命のせいだったのだ。そうだった、私はあのときから――医師のエピカルムスから懐妊を診断されたときから、新たに母親と運命づけられたときから、すでに昔の、気楽な自分ではなくなっていたのだ。昔だったら、あんな夢におびえるなどということはありえなかった。父が亡くなって、一族の誰もかれもが嘆き悲しんでいたときだって、たしかに父の死は悲しかったけれど、そうした運命の暗さに負けまいとする気持の張りが、一方で、私を支えていた。だから、葬儀の日、私だけが涙をこぼさなかったら、アグニウス叔父などは、お前の心は冷たいのう、石のようにかたいのう、と言って、しきりと自分の涙をぬぐっていた。私は叔父の重そうな顔が、いつもよりぐにゃりと傾げられ、頼りなさそうなのを見て、ますます自分の気持がこわばるのを感じた。泣いてはいられない、と、そのとき私は思った。もう私は前のような気楽な、笑ってばかりいられる小娘ではいられないのだ――そうつぶやいて、私は、そのときなにかひどく大事な決心をしたように思う。それがどんな決心だったか、もう憶えてはいないけれど、昔の自分ではないのだ、と思ったことはよく憶えている。そしてその後、私は夢なんかにおびえないどころか、父の死後、一族も同じく殺害されるのではないかという噂が流れ、叔父などはすでに馬の用意までしているようなときにも、私は、別に恐怖などというものは感じなかった……」

バシリナは突然心によみがえった過去の情景に見入るように、しばらく霧の流れの奥に眼をこらした。彼女の眼には、冬の曇り日のしたにつづく父の葬列が、黒い糸杉のあいだを縫って、墓地へ向ってゆく姿が浮びあがった。

「あのときは強い風が吹いていた。女たちはヴェールを片手でずっと押えていなければならなかった。葬列も短かった。父には逆臣の汚名が着せられていたからだ。私があのとき悲しいと思ったのはそのことだけだった。だから風が、山に向う道々、岩かどで鳴っているのを聞くと、それは、父がうめき、身もだえしているように聞えてならなかった……」

あれからまだ十年とたっていなかった。すでに父の汚名はそそがれていた。いまはもう、あのとき以上に怖れを感じる理由はなくなっていた。事実、自分が母親になるまでは、昔にかえったような気楽な気持で暮してきた。良人のユリウスも、バシリナのそうした娘々した明るい挙措《きょそ》を愛していた。バシリナはユリウスのために歌もうたった。東方の踊りもおどってみせた。手をつないで、庭園の噴水まで、笑い声をあげて、ユリウスと駆けていったこともあった。それなのに、彼女が新たに懐妊したことを知ったとき以来、一切が変ってしまった。なるほど彼女は、ある意味では、前より晴れやかに笑ったかもしれない。しかし彼女自身は、そうした笑いや、晴れやかな挙措のなかに、憂いに似た気遣いや配慮やためらいが、たえず隠されていることに気づいていた。それが母親であることとの自然の反応なのかどうか、もちろん彼女は知るよしもなかったが、こうしたはっきりした変化は、気附かずにすむというわけにはゆかなかった。

それに、彼女は、こうした憂愁に似た配慮が、ひそかに自分の心にしのびこむもう一つの理由があった。それはニコメディアに移るよりずっと以前、父の任地であるアンティオキアに住んでいるころの一つの出来事の記憶に結びついていたからだった。

ある日のこと、幼いバシリナは侍女アガヴェとともに、アンティオキアの市《いち》の立つ雑踏のなかを歩いていた。暑い日ざしが照りつけ、そのなかを物売りの呼び声や、馬のいななきや、押しあう人の笑い声、悲鳴、罵声などがみちていた。幼いバシリナが市の立つ広場のはずれまできたとき、その暗い、低いアーチ形の通路に、一人のみすぼらしい身なりの老婆が坐っていた。老婆の前には、小さな木の台が置かれ、台のうえには、幾枚かの巻物形のパピルスと、白い石と、黒ずんだ木の枝のようなものがのっていた。ちょうどアガヴェが向いの布地の店に入ったので、幼いバシリナは老婆の前に立って、老婆と、台のうえの不思議な品々を半々にながめていた。

すると、突然、老婆は、立っているバシリナにむかって手招きした。老婆の顔には、物をいぶかるような表情のなかに、ひどく取りみだしたようなおどろきの表情がまじっていた。

バシリナは手招きに応じて、何気なく、台の前まで歩いていった。台のうえの木の枝のようなものは、黒く焼いた猿の手であった。すっぱいような、奇妙な臭いがあたりにただよっていた。

「お前がどこの家の子供か、私は知らないがね」老婆はまじまじとバシリナの顔を見て言った。どうやら、お前は、太陽をうむようになる女だね。私にも信じられないがね。

でも、ひょっとしたら、本当かもしれない。お前は太陽のような子供をうむ女におなりだよ。つまりお前の子供は、いつか皇帝様になることだろうよ」

バシリナはすぐには老婆の言葉がわからなかった。それからしばらく老婆の顔をみていたが、急に大きな声で笑うと、台の前から駆けだした。彼女は老婆が冗談を言って、からかったのだと思ったからである。

しかし彼女は市から家にかえっても、老婆と会ったことも、老婆の言ったことも、黙っていた。母から、見知らぬ人と気易く口をきくことを禁じられていたからだが、もう一つには、幼いバシリナにも、老婆の、妙に真剣な眼《まな》ざしがやはり気になったからである。

その後、折にふれて、この老婆の奇妙な言葉はバシリナの心によみがえることがあったが、もちろんそのたびに彼女は、それを突拍子もない冗談として、ひとりでおかしがっていた。ただそんなときにも心のどこかでは、やはり老婆の真剣な表情が気になっていた。

当然、女らしい本能から、バシリナもいつかは子供をもちたいと願ってはいた。その子供が十分に愛らしく、十分に健康で幸福であるように念願してはいた。しかし考えられることはせいぜいそのくらいで、実際子供がどんなものであるか、どうなって欲しいか、などと考えてみたこともなかった。ただ老婆の言葉だけが、なにか一つの呪文のように、心のなかの虚空にゆらゆら現われては消えていたのである。

バシリナが娘盛りになったころは、すでにその老婆がどんな顔をしていたのか、はっきり思いだすことはできなかった。老婆の言葉も色のあせた記憶となって、それと自分とを結びつけて考えるというようなこともなくなっていた。

彼女が皇帝の弟ユリウス・コンスタンティウスから結婚を申しこまれ、自分の運命が他の娘たちとは違って動いているのだ、と思ったときにも、老婆の言葉はなお彼女の記憶の奥にねむっていて、ほとんど正面に浮びあがることはなかった。第一、自分は宮廷に入るけれども、皇妃ではなく、皇帝の弟の妃にすぎないこと、それに皇帝にはすでに世継ぎの皇子が三人もいること、またユリウス・コンスタンティウスにも、先妻の息子が三人もいて、たとえ自分に男の子が生れても、それはユリウスの第四子にすぎないこと——こうしたことを考えれば、彼女の子供が皇帝になるなどという予言は、依然として信じられるような事柄ではなかったのである。

しかしその反面、心のどこかで、彼女の身のうえに、思いも及ばぬ運命の激変がおこった以上、老婆の予言はまったくのでたらめでないのではないか、という気持が動いていたのも事実だった。

とくに、そうした考えが、何かおそろしい裏切りのたくらみのように、頻繁に、彼女の心を訪れるようになったのは、医師エピカルムスが、彼女に子供ができたことを告げてから後のことである。

もちろん彼女はそうしたことの片鱗さえ外に現わすことはなかった。良人のユリウスと、新しくうまれる子供の将来について話すときにも、彼女は注意ぶかくそのことは隠していた。万が一そんなことが洩れて、たとえばコンスタンティヌスの耳にでも入れば、ヘロデ王と同じ猜疑《さいぎ》から義兄もわが子を殺害するかもしれない——バシリナは身体をふるわせてそう思った。

彼女の心に微妙なかげりが——憂いに似た心のかげりがうまれたのは、老婆の予言とともに、こうした恐怖をひそかに味わっていたからである。

「そうなのだ、このためだったのだ」霧を見つめながらバシリナは自分にそれを確かめるように、声にだして、そうつぶやいた。「あんな血みどろの夢をみたのは、このためだったのだ。私自身は、この子がユリウスのように、皇帝や、兄たちをたすけて、ローマにふさわしい武人か統治者の一人でいてくれれば、それでもう十分だと思っている。本当にそう思っているのだ。そのくせ、私には、おそろしいあの予言がたえず耳のそばで聞えている。私がそんなことを考えないときでも、お前の子供は皇帝になる、皇帝になる、皇帝になる……とつぶやきつづけている。そしてそれが聞えるたびに、もしそれが本当になるためにはどんなことが起らなければならないかを、無意識のうちに、私は考えてしまうのだ。ユリウスの第四子が帝位につくためには、世継ぎの皇子たちが全部いなくなるばかりか、ユリウスの三人の息子たちもすべて死んでいなければならぬ。将来、おそろしい疫病でもはやらないかぎり、これだけの人々が死ぬなどということは考えられない。とすれば、私の子供が、かつてコンスタンティヌスがそうしたように、身うちの従兄たち、兄たちをつぎつぎに殺してゆくことになるのであろうか。いったい私の血のなかに、そんなおそろしい野心や冷酷さが流れているのだろうか。それとも、人には考えられないような神々の戯れによって、不思議な運命のめぐりあわせを、わが子も味わうのだろうか。この若い母が味わったと同じような……」

バシリナは軽く身をふるわせて、寛衣の衿をあわせると、すきとおった青灰色の謎めいた眼で、霧の奥をじっと見つめた。霧はすっかり明るんで、白い流れとなって露台のうえを濡らしてゆくのがよくわかった。庭園の木立が影絵のように現われては消えていた。

「どの道、あの予言が避けられないものとしたら、わが子もまた、アグニウス叔父がおそろしげに口にしていた血の海を通ってゆかなければならないのだろうか。いや、いや、わが子にだけはそんなことをしてもらいたくない。そんな呪われた子をうみたくない。私の子供はそんな人間になるはずはない。そんな人間にしてはいけない。いけない、いけない。あの予言は、万一実現するのだったら、別の形で、なのだ。血の海などとは関係のない、もっと仕合せな、恵まれた、明るい、自然のなりゆきによってなのだ。ああ、どうかそうであってほしい。そうであってほしい」

霧が突然はれはじめて、青い海と、朝日にかがやく宮殿があらわれてきたのは、バシリナがそうつぶやいて、心に神々の名を叫んだときだった。

「そんなことあるはずがない。神々がこの子をまもってくださるはずだ。霧がはれてゆくのが何よりの証拠だ。ああ、なんという輝かしい太陽だこと。そうなのだ、あの夢は私がつまらぬ予言で、あらぬ心配などをしているためにうまれた妄想なのだ。それに、私は、あの小部屋の奥に立っていた男を、誰と見きわめたわけではないではないか。まさかそれがコンスタンティヌス帝などであるはずがない。あの方は、良人の言うように、昔のような残忍な将軍ではないのだ。昨日だって、ユリウスがいなくて寂しかろうからと言って、はるばる東洋から運ばれてきた白絹の美しい布地をくださった。昔は、ローマの元老院や何万という軍団をふるえあがらせたあの大きな眼も、いまでは、気がよわくなられて、ただ心をたのしませるものを求めて、ぎょろりと見ひらかれているだけなのだ。それにしても夜の闇にたぶらかされるなんて、ほんとうに私も愚かだった。そしてまた夜の闇は、なんという魔物なのだろう。こんな輝く太陽と、青いきらきらする海をみていると、あんな夢など、まるでいま消えた霧のように儚《はかな》いのに、夜の闇にひたされると、すべては陰惨な、もの凄い表情を帯びてくる。もうあんな夜にあざむかれてはいけない。ああ、それにしても、朝の、生命にみちた、なんという美しさだろう」

バシリナの立つ露台からは、城壁をこえて海と燈台と港の尖塔が見えていた。燈台から港にかけて、ばら色に染った帆を張った船が何十となくひしめいて、その帆柱のあいだにも鷗が群れて飛んでいた。

それはコンスタンティノポリス遷都にともなうあらゆる種類の品々を、旧都ローマから運んできた船だった。ある船には、おくれて出発した役人やその家族がひしめいていた。他の船には店ごと移ってきた商人や職人たちが、商品や樽や機具や綱のあいだに、ぎっしり顔を並べていた。石材を積んだ船もあれば、木材をはるばるレバノンから運んできた船もあった。ギリシアの島々の神殿や公共広場から大理石の円柱や彫刻を集めてきた船もあった。

バシリナはそうした船がすでに港にむかって動きはじめ、船と船のあいだで人々が信号をかわしているのを、はればれした表情でながめていた。城壁のずっと先端にある港から遠く叫びや銅鑼《どら》の音が聞えていた。

バシリナのいる露台からは直接見ることができなかったが、宮殿の反対側には、すでに土台をほぼ建設しおわった大寺院の工事場が拡がっているはずであった。そこには役人や建築家や聖職者や職人や人夫頭を中心に無数の人夫や奴隷が、蟻のように集まり、石を積み、土砂を運んでいるはずであった。また大寺院と宮殿のあいだの大広場からはじまる市街路の建設がほぼおわり、町の中央のフォールムの建設が進んでいるところだった。

バシリナも何度か、良人のユリウスにしたがって、こうした工事場をつぎつぎに見てまわることがあった。そんな折、日に焼けた建築家や石工頭が図面をひろげて、工事の進捗やその予定などをユリウスに説明しているあいだ、彼女は、奴隷たちが運ぶ巨大な石が、重い頑丈な車を軋ませながら、ゆっくりと動いていたり、無数の綱で石材がもちあげられたり、積んだ石が刻まれていたりするのを眺めていた。

どこを見ても濛々《もうもう》と土埃りがあがっていた。どこを歩いても、汗で半裸の身体を光らせた奴隷たちが群をなして働いていた。いたるところから奴隷たちの掛け声が、重く力んで聞えていた。時おり罵声や、鞭の鳴る音がそれにまじることがあった。押す者、かつぐ者、綱をひく者、運ぶ者、掘る者で、どの工事場もごったがえしていた。

町の西を塞《ふさ》ぐ大城壁の建設は半分ほど終り、そのあたりはすでに住宅が建ちはじめていた。町の中央道路にそったフォールムのまわりには、旧都ローマから移住してきた役人や軍人たちの建物ができあがり、町の新しい景観をつくりだしていた。そうした町々の通りには野菜や肉や衣類を売る店がずらりと並び、埃りのなかをローマの兵隊たち、女たちが雑踏していた。

この町では何もかも新しくはじめなければならなかった。しかも大ローマ帝国の首都にふさわしい壮麗な外観を大急ぎでつくりださなければならなかった。公共広場をかざる石の彫刻などは、彫刻家たちに委嘱するだけでは間にあわなかった。そこでユリウスは兄の命をうけて、ギリシアの本土や島々に残る彫像や青年像、女人像を、ぞくぞくとコンスタンティノポリスに運ばせた。広場には幾つかの記念柱が建てられた。記念柱にはコンスタンティヌスの生涯の華々しい挿話が、見事な浮彫りで刻みこまれていた。

バシリナは良人がこうした都市建設に兄以上に夢中になっているのをみて、時には、彼女自身の思いつきを話してみることがあった。例えば、給水橋を旧城壁にそって設置するとか、フォールムに婦人のための遊歩場を設けるとか、市《いち》を常設する広場をつくるとか、港に下る道に階段と坂道の両方を採用するとか、彼女が町々を見ながら考えたことを、それとなく話してみることがあった。そんなときユリウスは腕をくんで、鼻を鳴らして感心したり、あるいは首をふって、いやいや、それはこれこれの理由で不必要だと取りあげなかったりした。しかしバシリナはそれが採用されようが、されまいが、そのことは大して問題ではなかった。ただ良人とともにすごす時間が多ければ、それだけでもう十分だったのである……。

すでに海面も港も夜は明けはなたれていた。日は高くのぼり、秋のはじめの澄んだ日ざしとなって、早朝のさわやかな海の香りのなかに、斜めにさしこんでいた。

バシリナはもう一度港の遠い物音に耳を澄ました。それから宮殿の円屋根をかすめて飛んでいる鷗に一瞥《いちべつ》を送ってから、弓なりの唇に、かすかな微笑のようなものを刻んだまま、露台を離れた。彼女はそうした町や港の活況で元気づけられたことが、なにかひどく心たのしいことのように思われたのである。

ユリウス・コンスタンティウスが秋の半ばを過ぎて東の国境から帰ってきたとき、バシリナは留守のあいだの細々とした出来事を良人に物語ったにもかかわらず、この夢のことは、なぜか言いそびれて黙っていた。血まみれの屍体という陰惨な場面のためばかりでなく、現実に裏切りや殺戮《さつりく》を見聞きしてきた良人に、彼女の話が何らかの影響をあたえて、いまの平穏な日々をくもらせはしまいか、とおそれたからである。

たしかにその後、同じ夢を一度ならず見たバシリナは、それが何か不吉な事件の予兆ではないかと考えないではなかった。しかしそのたびに彼女はそうした考えを打ち消すように努めた。たとえその不安がすぐおさまらないような場合にも、彼女はそれを自分の胸ひとつに入れておかなければならぬ、と思っていた。彼女は、それを何よりもまず、自分が、近づいてくる初産をおそれているための夢だと考えていた。そして強いてそれに意味をつけることを避けていた。医師エピカルムスの言うように、すべては順調にすすんでいるのだ。なんのおそれることもないのだ。彼女は気が沈むとき、自分にそう言いきかせて勇気をよびおこそうとした。

彼女の努力は幾分かは効を奏したかもしれなかったが、秋が終りに近づき、出産が間近になるにつれて、彼女のあの謎めいた、すきとおった眼のまわりの窶《やつ》れは一段と目立ってきた。それに、バシリナは形の変った自分の身体を、女官たちの前にさらす気にはなれず、ほとんど自室に引きこもるか、外に出ても、例の露台に出て海を眺めるのがせいぜいであった。そのため宮廷内ではバシリナの出産をめぐってさまざまの噂がささやかれていた。皇妃づき女官のアバルバレなどは、バシリナがすでに死児をうみおとしたのだ、とまことしやかにふれ歩いていた。アバルバレほどの敵意を示さないでも、多くの人々は暗然のうちに、若いバシリナの出産がおそらく容易であるまいと信じていた。とくに彼女が自室に引きこもるようになってから、こうした噂はいっそう真実さを増したように見えた。

紀元三三一年の暦がこうして残りすくなくなり、射手座から山羊座へ人々の宿命を司る星が移ろうとする日のある早暁、バシリナはふたたびあの血まみれた小部屋の夢をみたのである。しかし彼女は、その屍体のなかに立って、こんどは勇気をふるって、その小部屋の奥に影のように立っている男の姿を見とどけようと踏みとどまった。彼女は、小部屋のなかにいるはずなのに、まわりでは木々が夜風にざわめいていた。彼女は恐怖から身体が震えているのを感じた。しかし夢のなかでも、彼女はそうして踏みとどまり、男の顔を見きわめるのが、自分の義務と信じていた。それをあくまで貫きとおさずにはおくまいと決心していた。

その巨大な男は一歩バシリナのほうに近づき、屍体を、手にもった剣で示すような動作をした。それから、かすかに射してくる光のほうに、ゆっくり顔をまわしていった。バシリナは夢のなかであるにもかかわらず、それがコンスタンティヌスにちがいないと思いこんでいた。そしていま自分がその姿を見とどければ、それまで隠されていた謎が一挙にとけて、はっきりした予言が得られるにちがいないと思っていた。

しかし男の顔に光が当ったとき、バシリナは思わず驚きとも畏れともつかぬ叫びをあげた。それはコンスタンティヌスなどではなかった。その顔は、もっと若々しく、黄金の兜のしたに、端正な鼻と静かな憂鬱な眼が見わけられた。夢のなかのバシリナには、それが焼け落ちるトロイの城を背景にして立つ英雄アキレスの姿であると、なぜかはっきりわかっていた。バシリナはその男がアキレスだと認めた瞬間、全身を鋭い痛みでつらぬかれた。奇妙なことに、痛みが鋭くなるとともに、英雄アキレスの姿はますます金色に輝きはじめ、光が増すにつれて、彼女の激痛は鋭くなっていった。そして最後にアキレスの姿が白い炎のように燦然と輝き、バシリナ自身、その激痛が極点に達して、思わず身体を海老のようにそらして失神したとき、現実の彼女が戻ってきた。

すでに陣痛がはじまっていた。しかし彼女は両手をかたく握りしめ、肩で息をつきながらも、汗のにじんだ形のいい弓なりの上唇に、ほとんど微笑と呼んでもいいものを浮べていた。この微笑のようなものは、彼女がそれから数刻ののち、男児をうんだときも昼のはじにこびりついていた。

医師エピカルムスと産婆たちは、即刻、ユリウスにバシリナの安産と、男児の出生を告げた。ユリウスはちょうど朝食をとっているところだったが、ただちに若い妻の部屋に急いだ。

バシリナはふだんよりいっそう蒼ざめ、眼を閉じていた。別室に置かれた赤子は白い衣に包まれて、顔をしかめたまま、同じように眠っていた。

何もかも静かだった。万事がうまく経過しているようだった。ユリウス・コンスタンティウスは若い妻に口づけすると、赤子のほうへ一瞥を送ったのち、部屋を出ていった。ユリウスには、その日から、地下水道の建設に関する会議が待ちかまえていた。

すでに出産後一ヵ月を経ていたが、バシリナの体力は恢復《かいふく》しないどころか、衰弱がいっそう目立つようになっていた。彼女は寝室に引きこもり、もはや露台に出て、群れ飛ぶ鷗を見ることもできなかった。

彼女は時おり、年とった侍女アガヴェに「海をもう一度見てみたい」とうったえるようになった。アガヴェはアンティオキアにいたころから仕えていた古い侍女の一人だった。そんなとき忠実なアガヴェは「間もなく海も見られましょうし、療養のためニコメディアの屋敷に帰ることもおできになれるはず。それまでのご辛抱が肝心」と答えるのがつねだった。しかし、ひとりになると「もう、お嬢さまはながいことはない。お可哀そうに。お可哀そうに」と言って頭をふった。バシリナがユリウスと結婚して、宮廷にうつってきたとき、誰よりもそれを得意がっていたのが、アガヴェだった。「私がお育てしたお嬢さまが」アガヴェは何かにつけてそう言った。彼女はどうしてもバシリナのことをそれ以外には呼ぶことができなかったのである。

バシリナはいくらか気分がよくなると、アガヴェを相手に、父が役人として暮したアンティオキアの町のこと、父の死後移ったニコメディアの屋敷のことなどを話した。バシリナは、幼かった自分が印度人の曲芸や、スキタイ人の曲乗り馬術を見たがって、アガヴェを手こずらしたことなどを思いだし、軽く声をたてて笑った。父とともに見た競技場での戦車競走や、剣闘士たちの血みどろの戦い、市《いち》での買物、お喋りの従姉たちと出かけた森の散歩、劇場でみたソポクレス劇、温厚なマルドニウスが講義したホメロスやヘシオドスの写本、その写本に従姉の一人がいたずら書きした滑稽なプッティの姿、それを見ると、いつもふきだしそうで、講義のあいだ困ったこと、父が亡くなったころの暗い日々、葬列が糸杉のあいだをうねっていたこと、ユリウスと会った大宮殿のきらびやかな広間、狩猟や祝典に明け暮れした宮廷の日々――そうした思い出が、なにか祭礼の行列のようにバシリナの眼の前をながれていった。

「いろんなことがあったわね」

バシリナは昔の情景を、すきとおった、青灰色の、謎めいた眼に、まだ浮べているような表情でそう言った。

「そうでございました。ほんとうにそうでございました」

アガヴェは頭をふって、悲しみともよろこびともつかぬ調子でそう答えた。

アガヴェがそばにいないとき、バシリナはぼんやりニコメディアの家のことを考えた。母はどうしているか。重い頭を傾げるようにしているアグニウス叔父は達者だろうか。屋敷の犬はいまも小鳥籠にむかって吠えているだろうか。自分はいつになったら屋敷に戻って休息できるだろうか――バシリナはこんなことをあれこれと思いつづけ、それに疲れると、いつか、うとうととまどろみ、風が木々をざわめかしているニコメディアの母の屋敷を夢にみるのだった。

バシリナの衰弱にもかかわらず、子供のほうは順調に育っていた。母に似た青灰色の眼で、時おり顔をしかめたり、小さな口をひらいたりしていた。隣室から赤子の泣き声が聞えるとき、バシリナは枕に顔をおしつけて、その声にじっと聴きいっていた。

ユリウス・コンスタンティウスは、時間があるとよく妻の病室を見舞い、その後の町の建設がどんなふうに進んでいるかを話した。バシリナは以前のように、あれこれと思いついた考えを口にすることはできなかったが、工事場の様子や、建築家や工事監督の名前などはよく覚えていて、ユリウスをひどくおどろかした。

バシリナが良人にアキレスの夢の話をしたのは、こうした話のとぎれたある早春の晩のことであった。もちろん彼女は不気味な小部屋や、血みどろの屍体については触れなかった。ただアキレスの輝く姿が現われたことだけを話した。

「アキレスの夢を見たのか。それはすばらしい吉兆ではないか。そうだ。それは間違いなくこの子が何者かになる予言だ。そうではないか。お前はそう思わぬか」

ユリウスは妻の手をとって言った。

「ええ、私も、この子がアキレスの星を担って、輝かしい人物になってくれるような気がしますの。間違いなくそうなるような気がしますの。でも、なぜアキレスの宿命を担わなければならないのか、それが不安ですの」

「アキレスでは、お前は不満だというのかね」

「いいえ、あの若い、雄々しい英雄に似たわが子を想像しますと、私の心はふくらみます。でも、ユリウス、英雄アキレスは短命でございました。花やかな眩しいほどの生涯を送りましたが、その最後は悲しいものでした。私、それが心配ですの」

「それは思いすごしというものだ。夢が告げているのは、短い生涯のほうではなく、英雄らしい輝かしい運命のほうだ。お前もそれを願い、それを信じなければならぬ。この子は王家の血をひく者の一人だ。どうしてそうならぬはずがあろう。いや、これはアキレスに似た輝かしい生涯を送る子供かもしれぬ。なぜか、そんな気がする」

ユリウスは暗い部屋の隅の揺り籠に眠っている赤子のほうへ眼をやった。

バシリナはそのときも例の老婆の予言――彼女が皇帝の母になるだろうという予言には触れなかった。それはあの血みどろの屍体が重なりあう小部屋の夢と同じく、口にするには、あまりにおそろしいことに思えたからである。バシリナはかつてのように、その予言を誇らしいとも、輝かしいとも感じなかった。そうした宿命というものがあるならば、それは無限に重いものだろうと思った。そしてそういう重さを担わせることになった自分を、ひそかに罪深いものに感じた。

海峡を通って黒海にぬける風が、その夜一晩じゅう、大宮殿の円屋根や櫓《やぐら》や胸壁の角に音をたてていた。木立の鳴る音が、遠く重く打ちよせる波の音とともに、バシリナの寝室の窓にきこえていた。

教師マルドニウスはバシリナの寝台のそばで、時おり燈火が激しくゆれるのを眺めていた。バシリナの顔は燈火のかげになっていて、マルドニウスのところからはよく見わけられなかった。バシリナはまだ深くねむっているようであった。

しかしマルドニウスはじっと頭をたれて、窓の外に吹き荒れる風の音に聞きいっていた。それはこの老人の古典学者の思いを遠く黒海をこえ、裏海をこえたキルギスの大草原に運んでいった。老人はその草原で生れ、幼時に、侵入した異民族に攫《さら》われ、宮《きゅう》されて後、奴隷に売られたのである。老人はむろんその後キルギスの草原を見ていなかった。しかしどうかすると、遠い昔に見た草原の情景がなまなましく思い出されることがあった。マルドニウスはヘシオドスの講義に疲れると、幼いバシリナにこうしたキルギスの草原の話をした。バシリナは謎のような、すきとおった眼で、じっと老人の話を聞いていた。

「先生はどうしてお国を離れたのですの」

幼いバシリナはそうたずねた。

「私は子供のころペルシア人に攫われたからです。私と同じように多くの子供が攫われ、奴隷に売られました。兄弟もです」

「お父さまやお母さまは？」

「殺されました」

「では、先生はほんとうにお一人きりですの。どんなにお寂しいでしょう」

バシリナは涙をためた眼で老人をみつめた。

「いいえ、バシリナさま。マルドニウスにはそれ以上のものが与えられておりますよ。だいいちバシリナさまがおられますし、バシリナさまの御両親もおられるのですからな」

老人の言葉には何の誇張もなかった。バシリナは、単にマルドニウスの教えた生徒のなかで、もっとも利発で、もっとも熱心な生徒の一人だったばかりではない。彼女は老人に心からなついていたのである。

そのとき老人はふと我にかえった。誰かが呼んだように思ったからである。

老人は燈火のかげのバシリナのほうを見た。蒼白く窶れたかつての生徒は、老人のほうへほほえみかけようとしていた。

「ながいこと、お待ちでしたの」

バシリナはマルドニウスの挨拶をうけてから言った。

「いいえ、ほんの僅かばかり前におうかがいしたのです。アガヴェがお目覚めまでぜひ待つように申しましたので、お休みのところを、失礼して、ここでお待ちしておりました」

「ええ、それは私が頼んでおきましたの。私にはもうあまり時間が残されておりません。いいえ、いいえ、私にはよくわかっておりますの。それでどうしても先生にお願いしたいことがございました。今日お目にかかれないと、もういつお話できるかわかりませんもの」

バシリナはしばらく息をついていた。

「お願いとは他でもありません。私が残してゆく子供のことですの。この子供はきっと私に似ているはずです。私と同じようにホメロスやヘシオドスを好んで読むようになると思います。私はこの子供のためには何でもしてやりたいと思っています。もちろんできることなら、この子のために、私はもっと生きていたいと思います。でも、いまの私には、それはもうできないことに思われます。私にしてやれることはただ一つ。私のことをよく知っている方に、お前の母はこれこれだったと話していただくことだけです。この子がホメロスやヘシオドスを読めるようになりましたら、私がどんなにこの子を愛していたか、どんなにこの子の成長をたのしみにしていたか、伝えてほしいんですの。私がどんなにギリシアの昔を愛していたか、神々が森で戯れ、泉のほとりで姿をうつし、海に嵐が吹きあれるのをどんなに好んで思いえがいていたか、ぜひ話してほしいんですの。それがいまの私のお願いのすべてです。どうか私と同じように、この子供にも、あの時代の——あの古い、いい時代の、知慧を授けていただきたいのです。私の思い出とともに……」

そのときバシリナはふと口から出かけたあの予言を、思わずのみこんだ。衰えた彼女の気持のなかでも、それだけは、絶対に触れてはならぬ神秘な聖櫃《せいひつ》のように感じられたからである。そのため、バシリナに与えられたこの奇妙な予言は、最後まで誰にも知られることはなかった。また彼女がみた血みどろの小部屋の夢も、良人のユリウスにさえ知られずにバシリナとともに永遠に暗闇のなかに持ちさられた。そしてただ二、三のユリウスの側近の者だけが、この赤子が若い母親のみたアキレスの夢とともに生れたことを、知らされていたが、それさえ、古い物語を好んでいた若い女の多少の気まぐれの結果としか考えられなかった。

とまれ、こうして若いバシリナはユリウスとの結婚後、二十ヵ月で、一人の男児を残して、海にのぞむコンスタンティノポリスの宮殿の一室で息をひきとった。

荘重な葬儀が、建設されたばかりの礼拝堂で行なわれた。

葬列が王家の墓地にむかったとき、黒海に吹きぬけてゆく風が、なお激しく糸杉の並木を揺っていた。バシリナの棺はその風のなかで土におおわれた。

ちょうどそれは、侍女アガヴェの腕に抱かれていた赤子が、窓のそばの揺り籠にうつされたときだった。墓地を吹く風は、宮殿のその窓辺にも吹きつけ、仕切りの帷をゆらし、揺り籠をおおった白い薄地の布をゆらした。しかしそれは深くねむりつづける赤子の眼をさますことはなかった。彼はただ握った手を前へすこしのばし、それを顔に近づけ、小さく欠伸《あくび》のようなものをしただけだった。

宮殿のなかは風の音のほか何の物音もしなかった。

第一章　大いなる影

コンスタンティヌス大帝の異母弟ユリウスが、細長く湾入している金角湾《きんかくわん》を渡って、首都の対岸にある自らの離宮に出かけることは、月のうち、ほとんど一度か二度にすぎなかった。

しかもその滞在もせいぜい数日が限度で、滞在がすこしでも長びこうものなら、対岸の宮廷から、ただちにユリウスを迎える舟が青い波を切って送られてくるのだった。にもかかわらずユリウスはここ数年来、離宮に出かけずにすますことができなかった。

もちろん激しい政務の疲れを、花々やオリーヴの繁みに囲まれた静かな離宮で癒やすことは、瞑想癖のあるユリウスにとって何より必要なことであったにちがいない。事実、ユリウスは離宮の庭を歩きながら、海から吹きこむ潮風に当って、対岸に連なる大宮殿の屋根や、丘陵の背に並ぶ町々の遠景を見るのを好んでいた。

時には大理石の円柱のならぶ池のそばに腰をおろし、池水にうつる青空や、その青空を横切ってゆく雲の動きをじっと見ることがあったが、そんなとき、彼は、多くの人々に歓呼されたり、土木工事を監督したり、法令を起草したりするのとは別個の、静かな、甘美な酩酊感を味わった。

たしかにこうしたことがユリウスをこの離宮に惹きつけていたのは事実だった。しかしもしこの離宮の柱廊から、小さいユリアヌスが笑い声をあげて、彼ユリウスを迎えることがなかったならば、おそらく彼の離宮滞在はもっと魅力の少ないものになっていたにちがいない。

ユリウスは、晩年の子供ということもあって、不思議とこの末子に心が惹かれた。そこには、母親を早くうしなった幼児に対する憐憫もたしかに加わっていた。事実、この幼いユリアヌスのなかに、日とともに、はっきり若いバシリナの顔が刻みだされてくるのに、ユリウスは、言い知れぬ哀れさを感じた。しかしそれ以上に、ユリウスはそうした幼児の顔にあらわれているバシリナの面影のなかに、かつて宮殿の大広間ではじめて会ったころの、うずくような憧れがよみがえってくるような気がした。それは花の香りにつつまれた夏の夕暮れのどこか甘くうずくような気分に似ていた。彼は、ひとしきり自分の頰髯《ほおひげ》にさわっては、声をあげてはしゃいでいた小さいユリアヌスが、やがて池水に花びらを浮べたり、小石をひろって遊んだりするのを、庭につづく露台の石欄にもたれて眺めていた。

　時おりユリウスは、ユリアヌスのすぐ上のガルスをともなって離宮へゆくことがあった。この六歳年長のガルスはもうほとんど少年といってよく、木に登ったり、石欄のうえを駆けたり、池水のなかに石を投げこんだりして遊んでいた。そして時おり幼いユリアヌスが花びらを糸に通したり、青い石や赤い石をひろったりしているのを見ると、傍に来ては、それを奪いとったり、弟をつき倒したりした。

　弟のほうは、驚いたように、乱暴な兄を見上げ、いままで花びらをつかんでいた自分の手を開いて、不思議そうに眺めたりしていた。幼いユリアヌスの顔は、そんなとき、花が奪われて、自分の手に残っていないのが、いかにも解《げ》しかねるといった表情をうかべていた。それから声をたてずに起きあがり、兄が踏みにじっていった花びらを指でさわり、ふたたび花壇のあいだに下りていった。ユリアヌスの辛抱強さはすでにこうした幼時に現われていたが、同時に、兄のガルスとは異なる温和な性格も、早くから父のユリウスなどには気づかれていた。

　ガルスは離宮の庭をあちらこちらと遊びまわり、池水に流れこむ細流をせきとめたり、花瓶を石欄から落して割ったり、猫に袋をかぶせて面白がったりして、女官たちの手を焼かせていた。しかし夜など、激しく泣くガルスの声が、よく離宮の奥の部屋から聞えていた。それはいかにも夜の闇におびえきったような激しい泣き方で、途絶えたかと思うと、急に引きさかれるような声で泣き、そのあいだに、ガルスを落ちつかせようとする乳母たちの声がまじっていた。

父ユリウスが青い入江の向うの宮殿に帰ってゆくと、幼いユリアヌスは乳母を相手に花びらを糸に通したり、そうしてできた花輪を、お気に入りのヴェヌスの石像の首にかけたりして日を送った。ヴェヌスの石像は庭園の奥の、小高くなった花壇のうえに立っており、庭師が梯子でのぼって、それにユリアヌスの花輪をかけるのだった。

時には、ニコメディアの祖母から苺のジャムが届いたり、無花果《いちじく》の乾し菓子が送られてきたりした。またかつてバシリナの教師だった老マルドニウスが訪れ、黄金の鬼を輝かしたアキレスや赤々と焼けおちるトロイの城の物語をしてくれることがあった。そんなとき幼いユリアヌスは母親そっくりの穏やかな、夢みるような、放心した眼で、じっとマルドニウスの柔らかな声に聞きほれていた。

もっともこうした離宮での静かな日々に、ユリウスがまったく満足しきっていたというのではない。たとえば円柱に囲まれた池水の面をじっと眺めているときにも、彼の思いはしばしば、兄のコンスタンティヌスが昔より一段と迷信深くなったことや、東の国境でペルシア側からしきりと盗賊が侵入してローマ領の町々を悩ましていることや、新たに築くべき城壁と給水橋の資材の運搬が難渋していることなどにむけられていた。

とくに兄コンスタンティヌスが新都に移るようになってから、しきりと奢侈《しゃし》に身をやつし、キリスト教の司教たちの言いなりに厖大な金品を喜捨していることは、収税と財政を受けもつユリウスにとっては、ただ目をつぶっていてすませる問題ではなかった。なかでも、キリスト教に対する兄のこの盲目的な惑溺ぶりは、どうかすると、理智にかったユリウスの眼に、ある苛立たしい不快の念を呼びおこすことがあった。むろんユリウスとて兄の豪胆な行動や、壮大な野心や、人を畏怖せしめる威厳を認めないではなかった。しかしそれだけにここ数年のあいだに、急速に迷信深くなってきたコンスタンティヌスの言動には、歯がゆいような、焦燥に似た物足りなさを感じていたのである。

ユリウスは円柱に囲まれた池のほとりに腰をおろして物想いにふける折、時々、兄コンスタンティヌスがこうした迷信に陥ったのもすべてその生母ヘレナの出身がいやしいからだと考えないわけにはゆかなかった。ユリウス自身は、れっきとした高貴なエウトロピアの娘テオドラを母としていた。そして母テオドラは最後までキリスト教を下賤《げせん》な階級に流行する宗教として、その気配が自分の身辺に近づくのさえ、いみきらっていた。侍女のなかにすこしでもそうした気配が感じられると、母テオドラは顔をしかめて、宮廷を退くように命令した。彼女は垢にまみれた肌着を着せられたような不快感をそこに感じたからである。

ユリウスも母テオドラの気質をほとんどそのまま受けついでいた。彼は兄コンスタンティヌスに対する尊敬と、政治上の配慮から、もちろんこうした嫌悪を表面に出すことはなかったが、兄や政務から遠ざかって、自分ひとりの時間を持つようになると、それまで押しかくしていた苛立たしさや嫌悪が一挙にふきあがってくるのを感じた。とくに彼ユリウスに我慢しがたく思えたのは、兄のなかに半分流れている卑しい身分の血であった。それは、兄の粗野な態度や、高笑いや、迷信におびえる奇妙な臆病さのなかに、いかにも醜く現われているような気がした。それを考えると、自分の父が、なぜこのような血を、ローマ皇帝の血統のなかに入れるようなことをしたのか、彼にはまったく理解できず、腹立たしいような気持になるのだった。

テオドラとヘレナ——血統の正しい息女と卑しい身分の娘——自分の父が妻にえらんだこの二人のことを考えると、ユリウスは、自分がテオドラの高貴な血をひいていることに、ひそかに自負と満足を感じた。

もちろんこうした暗い想念がユリウスの胸につねに蛇のようにとぐろを巻いていたというわけではない。むしろそんなことは稀だったといっていい。離宮での日々は、多く幼いユリアヌスの笑い声にみたされていたし、あの夏の夕暮れの花の香りのような甘美な憧れの気分が、そうした折々の彼の心を占めていたからである。

少なくとも幼いユリアヌスにとって、それはこのうえない静かな、平和にみちた、幼年期特有の自足した日々であった。そこには、たしかに母バシリナの夢をみるような、謎めいた眼《まな》ざしもなく、ユリアヌスを抱きあげる白い腕もなかった。しかしそれを補って余りある祖母の寵愛があり、老侍女アガヴェの献身があった。とくに父ユリウスのかたい頬髯は幼いユリアヌスを恍惚とした安らかさのなかに沈めた。

庭園には四季の花々が咲いていた。青い入江には船が帆を白くふくらませて往き来していた。夕暮れになると対岸のコンスタンティノポリスの町々は黄金の都のように夕日に照された。

冬、風の吹きすさぶ夜、煖炉のそばで、老マルドニウスがトロイの物語を聞かせてくれた。「お聞きなさい。海ではポセイドンが怒っておりますぞ」老人はそう言って耳をすました。幼いユリアヌスは母親そっくりの穏やかな眼をまるく見ひらいて、老人と同じように、風のなかに聞える海神ポセイドンの唸りを聞いていた。そんなときユリアヌスの赤い唇は、ほとんど無意識に半ば開かれたままでいた。

それはたとえその母をうしなっていたとはいえ、幸福と呼んで差しつかえのない日々であった。離宮の広間にはつねに幼児の笑い声と、きゃっきゃっと叫ぶたのしげな声が反響していた。幼児のあとから駆けてゆくアガヴェの足音が聞えていた。おそらくそれは若いバシリナが生きていたら、願ったに違いないような日々であった。幼いユリアヌスはこうして紀元三三六年の秋のおわり、満五歳の誕生日を迎えた。

ニコメディアの司教エウセビウスが、早馬を飛ばしてきたコンスタンティノポリス宮廷からの急使に呼びおこされたのは、こうしてユリアヌスの誕生日が祝われていた頃のある朝のことである。

司教は取りつぎの僧が伝える急使の様子から、コンスタンティノポリスで何か思いも及ばぬ重大事が起ったに相違ないと思った。ながい迫害に耐え、投獄や拷問や火刑や磔《たっ》刑《けい》におびやかされながら布教をつづけてきたエウセビウスにとって、最初に頭にひらめいたのは、キリスト教寛容令が出て、公に信仰が認められてようやく二十年を越したいま、何かの変事によって、この寛容令が取り消され、ふたたび大がかりな迫害がはじまるのではないか、といういやな予感だった。たしかにこの二十年のあいだに教会が新都にも幾つか建てられ、彼の住むニコメディアにも壮麗な建物が丘のうえから海を望むようになっていた。商業の栄えたアンティオキアにも、学校が建ち並び、厖大な蔵書を誇る図書館をそなえたペルガモにも、古い教会は増築され、新しい教会がつぎつぎに建てられていた。もはや商店の二階の広間でこっそりミサを行なったり、個人の住宅の裏部屋で集会を開いたりする必要はなくなっていた。残忍な責め道具で鼻をもがれ耳をそがれることもなければ、闘技場で獅子の餌食になることもなかった。それどころか、属州長官も有力な役人も富裕な商人も、多くの貧しい名もない民衆とともに、古い異教をすてて、キリスト教に改宗し、その数は一日一日と増えていた。

「だが、なお教会の組織は十分に確立されていないし、宮廷を動かしている権勢者たち、貴族や官僚の多くはなお心では異教を棄てきれずにいる。いや、キリスト教内部にあってさえ、幾つかの宗教会議によって教義の統一を図っているにもかかわらず、対立矛盾した分派が、勝手に自己の正しさを主張して譲らぬ有様だ。万一いま寛容令が取り消されたとすれば、迫害に対する心構えには何の危惧をもたないとしても、ここまで統合してきた分派が、また地方に分れ、町々に分れて、多くの異端や、歪曲や、異神混淆に陥ることになる。そうすればこの二十年の苦心もすべて水の泡になるほかない」

エウセビウスが司教館を出て、急使の待つ聖具室にむかうあいだ、その鋭い頭のなかを、こうした考えが駆けめぐった。

万一事件が公認の取り消しというようなことであれば、まず宮廷の誰に働きかけるべきか、どことどこに連絡をとるべきか、などを、眉と眉のあいだに皺を深くして、思いめぐらした。

彼は若いときローマ軍団に身を投じていたことがあり、そのときの戦闘で受けた傷のため、目立たぬほどに右脚で跛をひいたが、こうして物に思いふけるとき、それがいつもよりはっきりと目立っていた。

聖具室はまだ夜明けの光のなかで冷たく暗く沈んでいて、燭台の赤い光が、息もたえだえになって控えている使者の顔を照しだしていた。しかし急ぎ足で入ってくる老司教の顔を見ると、使者の若い兵士はよろめくように立ちあがり、深く一礼して、コンスタンティノポリス宮廷へ至急参内せよという大帝直々の命令を伝えた。

「大帝のご意向がどのようなものか、むろんお前がたは知っておらんだろうな」
エウセビウスは眉をひそめたまま、ふたたび崩れるように床に腰をおろす若い兵士にたずねた。兵士はわずかに首をふって、自分が上司に言い渡された大帝の言葉はそれだけだと言った。

司教エウセビウスが宮廷差しまわしの四頭馬車でニコメディアの町を離れたのは、それから数刻後のことで、町々の通りには、まだ商店が店をひらかず、晩秋の朝の霧に包まれた冷たい大気が街道ぞいの黄葉した木々のうえに濡れたようにかぶさっていた。

ニコメディアから首都までは、湾入する青々としたマルモラ海にそった、騎馬で三日の道程である。その道を疾駆する馬車にゆられながら、エウセビウスはいまだかつてない不安と焦慮にみたされた旅をつづけた。

旅のあいだ、司教は、万一の事態を考えることなく、公認の宗教として布教しつづけてきた自分の油断や迂濶さを何度となく非難したい気持になった。時にはそうした無防備な単純でむきだしな態度が教会に対する償いようのない過失のようにも思われたし、また自分がひたすら教会内部の分派の解消や、教義の矛盾の克服に専念したことに、腹立たしい口惜しさのようなものを感じた。

すでに彼エウセビウスはナジアンツァのグレゴリウスやバシリウスなどとともに東方教会ではもっとも強い指導力をもつ司教と見なされていた。その学識の深さ、確信にあふれた流れるような弁舌は、しばしばコンスタンティノポリス宮廷にこの老司教を呼びよせる結果となった。

とくに大帝の生母ヘレナ皇妃が存命のあいだ、エウセビウスはその居間や小礼拝堂でながい説教を試みることがよくあった。大帝そっくりの大きな、ぎょろりとした、しかし大帝よりはいっそう夢想するような、ある種のやさしさを湛えた青い眼ざしの老皇妃は、そんなとき、何度もエウセビウスのさしだす十字架に口づけしては、静かに、自分がアエリア（エルサレム）ではじめて救世主イエスが磔《はりつけ》になった木の十字架の断片を見つけたときの、白い輝きに包まれたような出来事の物語をするのだった。

この老皇妃の感化のほかに、幾つかの奇蹟がコンスタンティヌスその人の心を動かして、ついに大ローマ帝国の皇帝がキリスト教を公認したばかりか、この新興宗教に——三百年のあいだ狂信邪教として蔑まれ、忌み嫌われていたキリスト教に——帰依を表明したことは、いまだコンスタンティノポリスの人々に衝撃的な事件として記憶されていた。それはすでにローマ帝国属州のほとんど全域にわたって拡がっていたキリスト教徒の歓喜と感涙と神への感謝を呼びおこしたばかりでなく、それまでギリシア古来の異教を奉じていた驚くべき数の人々を、一挙にキリスト教に改宗させる結果となったのである。

たしかにこうした二十年間の教会の大発展が老司教エウセビウスに、いつか、あれほど苛酷な現実だった迫害や殉教を遠ざけ忘れさせていったのはごく当然のことといえた。とくに教会の指導者たちが、増大する信徒の群にこたえるだけの教会堂の建築にとりくみ、ローマ全土を統一する教義と儀式典礼を決定し、確乎とした組織をつくりあげるという任務を引きうけていた以上、いっそうそれは当然のことといわなければならなかった。

「しかし……」と老司教は眉と眉のあいだに暗い皺を刻みながら、疾駆する馬車に背を凭《もた》せて考えつづけた。「しかしこうしたこともただ皇帝の公認という前提のもとに可能になる。公認が取り消されれば、また一挙に、以前の闇が戻ってくる。無辜《むこ》の信徒たちが血を流し、生命をうしなうばかりではない。教会側で日夜労苦した一切の教義、一切の正統な信仰への努力も、すべて制度や約束事と同じように、紙のうえのこと、議論上だけのことになってしまう。私たちキリスト教徒の現実は、ふたたび権力者の迫害と戦い、信仰を個々の勝手な信念にしたがって伝えることのみになってしまう。そこでは、もはや教会ということもなく、統一的な真の信仰ということもない。なるほど赤裸な、火のような、素朴な力あふれる信念の吐露ということは生れよう。だが、それすら、真の教義にふれることなく、正統な信仰へ浄化されることがなければ、土俗信仰となんら異なるところはない。問題はいかにして正統的な統一された信仰を、正しい軌範、教義によって保つかということなのだ。よしんば吹雪の吹きすさぶゲルマニアの野から、灼熱の太陽のもえさかるバビロニアの砂漠まで、ローマ全属州がいかに拡がろうとも、そこでのキリスト教の信仰は一つでなければならない。オリーヴの繁る地中海の波打際でも、葡萄の葉の重なるガリアの山野でも、キリスト教徒の心はただ一つの教義にみたされなければならない。だが……」

エウセビウスは車輪の音を高く響かして走る馬車のうえから、刻々に変る海岸の風物を眼で追いながら、考えつづけた。

「だが、そうしたことすべては、ただキリスト教公認という大前提に立ってのみ可能だったのだ。しかも二十年来、すでにキリスト教の公認は自明のものとされ、ほとんど国家の宗教とさえなって、誰ひとりとして、迫害、殉教はおろか、この公認が取り消されるなどと思ってもみなかった。私も、ほんの、いまのいままで、そんなことはついぞ考えたこともなかった。苦々しいことだが、この事実は率直に認めなければなるまい。私はキリスト教が全き礎石のうえに立ち、微動だもすることはないと確信していた。万一の場合など想像さえしなかった。だが、果してそれは本当に安全な礎石のうえに立っているのか。それはもはや微動だもすることはないのか。万一の場合など考える必要もないのか。果して本当にそうなのか。本当に安全なのか……」

時おり車軸が折れたのではないかと思うような轟音をあげて、馬車は街道の敷石のうえを、おそろしい勢いではねあがった。老司教はそのたびに壁の握り金具をしっかり握りしめなければならなかった。そんなときにも、馬車は一瞬も停るということはなかった。四頭の馬はたてがみをふり乱し、気が狂ったように駆けていた。馭者はそういう馬たちのうえに必死になって鞭を当てつづけた。

「いま私を宮廷で待っているのが、この万一の場合だとしたらどうするのか。私たちの日々の努力、あらゆる活動、あらゆる取り決めはすべて笑うべき、架空の、影のごときものになってしまう。そうなのだ、よしんば信仰が魂の問題であり、教会の仕事がひたすら信仰の内面にむけられなければならぬとしても、それが現実で形をとり、力となり、人々の心に入りうるのは、奇妙な逆説だが、その前提に、この国家の公認という事実があるからなのだ。私がいま、万一の場合をおそれるのは、なにも迫害や殉教がおそろしいからではない。私がおそれるのは――私が腹立たしくさえ思っているのは、こうした単純自明な公理に気づくことなく、いままで、のほほんと教会内部のことだけに頭をつっこんできたという事実なのだ。そうなのだ。それは誤りなのだ。私たちの宗教が真の生命を持ちつづけ、真に統一された正統な教義にまとまりうるためには、この国家という強大な権力を必要とするのだ。それはカエサルのものはカエサルにと言われた主の言葉と背馳するかに見える。だが、それは一見そう見えるだけで、そこには何の矛盾もない。国家の権力は人々の身体や財産、制度を支配する。それはあくまで地上の支配なのだ。しかし教会は魂を指導する。それは見えない王国を支配するのだ。だがそのためにはあくまで地上の権力に支えられなければならないのだ」

エウセビウスは歯をくいしばるようにして前方を見た。青い入江のむこうは、晴れてはいたが、水平線は霞んで、なおコンスタンティノポリスの城壁は見えなかった。

「いったい私が万一の場合を想像するのは根拠のないことなのか。いや、そうではない。たとえば大帝の異母弟のユリウスを考えてみよ。大帝の鷹揚、強烈な人柄に対して、はるかに器量は小さいが、有能な行政官であり、建設者であり、辺境の経営にも並々ならぬ手腕がある。宮廷の半数はこのユリウスの勢力のもとにある。とくに異教を奉ずる官僚たちは、キリスト教改宗を頑なに拒んでいるユリウスを真の主君とすら考えている。大帝がキリスト教に帰依されても、表面では、何の反対も唱えないが、その心の底ではユリウスの態度は変っていない。大帝の皇子たちはまだいずれも若い。大帝が万一亡くなられるようなことでもあれば、このユリウスが皇帝となるか、皇帝とならぬまでも、皇子たちのうえに強い影響を与えることは当然のことだ。そうなったとしたらどうなるか。はたしてキリスト教公認がそのままつづけられるか。そうでなくても、まだ異教徒による迫害が地方によっては跡を絶たないのだ。万一、公認が取り消されでもしたら、迫害は一挙にひろがり、教会の蒙る被害も少なくてすむというわけにはゆくまい。いや、いや、前にも増して、狂気のような迫害がはじまるだろう。とすれば……」

エウセビウスは歯をくいしばるようにして海の遠くを見ながら考えつづけた。

「とすれば、まず宮廷を完全に教会の勢力の下に置かなければならないのだ。宮廷のなかから、キリスト教に反対する勢力を一掃するよう力をつくさなければならないのだ。寛容令が出てまだ二十年にしかならず、異教の勢力は頽勢にあるとはいえ、いつ燠が燃えあがるように火の手をあげないとはいえないのだ。宮廷に力を得るというのは、何も権力にこびることではない。この異教との戦いを、もっとも激しく、もっとも効果的にすすめることなのだ。このことを忘れていたとは……このことを忘れていたとは……」

老司教は一瞬、身体を前に倒して、壁の握り金具をぐっと強く握りしめた。街道の敷石の角にあたった馬車の車輪が、すさまじい音をたてて跳ねあがり、しばらく片方の車輪が空転して軋んだからだが、同時に心に噴きあがってくる危惧と悔恨と焦燥とが彼の身体に震えるような衝撃を与えたからである。

「もしこんどの呼び出しが、そうした公認取り消しなどとは何の関係もなく、いまの危惧がまったくの杞憂にすぎぬとしても、私は、この前提となる第一の仕事を、もはや決して忘れまい。忘れぬどころか、それを他のすべての仕事の基礎に置くことを誓わねばならぬ。宮廷の異教を追放すること、宮廷をゆるがぬキリスト教の城砦とすること、権力者たちを教会に心服させること、それに反する要素があれば、どのような手段を用いても、それを取りのぞくこと——これが第一の仕事なのだ。これだけが他のすべての活動を支える基盤なのだ。これだけが何よりまず必要なのだ」

エウセビウスはほとんど口に出してつぶやいている自分には気がつかなかった。彼は轟々と疾駆する馬車の響きに抗《あらが》うように、最後の言葉をもう一度はっきり繰りかえして言った。それから顎をひき、じっと青い入江の遠くを見た。そのとき老司教は、自分の身体に、なお、ローマ軍団に身を投じていたころの、激しい血のうずきが残っているのを、はっきり感じた……。

馭者の声にうながされて、エウセビウスが海岸線のつづきに遠くコンスタンティノポリスの都を見いだしたのは、その翌日の午後おそくなってからである。普通の旅程より、まる一日短縮された飛ぶような旅だったが、不安と焦慮をかかえていたエウセビウスにとって、それでも首都までの道は遠いように思われたのである。

細く海のなかに突きだした丘陵に、コンスタンティノポリスの城壁と黄葉した木立に囲まれた大宮殿、寺院、フォールム、密集した民家の屋根屋根を見わけられるようになるころ、ちょうど日が淡い靄を赤々と染めて海の涯に傾きはじめ、その最後の光が斜めに町々を照していた。エウセビウスはしばらく見なかったあいだに首都の建物が夥《おびただ》しく増えているのに気づいて、しばらく息をつめていた。

「黄金の都……」

老司教は思わずつぶやいた。事実、町々は丘の斜面にたち並んで、金色に燃えあがるように見え、海岸線にそった城壁に打ちよせる波も金色に染まっていた。

「これこそ新しいエルサレムであるかもしれぬ。この新ローマこそ全キリスト教国の中心の都となるのかもしれぬ」

そう思うとエウセビウスは海峡の向うに近づいてきたコンスタンティノポリスを、一種異様な燃えるような眼で眺めた。それは殉教者の敬虔な激しい眼ざしというより、どこか異国の町を望んでいる征服者の渇いたような眼ざしに似ていた。

馬車が大宮殿の玄関に激しい音を響かせながら入りこんだとき、すでにそこには数人の侍従が待ちうけていて、老司教はぐったりした身体を休ませる間もなく、コンスタンティヌス大帝の居間に導かれた。

エウセビウスが通ってゆく大宮殿の歩廊《ガルリー》も、幾つかの広間も、すでに天井といわず壁面といわず、夥しい極彩色のモザイクや金色の浮彫りで飾られ、贅をつくした小卓や椅子、光った貝を象嵌《ぞうがん》した黒塗りの調度などが、扉のあいだから見える部屋部屋を、みたしていた。

コンスタンティヌスはそうした部屋の一つでエウセビウスの到着を待っていた。絹の部屋着のうえにダマスの刺繍が重く獅子と唐草を縫い出している上衣を羽織り、ぎょろりとした大きな灰色の眼で不安そうに窓の外を眺め、時折、椅子から立ちあがっては、部屋を縦に何歩か歩き、壁に向ってじっと立ち、くるりと向きをかえ、また同じように何歩か歩いていた。

エウセビウスが部屋に入ったのは、コンスタンティヌスがちょうどそうした歩みで部屋をゆきつくし、壁の前でくるりと身体をまわしたときだった。

エウセビウスはそのとき一瞬にコンスタンティヌスの顔を見、自分を不安に陥れていたキリスト教公認の取り消しなどという危惧が、まったくの杞憂にすぎなかったのを直ちに理解した。彼は心の底で何か大きな溜息のようなものが吐きだされる気がした。しかし一瞬の気のゆるみもゆるされなかった。コンスタンティヌスが彼の姿を見るや否や、その手をとって部屋の隅の椅子に導いていったからである。

「さぞかしお疲れのことと思う」

コンスタンティヌスはぎょろりとした大きな灰色の眼を落着きなく動かしながら言った。

「なんの、ニコメディアはほんの隣りの町でございます」

エウセビウスは深く頭を垂れた。大帝は立ったまま、エウセビウスを見おろしていた。肩幅の広い、堂々とした体軀は、彫像のように重く、威厳にみちていたが、以前、エウセビウスが会ったときより、どこか微かな衰えのようなものが感じられた。むろんそうした印象がどこから生れてくるのか、エウセビウスにもすぐにはわからなかったが、それが少なくとも、張りつめていた糸が急にゆるんだような感じに似ていることは直感できたのである。

「わざわざ出向いて貰ったのは、ほかでもない。つい先々夜のことだが、私は奇妙な悪夢に悩まされたのだ。その夢が起きてからも私に取りついて離れず、気分もすぐれず、身体の節々が痛く、だるい。身体が急に熱くなるかと思うと、氷のように冷たくなる。手足に鉛が入っているようなのだ。医師たちはしきりと放血をすすめたり、湯治に行くように言うが、私にはどうもその夢の瘴気が身体にさわっているのではないかと思われてならないのだ。で、この夢を司教の手で潔めてもらおうと思ったのだ」

当時なお東方教会では多くカルデアの占星術やバビロニア、エジプトの夢占い、各種の呪術、小さな黒いガラス玉を数えているようなグノシス派など、さまざまな異神信仰の影響から完全に脱却することはできず、キリスト教徒といっても無意識に古代異教やこれら異神信仰の痕跡を、言葉や態度、考え方のなかに持つのが普通だった。エウセビウスがコンスタンティヌスの言葉をきいても、さして驚かなかったのはそのためである。エウセビウスは両手を小卓の上で組み、頭を垂れて、告解をうける人の姿勢をとった。

コンスタンティヌスはしばらく口を半ばあけ、ぎょろりとした眼で虚空を見るようにして、息をつくと、声を落して語りはじめた。それはかつて大広間を二つ三つ越えても聞えたというコンスタンティヌスにしては、異様なくらい弱々しい声であった。

「先日の夜明けのことだった。窓の外で人声がするので起きてみると、宮殿の庭の木立も草もまるで時ならぬ毒気に当ったかのように萎《な》え衰え、あたりは砂漠のように荒涼としているのだ。身体のぐったりするような熱風が吹いていて、それにふれると、身体じゅうがひどく不快な気持になる。それで私は窓の内側に身をかくしていた。そこから、首をのばして、人々が騒いでいるほうを眺めると、驚いたことに、いままで見たことも聞いたこともない大蝗《いなご》が、赤い眼を光らせて、こちらに熱風を吹き送っているのだ。それは途方もない大蝗で、その頭は中天に達するほどで、それが時々身動きすると、地面がぐらぐら揺ぐような気がした。人々はただ立ち騒ぐばかりでどうすることもできず、木や草や田畑の作物が大蝗の熱気に萎えてゆくのを見ているほかなかった。そこで私は武具をつけ、長槍を抱えると、馬に乗って、大蝗と一戦をまじえるために、砂漠に出ていった。私が大蝗に立ちむかうと、むこうは熱い息を吹きつけて私を悩まそうとした。馬は喘ぎ、しばしば棒立ちになり、苦しそうに身をもがいた。しかし私は手綱をしめて、まっすぐに大蝗の腹にむかって突進した。流石の大蝗も私の攻撃にはたじろぎ、地響きをたてて後ずさった。しかし私は攻撃の手をゆるめず、長槍を大蝗の腹にめがけて突きたてた。たしかに重い手応えがかえってきた。私は大蝗がうめく声を聞いたように思った。しかし次の瞬間、大蝗はまるで砂でできていたかのように、みるみる音をたてて崩れはじめ、そしてその崩れた大蝗の砂粒のような断片は、その一粒一粒が無数の蝗に変っていた。蝗の大群は上になり下になりして蠢き、やがてあたりを真っ暗にして飛びたち、その一群は別れて、私の馬に襲いかかり、馬覆いも鞍もお構いなしに、がりがりと齧《かじ》りはじめたのだ。頭も眼も頸《くび》も胴も無数の蝗が黒くびっしりと覆って、そのばりばり馬を食いつくす音が瀬音のように、あたりに響いて、私は思わずぞっとして大声をあげた。もうそのときは、食い荒された畑の作物の葉のように、馬は白骨だけが残っているばかりだった……」

コンスタンティヌスの顔色は悪く、大蝗の瘴気からいまだ癒えていない人のように、ひどくだるそうに身体を動かした。

「夢というのは、ざっとこういったものだ。私は自分の声で目覚めたからよかったようなものの、馬の次には私自身が白骨になるのは必定のような気がした。おそらくこれは何かの予言であるにちがいない。だが、それは一体何を予言しているのか」コンスタンティヌスは口を半ばあけて息を吸い、言葉をつづけた。「昔は、私はどんなときにも自分がいかにも勝運に乗っているというような気がした。自分の好きなものが自由にとれ、好きな場所に自在に手がのばせるような気がした。楽々とすべてをやってのける自信があった。しかしこの夢のあと、気分がすぐれぬばかりか、身体がどうにも思うように動かない。まるで何か見えない綱で縛られたみたいなのだ。何もかも億劫なのだ。妙な焦燥を感じたり、急に理由のない不安に捉われたりする。こんなことは生れてからはじめての経験だ。いったいこれは何の予言なのだろうか。私が勝運に見はなされたという予言なのだろうか」

それだけ喋ると、コンスタンティヌスはぐったりとして、肩幅の広い巨軀をかがめるように腰をおろした。

エウセビウスはなおしばらく小卓の前に置いた手を動かさず、じっと眼を伏せたままでいた。彼はそうしていても、自分のまわりで轟々と馬車の車輪が鳴りつづけ、身体がゆれるような気がした。

しかしエウセビウスの鋭い頭は、そのとき、こうした皇帝の悩みを癒やすべきもっとも効果的な解答を求めて激しく動いていた。彼はニッサのグレゴリウスなどとは違って、キリスト教の教義を厳密に狭く解釈するということはなかった。むしろその時、その場に応じて、自由に相手に適合した方法をとるように心がけていた。エウセビウスにしたがえば、ともかく一人でも多くキリスト教に関心なり同感なりを抱かせることが、現代の急務だというのだった。かつてローマ軍団に身を置いたことのあるこの老司教は、鋭敏な現実感覚をそなえており、現実に事が成るか、成らぬかが、まず第一の仕事の基準になると考えていたのである。

彼はじっと眼を伏せているあいだ、いま、この瞬間に、大帝コンスタンティヌスが何を求めているかを正確に判断しようとした。相手の求めているものを与えること――そのこと以上に、こうした心の衰えた人間を落着かせ、納得させる方法はありえなかった。

「どうして、どうして、それは勝運に見はなされるどころか、大帝のご好運がまだまだつづいている証拠でございます」エウセビウスは、やがて眼をあげると、自分のほうに不安げな灰色の眼を大きくむきだしているコンスタンティヌスにそう言った。「なぜならば、大帝が何よりもまず大蝗の夢をみられたからでございます」

「だが、その大蝗は私の馬を食いつくしたのだ。馬は運勢の象徴ではないか」

「たしかに左様でございます。しかし大帝が他ならぬ大蝗の夢をみられたこと、そのことに意味がかくされております。そのことがご好運のしるしだと申しあげるのです」

「大蝗は好運のしるしなのか」

「いえ、そうではございません。大凶の予兆でございます」

「では、なぜ私がなお好運でありうるのだ？」

「それは大帝が、大蝗の夢によって、近づいている凶事を先に啓示されたからでございます。凶事を予告された者には、それに対処する方法を考えることができ、その災害を能《あた》うかぎり少なくすることが可能でございます。いきなり凶事に見舞われるのが世の人の常であるとしませば、大帝は、それを予め啓示されておられるのです。私がご好運と申しあげたのは、そのためでございます」

「なるほど。それはたしかに一理ある。だが、その凶事とは何であろうか」コンスタンティヌスは灰色の眼を潤んだようにぎょろりと見ひらいて言った。

「私の考えますに、それは饑饉《ききん》の予兆かと思われます。今年の作物は全ローマにわたって凶作であろうかと推察されます。大蝗が無数の蝗にかわって大帝のご乗馬を食いましたのは、おそらくローマ各属州の穀類貯蔵庫に対して、凶作に苦しむ人民どもが大挙して押し寄せることかと存じます。もちろん何ら対策を講じない限りでございますが……」

　たしかにこの言葉をきくと、コンスタンティヌスの顔にはどこか安堵に似た色が漂いはじめた。彼はふたたび椅子から立ちあがると、前よりはずっとよく響く声で、たとえ大凶作がローマ全土を襲っても、それだけ準備があれば、一季節、二季節を乗りこえるだけの糧秣は十分に確保できるし、有無を通じ合う交通や舟運を待機させることによっても、たしかに災害はかなり防ぐことができるのだ、と言った。

「早速、各属州の穀倉を満たすように指示しよう。各自が食を節して冬に備えるよう、長官たちを通じてただちに布告しよう。いや、これで私も自分の星運がまだまだ盛んであるのを確信することができた。さぞかし司教は疲れられたことであろう。どうか向うでゆっくり休んでいただきたい」

　コンスタンティヌスはそう言うと、両手を叩き、次の間に控えた侍従たちを呼んだ。エウセビウスが大帝の居間を退いて、ながい歩廊《ガルリー》づたいに小礼拝堂に足をむけたのは、もう夜もかなり進んだころで、庭園に開いた歩廊には、海からの風が吹きつけ、龕《がん》のなかの灯が激しくゆれていた。

エウセビウスはその歩廊《ガルリー》の一角に足をとめ、しばらく夜風のなかに立っていた。暗い空に月はなく、波の音だけが遠くに聞えていた。エウセビウスはその波の音を聞き、黒々と闇のなかにつづく大宮殿の建物を仰ぐと、身体のなかで、何か激しいものが動くのを感じた。もちろんそれが何であるか、老司教はすぐに確かめることはできなかった。彼はただそうして立ち、いまごろになって、激しく襲ってきた疲労にようやくの思いで耐えていた。

エウセビウスが首都からきた教会関係者の口から、東方国境にペルシア軍が侵入したという噂を聞いたのは、ニコメディアに帰って間もなくのことであった。それによるとここ数年来、ティグリス、エウフラテス河地方にしきりと出没しているのは、盗賊などではなく、よく訓練されたペルシアの軍隊だというのだった。すでにディオクレティアヌス皇帝が青々とオアシスの点在するティグリス河流域の広大な領土をローマ属州の一つに加えてから、平穏な四十年が経過し、警備の兵士たち、行商人、旅まわりの芸人、旅人たちが町々、村々を訪れて、いつか人々は広場をローマ風の彫像や噴水で飾り、円形劇場をつくり、神殿をたて、衣服、髪形などもローマの風俗がそのまま取りいれられるようになっていた。むろん教会堂も幾つか建立され、市の雑踏に集まる人々のなかにも、小さな十字架をかけている者は決して少なくはなかったのである。

コンスタンティヌスがわざわざ永遠の都と呼ばれたローマを棄てて、コンスタンティノポリスに都をうつしたのも、こうした小アジア、シリア、メソポタミアなど広大な東方の諸地方が、西のガリア、ゲルマニアよりはるかによく統治され、平穏だと見なされていたからである。

しかしその辺境にしきりとペルシア軍が移動しているということは、こうした平穏さに慣らされていたコンスタンティノポリスの町の人々を驚かした。その報せは信ずべからざる早さで、ローマ全土に拡がった。その噂のなかには、ペルシアの国王が新たに大使を送って、ティグリス流域の青々と繁みのつづくオアシス地帯を返却するように迫ったとか、ペルシアの大使が土産の品品を宮殿の床に投げすてたとか、国王シャプール二世の書簡に激怒したコンスタンティヌス大帝がそれを引き裂いたとか、二つの宮廷の激しい応酬を物語る噂も含まれていたが、しかしある種の楽観した人々が考えていたように、それは根も葉もない作りごとではなかった。というのは、その首都をはじめ、ニコメディア、アンティオキア、シノペ、ニカイアなどの町々には武具に身をかためたローマ軍団の兵隊たちが砂埃りを巻きあげて東にむかっていたし、町々村々に対する糧秣割当の軍令が属州長官の名で通達されていたからである。

しかし三三六年が暮れるまで、そうした動きはあくまでペルシアに対する威嚇と警告を示すにすぎず、決定的な戦闘もなければ、また軍団主力が編成されて決戦を求めて進撃したという噂もなかった。その最大の理由はコンスタンティノポリス宮廷で意見が二つにわかれ、和戦両様の対策がそれぞれ強く主張されていたからである。もちろんコンスタンティヌスその人が、かつてミルヴィウス橋で勝利を得たころの決断と覇気と自信をもってさえいれば——いや、少なくとも永遠の都ローマを棄て、風の吹きぬけるボスフォロス海峡にのぞむ小邑に新しい都を築こうと決意したころの壮大な意図と野心に憑《つ》かれてさえいれば、東からの挑戦に対して、このようなためらいは示さなかったにちがいない。

司教エウセビウスでさえ、宮廷に出向いて、大帝の居間や礼拝堂で、あるいは告解をうけ、あるいはミサを取りおこない、あるいは談話をとりかわす折々、かつて話に聞いていたコンスタンティヌス大帝の人柄が、いかに大きく変化していたかを、しばしば驚きの念をもって見まもった。

人々の話によれば、生母ヘレナ皇妃の敬虔な信仰心にあふれた性格は、年とともにその子コンスタンティヌスのなかに濃くにじみでてくるというのだった。かつて豪胆で、怖れを知らなかった堂々とした体軀の皇帝が、髪が白くなり、顔に皺が刻まれてゆくにつれて、迷信にとりつかれ、絶えず礼拝堂におもむき、聖者の遺骨を捜しもとめ、エウセビウスをニコメディアから事あるごとに呼びだし、時にはひそかに星占いなどを呼びいれたりするのは、見ていて奇妙な感じを与えたのは確かである。気に入りの年老いた廷臣たちを相手に、生母ヘレナのことをくどくど話したり、その間に何度か十字を切ったり、声をひそめたり、急に不機嫌になったり、陰鬱な顔をしたりするのを見ると、幾日も雨にずぶ濡れになって行軍したり、乱戦のさなかで仁王立ちになって兵隊たちを激しく叱咤していた昔のコンスタンティヌスを知る人には、それが同一の人間であると考えることはむずかしかった。野戦のさなか、兵隊たちのように簡素な天幕でねむり、木綿か麻の衣服しか身につけなかったかつての将軍は、いまでは、東方の絹の肌ざわりに夢中になり、黄金の飾り、宝石、銀器に惑溺する年老いた皇帝に変っていたのである。

もちろんコンスタンティヌスのなかにも昔の激しい血が残っていないわけではなかった。たとえば彼が、シャプール二世の書簡の無礼な文面に怒って、玉座から満面朱にして立ちあがったとき、そこに居合わせた廷臣たちは、恐怖から思わず震えあがったということだった。

国境の紛争がはじまった当初、コンスタンティヌスは要所ごとに警備兵を増援すれば、それだけで十分にペルシア軍の侵入を抑えることができると信じていた。しかしその後、町々、倉庫が焼かれ、要塞が幾つか奪取されるのを見ると、こんどの侵入が単なる暴発的な国境警備兵の仕業ではなく、その背後に強大な軍隊と、組織と、目的があることが自然と明らかになっていった。

そうした情報が各地から集まり、事実が動かせぬものと判断されてからも、コンスタンティヌスはなおはっきり決断を下すことができなかった。彼は礼拝堂で祈ったり、エウセビウスを呼びにやったり、伝令を呼びよせて前に聞いた報告をもう一度繰りかえさせたりして、一日のばしに問題の解決をのばしていた。

もちろんコンスタンティヌスは一度ならずそれに対して決断を下そうと試みたことはあった。しかしそのたびに彼の心に、ある種の恐怖とともに、あの大蝗の夢が、はっきりとよみがえってきたのである。なるほどエウセビウスはそれを饑饉の予兆として解釈していた。そして事実、キリキアのある地方では旱魃《かんばつ》が起り、かなりの住民が飢えたり、流民となったりした。しかしそれは大ローマ全体からみれば、一属州にもみたぬ狭い地域の話である。ほんの笑うべき片田舎の出来事にすぎなかった。だがそんな片田舎の饑饉が、いったい大帝国全体を統治する皇帝の夢のなかに、予兆となって現われるだろうか。それが帝国の心臓部であるならいざ知らず、辺境に近い一地方の出来事であるのに、統治者の宿命を予示する夢となって出現することがあるだろうか。エウセビウスは予言というものは、象徴的な形で与えられるので、さまざまに理解されねばならぬと言っている。とすれば、大蝗の夢は、饑饉などではなく、実は、このペルシアの侵入を予言していたのではないだろうか……。

コンスタンティヌスはそこまで考えると、それまでのすべての決意がぐらつくのを感じた。彼は大きな灰色の潤んだ眼を不安げに見ひらきながら、「もし大蝗がペルシア軍だとすると、私の剣の一突きで、それが無数の蝗になるというのは、いったい何を意味するのだろうか。それが馬を食いつくすというのは、いったいどういう意味だろうか」とつぶやいた。そして夢のなかで聞えた、無数の蝗の群が馬の肉を齧るすさまじい音を思いだして、軽く身ぶるいした。

コンスタンティヌスの思いは、そんなとき、暗い方へ、暗い方へと落ちていった。見苦しい敗戦とか、絶望的な死とか、国家の混乱とか、そんないまわしい予言が、蝗の大群の翅音のなかに包まれているような気がした。

さすがにコンスタンティヌスはそれをエウセビウスに言いかねていた。彼はただ礼拝堂で聖者の遺骨に唇をつけて、この窮境から脱することを、ながいこと、祈りつづけるほかなかった……。

しかし三三七年の春が深まり、ボスフォロス海峡を吹きぬける風が弱まり、コンスタンティノポリスの町々の並ぶ丘陵の斜面に青々と草の芽がのびはじめるころ、コンスタンティヌスみずから大軍を率い、シャプール二世の挑戦にこたえて、ティグリス河流域に出撃するという報せが電光のように、首都の人々のあいだを走りぬけていった。

広場でも横町でも大通りでも人々は朝からこの話題にかかりきりだった。溜飲が下ったという者もいれば、人頭税が増えるのではないかと心配する者もいた。しかし誰も彼もが、四十年来の平和が破れて、軍隊が出動する緊迫した空気に興奮していたのは事実だった。町には一種の酩酊感のようなものがただよっていた。

間もなく町の人々は、幾隊にも編成された軍団が、フォールムで司教たちの祝福を受けたのち、中央街路を通り、金門から出てゆくのを見送った。

ローマ古来のしきたりに従って、先頭には旗をなびかせ、長槍をきらめかせた儀仗兵と、トランペットを吹き太鼓を打ち鳴らす鼓笛隊が進んでいた。しかしローマ伝来の習慣であるジュピターの神像も、犠牲牛の行列もそこには見当らなかった。そのかわりに人々は、金糸で縫いとりをした僧帽を戴く司教たちの一団と、兵士たちに担がれた櫃と、幾つとなくつづく十字の旗を認めた。櫃のなかには、教会堂そっくりにつくらせた天幕と、殉教者の遺骨とが、祭具一式とともにおさめられているという話だった。沿道にならんで歓呼を送る住民たちのなかには、その行列に十字を切り、地面にひざまずく者も少なくなかった。

コンスタンティヌスの軍団がビテュニアの中央に近いヘレノポリスに達したのは、首都の住民の歓呼に送られて金門を出てから半月後のことである。それまで入江を右手にのぞんで進軍していた軍団は、そこから小アジアを斜めに横切り、山岳地帯をぬけて、ティグリス河の源流地方に出ることになっていた。軍団は一挙に山々をこえるため、そこで小休止をとった。山をこえれば、すでに敵と遭遇する可能性が強かったからである。

しかしまさに出発という日の夜明け、哨兵《しょうへい》の一人が地平線に異様な輝きを発する星を発見して、上司にその異変を告げた。上司が天幕から出てみると、星は握り拳《こぶし》ほどの大きさに見え、赤い光をはなち、ながい不気味な尾をひいて、地上を斜めに見おろしていた。

この彗星の出現は、まだ夢うつつだった全将兵のあいだにただちに伝わった。人々は武具をつけるのも忘れ、恐怖にとらわれて、星が尾をひいて空にかかるのを見つめた。黒い地平線のうえに、それは悪霊か不吉な予兆のように、陰気な、気のめいるような赤い光を投げていた。

侍従のひとりがコンスタンティヌスの天幕におもむいたとき、大帝は夢にうなされ、びくりとして寝台のうえに起きあがったところだった。大帝は夜のあいだ、ずっと黒い何人もの人間に、押えられ、喉をしめられているような気がしたのである。そのなかには、昔、殺した息子のクリスプスや、浴場で蒸し殺しにした妻のファウスタがまじっているように感じられた。寝汗が全身を濡らしていた。

コンスタンティヌスは侍従から報告を受けると、寛衣を肩にかけ、彼自ら天幕の外へ出た。まだ夜明けといっても日の出は遠く、あたりには濃い闇とともに、冷たい大気が流れていた。

巨大な星は遠い地平線のうえに斜めに尾をひき、陰気な、不気味な赤さで光っていた。コンスタンティヌスはそれを見ると、いままで味わったことのないような吐き気と眩暈が襲ってくるのを感じた。身体の節々がだるいばかりではなく、肌を粟立てて悪寒のようなものが走り、急に震えがくるかと思うと、次の瞬間に身体がかっと熱く火照《ほて》った。彼は思わずそこにへたへたと坐りこみそうな自分を感じた。大帝は侍従を呼んだ。

侍従が衛兵と二人でコンスタンティヌスの巨軀を支えたとき、大帝は身体から一切の力がぬけてゆくような気がした。地面がずるずると滑ってゆき、そのなかに無限に落ちてゆくような感じがしたのである。

コンスタンティヌスは辛うじてエウセビウスを呼んでくるように侍従に命じると、衛兵の腕のなかで一瞬気をうしなった。彼は闇のなかで立ち騒ぐ兵隊たちの気配を感じていたが、かつてのように、それを叱咤して鎮めるだけの気力もなかった。ただ不快な吐き気と悪寒のなかで、彼は、ふと、赤く光る彗星が、どこか、夢に出てきた大蝗の眼の色に似ていることに気がついただけだった。しかしそれさえ一瞬その頭に閃いただけで、次の瞬間、白けた、不快な、深い窖《あなぐら》のなかにずるずると落ちこんでいった。

エウセビウスが他の司教たちと共に天幕に駆けつけたとき、コンスタンティヌスはすでに高熱のなかで激しく身もだえし、彼の魂をまもるはずのこの老いた司教を見わけるだけの力さえうしなわれていた。

コンスタンティヌス大帝は明け方近くなって意識をとりもどし、エウセビウスから十字架を受けとると、二言《ふたこと》、三言《みこと》、侍医の質問に答えたのち、ふたたび深いねむりに陥った。侍医たちは、大帝の寝息が落着きはじめるのを見ると、枕もとに集まっていた将軍、高官、司教らに、眼で、天幕の外へ出るよう促した。

エウセビウスは人々のあとから、将軍アテノクレスとともに天幕を出た。天幕の外はすでに夜が明けていて、朝日に照らしだされた谷間に、軍団主力が野営しているのが見えた。

兵隊たちは幕舎の前で朝餉をとったり、薪を集めたり、武器の手入れをしたりしていた。将軍アテノクレスはそうした軍団の様子にひとわたり眼をやった。兵隊たちの話している声は直接には聞えなかったが、彼らが夜明け前に出現した彗星の話にかかりきりだったことは、遠くからでも容易に想像することができた。谷間全体にわたって、いつもの朝と違った、なんとない動揺が感じられたからである。

むろんそうした動揺を将軍アテノクレスが見落すはずがなかった。そしてふだんのアテノクレスならば、そうした気配だけで、激しい怒りにとりつかれたにちがいなかった。

しかしその朝のアテノクレスは、全将兵の動揺から故意に眼をそらすと、太い眉をしかめ、地面のうえに困惑したような視線を落し、それから傍らの司教エウセビウスのほうを見た。アテノクレスはそのとき何か言いかけて口をつぐんだ。

二人の幕舎が同じ谷間の入口にあったので、将軍と司教とは、草のあいだにつづいている小径を、肩を並べるようにして歩いた。

将軍アテノクレスは、そうして歩きながら、時おり、黒い毛のはえた指を組み合わすとその関節をぽきぽき鳴らした。

大帝直属の軍団を率いる将軍アテノクレスは、太い眉の下から眼をぎらぎら光らせた、鬚面《ひげづら》の大男で、エウセビウスと並ぶと、たっぷり首一つ分だけ大きかった。強力の持ち主で、敵将を馬ごと担ぎあげたとか、ゲルマニアの堡塁から巨石を投げ落したとか、ペルシア追撃戦では三日三晩、不眠不休で馬を走らせたとか、アテノクレスにまつわる武勇談はローマ軍団のなかに広く行きわたっていた。

兵士たちは巡察中のアテノクレスの鬚面をみかけるようなとき、そのまわりに駆けあつまり、口々に「将軍万歳」を叫んだ。将軍は将軍で、集まってきた若い兵士のなかから一人をえらび、持っていた槍で、力競べなどをした。そんなとき、兵士たちの湧きかえる声援のなかで、額の血管を脹《ふく》らませ、真っ赤になって力を競うアテノクレスをみていると、それが馬上から三軍を叱咤して野戦を指揮し、ゲルマニアからエジプト、シリアの砂漠まで豪勇をとどろかせた大将軍であるとは、とても信じられなかった。

アテノクレスはどんな下層の兵士たちとも気易く話した。身につける飾りなどはほとんどなく、つねに簡素な服をまとい、重い剣を帯び、野戦のあいだは兵士たちと同じ食事をした。兵士たちはアテノクレスをただ「将軍」と呼んだが、それは特別な親しい響きをこめて呼ばれ、それがアテノクレスを指していることは、誰にもすぐわかるのであった。

しかし兵士たちの語る言葉のなかには、そんなときにも、将軍に対する親愛の念とともに、一種の畏敬の響きをうしなうことがなかった。それは主としてアテノクレスの怒りが激しく、ひとたび怒りにとりつかれると、それは火山から噴出する溶岩のように、いつ止まるとも知れなかったからである。ローマ軍団のなかには、アテノクレスの最初の妻が、激怒した将軍の手で扼殺されたという噂が、いまだに、ひそかにささやかれていた。むろん将軍には殺意などはなく、ただ怒りにまかせて、妻の首に手をまわしたら、そのときはすでに死んでいたというのだった。

この噂の真偽はともかく、将軍はたしかに怒りにかられると前後の見境をなくすことがあり、そのため何人かの腹心の部将を追放したり、自殺させたりしていた。将軍はほんのわずかの言葉にもよく腹を立てることがあったのである。コンスタンティヌス大帝もこうしたアテノクレスの性格にはしばしば手を焼いたが、しかし大帝に対する忠誠と献身は、そうした欠陥を補って余りあったのだった。

将軍は大帝の前に出ると、その巨軀を窮屈そうに曲げ、緊張し、大帝の言葉に唯々として従った。アテノクレスにとって、生きる意味も、目的も、願いも、すべてコンスタンティヌス大帝から切りはなすことは不可能だった。言わば大帝はアテノクレスの神であり、すべてであった。彼は大帝に随行するとき、鬚面のあいだから子供のような喜色をのぞかせていた。

こうしたアテノクレスが、その朝、エウセビウスとならんで大帝の幕舎から出てきたとき、谷間に野営する兵隊たちから眼をそむけたのは、大帝の時ならぬ病状を見た彼自身が、激しい心痛と不安にとらえられていたからである。

アテノクレスはその後、何度か司教に声をかけようとして口をつぐんだが、自分たちの幕舎が近づき、そこで別れなければならなくなったとき、太い眉の下から、光った眼を、落着きなく動かしながら、思いきってエウセビウスにこう訊ねた。

「司教猊下《げいか》は本当にあの箒星《ほうきぼし》のことを何とも思われぬのですな」

エウセビウスは、そのとき一瞬、別のことに気をとられていて、アテノクレスのこの言葉を、すぐ理解することができなかった。それで、しばらく、将軍の鬚面を、問いかえすような表情で見あげていた。

将軍アテノクレスはひどくどぎまぎして言った。

「いや、お考えはわかっているつもりだが、わたしは大帝のあのお苦しみようを見ると、まさか、万一のことがあるのではないかと、そんな気がして、おそろしいやら不安やらで、自分がどうしていいのか、わからなくなるのでしてな。あの箒星めが、そんなわざわいの因《もと》ならば、ローマ全軍をさし向けても、あの星めを打ち滅してやりたい——そんな気持でしてな。まさか、あの箒星めが、そのような凶事をもたらすことは、ありますまいな。いかがですな」

アテノクレスは太い眉の根を寄せてじっと司教を見た。司教は首を振って言った。

「星にまつわる迷信、俗説は根深いものですから、一朝一夕には、根絶することはできますまい。だが、私らキリスト教徒は、そのような迷信、俗説にまどわされぬよう、心せねばならぬと考えているわけです。大帝の身のうえに何事かが起るなどということを、かりそめにも、あの星の出現と結びつけることなど、あってはならないのです」

「いや、まったく」将軍アテノクレスは鬚面のあいだから声を強めて言った。「そんなことは、あってはなりませんて。まったくです。そんなことは、わたしも許しませんぞ。万一大帝の身のうえに何かが起ったら、わたしは生きてはおりません。生きておることなどできません。大帝なくしては、このアテノクレスはありませんからな」

将軍は鬚をふるわし、感動したように叫んだ。それから黒い毛のはえた指をぽきぽき鳴らし、二、三度頭をふって、エウセビウスと別れた。

しかしエウセビウス自身は、この鬚面のアテノクレスのようには、事態を単純に考えるわけにはゆかなかった。たしかに大帝の身に万一のことがあった場合、アテノクレスに劣らぬだけの悲哀を、彼エウセビウスも感じるにちがいなかった。しかしエウセビウスには、それ以上に、教会の問題があり、宗派間の論争の問題があり、さらに宮廷の権力を教会側にひきつけておく問題があった。万一、大帝の身に何事かが起り、かりにも大帝の死というような最悪の事態が起った場合、エウセビウスのやるべきことは、悲哀にふけることではなくて、大帝の後継者から、大帝から受けたのと同じ信頼、同じ庇護を、とりつけることでなければならなかった。

また事実、エウセビウスは以前から、宮廷の権力者に対しては、それぞれこうした庇護や、特殊な関係を結ぶようにつとめていた。たとえば、その朝、将軍アテノクレスと別れて、自分の幕舎に帰ったエウセビウスが、最初にとりかかった仕事は、先発軍団を率いてすでにティグリス流域地方にいた皇子コンスタンティウスにむけて、手紙を口述するということだった。

司教は幕舎のなかを、軽く右足で跛をひきながら、行ったり、来たりして、修道僧メラニウスに、大帝を不意に襲った病状について詳しい報告を書きとらせた。

エウセビウスはその手紙のなかでは彗星の出現には触れず、ただ侍医たちの見解をつけ加えるにとどめた。そして時おり、言葉を跡切《とぎ》っては、じっと自分の前を、奥深い、鋭い眼で見つめた。それはあたかも書簡に書きつらねる言葉が、東方の前線にある皇子に、どのような効果を与えるか、計っているような眼《ま》ざしであった。

司教エウセビウスがコンスタンティヌス大帝の第二子コンスタンティウスと親しい交わりをかわすようになったのは、つい二年前、紀元三三五年に行なわれた大帝即位三十周年の大祝典の後のことにすぎなかった。

その年は、宮廷大広間では華々しい儀式がつづき、完成したばかりの大寺院、礼拝堂では荘厳なミサが行なわれた。夜になると宮殿の広間という広間は昼のように明るく照しだされ、全ローマから集まった貴族、高官、元老院議員、宮廷人、女官らがきらびやかな服装を競い、祝宴は幾晩にもわたってつづけられた。

ローマ全域にわたって、恩赦が布告され、各種の租税が免除された。首都のコンスタンティノポリスはむろんのこと、属州の首都、主な町々は篝火をたいて、昼夜の別なく、大帝の三十年の平和を奉賀して祝宴をひらいた。人々は踊りをおどり、歌をうたった。

アンティオキアの教会堂では、新たに鋳上げた鐘を高らかに鳴らして、迫害されることなく信仰に励める大帝の御代を讃仰した。たしかに教会の鐘はまだ新しく、鐘の音はただアンティオキアのほか、エフェソス、ペルガモ、スミルナ、ニカエア、テサロニケ、ガザなど、大きな都会《まち》の屋並のうえにのみ流れたにすぎず、広大なローマ属州を占める大部分の田舎の町村では、なおキリスト教は、異様な、気ちがいじみた宗教とみなされていた。しかしすでに教会堂が建立された都会《まち》は、ローマの発展とともに、地中海をかこんで、遠くから光をかわしあう燈台のように、その数を増やしていた。キリスト教徒の多くが、この大祝典を、自らの宗派の大きな勝利の道標のように感じていたのは、こうした事情を考えあわせると、ごく当然のことだった。

また事実、コンスタンティノポリス宮廷で華やかな祝典を心から喜びえたのは、宮廷に徐々に支配力をのばしはじめたキリスト教を奉じる官僚たちだった。そしてそれは、旧都ローマから呼ばれた異教に忠実な元老院議員や貴族たちの冷ややかな態度と際立った対比を示していた。

しかしそうしたキリスト教徒の歓喜や熱狂のなかにいて、ひとりニコメディアのエウセビウスだけは、軽い跛をひきながら、冷静な態度を失うことなく、奥深い鋭い眼を、祝宴に酔う人々にむけていた。

とくに祝典が最高潮に達したある荘厳な儀式のさなかに、コンスタンティヌス大帝みずから、三人の皇子たちに対して、大帝の歿後《ぼつご》は、ローマ帝国を三分し、それぞれが分担統治すべき旨の勅書を読みあげたとき、司教エウセビウスのやせた頬は、緊張のあまり、思わずひくひくと引きつれたように動いたほどだった。

むろんエウセビウスも多くの司教たちにまじって、皇子の一人一人に祝詞を申しのべ、神の加護がその頭上にあるようにと祈った。だが、他の司教たちにとって、それはあくまで宮廷の儀式にともなう形式的な祝詞にすぎなかった。多くの宮廷人が群をなして三人の皇子をとりかこんで口々に申しのべる祝詞と、それは大して変りばえするものではなかった。

たしかにそうした宮廷人のなかには、近い将来、大帝にかわって、帝位に即く若い皇子に、早速祝いの品々を届ける手ぬかりない男たちもまじっていた。たとえば近々ガリアに赴任する巡察使アンカレスは、若いコンスタンティヌス（二世）にアルメニアでとれた宝石を献じたという噂が伝わったし、イタリア、イリリアを統治するコンスタンス皇子には、ローマ元老院から、象牙彫りの見事なローマ風俗図が贈られていた。

しかしエウセビウスが、東方全域を統治するコンスタンティウス皇子に差しだしたものは、宝石でもなければ、記念品でもなかった。この軽く跛をひく、鋭い眼をした司教が差しだしたものは、彼が異端論争で追放されていた三年のあいだ、シリアや小アジアやエジプトの各地で得た人情、風俗、政情、教会事情などの知識だった。彼は実際にそれを羊皮紙に書きとめた部分もあり、そうしたものは仮綴にして、皇子に捧げた。しかしその大部分は、エウセビウスの激しい、巧みな話術によって語られたものだった。若い、コンスタンティウスは、将来自分が統治するはずの地域全体にわたって、これほど広く詳細な知識をもっている司教を見て驚嘆した。たとえば皇子がスミルナやペルガモの商業の発達について訊ねると、エウセビウスはたちどころに主な職業、交通事情、交易状況、働いている人々の様子、馬の数、布地の種類、品々の類別などについて述べるのであった。どの町は表面は栄えたように見えるが、実際は見かけだけであるとか、どこそこの町は清潔で静かだが、これこれの絹、財宝、貨幣が貯えられているとか、それは皇子コンスタンティウスが幾夜聞いても聞きおわることのないような知識だった。

そんなことがあってから、この二人のあいだには一種の友情、盟約のようなものがうまれていた。エウセビウスはニコメディアであろうと、首都であろうと、皇子に関することは、大小洩らさず報告した。軍隊内での噂のこともあれば、宮廷の廊下での取り沙汰であることもあった。あるいは大帝の身辺の情報である場合も少なくなかった。しかしそのいずれの場合にも、皇子コンスタンティウスの信任と庇護をとりつけようとする努力には変りなかった。

皇子コンスタンティウスは父大帝に似た、大きな灰色のぎょろりとした眼をもっていた。ただ大帝の幅広な、堂々たる容貌にくらべると、顔立ちは細長く、蒼ざめていて、たえず神経を鋭く使い、眉と眉のあいだに深い皺を刻んでいた。そして慎重で、疑いぶかく、笑顔を見せるようなことは滅多になかった。

たしかに皇子コンスタンティウスのほうが、迷信深くなった気弱な大帝より、数等倍扱いにくいことは事実だった。皇子はよほどのことがないかぎり、こちらの話に乗ってくるようなことはなかったし、たえず疑いぶかそうに、眉のあいだに皺を寄せて、ぎょろりとした眼で相手の顔を見ていた。

とまれ、彗星の出現したその朝、エウセビウスが大帝の不例をはじめに皇子コンスタンティウスに報じたのは、二人のあいだに、こうした盟約がかわされていたからだった。

エウセビウスは手紙を口述しおわると、しばらく寝台の端に坐って、修道僧メラニウスが出ていった天幕の戸口から、日の光が、金色の縞になって流れているのを見つめていた。

彼はいつもこうした仕事を終えたあと感じる満足や充実感がなぜか訪れてこないのを、いぶかしく感じた。むしろ彼はそのとき、ある種の苛立たしさ、不安、危惧といった気分を味わっていた。

もちろん彼は、それがどこから生れてくるのか、はっきり理解することができなかった。彼は、ひょっとしたら、夜明け前に呼びおこされて、いくらか眠りが足りていないのであろうかと思った。それで、しばらく寝台のうえに横になったが、そのころ天幕のなかにも、五月にしては異様にあつい外気が、すこしずつ感じられるようになり、エウセビウスは眠りに入ることはできなかった。


その日の午後になって、はじめて東方の前線へ大帝側近の高官から正式の伝令が飛ばされ、大帝を襲った突然の病気と、その結果、軍団主力がしばらくビテュニアに駐屯する旨の決定とが報告された。その報告はまた同時にコンスタンティノポリス宮廷に留守をあずかる皇弟ユリウスのもとにも送られた。

宮廷からは折りかえしエピカルムスを含む数人の高名な医師たちが、大帝のとどまるヘレノポリスにむけて、四頭立て馬車で出発した。宮殿の会議室では高官たちが深夜まで、燭台の火に赤く照されながら、大帝の急病にともなう善後策を協議した。最大の問題は、ペルシアの侵入に悩まされている現在、ビテュニアまで進出した軍団主力を、そのまま東方に転進させるか、それとも大帝の病状がはっきりした結果を見せるまで、同地にとどめるかということだった。

皇弟ユリウスは兄大帝の急病の報せを受けとると、彼自身、何か異様な熱が襲ってくるような感じがした。そしてまた、いままで重く自分のうえにのしかかっていた一枚岩のような圧迫が、急速に遠のいてゆく感じも、そこには混じっていた。たしかに兄大帝を襲った急病は、温厚なユリウスに深い心痛を与えていた。彼は兄でなければできない数々の仕事がまだ残っているのを誰よりもよく知っている一人だった。たとえばこんどのペルシア軍の侵入にしたところで、兄コンスタンティヌスがローマ全軍団に抱かれている熱狂と信頼がなければ、果して支えきれるかどうか、わからなかった。

にもかかわらず、皇弟ユリウスは、心のどこかで、たしかに、こうした異様な興奮、わなわな震えるような感じ、ほっと重荷がとれたような感じを、味わっていたのも事実だった。もちろんユリウスは、それを自分でも不謹慎に思い、内心の奥深くに隠そうとした。しかし彼がそうやって隠せば隠すほど、それはユリウスの胸に噴きあがってきて、何か一種の解放感のような、歓びの感情に似たものとなって舞いあがってくるのだった。

ヘレノポリスからの報告は、その後も、いっこうに明るい内容をもたらさなかった。

むしろ大帝の病状は刻々に憂慮すべき状態にむかっていることが、急使の告げる報告から読みとれるのであった。

エピカルムスが主治医となって試みた数々の治療はなんら効力をあらわさなかった。別の医師たちは刺胳《しらく》や薬草よりは、ヘレノポリスの温浴療法がすぐれていると主張した。しかしビテュニア全州から湯治客を集めている有名な温泉も、コンスタンティヌス大帝の病状には、なんの変化を与えることもできなかった。

大帝自身の意思で、ビテュニア地方で信仰を集めていた聖者リキニウスの遺骨が、あわただしい司祭たちの行列にかこまれて、大帝の病室へ運ばれた。聖者リキニウスの遺骨を、大帝の生母ヘレナが最後まで篤《あつ》く信仰していたことを、熱にうかされたコンスタンティヌスは思いだしたのだった。

大帝自身の熱烈な礼拝や、口づけや、祈禱に加えて、ニコメディアのエウセビウスをはじめとする司教、司祭らの祈念にもかかわらず、大帝の病気に関しては、いっこうに奇蹟らしいものは現われなかった。かえって五月十七日夜、それまでにない高熱が大帝を襲い、もはや医師の治療によっても、司教らの祈念によっても、大帝の意識を回復させることはできなかった。

病状悪化の報せがコンスタンティノポリスに届いたのは翌日の朝であった。ユリウスは高官たちを至急召集して、事態がいよいよただならぬことを確認せねばならぬと発言した。

会議はただちに、大帝を入念に配慮された馬車に移し、首都に向けて出発させることを決定した。会議の席上、ユリウスは、万一の場合にそなえて、ローマ全土に騒擾が起らぬよう、大帝に関する一切の報告は、宮廷会議の極秘事項にすることを提案し、これは全員一致で確認された。

会議を終えたユリウスは、宮殿の歩廊《ガルリー》に出て、そのつづきにある小庭園の泉水を眺めていた。旧都ローマの宮殿そのままに、モザイクで全体をおおわれたその泉水は、午前の日のかげりのせいか、陰気な色をたたえていた。ユリウスは歩廊を離れると、泉水のそばまで行き、澄んだ水の底に、童児が海豚《いるか》とたわむれているモザイクの図柄を眺めた。するとほとんどこれという理由もなく、ユリウスの胸に深い悲哀が潮のようにひたひたと寄せてきて、彼は声をあげて慟哭した。彼は決して兄コンスタンティヌスを、世の中の常の兄のようには愛してもおらず、親しんでもいなかった。それはたしかに皇帝という特殊な地位や、宮廷という特別な環境のせいであるのも事実だった。しかしそれ以上に、兄コンスタンティヌスには、王者らしい堂々たる威厳と強大な統率力が備わっていて、いかに理知に鋭いユリウスが口惜しがっても、その重い、のしかかるような力をはねのけることはできなかった。ユリウスはたえず兄のこの力を意識しないではいられなかった。時には、母テオドラの高貴な血を楯にして、兄を軽蔑しようと試みた。またある時は、兄の残忍さ、野卑な冗談、粗暴な振舞いを見下そうと努めた。しかしそんなときでさえ、兄の背後に輝いている大ローマ帝国の威光は、どうすることもできずに、弟ユリウスの反抗心を抑えつけてしまうのだった。

ユリウスは兄を尊敬し、その前に畏伏することはあっても、愛し、睦びあうことはできなかった。冗談ひとつ、愛情をこめた言葉ひとつ、かわすことができなかった。

ユリウスが池の水底に童児と海豚のモザイクを見た瞬間、彼の心を襲ったのは、こうした冷たい、形だけの結びつきで終るほかなかった兄との間柄の寂しさだった。そのときユリウスはふとこんなふうに感じた――たしかに彼が新都の建設に全力をあげ、辺境統治に奔走し、租税、財務に神経をすりへらしていたのは、兄を意識した競争心もあったが、それ以上に、あの強大な兄コンスタンティヌスに対する愛ではなかったか。ただ血をわけた者たちだけが感じる、あの温かな、胸をしめつけるような愛のためではなかったか。「そうだったのだ」とユリウスは心につぶやいた。「それは兄への愛からだったのだ。野心や競争心だけだったら、なんでアルメニアの奥地まで苦しい旅をしただろう。兄が言いもしなかった巧妙な言葉を蛮族《バルバリ》の首長たちに語って、兄大帝の威光を一段と輝かすようなことを、兄への愛なしに、どうしてできるはずがあろう。私は兄への愛を感じていたのだ。ずっと、ずっと昔から、私は兄への愛を感じていたのだ。兄を誇らしく思ってさえいたのだ。そうだった。私はあの血のつながる者の熱い、くつろいだ、あの愛情によって、兄と結びついていたのだ。それなのに、なぜ、私は、とうとう兄にこの愛を打ちあけなかったのか。おそらく兄はもう二度とふたたび、眼を開くことはないだろう。私は兄にこの気持をついに打ちあけることはできなかったのだ。なぜこの童児が海豚とたわむれるように、こんな素直な気持を兄に対して抱かなかったのだろう。かたくなな競争心だけにとらわれるとは、なんという愚かな自分だったのだろう」

皇弟ユリウスは涙の流れるのにまかせていた。涙は熱く頰をぬらし、ほとんど甘美なまでにユリウスの心をとかした。

涙が流れおわると、それまでユリウスのうえに、あれほど日々重くのしかかっていた圧迫が、涙でとけさったように、影も形もなくなっているのに気づいた。ユリウスはその不思議な自由感を自分の内部であらためて味わってみた。それはなにか新鮮な、コーカサスの山頂で感じられる澄んだ空気の味わいに似ていた。

悲哀が過ぎると、ユリウスの心には、こうした静かな解放感が押しよせてきた。しかしそれでもしばらく彼は池水のそばに、そのまま立っていた。水底に見えるモザイクの童児の図が離宮にいる小さいユリアヌスに似ているのに、彼はそのとき気がついた。

ユリウスは自分の頰が幸福な笑いを刻むのを感じた。彼はそれまでにない明るい幸福を味わっていた。それはおそらく彼が兄への愛を自分のなかに確認できたためであったかもしれない。あるいはそうした愛情を、これからは、海豚にたわむれる童児のように、素直に表現してゆこうと考えたためかもしれない。

それはともあれ、ユリウスは涙が乾いたあとの眼の感触を、その瞬きのなかに感じながら、幸福な笑いを頰に刻んだまま、歩廊《ガルリー》に入っていった。

日はなおかげったままで、灰色の空をうつした池水の底に、海豚とたわむれる童児が寒そうに見えていた。


熱病に喘ぐコンスタンティヌス大帝をのせた馬車は、その動揺と轟音をふせぐため、車輪を厚い布で覆い、馬たちの蹄に藁沓《わらぐつ》をかぶせて、全速力で、ビテュニア街道を北東にむかった。馬車には、同じく蹄を藁沓につつんだ騎馬の近衛兵が三百騎ほど護衛した。馬車は夜を日についで首都コンスタンティノポリスに急いだ。宿駅ごとに、すでに藁沓をはいた馬たちが待機し、馬車が到着するとすぐ、泡を吹いて足掻きする疲労した馬と交替した。

宿駅にも沿道の町々にも、大帝の不例については、何一つ知らされていなかった。そのため、人々は、厚い布地をまきつけた異様な恰好の馬車が、騎馬隊にかこまれて、北東へ走ってゆくのを、魔群の行列であるかのように眺めた。かたい石を敷きつめたローマの街道のうえを、それは音もなく走りさったので、それを眼にした人々は、自分が突然聾にでもなったのかと思ったほどだった。

大帝の馬車はこうして五日後の五月二十一日にニコメディアの離宮まで到着した。離宮にはすでに首都からユリウスはじめ高官たちが出迎えていたが、医師エピカルムスの言葉をまつまでもなく、大帝の身体をこれ以上動かすことは不可能だった。大帝の高熱は依然としておとろえず、意識もすでにここ数日来、うしなわれたままだったからである。

ユリウスは兄大帝が黄色く萎えたように衰弱し、口を半ばあけて喘ぐように息をしているのを見、エピカルムスら数人の医師が腕に刺胳をほどこしたり、薬草で足を包んだりするのを見つめていた。そのときユリウスは、ふと、兄大帝がこうして意識をうしなったまま、神々のもとにかえるのではないか、という気がした。

「兄は、生母ヘレナの影響をうけ、キリスト教徒を保護し、教会に厖大な喜捨を行なってきたが、結局は、ローマ古来の神々のもとへ帰ることになるのだ。それがローマ皇帝にはふさわしいことだし、そうでなければならぬはずのものだ。ジュピターへ捧げる犠牲牛の行列と、花をまく乙女たちと、荘重なトランペット隊——それが皇帝の葬儀にはふさわしいのだ。兄はこうして意識をうしなっている以上、古式に則った葬儀が挙げられるかもしれぬ。兄はついに最後まで、キリスト教徒を保護したが、自分がキリスト教徒になる決心がつかなかったのだから……」

その後、ユリウスは小声でエピカルムスに、病状について二、三の質問をし、部屋を出た。彼は部屋を出るとき、兄の病室をまもる二人の衛兵に、医師のほかは、何人たりと、部屋に入れてはならぬ、と命令した。

ユリウスは、部屋にかえると、その露台から、しばらく黒い森のうえにかかる半月を眺めていた。異様な赤い光を放つ彗星は、すでに地平線にかくれていたが、空には嵐の気配があり、月の面をかすめて、乱れた雲が足早に動いていた。森からは風に鳴る木々のざわめきと、時ならぬ鳥たちの悲鳴が聞えていた。暗い大地のいたるところで、青白い電光のようなものが、たえず光っていた。

ユリウスが椅子にもたれたまま、どれほどまどろんだころであろうか、突然、窓辺で轟く雷鳴に目をさました。戸が風に吹きあけられ、そこから豪雨が降りしぶいていた。燭台の火は消え、稲妻の蒼白い光のなかで、ユリウスは燧石をさがした。

誰かが戸口でユリウスの名を呼んでいるような気がした。

戸をひらくと、そこに侍従が、蒼ざめた衛兵をつれて立っていた。

「畏れながら、この者が火急の用と申しますので……」

侍従は衛兵を眼顔で指し示しながら言った。それは、ユリウスが、つい先刻、兄大帝の病室の前で見た衛兵の一人だった。

「ユリウス殿下のご命令にもかかわらず、司教猊下が大帝のお召しと申されて、たってご入室された由、この者が申しております」

侍従が言葉をつづけた。

「それは本当か」

ユリウスは思わずこみあげてくる怒りを抑えて訊ねた。

衛兵は蒼ざめたまま、頭をさげた。

「大帝陛下のお呼びと申されました」

「司教は誰か」

「ニコメディアのエウセビウス猊下でございます」

その言葉をきくと、ユリウスは顔色をかえた。一瞬、自分の立っていた敷物を、不意に誰かにひっぱられたような気がしたのである。みるみる皇弟の額には怒りの色が浮んだ。

ユリウスが病室に駈けつけたとき、大帝の枕もとには、司教エウセビウスのほか、侍医エピカルムスが控えているだけだった。燭台の火が暗く、ユリウスは辛うじて司教の骨張った顔を見わけた。

「大帝が猊下を呼ばれたのは、本当か」

ユリウスはエウセビウスに言った。

「エピカルムス殿が証人でございます。大帝は私をお呼びになりました」

「本当か」ユリウスはエピカルムスを見た。

エピカルムスは影になった頭を静かに縦にふった。

「エウセビウス殿の名を呼ばれました」

「何の用だったのか」

ユリウスは声をひそめて、激しく訊いた。

「洗礼をお受けになるご意向でございました」

「そんなはずはない」ユリウスは思わず声を高めて叫んだ。

「そんなはずはない。皇帝はずっと眠りつづけておられたのだ」

「いいえ、たしかにそのご意向を洩されました。私は大帝陛下をご洗礼申しあげ、ただいまキリスト教徒となられた陛下に、終油の秘蹟をおさずけしたところでございます」

ユリウスは怒りで手がふるえるのを感じた。

「エピカルムスもそれを証言するか」

「私は、大帝陛下がエウセビウス殿の名を口にされたことは、しかと証言申しあげます。しかし爾余《じよ》のことは、私がご病室の外におりましたゆえ、証言申しあげかねます」

「なぜ部屋を出たのか」

「司教猊下がお望みになったからでございます」

「では、皇帝がはたして洗礼を望んだか、どうか、わからぬではないか」

「おそれながら」エウセビウスは冷たく言った。「大帝陛下はそれをしかとお望みでございました。私の名を呼ばれたのは、そのためでございます」

「しかし」ユリウスは怒りに身をふるわせて、思わず高くなる声を抑えて言った。「皇帝は、ただ猊下の名を口走っただけかも知れぬではないか。猊下は、本当に、皇帝の口から洗礼の意志をたしかめたのか」

司教は黙って頭をさげた。「たしかにそのご意向でございました」

エウセビウスの言葉はフォールムの中央に据えた記念柱の台座のように、重く、微動だもしないような感じだった。

「皇帝は……」ユリウスは、兄大帝がここ数日来、熱に浮かされたまま、意識をうしなっていた事実を、指摘しようとした。しかしそれは言葉にならなかった。ユリウスはすべてが一瞬の差で手遅れになったことを感じた。

大帝がエウセビウスの名を口走った以上、それは彼らキリスト教徒にとって、何よりの口実になる。それは、もはやここで言い争ったとしても、どうにもならぬ事実として受けとられるのだ。洗礼の意志がなかったと言いはったところで、こちらには、それを証拠だてるものは一つもない。キリスト教寛容令、キリスト教徒の登庸、首都の聖ソフィア寺院はじめ各地の教会堂の建設、聖地の記念堂建立――こうした一連の仕事のあと、兄が洗礼をこばんだと言っても、誰がききいれよう。これに対して、彼らキリスト教徒たちには、エウセビウスの名を瀕死の大帝が口にしたということだけで、もう十分なのだ。彼らは言うだろう。「瀕死の大帝が最後に司教の名を呼ばれたのは、洗礼を受けるためなのです。それ以外に、どうして司教の名を口にされるでしょう」だが、気の弱っていた兄が、エウセビウスの名を、ただ習慣的に口にしたのかもしれぬ。熱にうなされて、全く無意識に叫んだのかもしれぬ。本心はあくまでローマ皇帝らしくローマ古来の神々にしたがって死のうと思ったのかもしれぬ。だが、これを証拠だてるものは一つもない。ああ、せめてエピカルムスが最後の瞬間、席をはなれずにいてくれたら……。いや、そんなことはありえない。この大帝の信任の厚い侍医の妻も、たしかキリスト教徒のはずだ。もう、どこもかしこもキリスト教徒が氾濫しているのだ。せめて、生母ヘレナの感化などを受けず、迷信深くならずに、あのいまわしい寛容令など公布しなかったら、こうまで、公然と、宮廷の奥まで、キリスト教徒がはびこることはなかったであろうに……。

ユリウスは燭台の火の下で黒い影となって頑なに黙りつづける司教を見ながら、こう思った。

「万事は手遅れだ。だが、何とかしなければならぬ。何とかしなければならぬ」

彼は唇を噛んで自らそう言うと、くるりと身をひるがえして病室を出ていった。

ユリウスが立ち去ったあとで、なおエウセビウスは大帝の枕もとに坐りつづけた。

大帝の呼吸は次第に不規則になりはじめた。エピカルムスは大帝の胸に手をあてた。

一つの息がながく、荒々しく吸われたかと思うと、次の息は短く、鋭く吸われた。

燭台の火が小さく揺れ、苦しげな気配が立ちこめていた。

巨大な影をながくアジアからヨーロッパ、アフリカに投げかけていた大帝コンスタンティヌスが息をひきとったのは、それから数刻後の五月二十二日の早暁である。ニコメディアの離宮には嵐の名残りの風が吹き、豪雨に濡れた露台に、吹きちぎられた病葉《わくらば》が、押し葉のように、いちめんに貼りついていた。

離宮の広間では、ただちにユリウスの名で宮廷会議が召集され、大帝の死が報告された。同時に、東方前線に軍団をとどめている皇子コンスタンティウスと、同じくガリア、イリリアの統治に赴いている他の二皇子とに、急使が仕立てられた。しかし内外の事情が緊迫している現在、大帝の急死を発表することは、少なからぬ混乱を各地にひきおこすことが予想された。そのため宮廷会議は大帝の病状を極秘にしたと同じく、その死をも極秘に附すことを可決した。

軍令、租税に関する法令、首都建設にともなう勅令が、その後、大帝の名のもとに公布されたのは、そのためである。たしかに一部では、大帝が重病だという噂がひろがったが、こうして大帝の名のもとに、つぎつぎ法令が公布されるのを見ると、その噂もいつか立ち消えていった。

ただ当時、コンスタンティノポリス宮廷の内情に通じた一部の人々に不思議に思われたのは、ティグリス源流地方に出陣していた皇子コンスタンティウスが、父大帝の死の報告を受けながら、いっこうに首都に姿を現わさないという事実だった。たとえばガリアに赴いている皇子コンスタンティヌス（二世）や、イリリアを統治しているコンスタンスが、首都に帰還できないのは当然だった。急使がそれぞれの宮殿へ到着するのに相当の日時を要したうえ、彼らが幾つかの平野をこえ、幾つかの海をわたって、はるばる地中海の東端のコンスタンティノポリスに達するには、さらに、それに倍する日時を要したからである。

さらにコンスタンティヌス皇子にしても、またコンスタンス皇子にしても、父大帝から分与された統治領は、ローマ帝国の西部と中央部である。言ってみれば、帝国の東部は、彼らに関知しない地域なのだ。帝国の東部と、その首都コンスタンティノポリスは、ただひとりティグリス河畔にとどまっている皇子コンスタンティウスが引きうけるべきものなのだ。そして皇子は、ガリア、イリリアなどという僻遠の地ではなく、小アジアの山岳地帯をこえたすぐ向うに、軍団を率いて宿営しているのだ。もしその気になれば、半月ならずして、首都に姿を現わすことも可能なのだ。それなのに、後継者のなかで、中心になるべきコンスタンティウス皇子が、宮廷からの何度かの督促にもかかわらず、いっこうに軍を動かす気配はないのである。

このことは、コンスタンティノポリスの大宮殿の礼拝堂にひそかに安置された大帝の遺骸をとりまいて、重苦しくたちこめる異様な気配とともに、事情を知る人々の心を、一種の不安でみたした。大帝の喪が秘されていることが、こうした重苦しさを、いっそう耐えがたいものにした。宮廷内のすべての行事が、まるで悪夢のなかでのように、のろのろとしか進まなかった。人々は声をたてることもできなかった。すべては耳もとで囁かれ、すべては人眼につかずに行なわれた。

華々しく行なわれたのは、礼拝堂でのミサであり、そこでは大帝がキリスト教徒として洗礼を受けたことが公然の事実となっていた。

しかし時には、不可解な噂が流れることもあった。たとえば夜半、どこの軍隊とも知れぬ武装した兵士たちが、音を忍んで、金門から出ていったとか、港に繋留されていた軍船が一夜のうちに一艘残らず見えなくなったとか、あるいは金角湾を夜な夜な相当数の小舟が灯もともさずに対岸にむかっているとか、そういった種類の、ひどく曖昧な、漠然とした、不穏な噂だった。だからといって、その噂を語る当人でさえ、それが一体何を意味するのか、誰がそんなことをしているのか、何一つわかっていないのだった。

こうして紀元三三七年の夏は、小アジアをこえてくる乾いた暑熱をともなって、のろのろと過ぎていった。

新たに建設された給水橋のしたでは驢馬《ろば》曳きが集まって昼寝をしていた。中央フォールムでは武装した兵隊が、汗をふいては、ぼんやり、木かげ一つない広場を眺めていた。

旧城壁の近くに拡がる貧民街では、裸足の子供たちが水を掛けあって遊び、裏窓からは赤子の泣き声が聞えていた。

太陽がじりじりと首都の家々、寺院、中央道路、記念柱、城壁を焦していた。坂の石垣のあいだに蜥蜴《とかげ》が眼を金色に光らせて滑りこんでいった。時おりつむじ風が吹きおこり、むっとした熱気を、砂埃りとともに、広場のほうへ流していた。海に臨む露台には、貴族の女たちが棕櫚《しゅろ》の木かげで休んでいた。海からの風はつねに涼しく露台に吹きとおっていた。

そんな日のある早暁、コンスタンティノポリスの町々に冷んやりした朝露がおりている時刻に、町の西に開く金門から、蜿蜒《えんえん》とつづく軍団が隊列を整えて入城してきたのだった。人々は時ならぬ鼓笛隊の響きに驚き、窓をあけると、そこに、蒼ざめた、暗い顔をした皇子コンスタンティウスが、父大帝に似た灰色の大きな眼を不安げに動かしながら、軍団の先頭に、馬にゆられてゆくのを見たのである。

宮廷でも首都でも、皇子の軍団が何の前触れもなく、突如として姿を現わしたことに一驚した。これだけの軍団が移動するのを、宮廷の誰一人として気づいた者もなく、報告を受けた者もなかった。敏速と確実さで聞えた、各州に配置された哨兵たちの連絡も、この軍団の動きに関しては、何一つ情報をつかんでいなかったのである。

皇子コンスタンティウスが宮廷に帰着した翌日、宮廷会議が開かれ、ただちに大帝の喪が公《おおやけ》にされ、荘厳な葬儀が、キリスト教によって行なわれることが決定した。宮廷行事がふたたび活発に進められはじめた。役所では官僚たちが次々に流れてくる大帝の葬儀に関する書類を類別し、記入し、別の機関に命令書を送っていた。宮廷の広間でも歩廊《ガルリー》でも、人々はようやく声をあげて話せるようになった。女官たちが喪服をまとい、広間から出ていったり、歩廊から入ってきたりした。

こうして活気をとりもどした宮廷のなかで、ふだんと違っていたのは、皇子コンスタンティウスの周辺の夥しい衛兵たちの数だった。それはまるで宮廷中に敵が満ちていて、そのなかを皇子が行進しなければならないとでもいったような感じであった。衛兵たちの数はほとんど一軍隊といってもいいほどで、厳重に長槍と楯で武装し、物々しく皇子を囲んで行進していた。

宮廷会議が開かれる折、皇子の左右、背後には、こうした兵たちが並び、会議のある広間全体が、同じように物々しく警固された。

たしかに長槍の林に囲まれ、蒼ざめた、骨ばった顔を、疑いぶかそうに傾げながら、宮殿の広間から広間へ歩いてゆく皇子コンスタンティウスの様子には、どこか異様な気配がただよっていた。

大帝の遺骸は強い香料と香煙に包まれ、緋の覆いをかけられて、宮殿奥の小礼拝堂に安置されていた。緋の覆いのうえには、なお大帝が生存するかのように、黄金と宝石で飾られた帝冠が、ひっそりとした礼拝堂を見わたしていた。終夜燈がゆらゆら光を赤く投げかけているほか、花輪一つ飾られていなかった。礼拝堂に入った人は誰でも、死者に礼拝するというより、玉座の皇帝に拝謁している気持を抱いた。事実、法令の公布、会議の決定事項は、そのたびに、この緋の覆いの下の大帝に報告されていたのである。

医師たちの特殊な死体処理があったとはいえ、その緋の覆いが、台のうえに仰向けになった大帝の身体のかたちを、それとわかるように描きだしていたことは、宮廷の人々に、異常な感銘を与えずにはおかなかった。人々は、厳重に警戒された小礼拝堂に入るたびに、緋の覆いの下に、それまで感じたことのない大帝その人の重さを感じた。その人が物も言わず、動きもしないという事実が、かえってその人物の、どうすることもできぬ重さを、一種の圧迫感をともなって、宮廷人たちに感じさせたのである。

当時、宮廷内にひそかに拡がったあの不幸な噂は、おそらくこうした宮廷人の感銘から、自然と生れたものだったにちがいない。それは、あの緋の覆いの下には、大帝の手に握りしめられた遺言書が隠されているという噂であり、大帝の片腕が胸のうえにのせられたように見えるのは、そのためだというのだった。

それからまた同時に、コンスタンティヌス大帝が突然病気に冒され、急死したという事実から、それは、実は病気ではなく、何者かに毒殺されたのだ、という噂がうみだされていた。

こうした噂は誰から言いはじめられたのか、もちろんわからなかったが、それが、何となく真実らしく宮廷人たちに思われたのは、宮廷人自身が、すでにそれらしい気配を予め感じとっていたからである。

しかしこうした噂が拡がりはじめると、自然、遺言書にはこれこれのことが書かれているのだ、とか、毒殺の下手人は誰々なのだ、とかいった不穏な、まことしやかな噂が、それにともなって、ささやかれるようになった。そこには明らかに、平生の宮廷生活における利害関係、敵対関係を露骨にむきだした、相手側を中傷するための噂とみとめられるものも少なくなかった。ただ、その内容がどうであれ、そこに一種の重苦しい、相互不信の、異様な雰囲気がつくられていったのは事実だった。

こうした風説のなかでも、もっとも重苦しい不快な印象をあたえたのは、その毒殺者は皇弟ユリウスであって、そのことは、大帝の手にある遺言書に書いてあるのだ、という噂だった。

平生、ユリウスの温厚さ、精励恪勤《せいれいかっきん》を知っている者は、それを一笑に附そうとしたが、しかしそれをまったく事実無根であると決めるには、あまりにも、まことしやかな材料がそろいすぎていた。ユリウスに反感を抱く女官アバルバレなどは、皇弟が、大帝の報を聞いたあと、晴れ晴れと笑っていたのを確かに見たのだ、と触れ歩いていた。「歩廊《ガルリー》つづきの泉水のそばで、わたくしはユリウス殿下が嬉しそうに笑っておられたのを、この眼で見たのでございます。それも、大帝陛下のご病気というご報告のあった直後のことでございました」アバルバレはこう言って、その黒い、小さな眼を、憎々しげに光らせていた。

もちろん慎重な宮廷人たちが、こうした噂を軽々しく喋りちらしたのではなかったが、そこには重苦しい不快感だけは拭いきれず、残っていたのである。

こうした重苦しさは、皇子コンスタンティウスが大帝の葬儀をとり行ない、聖使徒教会にその遺骸をおさめてから後も、つづいていた。

暑い、黒ずんだ夏が、ある不穏な気配を残したまま終って、九月に入ると、ボスフォロス海峡のうえに流れる白い雲が急に目立つようになった。

コンスタンティノポリス大宮殿の中央広間で、元老院議員、各属州長官、司法官、宮廷人、将軍たちの参列のもとに、皇子コンスタンティウスが帝国東方を統治する皇帝《アウグスツス》の称号を受けたのは、九月九日のことである。同時に、旧都ローマ元老院から、皇子コンスタンティヌス二世が帝国西方を統治する皇帝に、また皇子コンスタンスが帝国中央部を統治する皇帝に、それぞれ挙げられたことが報じられた。

首都コンスタンティノポリスでは朝から広場という広場、通りという通りに花を飾り、飾りアーチを組み、トランペット隊が通り、人々は新皇帝の出現に歓呼した。夜は夜で、炬火《きょか》が広場や中央フォールムを昼のように照し、黒い渦のような人々の流れが、踊りや歌や曲芸や無料飲食場を求めて、動いていた。新皇帝は、競技場での闘技、戦車競技、劇場での悲劇を一般に観覧させるよう布告した。町々には市《いち》が立ち、見世物小屋が並び、どの通りも雑踏した。

宮殿の広間では儀式につづき、皇帝即位を祝う華やかな宴会が開かれ、銀の酒杯になみなみとそそがれた葡萄酒が、高官たちの談笑のなかを、つぎつぎと運ばれてきた。キリキアの猪の肉、トラキアの雉肉、エジプトの香料、小アジアの海産物が銀の器に盛られ、大広間の食卓のうえをみたしていた。熟れた果物があれば、甘く煮られたシリアの羊肉があった。野菜もあれば、色とりどりの卵があった。銀器に盛りあげられたのもあれば、陶器皿に並べたものもあった。

黒人の少年給仕たちが人々のあいだを縫って、酒をついでまわった。歌姫たちがうたい、踊っていた。音楽が賑やかに鳴りつづけた。大広間は明るく炬火に照しだされ、それが時おり熱気のこもった空気のなかでゆらめいていた。

宮殿の宴会が終ったのは、ほとんど夜明けに近かった。風の出はじめた宮殿前の大歩廊は、宮廷人たちの馬車や輦《こし》や馬で雑踏した。

即位式から深夜の祝宴まで、ずっと皇子コンスタンティウスのそばにいたエウセビウスは、こうした雑踏をさけるようにして、宮殿の側門の一つから、闇に消えるように姿を消した。

初秋の風に吹かれた月が、蒼白く、冴えて、海峡の黒い波のうえを照していた。首都の町々もすでに祭りは終っていた。空虚な広場やフォールムを月が同じように白く照していた。時どき犬の遠吠えが聞えた。

宮殿前の雑踏も終って、急にがらんとした広い歩廊《ガルリー》のかげを、衛兵が二人ならんで、ゆっくりした歩調で、行ったり、来たりしていた。月はそこからも白く冴えて見えていた。強い夜風は、いかにも初秋らしく冷えていた。衛兵たちは時おり長槍をかかえては、自分の両肩をこするような動作をした。二人は小声で何ごとかを話しあい、ふたたび、ゆっくり歩きだした。大宮殿の黒黒とした姿は、夜のなかで、ひっそり静まりかえっていた。

遠くに波の音が聞きわけられた。

そのとき衛兵の一人が、もう一人に、何か軍団のどよめきのような響きを聞かなかったか、と訊ねた。

もう一人はしばらく耳を澄ましていたが、「いや」というふうに首をふった。犬がしきりとあちらこちらで吠えていた。

月だけが強い風に吹かれて白く冴えていた。

コンスタンティヌス大帝の異母弟ユリウスが、皇帝戴冠を祝う宴席から、旧城壁に近い彼の宮殿に戻ったのは、ほとんど夜明けに近い時刻だった。彼の身体はへとへとに疲れきり、迎えの馬車にのるのもやっとだった。それは朝から、コンスタンティウスの戴冠にともなう諸儀式に、最年長の皇族として参列していたためばかりではなく、ともかく兄コンスタンティヌスの三人の息子が、皇帝《アウグスツス》の称号を受けることによって、この数ヵ月のあいだ、多くの人々から投げかけられていた疑惑から、最終的にぬけでることができたからである。

兄大帝が急死して以来の三ヵ月は、温厚なユリウスにとって、かつて味わったことのないような苦痛の日々であった。いかにその噂が人々の耳もとで囁かれるにすぎないといっても、大帝亡きあとの空位の玉座を、彼ユリウスが狙っているというような臆測や風説は、彼にも敏感に感じとれたし、まして大帝の死が、彼の毒殺であるというごとき噂に対しては、ほとんど無念といってもいい気持を味わわなければならなかった。そのたびにユリウスは唇を嚙む思いで「ともかく結果がどうなるか、見ることだ。事の成りゆきが私の潔白を証明するだろう。それ以上の身の証しはありえないのだ」と自分に言いきかせた。

大帝の死後二ヵ月して、皇子コンスタンティウスが帰ってからも、叔父ユリウスとのあいだには、なんら親しい関係はうまれなかった。皇子は歯でも痛むような、蒼ざめた、歪んだ顔しか示さなかったし、話す言葉も冷たく、形式的だった。そのうえ、何を根拠にするのか、ひたすら自分のまわりに警固の兵士たちをふやし、まるでユリウスが暗殺者でも隠しているとでも言わんばかりの物々しさだった。

そうした言動は、ひそかに流れる噂以上に、日夜、ユリウスの神経を苛立たせた。

「なんという疑い深さだ。なんという無神経、なんという無礼な仕打ちだ」

ユリウスは護衛の兵士たちに出会うたびに、そう言って唇を噛んだ。しかしそんなときにも、ユリウスは、ともかく戴冠式さえくれば、自分がなんら野心もないこと、また兄の死を悼み、その遺志を尊重していることなどがおのずから明らかになってゆくはずだ――そう思って、こみあげる怒りをのみこんだ。いまここで自分が精神の均衡をうしなったら、皇帝空位の期間を支えることができぬ。ここは、なんとしても、全ローマのために、私は歯をくいしばって、頑張らねばならぬ。彼はそう思いもし、側近にもそう洩らしていた。

こうして耐えてきた三ヵ月が、ともかく今夜で終るのだ。全ローマのすべての人間が、ユリウスが潔白であり、三人の皇子を無事皇帝に即位させ、大帝の遺志を完全に遂行したと認めるのだ。今後はコンスタンティウスも叔父ユリウスを、あのような疑い深い眼で見ることもないだろう。鎧をがちゃがちゃ鳴らした衛兵を引きつれて歩くこともないだろう……。

ユリウスはそう思って、その一日を耐えていた。そしてそのながい夜の祝宴が終ったとき、この忍耐は彼の肉体の限界に達していた。

「自分がここで中座してはすべてが水の泡になる。自分が大帝の遺児たちの皇帝戴冠を心から喜んでいることを、すべての人に、わからせなければならぬ」

ユリウスはそのため自分の疲労をかくし、崩れそうになる肉体に鞭打って、新皇帝と談笑し、法官たちと冗談を言い、元老院議員と乾盃していたのだった。

祝宴が果てたとき、ユリウスは肩で大きく息をついた。そして人々と別れ、大宮殿を離れると、急に疲労が全身に重くのしかかってくるのを感じた。彼を乗せた馬車は、なお暁闇の濃く流れる町を、素早く走りぬけていった。馬車を護衛する騎馬隊の馬蹄の音が、車輪の音を追って、寝静まった家並のあいだに響いた。

ユリウスは馬車の窓をひらき、湿った夜風を顔にあてた。傾いた月が青白く冴えているのが見えた。そのとき、ふとユリウスは死んだバシリナのことを思いだした。

いつだったか、こうして月が白く冴えていた晩、若いバシリナが露台でアンティオキアで過したころの話をしたのだった。話の内容はほとんど思いだせなかったが、快活なバシリナとしては、いつになく話の調子が沈んでいた。ユリウスは笑いながら、そのことを言ってやった。すると、若いバシリナは、謎めいた、青灰色の眼をあげて言った。

「そうですの。本当は、私、あの町が好きになれませんの。愉しい思い出もいろいろありますのに、あの町が、なぜか、こわいんですの。いつでしたか、あの町の郊外のダフネにあるアポロン神殿が崩れた夢をみましたの。太い石柱が音をたてて崩れ、私は危くその下敷きになりそうでした」

ユリウスは月をみながら、露台で話す若いバシリナの声を、いまも耳に聞く思いをした。そしてふと、金角湾をわたって、離宮まで、幼いユリアヌスの顔を見にゆきたいような気がした。それは一瞬のことだったが、燃えあがる火のように、激しくユリウスの心をゆすぶった。しかしすでに夜はおそく、それにユリウスはもはや身体を動かすのもやっとだった。そこで彼は頭をふると、座席のなかに身体を沈め、眼をつぶった。馬車はまっすぐ旧城壁に近いユリウスの宮殿にむかって走っていた。

その夜は、いつもの夜よりも町々は空虚だった。宮殿を護衛する数人の番兵と、城壁に配置されていた歩哨をのぞくと、その夜、コンスタンティノポリスで目覚めていた人間はほとんどいなかった。中央街路や広場に臨むアーチ形通路には、なお祝祭のあとの炬火がくすぶり、樽や瓶がころがり、ちぎれた花飾りが散乱して、そのあいだにかなりの人間がごろごろしていたが、いずれも振舞い酒に酔いつぶれていた。

そのため、その夜、突然、武装した軍団が黒い影のようにコンスタンティノポリスの町々に現われたときにも、それを知る人はほとんどいなかった。たまたま広場のアーケードの下で喉の渇きのために目覚めた若い絨毯織りの職人とか、後架にたった左官屋の女房とかが、長槍を月に光らせた兵隊たちが音を忍んで走ってゆくのを見かけたにすぎなかった。

もちろん絨毯織りや左官屋の女房は、ただ影のような兵隊たちの数が信じられぬほど多かったと言うことができるだけで、誰がそれを動かしていたのか、それがどの軍団だったか、証言することはできなかった。

後になって、軍団の先頭には将軍アテノクレスの姿が見られたとか、十字の旗を押し立てた一団の人々がいたとか、それに類した噂が拡がったが、果してそれが真実だったか、どうか、誰も知ることができなかった。

しかしともかく影のような軍団が町々にあふれ、旧城壁に近いユリウスの宮殿にむかっていたことは事実だった。また他の一隊はユリウスの弟ダルマティウスとその二人の息子の宮殿にむかっていた。さらに他の一団は宮廷に勢力を振う高官ツディタヌスの邸にむかっていた。ダルマティウスの弟ハンニバリアヌスが仮泊していた金角湾ぞいの宮殿にも、軍隊が暁闇に身をひそめて忍び寄っていた。その他にも、宮廷会議に加わる何人かの有力な元老院議員や法官や行政官の邸宅が包囲されていた。

ちょうど大宮殿の庭園で一番鶏が鳴いたころ、まだ濃い闇のたちこめる金角湾のうえに、のろしがするすると赤い尾をひいて上り、乾いた音を波のうえにひびかせた。

闇にひそんでいた軍隊が、突然、蜂起したのは、そのときだった。兵隊たちは盲目の牛の群れのように、それぞれ包囲した宮殿のなかへなだれこんだ。

ユリウスが侍従にゆり起されたとき、眠りはまだ重くその身体にのしかかっていた。彼は侍従が耳もとで何を叫んでいるのか、理解できなかった。自分がどこにいるのかもわからなかった。まだ戴冠式場にいるようでもあり、宴席に坐っているようでもあった。

しかし、突然、そのとき意識が戻ってきた。ユリウスは蒼ざめた侍従の顔を見た。侍従は軍隊が暴動をおこして宮殿を包囲していることを告げていた。

しかしながらユリウスは侍従に詳しく問いただす時間もなかった。すでに兵隊たちの口々に叫ぶ罵声と武器の触れ合う音が、遠くの廊下や階下の広間に響き、それは刻々に洪水のように近づいていた。

侍従は飛びつくようにして扉に錠をおろした。間もなく外から激しく扉に体当りを加えている兵たちの叫びと鈍い響きが聞えてきた。扉は体当りのたびに軋り、こちらへふくらんでくるかと思われた。

ユリウスの頭に、一瞬、兵隊たちに理由を問いただすべきだという思いが閃いた。怒りというより、すべてが裏切られたという失意に似た痛みが胸をつきあげてきた。顔をしかめた皇子コンスタンティウスのよそよそしい態度や、武装した兵士に囲まれて宮殿のなかを歩きまわるその挑むような姿が、眼に浮んだ。

「あれはあのばかげた噂を信じたのか。私に邪《よこしま》な野心など、ひとかけらもないことを、ついに信じることができなかったのか。私が日々身をもって潔白を示してきたのに……」

しかしもはやどうすることもできぬことはユリウスの眼にはっきりと見えていた。たとえ侍従がすすめるように、後庭に逃げてみても、湾まで下る通路に叛乱の兵たちがいないとは保証できなかった。ユリウスは侍従に退くように命じると、枕もとの短剣を手にとった。

部屋の外では、繰りかえし扉に身体をぶつける鈍い軋りと、そのたびにあげる兵隊たちの喚声が聞えていた。ユリウスはしばらく放心したように、扉が音をたてたわむのを見つめていた。

しかし次の瞬間、夢からさめた人のような表情で、短剣の鞘をはらい、刃先を胸にあてると、一瞬眼を大きく見ひらき、剣ごと身体を壁に激しくぶつけていった。

短剣は深くユリウスの胸をつらぬき、背中にとおって、衣服をみるみる赤く染めた。兵隊たちが扉を破って乱入したのは、ユリウスが崩れるように倒れたのと、ほとんど同時だった。彼らはユリウスを罵りながら、うつ伏せに倒れたその身体に、槍をつぎつぎと突きたてた。血は泥をはねかけたように飛び散り、壁や寝台を汚した。ユリウスの屍体《したい》は砂嚢《さのう》のように血の海のなかに投げだされた。

ユリウスの長子と次子が殺されたのは、ユリウスが自殺した直後だった。彼らは扉を破って入ってくる兵隊たちと剣で戦い、槍で全身を蜂の巣に突き刺されて死んだ。彼らも父と同じく血の海のなかに放置された。

ユリウスの弟ダルマティウスと、その二子はいずれも辺境統治になみなみならぬ才腕を示していた。彼らは軍隊が乱入したとき、見事な弁舌によって、自分たちが宮廷の陰謀や政治の暗闘には何の関係もないことを説得しようとした。「私たちはながいことアルメニアに住んでいたではないか。どうして宮廷のことなどわかろう。どうか、私たちを誤解しないでもらいたい」ダルマティウスはそう言った。兵隊たちはダルマティウスの落着いた弁舌と威厳に押されて、一瞬、心を動かそうとした。そのとき兵隊たちの背後にいた一人の下士官が、「詐欺師め」と叫んで、槍をダルマティウスにむかって投げた。

槍は胸をつらぬいて、背にぬけた。すると、兵隊たちは喚声をあげ、つぎつぎにダルマティウスの二人の息子たちに襲いかかった。

こうしてユリウスの弟と、その息子たちも血の海のなかに放置された。

金門に近い邸宅を襲われた高官ツディタヌスは単に槍で蜂の巣にされたばかりではなく、残忍な一人の兵隊の手でその首を胴から切りはなされた。ツディタヌスの寝室は、天井まで、はねとぶ血で汚れていた。

その夜、コンスタンティノポリスの町々を襲ったローマ軍団の兵たちは、旧城壁に近い宮殿や、金角湾に臨む邸宅に、荒々しい足あとと血の海を残して、夜明けとともに、城壁外の兵営に結集していた。

兵隊たちは眼を血走らせ、どこか獣めいた興奮からまだ醒めないように見え、武装したまま、それぞれの部署についていた。将軍アテノクレスは彼らの行動を賞揚し、いずれ叛乱の真意は新しい皇帝によって理解されるであろうと演説した。

後になって、事件の全貌が首都の人々に明らかにされてゆくにつれて、人々は、その叛乱の計画が緻密につくりあげられ、周到な用意のもとに行なわれたばかりではなく、その殺害が、かつてない大規模なものであることを徐々に知った。人々はそうしたことに驚くというより、ある戦慄に似た気分を味わった。

もちろん当時、多少、コンスタンティノポリス宮廷の事情に通じている者であれば、こんどの叛乱が、ユリウス一派と見なされた人々を一掃するために計画されたことは、容易に理解できた。しかし、たとえば高官ツディタヌスのように、ユリウスと全く対立する立場の有力者が何人か加えられていたことは、こうしたユリウス派一掃という見方を多少困難にした。強いて、ユリウスとツディタヌスの共通点を求めるとすれば、二人とも、キリスト教に対して反感を抱いていたということぐらいだったからである。

ある人々は、この叛乱は新皇帝コンスタンティウスがひそかに計画したのだ、と信じていた。宮廷でも町々でも、そうした噂は、かなりの信憑性をもって流れていた。それはコンスタンティウスの蒼ざめた、眼の大きい、疑い深そうな容貌や態度からも、漠然と感じられたことだった。しかしそれを決定的に信じさせたのは、彼をとりまく親族のすべて——つまり叔父ユリウス、叔父ダルマティウス、ハンニバリアヌスをはじめ、従兄弟たちのすべてが殺害されたという事実だった。新皇帝は、それによって帝位を狙う可能性のある人物を、ことごとく抹殺したことになるからだった。

だが、皇帝コンスタンティウスはそうした風説が流れるのを、あらかじめ敏感に察知していたかのように、事件の報告をうけると、ただちに、叛乱と殺戮《さつりく》に対して遺憾の意を表明し、軍団の直接の責任者である将軍アテノクレスをキリキアに追放し、全軍団に謹慎を命じたのである。このことは、ローマ皇帝が軍隊に支持されることを不可欠としていた当時の事情からいって、皇帝が、そうした計画にまったく関知しなかった有力な証明となった。その結果、自然と人々は、激情にかられやすい将軍アテノクレスが、前皇帝コンスタンティヌス大帝を神とあがめるあまり、その死にまつわる奇怪な風説を信じて、軍団を動かした、という考えに傾いていった。もっとも、事情に通じた人々のなかには、アテノクレスが追放されたキリキアは、将軍の生地であり、追放とは名ばかりで、実は、褒賞のついた一種の賜暇《しか》なのだ、と主張する者もいたのである。

しかしこうした種々の風説や臆測にもかかわらず、説明のつかぬ事柄が幾つもあった。

たとえば、コンスタンティヌス大帝が毒殺されたという噂は、いったいどこから流れてきたのか。ユリウスを殺害した兵隊たちのなかには、真に彼が大帝の毒殺者だと信じて、呪いの言葉とともに、彼を槍で刺した者もいたほどだから、この風説はかなり根強く信じられていたのである。また、もしこの殺害が単なる大帝の復讐のためなら、何も皇族のすべてを抹殺するごとき大殺戮をあえてする必要はなかったはずである。さらに新皇帝コンスタンティウスが、表面では打ち消してはいるが、皇位簒奪をおそれて、自らの一族を滅ぼしたとすれば、なぜ多くの臣下を殺し、ユリウスと対立するツディタヌスのごとき高官まで殺害しなければならなかったのか。また、首都郊外のローマ神殿の老祭司が言っていたように、もしそれがキリスト教徒らの陰謀であるとすれば、なぜキリスト教に深く帰依し、大帝からも特別に庇護されたダルマティウス、ハンニバリアヌス一族が殺害されるようなことが起ったのか。

とまれ、皇帝戴冠の夜、首都コンスタンティノポリスを襲った事件は、多くの謎と血溜りを残して、まるで残忍な魔ものが、手に手に大鎌や鉄の熊手を持って、通過していったような印象をあたえた。

ただ事件の直後、皇帝が遺憾の意を表して、アテノクレス以下責任者の処分を行なったこと、事件に参加しなかった軍隊の手で首都の治安が保たれたこと、属州へ不穏な動きが波及しないよう交通と通信を制限したことなどが、この惨劇に、どこか不幸な偶然によって引きおこされた事件というような感じを与えた。また皇帝コンスタンティウス自身も、一般の印象が、そうした方向にむかっているのを喜んでいるように見えた。

「これは単なるローマ軍団の誤解に基づいた行動にすぎない。そしてその誤解をとくには、兵たちはあまりにも単純で激しやすい性格をもっているのだ。あれは火山の爆発のようなものだったのだ」

そんな言葉が、宮廷でもささやかれ、それは皇帝コンスタンティウスの耳にも入っていたのである。さらに皇帝はそうした一般の気持に巧みに迎合するかのように、事件の犠牲者の葬儀を大がかりに行なうよう布告した。また犠牲者たちの冥福を祈って、多大の金品が東方の諸教会に喜捨された。こうしたことは、事件につづく二、三日のあいだに、つぎつぎに布告されたのである。

もちろん、これら犠牲者のなかには、ユリウスの第三子ガルスと、第四子ユリアヌスの名前も含まれていた。殺戮は徹底して行なわれ、皇族の血をうけた者で、死をのがれた者は一人もいなかった――少なくとも事件当初、当の殺戮に参加した軍団の兵隊たちも、その報告をうけとった皇帝も、風説によってその輪郭を知るにすぎない市民も、すべてが、そう思っていた。「皇族はひとり残らず殺害された。残るのは大帝の血をうけた三人の皇帝たちだけだ。だが、大樹の枝をこうして切りはらって、いったい幹をすこやかに保つことができるものだろうか」

誰もが、口にこそ出すことはなかったが、心の底ではそう思っていた。

「誤解からうまれた惨劇の結果とはいえ、身内の方々をことごとくうしなわれるとは、皇帝陛下もどんなにかお寂しいことでしょう」

宮廷では、女たちがそう取り沙汰した。ただ女官長メッサリナだけは事件の翌日宮廷を退きたいと申しでた。彼女は新皇帝の蒼ざめた、疑い深そうな顔に、我慢できないものを感じたのである。

兵営の中庭には、夏の名残りの暑い太陽が照りつけ、時おり乾いた砂埃りが風に吹かれて舞いあがった。中庭の奥に並んでいる三本のポプラは、葉を小刻みにふるわせながら、海からの風に、ゆっくり枝をゆすっていた。

中庭には何人かの兵隊たちが日かげで休んでいた。洗濯場からは、何かわめいている兵隊たちの声が聞えていた。兵舎のなかから荷物を運びだす兵隊や、列をつくって中庭に入ってくる兵隊が、足もとから、乾いた黄色い土埃りをあげていた。

隊長ヘゲシアスは落ち窪んだ眼で、そうした中庭の光景をぼんやり眺めていた。彼の属する軍団全体に、十日に及ぶ謹慎命令が出されている以上、当直の兵隊たちや、仕事を割りあてられた兵隊たちをのぞくと、全員が居室にひきこもり、兵営全体がひっそりしていたのは当然だった。しかしヘゲシアスはそうした空虚な静けさに耐えられない気がした。いつものように、中庭に兵隊たちが集まり、点呼をうけたり、談笑したり、力競べをしたり、叫んだり、行進したり、隊長の演説をきいたりしていたほうが、ずっと気が休まるように思えたのだった。もちろん時々、裏の洗濯場から聞える当番兵たちの声が気になり、兵営の裏手を一まわりしなければならぬ、と思っていた。しかし他方では、そんな声でも聞えなければ、自分の不安はいっそうひどくなりそうな気もしていた。

隊長ヘゲシアスはそうした空虚な中庭に眼をやりながら、金角湾をわたって、皇弟ユリウスの離宮を包囲した夜のことを思いだしていた。彼は、青白く冴えた月や、月の光を受けてきらきら光っていた波や、黒く重く動く潮の流れや、潮の流れを渡ってゆく兵たちを載せた舟が、まざまざとそこに見えるような気がした。

彼が将軍アテノクレスから首都対岸にある離宮を襲って、ユリウスの息子の殺害を命ぜられたのは、皇帝の戴冠式の日どりが決った日のことであった。将軍は眼をむきだし、黒い毛のはえた指をぽきぽき鳴らしながら、部屋を歩きまわっていた。

「わしは、あのユリウスめの血の一滴たりと、この地上に残させはせんぞ。ユリウスめにつながる者は、どんな赤子であろうと、生かすことはならぬ。草の根をわけても、わしは、ユリウス一党を皆殺しにせずにはおかぬ。そうだ。皆殺しにするのだ。一人たりとも生かしてはならぬ」

将軍は眼をむきだし、鬚をふるわせて、そう叫んだ。

もちろんこうした将軍の態度は、大帝の死以来、ほとんど三ヵ月というもの、部屋に閉じこもって、うめいたり、嗚咽したりするのを見ていた側近の者にとって、何か唐突の変りように見えたのは事実だった。側近の言葉によると、一時はひどく痩せおとろえた将軍が、日に日に元気を恢復《かいふく》していったのは、司教エウセビウスの訪問をうけ、その言葉に励まされたからだ、ということだった。事実、以前の二人の関係からは想像できないほど、頻繁に司教は将軍アテノクレスを訪ねていた。そしてある日、司教エウセビウスが帰ってから、突然、将軍は腹心の隊長たちを彼の家に招いたのである。

彼は「新皇帝コンスタンティウス陛下に忠誠をつくすかぎり、この命令に従わねばならぬ」と前置きして、皇弟ユリウスを筆頭とする十数人にのぼる暗殺者の名簿と、その叛乱計画をうちあけたのだった。そしてヘゲシアスもこうしてアテノクレスに呼ばれた隊長たちの一人だったのである。

もっとも将軍が、金角湾の対岸の離宮に住むユリウスの第四子の殺害に、冷酷さで評判をとっていた若い隊長ヘゲシアスを選んだのには多少の理由があった。この若く、浅黒い肌をした、眼の鋭い隊長は、以前、ゲルマニアで、ある部族長とその妻を処刑したが、その際、人々の反対を押しきって、その妻が抱いていた赤子をも殺害したからである。

アテノクレスがその冷酷な処置をなじると、当時まだ下士官だったヘゲシアスは、

「でも、将軍、あの赤子も二十年たたぬうちには、われわれを父の仇と狙う敵となりましょう。私は、敵として、あの子供を処刑したのです」と答えた。

将軍はこのことをよく覚えていた。そして彼がユリウスの末子の殺害を考えたとき、まず頭に浮んだのがヘゲシアスの浅黒い精悍な顔だった。

しかし隊長ヘゲシアスはこの命令を将軍が期待していたような気持では受けとらなかった。彼は、以前イタリアに駐屯していたころ、皇弟ユリウスから恩顧をうけたことがあり、全軍団がコンスタンティヌス大帝を迷信的に崇拝しているなかにあって、ユリウスに好意をもつ少数の隊長たちの一人だったし、ローマ軍隊に深く根をおろしていた神秘なミトラ教を、ヘゲシアスも信仰しており、そんなことからも、キリスト教にのめりこんでゆく大帝の態度には、あきたらぬものを感じていたのである。

そのうえ、彼がゲルマニアの部族長を処刑し、その妻と赤子に恩赦をほどこさなかったのは、一般に信じられていたように、冷酷さからではなく、彼の父が、この同じ部族長に殺害されていたからで、ヘゲシアスはいわば復讐の激情にかられていたのである。

ただわずかに目覚めていた軍人としての名誉心が、軍隊の名のもとで公に行なわれる処刑にそうした個人的な理由を加えることを許さなかった。彼が、あくまで冷酷さを粧《よそお》って部族長らを敵として処刑し、またアテノクレスにもそう主張したのは、こうした気持の動きがあったからである。

しかし彼をとりまく事情が単にこれだけに過ぎないとしたら、おそらく浅黒い、眼の鋭い隊長ヘゲシアスは、将軍の命令として、ユリウス一族の殺害に、それほど大きなためらいと困惑を覚えなかったにちがいない。

彼がユリウスの末子の殺害を命ぜられたとき、思わず暗い窖に引きずりこまれるのに似た気持を感じたのは、その直前に、五歳になる自分の息子を、突然の熱病でうしなっていたからだった。

彼は、こうした殺害が軍人として避けられぬ任務であるとしても、せめて、死んだ子供とほぼ同年のユリウスの末子だけは、自分の手にかけたくない、と思った。もちろん将軍アテノクレスの殺気だった、暑苦しい部屋に集まる何人かの将軍や隊長たちの前で、そうした気持を率直に言いだす勇気は、さすがのヘゲシアスももっていなかった。彼は命令を受け、任務の遂行を宣誓して部屋を出るとき、せめて自分だけでも、この殺害には手をくだすまい、と決心した。結果から見れば、それはまったく同じことだったが、彼はそれでも、あくまでそれを部下たちに行なわせようと思っていたのだった。

しかし叛乱の夜が近づき、隊長たちの極秘の打合せが何回か行なわれるようになると、ヘゲシアスの心の苦痛は刻々に高まってゆき、殺害を他人の手にゆだねることで、その罪から逃れられるとは、とうてい考えられなくなっていった。そしてついに暗い金角湾に舟を乗りだしたとき、ユリウスの末子は、他ならぬこの自分の手で殺害すべきだといら自分ひとりがまぬかれうると思っていた態度に、我慢ならぬものを感じたし、また、どうせ誰かの手にかかって殺されるのなら、少なくとも、それをあらかじめ悔やんでいた男の手にかかるほうが、せめて、より多くの憐憫と愛惜とを、その魂のなかにそそぎこめると思ったからである。

こうしてヘゲシアスは夜陰に乗じて、対岸の離宮の舟着き場に上陸し、二十五人の部下とともに離宮の庭園にしのびこんだのだった。

彼は部下をそれぞれ出入口の見張りにつかせるとともに、自分は、数人の部下をつれて、庭の露台にあがった。みたところ、どの部屋にも燈火らしいものはなく、建物の正面も、翼になって張りだした部屋部屋も真っ暗で、静まりかえっていた。

遠くで、波の音がひたひたと呟きのように聞え、月光を浴びて、影の濃く刻みこまれた庭園の植込みが、青白く光っていた。露台には夜露がしっとりとおりていた。半円形の池では、大理石の柱のかげで、噴水が、つめたい音をたてていた。

ヘゲシアスが露台を行きつくしたとき、彼は翼になった建物の一室から、燈火がひとすじ洩れているのに気がついた。彼は部下に扉口をかためさせると、足音をしのんで廊下に入った。ヘゲシアスのあとに副官が一人従っていた。彼は、それが乳母か、夜番の部屋だと思ったのである。

しかし廊下に入ってみると、それは調度や飾りで埋まった歩廊《ガルリー》につづく部屋で、夜番などが住む場所でないことは一目で明らかだった。

ヘゲシアスは、部屋の扉に手をかけると、それを勢いよく開き、警戒するような眼つきで、部屋の端から端まで、一瞬のうちに見わたした。

窓には厚いダマス織りの布が掛けられ、部屋の中央に、高い天蓋《てんがい》つき寝台が置かれていた。寝台の枕もとには、燈火の下に、一人の侍女ふうの老婦人が坐っていて、ヘゲシアスが扉を開いたとき、彼女も、はねとぶように椅子から立ちあがった。

婦人は、ヘゲシアスの武装した姿を見ると、ほとんど本能的な動作で、寝台を背にかばうようにして、彼の前に立ちはだかった。

「いったい、どなた様でございます？　こんな夜ふけ、どんなご用でございます？」

老婦人は、きっとした口調で言った。ヘゲシアスは、婦人に打ってかかろうとする副官をおさえて、鄭重《ていちょう》な言葉で訊ねた。

「そこに休んでおられるのは、ユリウス殿の末子ユリアヌス殿ですか」

婦人はその言葉をきくと、顔をこわばらせた。

「そうだったら、どうなるのでございますか？」

「私どもは、さる高貴な方のご命令で、ユリアヌス殿にじかにお目にかからねばならぬ用事を携えてきたのです」

「用向きは私がうけたまわります。ユリアヌス殿はお小さいうえ、いまはまだお休みでございます」

「それはわかっています。それでも、ともかくお目にかからなければなりません。そこにおられるのは、ユリアヌス殿ですか」

しかし老婦人は何も答えず、半ばおびえ、半ば挑むような眼で、ヘゲシアスの顔を見つめていた。

寝台のなかでは、たえず苦しげな喘ぎのようなものが聞えていた。ヘゲシアスは婦人の肩ごしに寝台を眺めた。

「そこにおられるのはユリアヌス殿ですか」

彼はもう一度婦人に訊ねた。婦人は首をかすかに横にふった。

「ユリアヌス殿ではない？」

ヘゲシアスは自分の声が、思わず、ほっとした響きをともなって、大きくなるのを押えることができなかった。婦人は同じように頭をふった。

「では、誰です。そこにおられるのは？」

ヘゲシアスはたたみこんで訊ねた。

「ガルス殿です」

婦人はかすかな声で言った。

「ガルス殿？」

彼は鸚鵡《おうむ》返しにそう言って、副官の顔を見た。

「ユリウス殿の第三子です」

副官はそう言った。

「それはわかっている。だが、なぜガルス殿がここに？」

ヘゲシアスは副官に言うともなく、そう言った。彼の心には名状しがたい混乱が引きおこされていた。彼は、ユリウスの第三子が、この対岸の離宮にいるなどとは思ってもみなかったし、叛乱計画のなかにも、そうした指示はまったくなかったからである。

彼の気持では、ともかく軍人の義務としてユリウスの末子を殺すほかないが、任務を終ったら、妻とともに、いっさいの野心をすてて、故郷にかえって、農耕にでもつこうと決心していた。ユリウスの末子の殺害は、職業の義務が命じる最小の奉仕であって、それ以上のことは、どんなことがあっても行なうまい、と決意していた。

しかしいま、突然、予想もしないユリウスの第三子が眼の前に現われたのだった。もちろん叛乱の計画からみれば、このガルスも殺されなければならない人物の一人にちがいなかった。しかし計画書には、ガルスは旧城壁に近いユリウスの宮殿に起居していることになっていた。したがってガルス殺害は、他の軍隊が遂行するよう指令されていたのである。

もちろんこうした計画には、当然ながら、状況の変化によって、随時、変更を加えることが予め求められてはいたが、最小の義務しか果すまいと決心したヘゲシアスにとっては、それは、ほとんど解決不可能な問題をつきつけられるのに似ていた。

「ガルスはおれの手で殺すべきではない。殺す必要もない。なぜなら、おれは、ガルス殺害は命じられていなかったのだから」

ヘゲシアスは心のなかで、激しい流れにさからうような気持で、そう叫んだ。

彼は次の瞬間、婦人をおしのけて寝台のほうに近づいた。寝台には、ようやく少年になったほどの年頃の男の子が、顔を赤くし、苦しげに口を半ばあけて、ねむっていた。熱のためか、片腕を夜着の外へ投げだし、顔を燈火から避けるように横にむけて、枕に深く沈みこんでいた。褐色の捲毛が汗にぬれ、額にはりついていた。形のいい額と、短い子供らしい鼻と、まくれた上唇のうえに、汗が光っているのが見えた。子供は時々苦しげにうめき、身体をよじった。激しい熱がユリウスの第三子の衰弱した身体を虐《さいな》みつづけていることは、わざわざ燈火をかざしてみないでも、よくわかった。

しかしヘゲシアスは枕もとの燈火をとると、それをガルスの顔に近づけた。赤く火照った顔には、一面に、発疹ができていた。息をつくたびに、苦しげに喉を鳴らし、時おりひくひくと手を動かし、眉と眉のあいだの皺を深めた。ガルスは昏々と眠りつづけていた。

ヘゲシアスはふと、そこに自分の子供が熱でのたうっている姿を見たような気がした。「あれも、こうやって、喘ぎ喘ぎ死んでいった」彼は口のなかでそうつぶやいた。

ヘゲシアスは、眼で、副官に、ガルスの様子を見るようにうながした。副官は寝台に近づき、燈火に照らされた、発疹におおわれたその顔を見つめた。

「私の子と同じだ。これでは、あと二日ともつまい」ヘゲシアスは副官に言った。「私の子も、これと同じようにして、三日寝ついただけで、あっという間に息をひきとった。つい十日ほど前のことだ」

副官は、その話をすでに知っていた。彼はだまって、同意するように頭をふった。

「これでは二日ともつまい。私の子と同じだ。わざわざ手を下す必要もない。これでは、もう生命を見放されたも同然なのだ」

ヘゲシアスは燈火を枕もとに置いた。ガルスは苦しげに喘ぎ、息をつくたびに、かすかな声のようなものが、断続して、なお喉の奥で鳴っていた。

彼は副官とともに寝台から離れると、ガルスはすでにわれわれの手にかかって殺害したものと見なしたいが、貴官はどう思うか、と訊いた。ガルスの病状がなみなみでないのを見てとっていた副官は、何の反対もなく、ヘゲシアスの提案に同意した。

「あのぶんでは、私たちの手を汚す必要はないようですな」

副官はそう答えた。

しかしヘゲシアスは、そのときはもう、副官の言葉を聞いていなかった。彼は熱に喘ぐガルスの姿から、まざまざと死んだ子供を思いだし、突然、そのときになって嗚咽の発作のようなものが、胸にこみあげ、顔をはげしくゆがめたからである。彼は副官にそうした自分の姿を見られたくなかった。そこで副官に身ぶりで部屋を出るように言うと、しばらくガルスの枕もとに立っていた。彼は、医師がすすめたある薬草のことを思いだした。自分の息子にはそれが間に合わなかったのである。彼は、いったい医師が何と言ったか、どんな処置をとったか、そのとき、しきりと婦人に訊ねたい衝動を感じた。ガルスの容態がどうしても他人事に思えなかった。

こうした心の変化は、それまでユリアヌス殺害を、最後の、職業的な義務と考えていたヘゲシアスを、いつか別個の人間に変えていた。

彼はガルスの額に手をあてた。燃えるような熱だった。彼は頭を軽くふった。「二日とはもつまい」彼はふたたびそうつぶやいた。

それからふと我にかえったように、身体をおこすと、婦人にユリアヌスの寝室はどこかと訊ねた。

婦人は半ばおびえたような表情で廊下の先を眼で示した。

ヘゲシアスは副官にユリアヌスは自分の手で処理するゆえ、兵士たちを舟着き場に集合させておくように指令した。

廊下の奥には、なお幾つかの広間と小部屋が、闇のなかにひっそり並んでいた。どの部屋にも、窓から、月光が青くさしこんでいた。ヘゲシアスは最後の部屋に、同じ天蓋つき寝台を見つけ、足音をしのばせて近づいていった。闇のなかで何かが動く気配がした。

ヘゲシアスは息を殺して闇のなかを見つめた。

「何者です？　人を呼びますぞ」

それは老女アガヴェの声であった。

ヘゲシアスは、声をひそませ、自分は、ある理由でここに遣わされた者だが、ユリアヌスに危害を加える意志はまったくない。ただユリアヌス殺害が命令されているので、身の安全が保証されるまで、どこかに隠れていたほうがいい。自分はそれが言いたくて、ここに来たのだ、と言った。

ヘゲシアスは窓からさす青い月光のなかで、静かに眠っているユリアヌスの顔を、じっとのぞきこんだ。額にかかるやわらかな捲毛、静かに閉じられた眼《ま》ぶた、深々と重ねあわされた睫毛《まつげ》、弓なりにそっている半ば開かれた唇などが、月の光のせいか、どこか海岸の砂のなかから見つかったギリシアの少年像の首でもあるように、枕のうえに、横たわっているのを、息をつめて眺めていた。彼の眼からはふたたび涙があふれ、白く光って頰を流れた。彼はそれまで、これほど気高い、静謐なものを見たことがなかった。

それは死んだ彼の子供が、天上のどこかで深く休んでいる姿に見えたのである。

ヘゲシアスの報告によって、事件の直後、ユリウスの子ガルスとユリアヌスは、ともに軍隊叛乱の犠牲になったものと信じられた。ヘゲシアスは少年たちの屍体を海に投げこんだと報告したし、離宮にいた侍女たちは、いずれもヘゲシアスの言葉にしたがって、二人を隠し、宮廷の査問官たちに二人は軍隊によって連れ去られた、と答えたからである。

ヘゲシアスにとって、こうした一連の事件は、自分の子供が死んだのと同じく、どこか悪夢に似た非現実な感じをもっていた。朝、兵営で目ざめ、自分が謹慎を命じられた全軍隊とともに、一日じゅう兵舎のなかを往ったり、来たりしていることまで、そうした悪夢のつづきであるような気がした。そして彼は、自分がユリウスの二人の息子を助けずに、本当は殺してしまったのではあるまいか、と思ったりした。兵隊たちも、首都の人々も、誰ひとりその殺害を疑っていない以上、自分のほうが間違っているのではないか、と感じたのである。彼は、自分の子供が死んだと頭ではわかっていたが、兵営の中庭のポプラが風にゆれているのを見ていると、どうしてもそんなことは信じられなかった。それと同じく、彼が二人の少年の生命を救ったのは事実だったが、それとて、どこまで本当なのか、わからなくなるのだった。

「それにすべては、将軍アテノクレスが全軍隊に保証したようには進展しなかった。新皇帝は軍隊の忠誠心に対して一応の謝辞をのべているが、それ以上の鋭い口調で、叛乱の責任の重大さを指摘し、軍隊の軽率さを非難している。それにひきかえ犠牲者の不幸にたいしては、新皇帝は最大の哀悼の意を表しているではないか。おれは、二人の皇子の生命を救ったが、はたしてこれはいいことなのか、わるいことなのか」

ヘゲシアスは中庭に乾いた土埃りが風に舞いあがるのを見ながら、そうつぶやいた。

「おれたちは新皇帝のためと言われて、殺害に加わった。だが、新皇帝は殺害を非難している。では、おれは、将軍を裏切ったおかげで、かえって新皇帝の意にかなうことを行なったのか」

彼はなお、兵営の中庭に残暑の日ざしがじりじりと照りつけるのを見ながら、ながいこともの想いにふけっていた。むろん、そうしていても、彼のなかの不安は、いっこうに去ろうとはしなかった。

彼がすべてを告白すれば、そうした不安から逃れられるのを知っていた。しかし万一、それを告白することで、二皇子のうえに、何か危害が加えられるようなことがあれば、彼は、とうていそれに耐えることができないような気がした。といって、このまますべてを隠しておけば、二皇子の身分や生活は、次第に不当な境涯におちてゆくのは必定だった。

彼は暑い太陽が中庭をゆっくりと移動し、やがて兵営の屋根に傾くころまで、そうやって、あれこれ思いをめぐらしていた。そしてとどのつまり、二皇子の生存をむしろ早く人々に知らせたほうが、彼らにとって、いっそう安全であろうという結論に達した。万一、二人が隠れている事実が洩れたりすれば、誰かが刺客を使って殺さないともかぎらない、と思ったからである。

彼はその日の夕方になって、二皇子が生存している事実を上司に打ちあけた。その報せは、同じ日のうちに、宮廷から町々へと噂となってひろがっていった。

コンスタンティノポリスでは、広場でも裏町でも、この噂で持ちきりだった。人々は半信半疑でそれを口にした。ただ惨劇のあと、この奇妙な噂は、踏みにじられた草のあいだに、二輪の菫《すみれ》が咲きのこっていたような感じを、人々の心によびおこしたのは事実だった。

もちろん噂の真偽はまだ確かではなく、まして、なぜ二人の子供が殺戮をまぬかれたのか、誰ひとり知る者はなかった。ある人は「おそらく軍隊の動きを早く察知した者が子供を逃がしたのであろう」と言ったし、また別の人物は「子供を酒甕のなかに隠したのにちがいない。古来そうした機転で難をのがれた子供は少なくないのだから」と言った。あるキリスト教信徒は「二人の子供は礼拝堂のなかの、おそらく聖壇の下に隠されて、生命を救われたのだ」と主張した。彼によれば、神の恩寵とはつねにそうしたものだからだ、というのだった。

こうしたさまざまな推測にまじって、宮廷では、それとは別個の関心が目ざめていた。それは、新皇帝コンスタンティウスが、はたしてこの報せを、どう受けとったであろうか、ということだった。

もし彼がそれを聞いてあわてたとすれば、彼は一族の殺戮を計画したか、計画しないまでも、それを知り、それに同意を与えていた、ということになるはずだった。その逆だったら、彼は真実それを知らなかったことになり、すべては軍隊の誤解に基づく暴発的な行動に帰せられるはずだった。

しかし報告を受けとった皇帝コンスタンティウスは、はじめ顔色を変え、椅子から腰を浮かそうとしたが、次の瞬間、「それはよかった」と一言だけ言って、報告者の顔をみつめていた。人人の語るところでは、そうしたコンスタンティウスの顔からは、とくに、これといった決定的な答えを見つけることはできなかった。皇帝はそれからもなおしばらくは独りごとのように「それはよかった」とくりかえしていたのである。

紀元三三七年の冬は例年より早く訪れていた。海から流れる霧は濃く海峡をとざし、行きなやんだ船の銅鑼《どら》が、白い霧の奥に鈍く聞えた。コンスタンティノポリスの町々では、なお、いたるところで建設工事がつづいていた。給水橋の建設や、城壁の補強や、地下水道の拡張や、寺院の建立などが、霧のなかで、影絵のように見える職人や奴隷たちによって進められていた。着ぶくれた老婆たちが、旧城壁に近い裏町の市で、魚貝や布や穀類を売っていた。町を雑踏する人々は、裏町から一段高い地壇のうえに、青い屋根を連ねたユリウスの宮殿を、時々、横眼でながめた。宮殿の窓という窓は閉され、霧のなかに暗く沈んでいた。

たしかに何が変ったのか、人々は、はっきり理解することも、指摘することもできなかった。しかし何かが変ったことは、誰にも容易に感じられた。それは、ある宮廷人が言っていたように、豪放で雄大なコンスタンティヌス大帝の御代がおわって、実利的で猜疑心《さいぎしん》の強いコンスタンティウスの治世が来た、ということであったのかもしれない。あるいはもっと大きな時代の変化というものがあって、それが刻々に明瞭な形をとっていたのかもしれない。それはともかく、人々は、以前のように、町をゆっくり散歩したり、のんき気に集まって談笑したりする気持になれなかった。ペルシア軍の侵入が東方の国境をおびやかし、軍隊がつぎつぎと出動していたし、それにともなう租税や徴発が、前よりも一段と人々の負担を重くしていた。金銀の貸借もうるさくなり、貸し金の歩合もばかにならなかった。生活のうえに余裕がなくなったばかりでなく、気持のうえにも、なぜか、余裕がなくなっていた。以前にはソポクレス劇を見に劇場に出かけたり、戦車競技に夢中になったりした人々も、次第に出不精になり、家のなかで、不機嫌にくすぶっていた。何となない焦燥や不安があり、とくにこれといって、定かな目標があるわけではなかったが、たえず何かしていなければ、そうした不安や焦燥からのがれることができなかった。

「こんどの皇帝様の御代は、血まみれのなかで、幕をあけたようなものだ。ろくな終り方はしまいよ」

中央広場の市で、絨毯売りの老人が、痰を喉につまらせながら、そう言っていた。

町々には、秋のはじめの陰惨な事件の記憶がまだ重くのしかかっていた。

父と異母兄たちを一夜のうちにうしなった幼いユリアヌスが、離宮を出て、新たにコンスタンティウスから命じられたニコメディアの宮殿に移ったのは、そうしたある霧の深い冬の朝のことであった。もちろんユリアヌスには父や兄の死は伝えられていなかった。ただ、今後は、祖母のいるニコメディアで暮すようになるのだ、とだけつげられていた。

しかし幼いユリアヌスは侍女のアガヴェに執拗に質問した。なぜ、お父さまは離宮まで見送りにこないのか。なぜ、ガルスと一緒にニコメディアにゆかないのか。なぜ、自分だけニコメディアにゆくのか。それにたいしてアガヴェは、若いバシリナにむかってそうしたように、頭をふりふり、「ユリウス様もお兄さまがたも、お仕事がお忙しく、遠い属州にお出かけでございます。ニコメディアではおばあさまがお待ちでございます。亡くなられたお母さまは、それはニコメディアのお邸に帰りたがっておられました」と答えた。

幼いユリアヌスは宮廷から廻された馬車でニコメディア街道を東に走った。馬車には護衛の騎馬兵が十騎ほどつきしたがっていた。街道は海ぞいの高い崖のうえを走り、暗く垂れこめた雲の下で、海が苦しげに身もだえるのが見えていた。ユリアヌスは時おり、白い波を刻む海を、放心したような眼で眺めていた。アガヴェの眼には、そうした幼いユリアヌスが、ひどく孤独で、頼りなげに見えた。彼女は思わずユリアヌスを抱きしめ、やわらかい捲毛に頬をあてて泣いた。

幼いユリアヌスはそれを訝った。

「アガヴェ。お前、泣いているね。どうして泣いているの。なにが悲しいの」

「つい、お母さまのことを思いだしました。私がお育てしたお母さまのことを思いだしました」アガヴェは涙をぬぐってあわてて言った。「お母さまはやさしく、お綺麗な方でございました。お母さまは若くてお亡くなりになりました。それでアガヴェはユリアヌスさまをお育て申しあげてまいりました。これからも、アガヴェはユリアヌスさまのもとを離れません。誰が何と申しましても、ユリアヌスさまのそばは離れません。決してお寂しいような思いをおかけはいたしません。いままで以上に、そんなお気持になるようなことは、いたさせません。ニコメディアのお邸にはマルドニウス先生も参ります。おばあさまもおられます。なんでお寂しいことなんてございましょう」

幼いユリアヌスは首をふってほほえみながら言った。

「寂しいことなんか、ないよ。アガヴェ。お前がいれば、寂しいなんて、思いはしないよ。それに、マルドニウス先生が、お母さまのお話をしてくださる。ぼくは、先生の話を聞いていると、いつも、お母さまと一緒にいるような気になるよ。それは、ぼくだって、お母さまがいてくれたらいいと思うよ。でも、先生がいてくださるから、ぼくにはお母さまがなくていい。でも、ニコメディアにお父さまが来てくださるといいね。一度でいいから、来てくださるといい。ねえ、アガヴェ、こんど都にいったら、ぜひお父さまに、そう言っておくれ。ぼくはおとなしく待っているから、ぜひニコメディアに来てくださるように。ぜひ、そう伝えておくれ」

アガヴェは「ええ、ええ」と言うように頭をふり、涙があふれるのを隠そうとした。

「アガヴェ。アガヴェ。泣いてはいけないよ。ぼくは寂しがってなんか、いないんだ。ぼくは平気だよ。ぼくはひとりで自分のことをやってゆくよ。ガルス兄さまもエフェソスにひとりで勉強にゆかれた。ぼくだって、ひとりで寂しがらないよ。寂しがれば、亡くなったお母さまも、きっと心配なさるからね」

若いバシリナが夢に何度か見たニコメディアの家は、そのときのままだった。邸をかこむ深い木立は、海峡に吹き荒れる風に、大きくゆれていた。屋敷内では小鳥籠にむかって犬が吠え、大勢の奴隷が働いていた。裏の耕作地はすでに土を掘りあげたところもあった。霧の深い朝、牛の鳴き声が聞えた。アガヴェは若いバシリナとそこを離れて以来、十年ぶりに見る屋敷のなかを、あちらこちらと歩きまわった。納屋も、森へつづく道も、小作人たちの小屋も、昔のままだった。

「ああ、何一つ変っていない。こんなにいろいろと世の中が変っているのに、ここでは何一つ変っていない」

アガヴェは裏の耕作地の柵にもたれ、堆肥の臭いをかいだ。溝を流れている冷たい水をみた。その溝のそばで娘盛りのバシリナが転んで、晴着を台なしにしたことがあった。

「バシリナ様は口惜しそうにお泣きになった。身も世もあらずお泣きになった。こんな不運はまたとない、とでもいうように、お泣きになった」

アガヴェは頭をふった。溝のそばはあのころと同じく水がじくじくと湧いて、牛たちの足あとで泥がこねくりかえされていた。

「ああ、ああ、何一つ変っていない」

アガヴェはふたたびそうつぶやいた。それからしばらく柵にもたれたまま、そこに立っていた。風が海峡から吹きこみ、木々がざわざわとゆれた。

たしかにアガヴェの言うように、そこでは何一つ変っていなかった。ただ強いて変ったものを求めようとすれば、かつて屋敷の管理人の住んでいた建物に、コンスタンティノポリス宮廷から派遣された兵卒たちが起居していることくらいであった。しかしそれすら、風の荒れる冬の夜には、燈火の光もなく、暗くひっそりしていた。ただ時おり幼いユリアヌスの寝室の下を、ゆっくり歩く兵卒の長槍が、星の光にほの白く光るだけだった。その兵卒の足音は、長い冬の夜を歩きつくして、どこか夜明けのない国に入ってゆくように思われた。

幼いユリアヌスは、なぜ兵卒がそこに配置されているか、わからなかった。ただ時おり夜半に目覚めたおり、ふと寝ぼけた耳に、その規則的な足音が聞えてくるだけだった。しかしそれはその後、ユリアヌスの身辺を執拗に徘徊する足音になることを、むろん彼はそのときは知らなかった。

第二章　幽閉

乾いた岩肌をさらす峰から峰へ、一羽の鷲がゆっくり輪をえがきながら、移ってゆくのを、ユリアヌスは峠の木かげからじっと見つめていた。日ざしは強く、峠をかこんで連なる岩山の色は、灰褐色にかすんでいた。時おり涼しい風が汗まみれになったユリアヌスの顔を吹きすぎていた。

峠からは、灌木のあいだをすべりおりるようにして、岩肌をさらした道が谷間にむかって下っていた。ユリアヌスは、鷲が灰色の峰のむこうに見えなくなると、また視線を谷間へおりてゆく道のほうへめぐらした。もちろん強い日に照らされる乾いた道のほか、そこには何一つ見えなかった。オリーヴの林に埋まる谷間にも人影らしいものが動いている様子はなかった。それでも小さなユリアヌスはじっと息をころすようにして、峠の道を見つめていた。そこに間もなく異母兄ガルスの姿が現われることになっていたからである。

ユリアヌスがけわしい峰々にかこまれたアナトリアの奥のこのマケルムの宮殿に移されたのは、父ユリウスはじめ一族が殺害されてから七年後の紀元三四四年の初夏のことである。父の死後、ただちにニコメディアに送られたのを数えると、こんどのマケルム移住はすでに三度目の大きな環境の変化であった。

むろんユリアヌスにはニコメディアに移された当時と同じく、皇帝がどのような理由で彼の居住地をつぎつぎに変えるのか、なにひとつわかっていなかった。彼はただ命令が発せられるたびに、ニコメディアから首府へ、首府からマケルムへと移り住むほかなかったのである。

しかしマケルムの宮殿には、それまでと違って、兄ガルスがエフェソスから同じように送られてくることになっていた。ユリアヌスはマケルムに出発する前、侍従の一人からこの報せをうちあけられて以来、まるでただひとつの頼みの綱のように、明けても暮れても兄ガルスのことを考えつづけた。

もちろんユリアヌスの眼には、ずっと昔、対岸の離宮で、石欄のうえを走ったり、池に石を投げたり、花をむしったりする兄の姿が辛うじて残っているにすぎなかった。とくに兄がよく花畑のなかにかくれていて、彼をおどかしたことなどは、なぜか、奇妙ななまなましさで記憶に残っていた。しかし兄そのひとの顔だちなり、身体つきなりになると、なにひとつ憶えてはいなかった。それだけにユリアヌスは、そこにさまざまな兄の姿を空想して、胸のしめつけられるような懐しさに捉えられていたのである。

当時、すでに十九歳になっていたガルスが、かつて離宮の庭でみた頃の彼と同じでないことは小さいユリアヌスにもよくわかっていた。また事実ユリアヌス自身も、よたよた花壇のあいだを歩いていた幼児ではなく、マルドニウスの与えた書物を腕にかかえた十三歳の物静かな少年になっていたのだった。

ユリアヌスは峠から下っている道から眼をあげると、ふたたび灰色の岩山から飛びたった鷲の姿を眼で追った。おそらく輪をえがいて鷲の飛んでいるあたりに、なにか獲《え》ものがひそんでいるにちがいない——彼は、母親に似た灰青色の、夢みるような、おだやかな眼を空にむけながら、そう考えた。そしてオリーヴで埋まる谷間のほうへ眼を動かしていった。

そのとき、なにかの連想で、獲ものを狙っている鷲が、ふとその前の年に歿《ぼっ》していた司教エウセビウスの姿を思いださせた。そしてほとんど反射的にユリアヌスは身体をぴくりと動かした。たしかに峰から峰へゆっくりと飛翔しながら、執拗に、冷静に、鋭く獲ものを求めている鷲の動きは、どこか、あの眼の鋭い、軽く跛をひく老司教の姿に似ていたのである。

もちろんユリアヌスは老司教がユリウス一族の殺害にひそかに関係していたという噂も知らなければ、コンスタンティノポリス宮廷に、事件後、ひたすら勢力をのばし、間もなく首都の大司教に任ぜられるようになった経緯も知らなかった。ただ小さいユリアヌスが憶えていたのは、宮殿の一室で本に読みふけっているようなとき、不意にエウセビウスが入ってきて、物も言わずに、その本を取りあげ、頁をぱらぱらめくって、本とユリアヌスの顔を半々に眺めたりしたこと、また一度礼拝堂で修道僧メラニウスと激しく口論しているのを見かけたこと、礼拝堂に入ってゆくと、いつも老司教は厳しい、問いただすような眼でユリアヌスを眺めたこと、そしてそのたびに彼は自分の心の底まで司教に見ぬかれていると感じたこと、などにすぎなかった。当時のユリアヌスには、まだ、なぜ司教エウセビウスがたびたび彼をたずね、黙ってじっと問いただすように眺め、本を調べてゆくのか、理解することができなかった。ユリアヌスにとって司教エウセビウスという名前は、なにか苛酷な、容赦しない、問いつめるような姿と結びつき、宮廷の礼拝堂であろうと、教会であろうと、老司教の前に出ることに、つねにある種の恐怖を感じないわけにゆかなかった。

ふだんは快活で、よく笑うユリアヌスが、エウセビウスの前にゆくようなときだけ、ぐずぐずと居間に残って、靴の紐を結びなおしたり、読みさしの本を開いたり閉じたりして、アガヴェに何度か催促させるようなことは、たしかに奇妙といえば奇妙だった。ある日、見かねたアガヴェが、なぜ喜んで司教様の前にゆかれないのかと、訊ねると、ユリアヌスは肩で結んだ紐を手でいじりながら、こう答えた。

「ぼくには司教様がおそろしいんだよ。あのひとは、黒い衣を着て、いつもおこったようにじっとぼくを見ているんだ。ぼくはなにも悪いことなんか、しちゃいない。それなのに、あのひとは、ぼくが悪いことをしたにちがいない、というような顔をして、じっと見るんだ。ぼくが心のなかで、悪いことなんか、していませんと叫ぶと、あのひとは、そんなはずはない、お前は悪いことをしているはずだ、というように、じっとぼくを見るんだよ」

老侍女アガヴェはそれをきくと、若いバシリナによくそうしたように、黙って首をふった。アガヴェには、ユリアヌスがニコメディアに送られるようになった経緯が、宮廷の噂でよくわかっていたからである。

もともと皇帝コンスタンティウスが幼いユリアヌスをニコメディアに送ったのは、母方の祖母がそこになお住んでいたということもあったが、それ以上に、司教エウセビウスが彼を自分の監督下に置きたいむね、皇帝に願いでていたからだった。「あの幼児がキリスト教徒としてしっかり育てられるよう、監督する義務が私にはございます。あの子供の心に寛大さや愛や宥《ゆる》しを育てるには、キリスト教徒に育てるほかありませぬ」司教はそう言って、皇帝のぎょろりとした眼を見つめた。そんなとき、コンスタンティウスは蒼い、骨張った顔に不安の色をうかべ、じっと司教のほうを眺めかえした。皇帝自身も、まだほんの子供にすぎぬガルスやユリアヌスが自分を怨んだり、嫌悪したり、叛逆したりするとは思っていなかった。少なくとも幼い子供たちの姿を見たかぎりでは、そうした実感はうまれなかった。ただ彼が不安に感じたのは、あの大がかりな殺戮《さつりく》の網目をぬって、この二人が生きのこったという考えられぬような事実だった。そうしたことは、何かこの二人の子供に異様な宿命が与えられていて、それがいつか成熟して、自分以上の好運なり権勢なりを得るようになるのではないか、という危惧を、ひそかに彼コンスタンティウスに感じさせた。それは、この二人が成長して、いつか一族殺害の復讐を思いたつことがあるかもしれぬ、という思いとともに、強く彼の心を不安でみたしたのである。

こうしたコンスタンティウスの心の動きを、司教エウセビウスは他の誰よりも正確に見ぬいていた。教会の勢力を深く宮廷のなかに植えつけ、教会の地位をいっそう不動のものにするため、大帝の歿後、ほとんど日夜、新皇帝のそばを離れることのなかったエウセビウスにとって、コンスタンティウスの不安、危惧こそは、かつて大帝の迷信深さ、死への恐怖と同じく、新皇帝に働きかける梃子の支点のようなものに見えていた。彼はそれを能《あた》うかぎり利用しなくてはならぬと思ったし、また、そうした不安をわざわざ掻きたてるような事実を、それとなく、自分では気づいてさえいないような素振りで、話のあいだに、ほのめかしたりしたのである。

たとえばユリアヌスが、いつか一族殺害に対して怨みをふくみ、コンスタンティウスに叛逆するかもしれぬという危惧を、それとなくほのめかし、その心に不安を呼びおこしておいて、そのあとで、ユリアヌスをキリスト教徒にすることが、復讐や怨恨の芽をつむ最良の方法であると言ったのも、こうした心の動きをひそかに計算にいれた結果だったのである。

コンスタンティウスにしてみれば、司教の言うように、二人の子供をキリスト教徒に仕立てることで、このような不安や危惧からのがれられるとしたら、なにをさしおいても、子供たちを司教の手にゆだねるべきだと思えたのだった。二人を別々の場所で育てさせることに同意したのも、エウセビウスの言葉にしたがった結果だった。司教によれば二人を同じ場所に置けば、いつか彼らが一族殺害を知って復讐の誓いを互いに取りかわさないともかぎらないし、そこまで行かないまでも、二人がそうした話題に頻繁にふれるだろうことは予測に難くなかったのである。

しかしエウセビウスがユリアヌスを自分の監督下に置いたのは、そうしたことより、むしろ皇帝コンスタンティウスの注意をたえず自分のほうに引きつけておくためだった。ユリアヌスを司教と皇帝とのあいだに置くことは、なによりも、血まみれたあの大殺戮を思いださせることに他ならなかった。そしてそれはこの二人のあいだにほとんど共犯といってもいい関係が、拭いがたく横たわっていることをつねに呼びおこした。

皇帝コンスタンティウスは、自分が危惧することを、前もって、鋭い嗅覚でかぎあてて、執拗にそうした弱味に侵入してくる老司教を不気味に感じていた。しかしエウセビウスなしには、彼の危惧なり不安なりが取りのぞかれないのも事実だった。コンスタンティウスは、自分が何ごとかに不安をおぼえたり、危惧を感じたりするたびに、この鋭い眼をした老司教のほうへ、のめりこんでゆくのを感じた。一般の政策であれ、東方国境を頻々とおかすペルシア対策であれ、コンスタンティウスは不安を感じると、ただちに司教を呼びにやった。また事実、老司教エウセビウスは皇帝のそうした相談をうけると、国境にはこれこれの軍隊を動かすべきであるとか、あるいはこれこれの官職は現在の事情のもとでは煩雑だから簡略にすべきであるとか、時に応じて、実際的な忠告も行なった。彼は、異端論争で追放をうけ、小アジア、シリアを遍歴するあいだ、こうした知識や体験を豊富に吸収していたのである。

ユリアヌスがニコメディアに移されてから二年後、エウセビウスが首都コンスタンティノポリスの大司教に任ぜられたのは、こうした事情を考えると、ほとんど当然の成りゆきといえた。エウセビウスはようやく登りつめた教会のこの最高位に立つと、いかに東方教会全体をローマ帝国に合体させ、教会の基礎を強固にしうるかを考えつづけた。なお東方教会の内部でも多くの異端の教義が横行していたし、異神混淆も随所で見られたうえ、また西のアレクサンドリアを中心にして、きわめて影響力の強い一派が形成され、教会の統一という問題だけでも無数の困難が横たわっていた。そのうえ教会のあり方に対する批判もさまざまな形で示されていた。たとえばエウセビウスのもとで働いていた修道僧メラニウスなどは、彼が教会の勢力をローマ帝国の権力によって支えようとする態度にはっきり反対して、しばしば激論がかわされるというようなことが起ったのである。

「司教猊下《げいか》、お言葉をかえして失礼でございますが、たとえ迫害がふたたび起りましても、私たちの信仰は崩れるなどということはありませぬ。ただ数のうえでいかに信徒が増え、教会堂が町町に建てられても、真の信仰がなければ、いったいどんな意味がございましょう。私は教会を安泰にするため世俗の権勢と結ぶことには反対でございます。他の異教、異神をしりぞけ、押しつぶすために、地上の信徒の繁栄をはかったとて、それに何の意味がありましょう。信仰はただ魂の問題でなければなりませぬ。あくまで魂だけに切りはなされるべきでございます。肉体はもとより、なべて地上に属するものは、魂を救うためには、無視すべきでございます」

修道僧メラニウスは若々しい、謹直な表情を変えず、司教にそう言った。しかし追放や迫害を現実にたえしのんできた老司教には、ただ信仰を魂の問題だけに限る若い修道僧の言葉が、ひどく実際からかけはなれたものに響いた。「教会は外に対しても、内に対しても、戦わなければならぬのだ。この世に教会を建てること、そこからはじめなければならないのだ」

たしかに老司教の言葉には、どこかなめされた皮のような強靭さと、ある種の苦さが含まれていた。といって、そこには修道僧の謹直な、ひたむきな気持にこたえるものは含まれていなかった。おそらくそうしたものは、町々に建立された巨大な教会堂にも、荘厳な儀式にも、信徒たちの交わりにも、見いだされなかったにちがいない。なぜなら修道僧メラニウスは、エウセビウスが首都の大司教となってニコメディアを離れたとき、彼もまたそこを離れて、シリアにむかったからである。彼はシリア砂漠の奥の、およそ地上のすべてと隔絶したあたりに僧庵をもうけて、ひたすら神に直接にふれたいと願ったのだった。

ともあれエウセビウスが首都の大司教に任ぜられたことは、一時的であるにせよ、ユリアヌスの前から、きびしく問いつめるような鋭い眼を遠ざけたことは事実だった。ユリアヌスがニコメディアの明るい離宮から、馬車で、木立にかこまれた祖母の家にしばしば出かけるようになったのは、司教の干渉が少なくなったからである。彼は祖母の家にかえると、マルドニウスとともに林を散歩したり、牧場に出て花をつんだりした。夏になると、海岸にのぞんだ祖母の別荘に出かけた。海峡には白い雲が湧き、まぶしく光っていた。モザイクで飾った明るい部屋を風が涼しく吹きとおった。ユリアヌスはマルドニウスが筆写した『オデュセイア』に読みふけり、疲れると眼をあげて、窓のむこうに見えている青い海と雲を見つめた。波の音が時間をうしなったような午後の静けさのなかで遠く聞えていた。

しかしこうしたニコメディアの日々も間もなく終りをつげなければならなかった。ユリアヌスはふたたび首都に呼びもどされ、エウセビウスのもとで監督されることになったからである。

小さいユリアヌスは、その命令が伝えられたとき、どこか地の底から、暗い、不吉な、嵐の前触れのような風が、吹きぬけていったような気がした。彼はニコメディアの宮殿の露台から、古い、落着いた町々をながめ、老師マルドニウスと一緒にすごしたたのしい日々をなつかしんでいた。

「ぼくはどうしてもコンスタンティノポリスが好きになれません。できることなら、いつまでも、この町に残っていたいのです」

ユリアヌスはそばに立っている温厚なマルドニウスのほうを見て言った。かつて若いバシリナの師であったキルギス出身の老人は、前よりいっそう小さくなり、柔和になったように見えた。

「いえ、いえ、首都にはニコレスやエケボリウスなどの偉《すぐ》れた学者が学塾をひらいて、大勢の若者たちを教えています。首都の図書館では、ペルガモやアレクサンドリアに劣らぬ数の書物を集めていると申します。首都にいって勉学に不都合なことは毫もありませぬ。ただあなたのお好きな悲劇や戦車競技や曲芸がこの町より盛んなのは困りますが」

ユリアヌスは、老人が眉を軽くしかめるのを見ると、笑いながら言った。

「もうぼくは前のように、そんなに戦車競技や曲芸を見たくないのです。そんなことでは、心配なさらなくてもいいんです。ぼくは前より、ずっと、ずっと勉強が好きになりました。ぼくがいやなのは、また司教猊下に会わなければならないことです」

「なぜおいやなのです」

「なぜって、あの方の前にゆくのがおそろしいからです。司教猊下はいつも黒い服を着て、陰気で、じっと疑わしそうに、ぼくのほうを見るんです。それに……」ユリアヌスは少し言いよどんでから、言葉をついだ。「それに、ぼく、司教猊下の手がきらいなのです」

「手が……?」マルドニウスは柔和な、まるい眼を、おどろいたように、ユリアヌスの顔にむけた。ユリアヌスの小さな鼻孔がふくらんだり、ちぢんだりしていた。

「司教猊下の手は骨張って、青白くって、湿っていて、それに変な臭いがするんです。あの方がぼくの肩に手を置くようなとき、その手がにおってくるんです。湿った、いやな臭いなんです。どこまでもまつわりついてくるような臭いなんです。ぼくは教会にゆくように言われたり、礼拝堂に入ったりするだけで、あの湿った、すえたような臭いを感じてしまうんです。でも、先生、あれは、ほんとうに司教猊下の手の臭いなんでしょうか。だって、ぼくのほか誰もそれに気がつかないんですから。アガヴェだって、そんな臭いは感じたことはないと言うのです。アガヴェはなんども司教猊下の手に口づけしたことがあるんですけれど……」

　ユリアヌスはこうした恐れを抱いて、首都に呼びかえされた。しかしその恐れは彼自身が考えていたほどながくはつづかなかった。というのは、大司教エウセビウスはユリアヌスがコンスタンティノポリスに着いて間もなく、宮廷から戻る馬車のなかで、突然、死に襲われたからである。

　ユリアヌスは大宮殿の奥の、庭にのぞんだ柱廊にいるとき、その報せをうけた。彼は黙って部屋に入り、扉を閉め、机にむかって、声をあげて泣いた。彼にとっては、司教もまた、身辺で見知った人物の一人にはちがいなかったからである。

　大司教エウセビウスの突然の死は、皇帝コンスタンティウスの心の平衡を急速にうばってゆくように見えた。彼は大帝そっくりの灰色のぎょろりとした眼を不安そうに動かし、細長い、蒼ざめた、頬の窪んだ顔を窓のそとにむけていた。眉と眉のあいだの皺はふだんより深く刻まれ、慎重な、疑いぶかい表情は、一段と暗く陰気に見えた。

　彼はほんの数刻前、ペルシア軍が国境深く侵入して、ニシビスを包囲したという報告に接し、急遽その対策をエウセビウスに計ったところだったのである。もちろん大司教は、ローマ辺境をおかす異民族に対しては、徹底的な強硬策を建言し、事実、新たにニシビス解放のための軍団が送られることになり、またキリキアに蟄居していた将軍アテノクレスのもとに急使がたっていった。

だが、こうした一連の対策も、エウセビウスそのひとがいなくなってみると、不思議と空虚な、頼りない、疑いぶかいものに見えてきた。はたしてこれだけの軍団をさしむけ、ニシビスを解放できたとしても、東方国境に広く侵入しているペルシア軍を、どこまで支えきることができるのか。そのうえ、ペルシア軍の優勢を聞きつたえて、アルメニアでも二、三暴動が起っていた。シリアの町々でもローマ官憲に対する公然とした反感が高まっていた。いや、膝元のコンスタンティノポリス宮廷でも、最近、元老院の勢力を昔日の姿にかえそうとする陰謀が発覚して、旧軍人貴族を含む十数人の高級官僚が裁判にかけられていた。

こうした事件が連日のように起って、宮廷会議に報告されるたびに、コンスタンティウスは、まるで大ローマ帝国が外からも内からも、ぐらぐら揺らいでいるような気持に陥るのだった。それでも明敏冷徹なエウセビウスがいてくれるあいだはよかった。あれは教会の保護を代償にすれば、その持っているあらゆる知識、能力を皇帝にささげてくれた。しかし大司教のいなくなったいまとなれば、その事件の一つ一つを、どのように補綴し、どのように関係づけて処理していっていいのか、コンスタンティウスはただ困惑と絶望に陥るほかなかった。

彼は宮廷会議にのぞむときも、つねに、歯が痛んでいるかのように、蒼い顔をしかめていた。そして発言者の顔を、不安そうに、ぎょろりとした灰色の眼で眺めていた。彼はある施策を思いつくと、側近の役人たちをののしりながら、火がついたように、その成文化を求めた。しかし勅令の条文が作成され、関連官署がその実施準備を前もってすすめていると、それは突然取り消された。コンスタンティウスは条文をやぶりすて、いらいらと部屋のなかを歩きまわり、歯ぎしりしながら、自分自身の思いつきの悪さや、それにすぐ飛びついた自分の軽率さや、自分を補佐できぬ側近の無能力に、いつまでも怒りつづけているのだった。

たしかにこうした政情は、すでにそれだけでコンスタンティウスの腹にすえかねることだったにちがいない。しかしそれにさらに拍車をかけるような事態が新たにうまれていた。というのは、大司教の死の二年前、三四〇年にローマ帝国西部を担当していた兄のコンスタンティヌス（二世）が、帝国中央部を分担統治する末弟コンスタンスに殺されるという事件が起っていたのだった。もともと兄コンスタンティヌス（二世）はひどく傲慢で自信が強く、弟たちと帝国を三分した父大帝のやり方に終始腹をたてていた。彼の言葉にしたがえば、ローマの長子権からいっても、全ローマ帝国はひとり彼の所属に帰すべきものだというのだった。

彼が弟コンスタンスの統治するイタリアに対してたえず干渉していたのは、こうした頭が彼にあったからで、弟が統治権の独立を楯に、兄の干渉をなじると、彼は顔を真っ赤にして怒り、武力によってでも自分の意思に従わせてみせるとまで強弁した。そしてその結果、この不幸な兄弟のあいだに干戈《かんか》が交えられ、その揚句に、兄のほうが弟の軍団に討ち果されるということになったのである。

帝国東方を分担統治するコンスタンティウスにとって、それは地中海の西の涯の出来事にちがいなかったが、ペルシア問題に心労しきっていた彼の眼には、何か無用な、時代錯誤でさえある、内輪もめとしてしか、うつらなかった。そんな争いに使える軍隊があれば、いますぐにでも送って貰いたい――それがコンスタンティウスのいつわりない気持だった。彼にとってみれば、ペルシア軍がひとり強大だというばかりでなく、メソポタミアからアルメニアにかけての帝国東方の国境が無際限にながいものに感じられ、軍隊をいくら投入しても、なにか確実な手応えが感じられなかったのである。

軍隊内部でもかつてローマ軍団の誇りだった軍律は乱れがちだったし、せっかく各地の農村をまわって募ってきた兵隊たちは、前線に発進するときくと、続々として逃亡するようになっていた。コンスタンティウスはそれだけでも兄が統治するガリアの兵隊たちがうらやましかった。ガリア人は平穏な生活をこのみ、ローマの風習を喜んで取りいれる温和で善良な民族だったが、同時に豪胆で不屈で、困苦に耐える異様な能力をもつとされていたからである。

　こうしたことに加えて、さらに彼コンスタンティウスを刺戟《しげき》したのは、弟コンスタンスが兄を公敵と呼んで討ち果したあと、この広大な帝国西辺の領土をそっくり自分の統治下におさめたことだった。三分されたはずのローマ帝国は、いまや西と東に二分されたことになり、しかも西方領土は東のそれを倍するものになっていた。この事実は、競争心の強いコンスタンティウスの嫉妬を煽る結果となった。彼は弟に軍団の派遣を依頼して拒絶されると、ほとんど半狂乱になってコンスタンスを罵倒した。彼は口から泡をとばして、コンスタンスこそは悪の張本人で、嘘つきで、軽薄で、およそ父大帝の子にふさわしいものは持ちあわせないと極言した。

　しかし公平に言って、故大帝の三人の皇子のうち、気のいい、利口なコンスタンスが、多少の軽率な、派手好みの一面をのぞけば、もっとも打ちとけやすい人柄であったかもしれない。彼は母親似で、兄たちのように大きな、ぎょろりとした灰色の眼ではなく、まるい、陽気な、青味がかった眼をしていた。身体つきも小柄で、いくらか肥り気味だった。そして陰気で、きびしいローマ元老院の雰囲気を好まず、ミラノの宮殿ですごすことが多かった。

　ただこうして急速に生れた兄弟の反目は、それまでペルシア対策と、内政にだけ眼をむけていたコンスタンティウスの心に、激しい嫉妬とともに、鋭い不安をかきたてる結果となった。それは、いかにもかつて、皇位簒奪者となる可能性のある一族を、みな殺しにした人物らしい、恐怖と不安と疑心にとりつかれた、病的な、全身をふるわせるようなある種の錯乱であった。

彼は宮廷内の密偵の数をふやして、広間や廊下や中庭での噂を細大もらさず報告させたし、コンスタンスと関係のある貴族たちをニコメディアの離宮に軟禁した。コンスタンティノポリスの港に入ってくる船のうち、帝国西方の情勢をさぐるために、わざわざ送られた船も少なくなかったのである。

コンスタンティウスがある日突如として、ユリウスの遺児ガルスとユリアヌスを首都からはるか遠い小アジアの嶮しい山々にかこまれたマケルムの離宮に移し、一段と厳しい監督のもとに置こうと思いたったのは、ひたすらこうした不安に苛まれつづけたからである。

もちろんこれらの事情はなにひとつユリアヌスにはわかっていなかった。彼はただ兄ガルスと六年ぶりに会える喜びだけに心を奪われていた。彼が連れてゆかれたマケルムの離宮が乾いた灰褐色の峰々にかこまれ、暗い森が深く裏庭までつづいていて、夜半には、蛇に狙われた鳥たちの鋭い悲鳴が不気味に聞えることも気にならなかった。ふだんなら、まっさきにマルドニウス老人にたずねる図書館の有無も、そのときはほとんど関心をひかなかった。彼はひたすら血をわけたただひとりの兄に会いたいと願った。それは、ユリアヌスが父と長兄たちの殺害を知らされ、この世に残っている近い血縁としては、ただガルスしかいないと聞かされて以来、一日として心を離れたことのない願いだった。ながい読書に疲れ、宮殿の露台をぶらぶらしながら、コンスタンティノポリスの町々のうえに拡がる赤い壮麗な夕焼けを眺めるようなとき、彼は、兄のことを考えて、何度か涙ぐまずにはいられなかった。自分にはまだ兄が生きていてくれる——そう思うだけで、小さいユリアヌスの身体は熱く燃えるような気がした。なにか、たまらなく懐しい、貴重な、あたたかいものにむかって、身を投げだしてゆくような気持だった。ユリアヌスは十九歳の兄を背の高い美丈夫として想像することもあった。時には戦士風の、がっしりした肩幅の勇敢な将軍として思いうかべた。また別の時には骨張った禁欲的な顔の、瞑想好きな人物のように思え、さらにまた、色白な、文学好きの、夢想家肌の人物を心にえがいた。しかしそのいずれの場合にもガルスはやさしい微笑をたたえており、弟のほうに親しげな挨拶を送ってよこすのだった……。

ユリアヌスはこうした物想いから目ざめると、もう一度灰褐色の峰のほうへ眼をやった。そのとき彼はこれ以上耐えられぬような胸苦しい悩ましい憧れにみたされていたのである。彼が、谷間の遥か遠く、オリーヴ林のなかに白い土煙があがるのを見つけたのは、ちょうどそのときだった。土煙はある一定の速力をもって、林のなかを移動していた。

「兄上の馬車にちがいない」

ユリアヌスは飛びたつような心でそうつぶやき、土煙がオリーヴ林のなかを移動してゆくのを息をつめて見まもった。やがて林で埋まる谷間を行きつくすと、一団の白い土煙はユリアヌスの待っている峠の道へとりついた。その瞬間、土煙のあいだから、一台の四頭立て馬車と、それを囲む十騎ほどの護衛の騎馬兵たちの姿が見えた。峠に立っていた人々はいっせいに喚声をあげ、峠の見張台からはガルス到着を報せる角笛が離宮にむかって吹き鳴らされた。ユリアヌスのまわりにいた役人たちは十歩ほど峠を下って、ガルスの到着を出迎えようと駆けていった。太陽は暑く、木立のかげが、乾いた、石のごろごろする峠の道に濃く落ちていた。風が涼しく吹きとおっていた。もう鷲の姿は見えなかった。ただ青い空のなかに、灰褐色の岩山が、くっきり象嵌《ぞうがん》したように、かたく食いこんでいた。

ユリアヌスは何がはじまろうとしているのか、まったくわからなくなった人のように、木立のかげのなかに立ち、周囲で人々が駆けたり、叫んだり、手をふったりするのをぼんやり眺めていた。時々、鼻の奥に、刺戟的な痛みのような感覚が走った。すでに馬車の車輪の音は眼の前に迫っていた。地響きするような馬蹄のとどろきがそこにまじっていた。

突然、眼の前の岩角から、躍りでるようにして四頭立て馬車が現われ、人々の騒ぐなかに立ちどまった。白い土煙が濛々《もうもう》と馬車をつつんで舞いあがった。

そのときになって、小さいユリアヌスははじかれたように木かげを飛びだしていった。ガルスは馬車からおりると、自分のほうへ駆けてくる少年の顔を見つめた。

「ユリアヌスか」

ガルスは鼻にかかった、投げだすような声で言った。

弟のほうは黙ってうなずき、兄を見あげた。その眼から涙があふれだしていた。

「おれのことなど覚えてはいないだろうな。おれのほうはよく覚えている。お前も大きくなったな。母上によく似ているな」

ガルスはそう言うと、腕のなかに飛びこんでくるユリアヌスを抱いた。ユリアヌスは兄の胸のなかで嗚咽の声をかみころした。年少の彼にも、臣下の前でいかに振舞うべきか、すでによくわかっていたからである。

ガルスは淡い眼の色の、浅黒い、どこか皮肉な感じのする青年で、ユリアヌスを抱擁したあと、弟を無理に引きはなすようにして、まわりに集まった役人たちと挨拶をかわした。

「このあたりは狩り場にむいているようだな」ガルスは谷間から峰々に眼をうつしながら言った。「もともとマケルムの離宮は狩り場のためにつくられたと聞いている。ここにくるまで、見事な森をいくつか眼にしてきた。いや、これだけ狩り場があれば、いかに私が夢中になろうと、狩りに不自由するなどということはあるまい」

ガルスの薄い唇は、濡れて、皮肉な感じにゆがめられた。それはこの青年にどこか酷薄な、我儘な、ひどく利己的な印象をあたえた。

こうした兄との出会いは、小さいユリアヌスにとって、あまりにあっけない、物足らぬものに思えた。ながいこと彼が思いえがいた感激も熱烈な抱擁も涙も何一つなかった。あったのは形式的な短い抱擁だけだった。お互いの生活を語りあうこともなければ、将来について希望をとりかわすこともなかった。兄は瞑想的な人でもなければ、凜々しい感じの青年でもなかった。身体こそがっしりしているが、ひどく粗野な感じだったし、淡い色をした眼は、いつも人を嘲るような光をたたえていた。ものを正面から考えるのを避けるような、皮肉な、投げやりな、すねた感じもそこにまじっていた。

ユリアヌスはガルスに会う前、ながいあいだ、寂しかったこと、悲しかったこと、つらかったこと、たのしかったことのすべてを、兄に話そうと心をふくらませていた。しかしそうした希望も期待も、ガルスに会った瞬間、一切が消しとぶのをユリアヌスは感じた。彼はある確実な直観で、そうしたことをするのは、ほとんど不可能であることを、一瞬に感じとったのだった。

マケルムの離宮にむけて、暑い日ざしのなかを、ふたたび白い土煙をたてて馬車が走りはじめたとき、ユリアヌスはそれでも兄に会えてよかったという気持をとりもどした。よしんば兄がどんな人物であれ、自分のそばに兄がいてくれることが、どんなに素晴らしいことであるか、そのときになってあらためて感じられるようになっていた。ユリアヌスは馬車の窓から灰褐色の峰々が動いてゆくのを見あげた。そこにはまた峰を離れた鷲がゆっくりと大きな輪をえがきながら、とびつづけるのが見えていた。

宦者オディゥスは西瓜の種をぺっぺと吐きすてながら、二重顎の窪みにたまった汗をぬぐった。離宮の西南隅を占める彼の部屋からは、後庭の噴水と、花壇と、夏草に埋まる荒れた並木が、赤赤と照りつける西日のなかに見えていた。オディゥスはなお西瓜の種を吐きだしながら、肥った身体で苦しそうに息をつき、机のうえに置いてあるマルドニウスの手紙に眼をやった。

オディゥスはもともと後宮の財務官をつとめあげた男で、宮廷に勢力をもつ女官アバルバレの信任を得て、のちに皇帝領管理官としてひそかに財を貯え、新たにコンスタンティウスが宮廷内の密偵を増員した際、その長の一人に推されていた。女官アバルバレを通じて皇帝の信任もあつく、その側近としてめきめき頭角をあらわしている男だった。

この宦者オディゥスがマケルム離宮でユリウスの二人の遺児を監視するよう命じられた事実は、ひとえに皇帝コンスタンティウスがいかに遺児たちの復讐や謀反をおそれていたかの証拠だった。オディゥスは皇帝から、二人をきびしくキリスト教徒として教育すること、皇帝はユリウス一族殺害に何の関係もなく、すべては軍隊の暴動の犠牲であるよう教えること、外部との交渉を禁じ、皇帝や一族殺害に関する一切の噂を聞かせないようにすること、などを、ひそかに言い渡されていたのである。

こうした命令はオディウスと、その部下たちの手で厳重にまもりぬかれた。たとえば外部との交渉を絶つために、離宮の周囲には武装した哨兵《しょうへい》が立ち、附近の村落には、商人以外は離宮に近づくことを禁じる旨、通達された。附近に住んでいた二、三の木樵り小屋には火がかけられ、住人は部落に追いかえされた。以前は村落から離宮の庭に忍びこんできた子供たちまで、すべて立入りを禁じられた。

オディウスは二人がキリスト教徒として育てられるため、毎日曜には、自分もつきそって、近隣の小都市アルガラの教会へミサに出かけた。とくに二人が司祭の手助けをして、聖壇をととのえたり、燈心に火をつけてまわったり、聖句を朗誦したりするのをよろこんだ。マルドニウス老人にもできるだけ聖書を読ませるよう申し入れた。老人がそれを渋るような表情をとると、オディウスはユリアヌスの養育に当れるのはマルドニウス一人でないことを考えるように、と抑えつけるように言った。そのため老人はユリアヌスに聖書を手渡さなければならなかったが、その講読にあたったのはアルガラから来る、背の低い、眼の窪んだ司祭だった。

マケルムの離宮の陰気な雰囲気は、もちろん森にかこまれた離宮そのものが黒ずんだ火山石を用いてつくられ、全体に暗い感じを与えていたことからうまれていたが、同時に、それは、宦者オディウスの妙にねちねちした、執拗な監視の仕方からもうみだされていた。たとえばユリアヌスが書物を携えて裏の丘や森を散歩するようなとき、岩角とか、森の木かげとかに、かならずオディウスの部下がひそんでいて、たえずユリアヌスのほうを窺っていた。またマルドニウスがヘシオドスを講読するとき、部屋の扉はあけておくよう命じられ、そこからは、次の間に控える兵隊の姿が見えていた。

もちろんガルスと二人だけで話し合うというような機会はほとんど与えられなかった。食事のときはつねにオディウスが一緒だったし、二人の部屋は離宮の端と端に別れ、そのあいだにはオディウスの部下が何人も眼を光らせていた。それにガルス自身、ユリアヌスと、あまり話したがらないようにみえた。

離宮はながいこと使われていなかったため、壁といわず、閉された窓といわず、蔓草におおわれ、裏手の庭にも夏草が高く茂っていた。幾年もの落葉が朽ちて石欄や彫刻の窪みに黒ずんでこびりついていたし、離宮の地下室は鉄の扉も格子窓も錆びていた。気のいい兵隊の一人が、この地下室で、リキニウス帝のさる皇女が幽閉され、のちに発狂して、石に頭をうちつけて死んだのだ、とユリアヌスに話した。事実、そうした地下室は、草のあいだに明り取り窓がのぞいていて、そこに顔を近づけると、墓場の窖《あなぐら》に似た、湿った、かび臭いにおいが、ひんやりと鉄格子のあいだから流れてきた。

離宮附属の耕作地や牧場や厩舎《きゅうしゃ》では奴隷たちが黙々と働いていた。オディウスは自分が離宮から出かけるようなとき、ガルスとユリアヌスをこうした労働につけ、奴隷たちと一緒に監視させておくことがあった。彼にしたがえば、働かせておきさえすれば、よからぬ考えを抱いたり、兄弟で相談ごとをしたりする余裕はできないはずだ、というのだった。

もちろんオディウスは公用で離宮をはなれることもあったが、それよりむしろ近くの湯治場へ遊興を求めて出かけることが多かった。書物からひきはなされて、小さいユリアヌスが薪を割ったり、小枝をたばねたりしているのを見ると、マルドニウス老人は激しくオディウスを非難した。しかしオディウスは皇帝の命令を楯に、こうした取り扱い方を変えようとはせず、逆に、老人を離宮から追い払う用意があるといって威嚇した。老人は眼を血走らせたまま、一言もなく引きさがるほかなかった。

兄ガルスのほうは、はじめから警備の兵隊や、オディウスの部下たちと、妙になれなれしい関係を結んでいた。彼は非番の兵隊たちと相撲をしたり、棒押しをしたり、そばの川で泳いだり、夜は夜で小銭を賭けて骰子《さいころ》を振ったりしていた。番小屋におそくまで燈火をつけ、酒を飲み、女の話や滑稽な話に声をあげて笑いこけ、わき腹をつきあっているガルスの姿を見かけるのはめずらしいことではなかった。オディウスは奇妙なことに、こうしたガルスの言動には、ほとんど注意を払わないように見えた。彼はガルスのするばかげた笑い話に、肥った身体をよじって、ともに笑いこけていた。

といって、オディウスがユリアヌスの態度に不満を抱いていたというのではなかった。たとえばマケルムの離宮に来て数ヵ月しかたたぬうちに福音書をほとんど暗誦し、食堂でオディウスに訊ねられるままに自由に章節の間違いもなしに口ずさむような才能は、この宦者の舌をまかせ、空恐しい思いに駆りたてないではなかったが、同時に、それを自分の功績として皇帝に報告しうることを思うと、彼の心は満更でもなかったのである。オディウスはついでにユリアヌスをキリスト教徒として洗礼することを思いついた。彼は皇帝コンスタンティウスが奇妙なほどそれに固執しているのを知っていたし、ユリアヌスの洗礼が、宮廷における自分の地位を一段と重くするだろうことは容易に見てとれたのである。背の低い、眼の窪んだ司祭も、ユリアヌスが十分に洗礼をうける資格があると確言した。

しかしユリアヌスが洗礼をためらったのは、何といっても、自分のかたわらで日夜古い時代の知恵にみちた書物を講じてくれる老人マルドニウスが、ローマ古来の神々を信じ、新しくガリラヤ人によって唱えられた宗教を嫌悪していたからだった。アガヴェは母バシリナもキリスト教を信じていたと話したが、老人は、母上はギリシア、ローマの神々を深く敬っておいでだったと言った。ユリアヌスはまた父ユリウスがローマの神々を愛していたことを知っていた。彼も首都の対岸の離宮でヴェヌスの彫像に花びらの環をかけたことをよく覚えていた。

ただマルドニウス老人だけはその温厚な性格から、あえてユリアヌスに洗礼を思いとどまるようすすめることはできなかったが、奴隷たちとの労働のほかは、ほとんど福音書にのみ没頭している小さなユリアヌスをみると、じっとしている気持になれなかった。マルドニウス老人の気持では、あの粗野な、投げやりな、まるで唾をとばして話すような、品位もなく、修辞の初歩さえ弁《わきま》えぬガリラヤ人の弟子たちの教説に、ユリアヌスの魂をふれさせるのは、処女雪のうえを泥靴で踏み荒すような残忍さを感じさせたし、何よりも精神の調和のとれた成長をはばむように思えたのである。

老人マルドニウスが、当時東方教会にひろく名を知られていたカパドキアの司教グレゴリウスのもとにユリアヌスを送ることを思いついたのは、彼が置かれたこうした状態をこれ以上見るにしのびなかったからである。老人はそのことをただちにオディウスに書面で願いでた。彼にはそれが一瞬も躊躇できない問題に思えたからである。

オディウスが西瓜の種をぺっぺと吐きながら、横眼にながめていた手紙には、マルドニウス老人からのこうした依頼が縷々《るる》と述べられていたのだった。オディウスもむろんグレゴリウスの評判は聞き知っていた。グレゴリウスが大司教エウセビウスの死んだあと、東方教会を背負ってゆく主要な人物の一、二に数えられていることも、むろん承知していた。こうした事実からみれば、彼オディウスもそれにすぐ同意をあたえるのがしかるべきだろうということは考えないではなかった。司教の住むカエサレアまで馬車と護衛を送るのは大したことではなかったし、こうした思いつきがまた皇帝コンスタンティウスをよろこばせるだろうことも十分予測できたからである。

しかし彼がマルドニウスの手紙を横眼で見ながら、西瓜の種をぺっぺと吐いていたのは、ながいこと密偵たちを使っていた宦者の勘のようなものが、その手紙のなかに、何か妙に気になるものを感じさせたからだった。彼は頰のたるんだ巨大な顔を、同じように脹《ふく》れあがった胸のうえに引きつけるようにして、大きく息をついた。「何だろう？何がかくされているのだろう？」彼は二重顎の窪みの汗をぬぐった。

しかし暑い西日が傾きはじめ、裏の耕作場から牛たちを追って奴隷の群が帰ってくるころになっても、オディウスの疑問は解けなかった。彼は結局これだけ考えて見つからぬ事柄は、はじめから存在していないことに他ならぬ、と判断して、マルドニウスの手紙に承諾の返事をあたえた。

彼は部屋に出頭したマルドニウスに短い腕をふりながら言った。

「しかし訪問は半年たってから行なうこと。それに月に数度が限度だ」彼は息を切らせながら、汗をぬぐった。「また途中いかなる場所に立ちよってもならず、とどまってもならぬ。指定された道のほかは通ってはならぬ」

オディウスは肥満した身体を扱いかねたように腰をおろした。

「いや、まったく暑いな。息がきれる。なんで今年はこういつまでも暑いのかな」

オディウスはそう言いながら老人の顔に何か新たな反応のようなものを見いだそうとした。しかし老人はまったく無表情にオディウスの言葉をきいていた。老人とて、こんなところで、ほっとした表情を示したり、喜悦の影を見せたりしたら、オディウスがそれを鋭くとがめだてするだろうことはよくわかっていたのである。

オディウスが敏感に嗅ぎつけたように、司教グレゴリウスのもとに勉強に出かけるのは、むろんあくまで口実であって、老人の真意は、実は、ユリアヌスをグレゴリウスの書庫に通わせることにあったのだった。

当時グレゴリウスの蔵書はその数の厖大さと種類の多様さで広く東方教会に知られていた。オディウスとて、その評判を知らないではなかったが、小さいユリアヌスと、この厖大な蔵書とは、当然ながら一つに結びつかなかったのである。

司教グレゴリウスがはじめてユリアヌスの訪問をうけたのは、その年もおしつまったある寒い日で、コーカサスをこえ、黒海を渡ってくる北風が、カパドキア地方の岩山に粉雪を吹きつけていた。長身で、燃えるような眼をした、痩せたグレゴリウスは、部屋に入ってきたユリアヌスがまだほんの少年にすぎないのをみて一驚した。彼は、ユリアヌスが皇帝のいとこであり、わざわざカエサレアまで書物を求めにくると聞かされていたので、少なくとも二十歳くらいの青年を想像していたのである。しかしグレゴリウスがさらに驚いたのは、まだ十歳をたいして出ていると思えぬ少年が、すでにホメロスの詩行二万七千八百行を完全に暗誦していたばかりでなく、福音書や使徒書簡をも暗誦しはじめている事実だった。

ユリアヌスはグレゴリウスに尋ねられるままに、少年らしくはにかみながら、自分がどのようにしてマルドニウスに学んだかを話した。

「いいえ、ぼくはほんとうは芝居や戦車競技を見るのが好きだったんです。自分でソポクレスを読んでは、タナグラ人形を並べて、ひとりで芝居をさせたこともあるくらいなのです。でもある日、マルドニウス先生がこうおっしゃいました。〈お前は戦車競走を見たいのかね？　それならホメロスのなかに、実際のどんな競技よりも、いきいきと描かれた戦車競走が見られるではないのかね。ニコメディアで若い乙女たちの踊りが評判だったとき、お前はなんどもそれを見たいと私に言ったね。だが、ナウシカアほどの美しい乙女を見ることができると思うかね。デモドクスのような歌い手に会えると思うかね。心の眼をひらいてごらん。ホメロスのなかの木々は、この地上の木々よりどんなに美しかろう。雲も海も風も、そこでは光りかがやいているのだよ。心をとかすような、あの甘美な思いをホメロスのなかに味わった者は、この地上の、すぐ消えてゆく、つまらぬことには、大して関心を払わなくなる。そこには、時をこえた、恍惚とした思いがあるのだからね〉でも、先生のこうした言葉は、ほんとうを言うと、はじめまるでわからなかったのです。いいえ、いまでもよくわかりません。ただ前よりずっと本が好きになったことだけはほんとうです。もっと、もっと本が読みたいのです」

ユリアヌスのはにかみは、何か話したいことが激しく胸に迫ってくるようなとき、いっそうひどくなるようだった。そんなとき、言葉がもつれ、言いよどんだり、ひどくせきこんで言いなおしたりした。そしてそのたびに白いほっそりした顔に血がのぼった。

グレゴリウスの書庫を埋めていた蔵書の多くは、もちろん初代の教父たちが書きとめた神学の著作に占められていたが、そのほか聖地巡礼記、殉教者伝、教会史、教会縁起、聖職者伝、各種書簡なども厖大な数に達していた。しかし同時に、そこにはまたギリシア以来の哲学、自然学、歴史、教育書、旅行見聞記、伝記、文学作品、各種の註解書、文典批判などが豊富に見いだされた。天井の低い、凍るようにつめたい、半地下室に似た書庫に入ったとき、ユリアヌスは眼がくらみそうな気がした。細かい文字が書かれた写本もあれば、肉太の字体で丹念に飾り字をまじえて書かれた写本もあった。冊子本《コデックス》もあれば、書巻本もあった。粗いパピルスに書かれたものもあれば、蠟をぬったような羊皮紙に書かれたものもあった。厚いのや、薄いのや、大きいのや、小型のが、書棚のなかにぎっしり並んでいた。

部屋には明り取り窓に近く書見机が幾つか並んでいた。ユリアヌスが入っていったとき、その痛いような寒気のなかで、僧服を着た二人の人物が細かい字体で丹念に厚い冊子本から筆写しているのが見えた。二人はユリアヌスが入ってきたのにも気がついていていないようだった。書庫はひっそりとして、薄暗く、つめたい空気はおそろしいほど澄んでいて、どこか荘厳な気配がただよっていた。乾いた、獣の臭いに似た、ある種のにおいが流れていた。それはアマシアのアステリオスの手による聖女エウフェミア讃仰の文章だった。ユリアヌスは手の届く書棚から部厚い一冊の写本をとりだして拡げてみた。

「エウフェミアは暗い色の衣をまとい、哲学の素養を示すパリウムをそのうえに羽織っていた。……勇気ある彼女の足どりのなかにはどことない一抹のはじらいが感じられた。男たちの無躾な視線にさらされて、思わず頬を染めて面を伏せてはいるものの、そこにはいささかも恐れは示されていなかった」ユリアヌスの眼はそうした数行を追って動いていた。そこには不思議な酩酊感があった。彼は聖女エウフェミアがまるで母バシリナであるかのように感じた。時間をこえ、場所をこえて、すべてのものが、こうして書物のなかで、互いに出会い、ともに生き、悲しんだり、よろこんだりしているように思われた。そのとき突然、ユリアヌスの喉もとに熱い塊りがこみあげてきた。彼はあわてて「聖女エウフェミア讃」を閉じて書棚のなかに置いた。あふれてきた涙で写本の頁があやうく汚れそうだったからである。しかし彼は涙が頬をつたうのにはほとんど気がつかなかった。彼はそのとき、ほんの瞬間であったが、不死に似た感覚を、ふと味わい、思わずそのなかにのめりこんでいったからだった。彼はそのなかに懐しい母や、不慮の死をとげた父がいまなおいるような気がしたのである。

ユリウスの遺児二人がマケルムの離宮に幽閉されてから、はじめの二年は、ほとんどこれという事件もなく平坦に過ぎていった。ユリアヌスが月に一度か二度、カエサレアの町に司教グレゴリウスの書庫を訪ね、ガルスがオディウスの部下たちとともにカパドキアの灰褐色の山々をこえて狩猟に出かけることをのぞいては、離宮の日々は、マルドニウス老人のホメロス講読と、農耕に終始する単調な生活でみたされていた。

もちろんそのあいだに、肥満したオディウスが、これという理由もなく、ユリアヌスに外出を禁じ、グレゴリウスの書庫を数ヵ月訪ねることができなくなったり、ガルスが兵隊たちと大喧嘩をして、何人かに傷を負わせたりするような事件がないではなかった。また、そういう事件の影響もあって、オディウスの監督は前にもまして執拗になり、監視人たちの数も増えていたことは事実だった。オディウスは二人を部屋に呼びだしては、いま何を読んでいるのか、何を考えているのか、皇帝に対してどんな気持を持っているのか、などと、ねちねち質問した。そんなときユリアヌスは簡単に、はっきりと、さしさわりないことを口にしたが、ガルスは薄い唇を皮肉にゆがめて、自分にそんなことを訊いても無駄だ、自分は何も考えたことはないのだから、と突き放すような口調で言った。

ガルスは気軽に兵隊たちや監視人と口をきいたり、冗談を言ったり、勝負事などもやったりしたが、それだけに、すぐかっとして彼らを激しく罵倒することがあった。兵隊たちのなかで、オディウスの威光をかさに着て、ガルスのことを孤児だとか、皇帝の厄介者だとか言う者があると、彼は剣をぬいて、相手が真っ蒼になって謝るまで、それを振りまわすのをやめなかった。

公平に見て、マケルム離宮の監視は、皇帝の信任を得たいと熱望するオディウスの気持を反映して、どこか行きすぎた、過度に重苦しいところがあった。そしてユリアヌスはそんなときにも大抵は黙って忍耐するか、知らぬふりをしたが、ガルスのほうは事ごとに衝突した。彼はマケルムに来て半年たたぬうちに、オディウスと口論をかわすようになった。そんなとき、彼は真っ赤になり、唾をとばし、両手を前へつきだして、オディウスの越権をののしった。ガルスと親しくなった兵隊たちは、こうした場面に出くわすと、ガルスと眼を合わさないように、巧みに他の兵隊たちの背後にかくれていた。

ガルスはよく森などで監視人の姿を見かけると、わざと弓に矢をつがえて、監視人が隠れているあたりの木立に射こんだ。矢は鋭い音をたてて木立の幹につきささり、不気味な余韻をながくひいて矢羽根をふるわせた。すると、その木立のあたりから、繁みをざわざわと動かして、動転した監視人が、いのちからがら逃げだすのが見えた。ガルスはそんなとき、静まりかえった森のなかで、気味悪くこだまするほどに、げらげらと笑いこけた。

カパドキアの乾いた灰褐色の岩山にふたたび夏の太陽が照りつけるようになると、連日、谷間の獲ものを狙う鷲が、輪をえがいて蜂のあいだを飛ぶのが見えた。ユリアヌスは午前のホメロス講読を終えると、監視人や兵隊たちとともに、近隣の森へ木材の伐採に出かけた。多くの奴隷が半裸の身体を汗で光らせながら、大斧をふるって、太い幹に鋭い刃を打ちこんでいた。森の奥には湿った落葉の匂いが漂い、ひんやりした風が流れていた。大斧が木片を飛ばして幹に切り口を白く刻むと、甘味をふくんだ濃い生木《なまき》の香りがユリアヌスの鼻をかすめた。

ガルスはその同じ日、森の奥の沼で野鴨を追っていた。そしてたまたま離宮へ帰る途中、伐採の行なわれているその林間地に出たのだった。

もちろんガルスはユリアヌスがオディウスの気まぐれからこうした野外労働を強制されていることを知っていた。ガルス自身もはじめは農耕などに手をかしたこともあった。しかし彼は間もなくオディウスの命令をいっさい拒んで、勝手に狩猟にふけっていた。たびたびのオディウスの脅迫めいた言葉にもまるで耳をかたむけなかった。といって、彼はユリアヌスが黙ってオディウスの命令どおり農耕や伐採に出るのに何一つ口出しはしなかった。ガルスはガルスで、万一自分が皇帝の不興を買うなら、それはあくまでも自分ひとりで引きうけるべきだし、そのためには、ユリアヌスはユリアヌスのやりたいようにさせておかなければならぬ、と考えていたのである。

そのうえ夏のあいだの伐採は幾組にもわかれて、森のあちらこちらで行なわれる。たまたま通りかかったその林間地で、はたしてユリアヌスが働いているかどうか、ガルスはまったく知らなかった。彼はただ何気なく奴隷たちが半裸で働いているのを眺めていた。すると、そこに、白い上衣を着たユリアヌスが周囲の男たちに較べると一段と華奢《きゃしゃ》な姿で、薪束をつくっては、それを林間地のはずれまで運んでいる姿が見えた。ガルスの顳顬《こめかみ》は、その瞬間、反射的にひくひくと動いた。

ガルスはしかしそこに足をとめたまま、なおしばらく弟の動きを眼で追っていた。ユリアヌスのほうは薪束を運びおわると、ふたたび元の場所にもどり、太い薪を台のうえに立てた。相棒の半裸の男が斧をふりあげ、ユリアヌスが立てた薪を真っ二つに割った。彼らはこうしてさらに何本かの薪を割りつづけた。

ガルスが二人のほうに近づいていったとき、ユリアヌスは薪を片手で支え、身体を遠くに引くような姿勢をとっていた。斧の下に立てた薪が瘤をつけた、ねじくれた太い枝だったからである。

ガルスがそれを見て声をかけようとした途端、半裸の男は大斧を真っ向から木の瘤めがけて打ちおろした。

次の瞬間、ユリアヌスは何者かに激しく突きとばされ、自分の眼の前を斜に黒いものがかすめるのを感じた。何かが額をかすめたように思ったが、それも何であるかわからなかった。彼は木屑のなかに横倒しになり、そのままぼんやり地面に手をついていた。

「怪我はないか」

ユリアヌスは耳のそばでガルスの声を聞いた。彼はおどろいて顔をあげると、兄は片手の指を口にあてながら、じっとユリアヌスを見おろしていた。指からは血が流れていた。

「いいえ、どこも。いったいどうしたのです?」

ガルスは答えず、眼で、ユリアヌスの傍らを指した。そこには、相棒の男の手をはなれた大斧が、地面の泥を鋭くそいだまま、投げだされていた。

ガルスは黙って、いきなり弓で半裸の男の背をなぐりつけた。男は叫びをあげて地面にうずくまると、ガルスに慈悲を乞うた。

ユリアヌスは兄の手をとめた。

「この男が悪いのじゃありません」

「むろんそうだろう」ガルスは弓で地面を叩いて言った。

「だがな、いま、この瘤を切りそこねた斧が、お前の頭めがけて、すっ飛んでいったのだ。わかるか。おれがつきとばさなかったら、お前の生命は、この男のために危うく失われたかもしれないのだ。だいたい、お前はなんだってオディウスの言いなりになるのだ。おれたちは皇族の一員だ。ユリウス・コンスタンティウスの息子じゃないか。どうして下賤《げせん》なオディウスごときの指図に従う必要があるのだ？　お前はあまり従順すぎる。あまりにオディウスをおそれすぎる。あれは皇帝を笠に着た狐にすぎぬ。おれは今日という今日こそ、あれに言ってやる。だいいちお前をこんな目にあわせた責任をはっきりとらせてやる。お前は何も言うな。お前はただおれについてくればいい。黙って、ついてくればいいのだ」

林間地には物音一つしなかった。何十人という男たちが、まるで彫像のように身じろぎ一つせず、ガルスのほうを眺めていた。

ガルスがユリアヌスをともなって離宮にかえったのは、それから半時ほど後のことで、正面の広間の窓から、庭園をこえた並木に、西日が赤くあたっているのが見えていた。オディウスは肥満した身体をもてあましながら、その窓際の露台に寝椅子を持ちだして休んでいた。オディウスのまわりに財務官や用度係の役人が二、三人同じように寝椅子に横になって、湯治場の女たちの品定めをやっていた。

オディウスがガルスの姿に気がついたのは、彼がちょうど広間の中央まで歩いてきたときだった。オディウスはガルスの異様な気配におどろいて、思わず上体をおこした。他の役人たちも、それにつられて、ガルスのほうに頭をめぐらした。

しかしガルスはそのまままっすぐオディウスの前へ進んだ。

彼は後にしたがっていたユリアヌスの額を指さしながら言った。

「あなたはこの傷をなんと思われるか」

オディウスは、だぶついた二重顎の窪みの汗をぬぐうと、鯉か何かに似た口を、一、二度あけ、それから言った。

「どこかで転びでもなさいましたか」

「ちがう。転んだりしたのではない。これは、裏の林間地で、奴隷の斧が手もとを狂わせて傷つけたのだ」

「それは、それは、危いことでしたな。でも、その程度のお怪我で何よりでした」

「あなたが言うことはそれだけか。あなたはこの傷に何の責任も感じられないのか」

「責任と申しましても、斧の手もとが狂うことはよくあることですし……。その奴隷がわかっておりましたら、鞭打ちを加えてもよろしいが……」

「そんなことではない。私の言っているのは、あなたが、皇族の一人を奴隷労働に出させておいて、このような事態をひきおこしたことに、なにか責任を感じないのか、ということだ」

「野外労働は皇帝陛下のご命令ですし、それに、不慮の出来事に責任をとれと申されましても……」

「詳しく言う必要はないが、弟は、危うく斧で一命を落すところだったのだ。この程度の傷ですんだのは、神々の庇護というほかない。弟に万一のことがあれば、あなたは、ここで、のほほんとはしていられぬはずだ。私はそのことを言っているのだ」

オディウスはその言葉をきくと寝椅子から立ちあがった。肥満した身体をだぶだぶと波打たせながら、彼はガルスの前に出ていった。

「責任、責任とおっしゃるが、私は私なりに責任をとっているつもりですぞ」

オディウスは怒りのあまり顔に朱をしてそう言った。

「責任をとっている？」ガルスは薄い唇をゆがめて言った。

「責任をとっている？　弟を、あんな野蛮な、乱暴な力仕事につけておいてか？　危うく生命を落しそうな目に合わせておいてか？　それが皇帝の命令だとお前は言いはるのか？　何だ？　皇帝だと？　よくも白々しくそんなことが言えたものだ。皇帝はそんなことを望むはずはない。なぜなら私たちは皇帝の従兄弟なのだからな。皇帝の一族が奴隷と労働をする？　いったいどこの国の歴史にそんな挿話が書かれているかね。いったいどこの国の皇帝がそんなばかげた労働を願うかね。皇帝などとはお前の勝手なつくりごとだ。オディウス、よく聞け。私は皇族の一人として言う。お前は今後私たちにどのような命令をしてもならぬ。私らと食事をともにしてもならぬ。私は皇族の一人として臣下オディウスに命令する。今後、私らを監視するようなことは、いっさいしてはならぬ。私らの日課を定めたり、私らを労働にかりだしたり、私らの部屋割りを定めたりしてはならぬ。お前が私のことを皇帝に讒訴《ざんそ》するなら、私らもお前が野外労働にかりだしたことと、弟を危険にさらしたこと、お前が日夜アルガラの湯治場で遊興していることを皇帝にそのまま話すことにする。いや、それぱかりではない。お前が皇帝領管理官当時犯した収賄を洗いざらいぶちまけることにする。それに、お前が私らのことをどのようにであれ、皇帝に告げれば、それは、お前自身で自分の失敗を口にすることになるわけだ。だが、それはお前の勝手だ。お前は自分でやりたいようにやればいい。だが、今後、私らについては指一本ふれてはならぬ。私らに皇帝の命令を伝えるなら、皇帝自らの印璽《いんじ》をもらってこい。それ以外には、私らはお前たちを臣下として取り扱う。さあ、この広間は私らの部屋だ。私は皇族の一員として命ずる。お前らは広間からすぐ立ちのくのだ。すぐ出てゆくのだ。早く、出てゆくのだ。出てゆくのだ」

肥満したオディウスは蒼白となり、狂ったようなガルスの前から、じりじり後ずさった。

「出てゆけ、お前らもだ、とっとと出てゆけ。出てゆけ。皇族の一員として命じるのだ。出てゆけ。出てゆくのだ」

オディウスの背後にいた役人たちもガルスの権幕に息をのまれて、オディウスとともに広間を後ずさりしていった。あたかもガルスとオディウスのあいだに眼に見えない棒でもあって、それで、じりじり押されているように、ガルスが足を踏みだすたびに、オディウスは一歩、二歩後退した。

こうして広間の扉のところまで来たとき、ガルスはオディウスの鼻先で扉を閉め、「許可なくして二度と入るな。皇族の一員としての命令だ」と叫んだ。

オディウスは広間の外へ押しだされると、全身で激しく息をつきながら「青二才め、いまに貴様の首を斧で叩き切ってやる。叩き切ってやる。斧で、きっと、叩き切ってみせる」と吐きすてるようにつぶやいた。

この事件は、離宮の内外に詰めていた役人や兵隊たちのあいだに、信じがたい動揺をひきおこした。ユリウスの遺児が、こともあろうに、皇帝直属の監督官オディウスに反抗するなどとは誰も考えてみもしなかったからである。

まして、ふだんガルスと冗談口を叩いたり、骰子をふったりしていた連中には、ガルスのなかに、そんな向う見ずな性格がひそんでいようとは思ってみることもできなかった。以前、ガルスに危うく斬りつけられそうになった男だけが、地面に唾を吐いて、皇帝に締め殺されるといい、とつぶやいたが、これなどはほとんど唯一の例外だった。

ただ離宮詰めの高官たち、とくにオディウスの側近と自称していた何人かの役人と、衛兵隊長は、この報告をきくと一様に激昂して、二人をただちに地下牢に監禁すべきだ、と主張した。しかしこれに対してオディウスは肥満した腹に小さな手をのせて、自分をおさえるような調子で、いや、いや、あれは暴れだした馬のようなものだ、いま手綱をしめては、こちらが怪我をするかもしれぬ、しばらく放っておいたほうが得策だ、と言った。

むろん二、三の反論は出たが、事件の当事者であるオディウスから、なにか確信ありげにそう言われてみると、反対者もそれ以上二人の処罰を主張することはできなかった。たしかにオディウスの執念深さや、陰険な、ねちねちした意地悪さや、打算にたけた冷酷さを知る人にとっては、たとえそれが表面だけのものとはいえ、オディウスがガルスの言葉に従ったことは、どこか説明のつかぬものに思えたのである。

とまれ、監督官みずからガルスの要求をいれたうえは、監視人も兵隊たちも、マケルム離宮をとりまく正常の配置をのぞくと、すべて非番にまわされた。ガルスはユリアヌスと差しむかいで、大広間で食事をとり、オディウス以下の役人は別室に退けられた。ユリアヌスの日課からは午後の野外労働はのぞかれ、そのかわり乗馬と弓術が加えられた。マルドニウス老人はホメロス講読に加えて、さらにプラトンを読みはじめ、多くの書物が司教グレゴリウスのもとから届けられた。

離宮の空気は嘘のように一変し、部屋から部屋へ軽やかな風がたえず吹きぬけているようだった。廊下や控えの間に彫像のように立っていた衛兵たちは、大玄関と裏門をのぞくと、すべて姿を消した。ガルスもユリアヌスも好きなときに外出し、好きなときに帰館した。ガルスの命令で、離宮の庭に新たな花壇がつくられ、丈高い夏草は刈りとられた。正面の噴水からつづく並木は、初秋の日ざしをうけて、筋目のついた光線を地面に投げかけていた。

　こうした離宮の変化についても、監督官オディウスは何一つ口をはさまなかった。時おり露台に出て、奴隷たちがガルスの命令をうけて働いているのを見たが、それでも黙って腕を組んでいた。そして大抵は、部屋の椅子に肥満した身体を埋めて、じっと何かを待ちうけるような表情をしていた。

　三四七年の秋が、こうしてカパドキアの岩山に淡い紫のかげを刻みこんで過ぎていった。雨が幾日もマケルムの離宮に降りこめ、並木は黄葉した。一夜、風の吹き荒れた朝など、夥《おびただ》しい落葉が噴水や石だたみの道に貼りついていた。

　そんな晩秋のある夜のこと、ユリアヌスはおそくまでプラトンに読みふけっていた。夜風は離宮の裏の森で海鳴りのように鳴っていた。ユリアヌスは眼をあげ、ふと机のうえの燈心を眺めた。部屋のどこからか風が流れてくるらしく、短い炎がときどき不安げに揺れた。そしてその度に炎のうえに立ちのぼっている黒い薄い煙が、身をよじって奇妙なダンスを踊った。

　ユリアヌスはそのとき、ふと、どこか遠くで馬蹄の響きのようなものを聞いたように思った。それはざわざわと鳴る裏の森の風音にさえぎられはしたものの、一騎二騎という数の馬蹄でないことは、ユリアヌスの耳にも、はっきり聞きわけられた。

「こんなおそく誰だろう」ユリアヌスはじっと耳をすませた。「十騎ぐらいだろうか。

もっとだろうか。いまごろ、何のために離宮にくるのだろう」

しばらくすると、馬蹄の響きのなかに、遠雷のような、馬車の車輪の響きがまじっているのに気がついた。それも一台、二台ではなく、相当の数の馬車であるらしかった。するとと突然、離宮の内外が騒がしくなり、松明《たいまつ》の火が前庭を右往左往し、衛兵隊長の叫びが響き、離宮の廊下を走る兵隊たちの足音が聞えた。

ユリアヌスは窓から身をのりだして、前庭の闇のなかを走りまわっている兵隊たちの動きを眺めた。

「私たちを捕えにきた宮廷からの使者だろうか」一瞬ユリアヌスはそう考えた。「もし皇帝の兵隊たちにつかまるんだったら、その前に兄上に会っておかなければならない」

彼は廊下に人影がないのを確かめてから、ガルスの寝室に走った。ガルスは寝台に横になっていた。

彼もまた窓まで出て、前庭で立ちさわいでいる兵隊たちを見おろした。松明が揺れながら、あちこちと動きまわっているほか、闇の底でどんな騒ぎがおこっているのか、むろんガルスにもわからなかった。

「属州長官の巡察か、それとも、皇帝直属の監察官の巡察だろう」

ガルスはユリアヌスに言うともなく言って、窓の外に耳を澄ませた。

「まさか皇帝の兵隊たちが私らをとらえにくるというようなことは……？」

「ありうるだろう。オディウスが内通することだって考えられる。だが、あわてるな。万一そうだったとしても、おれには考えがある。オディウスがおれたちを讒訴すれば、おれはおれで、あいつの旧悪をすべて暴露してやる。それが、あいつの致命傷だということぐらいは、いかに低能でも、あいつは知っているはずだ。だから、あわててはならぬ。様子をよく見極めるのだ」

前庭の松明は二列に並び、並木にそった道にも、点々と松明の火が並んだ。そのあかりのなかに四頭立て馬車が続々と現われてきた。近衛騎兵隊が旗をひらめかせて闇のなかから浮びあがった。と、突然、前庭でトランペットが一斉に吹奏された。

それを聞くと二人は思わず顔を見合わせた。トランペットは皇帝送迎のための特別の曲を高らかに吹き鳴らしていたからである。

「皇帝……？」ユリアヌスは思わず叫んだ。

「オディウスに出しぬかれるな。すぐ大玄関の前に行け。あわてるな。あとはおれにまかせるのだ。皇帝だろうと何だろうと……」

ガルスはそう言うと隣室に駆けこんだ。

しかしユリアヌスは急に身体がふるえてくるような気がした。オディウスが兄に対してあの事件以来、何一つ言わなかったのは、この皇帝来訪をすでに知っていたからではなかったのか。その証拠には、今の今まで、皇帝到着の報告をまるでしなかったではないか。とすれば、兄はあんな強気でいても、実際は、私たちはオディウスに告発されて、皇帝の激怒を招くのではないか。また兄と離ればなれになって、別の宮殿に幽閉されるのではないか。

ユリアヌスはそう思うと、急に胸がしめつけられた。彼はわけもなくマルドニウスの部屋に走った。むろん老人はすでに階下におりていた。ユリアヌスは兄の言葉を思いだし、いったん階段まで走っていったが、そこでためらうと、ふたたび自分の部屋に駆けもどった。彼は、どうせつかまるなら、プラトンを持っていたほうがよいと思い、読みさしの書物を部屋まで取りにいったのである。

前庭の騒ぎは一瞬にして水を打ったようにしずまった。時おり馬の動く気配や、鼻を鳴らす音が聞えたが、それをのぞくと、マケルムに配属された役人、衛兵が全員そこに集まっていようとは到底考えることはできなかった。

ユリアヌスはその気配に圧倒されて、部屋から出るきっかけを失った。

「いまごろ出てゆけば、オディウスたちの軽蔑したような視線を浴びるだけだ。そのくらいなら、皇帝が部屋に落着いてから、あらためて出ていったほうが、ずっとましだ。それに、万一私らをとらえにきたのだったら、大玄関に出ようと、ここにいようと、同じことだ」

ユリアヌスはそう考えると、燈火を消し、部屋の片隅でじっと息を殺していた。

裏の森で鳴る夜風の音が跡絶《とだ》えては聞え、聞えてはまた跡絶えた。風音がやむと、馬たちの鼻を鳴らす音が、その静寂のなかに聞えた。

ユリアヌスは衛兵たちの足音が部屋に近づいてくるのを待っていた。そんな足音は昔から慣れっこなのだ――彼は、そう思って、厚い羊皮紙の書物を両腕でかかえていた。ニコメディアの祖母の家や、首都の宮廷の自分の部屋が眼にうかんだ。またそこへ連れ戻されるのか。もっと荒れた山奥に連れてゆかれるのか。

しかしいくら待っても兵隊たちの足音は聞えなかった。ひとしきり馬車の車輪がきしっていたが、その後は人の気配もないようだった。

ユリアヌスはしばらく待ってから、窓に近よってみたが、前庭には松明のあかりはすでになく、さっきの騒ぎは嘘のようだった。いくら眼をこらしても漆黒の闇がそこを包んでいるだけだった。

「兄上はどうしたろう」ユリアヌスは厚い羊皮紙の冊子本《コデックス》をかかえて考えた。「もう衛兵たちにつかまったのではあるまいか。私が姿をみせなかったので、みんなは、私がすでに逃げたものと思ったのではあるまいか」

ユリアヌスは廊下を走ると、兄の部屋に駆けこんだ。しかしそこにはガルスの姿は見えなかった。不安が急にユリアヌスの胸を重苦しくとらえた。彼は寝台のそばの燈火を手にすると、部屋を出た。

「兄は皇帝の部屋に連れてゆかれたにちがいない」

彼は暗い廊下を幾つも曲がり、ふだんは閉めきったままの皇帝の居間の前へ、夢遊病者のように歩いていった。

豪華な金の浮彫りと金具に飾られた皇帝の居間の扉は、荘重な、威厳にみちた様子で、ユリアヌスの前に立ちはだかっていた。乏しい燈火に照らされると、扉は、一段と、厳しい、不吉な、重い感じで迫ってきた。ユリアヌスは一瞬この扉はひょっとすると自分の手では開かないのではないか、という気がした。しかし兄が内部にとらわれているにちがいないという思いが彼の勇気をふるいたたせた。

ユリアヌスは鳥の羽の形をした扉の把手をつかんだ。把手はかすかな音をたてて動いた。

それは天井の高い広々とした部屋で、壁にそって燈火が三つ輝いていた。彫刻のある椅子や机が部屋を幾つかにわけていた。その奥にもう一つ扉があり、それは寝室に通じているらしかった。窓と反対側に頑丈な衣裳箪笥が二つ並んでいて、その壁面には刀剣が飾られていた。

しかしその部屋には誰もいなかった。

ユリアヌスはしばらく息を殺して扉のあいだから部屋を眺めていた。心臓の鼓動で頭が割れそうだった。遠くの風の音のほか、何の物音もしなかった。

彼は音をしのばせて扉をしめると、部屋のなかに忍びこんだ。燈火を床に置き、厚い羊皮紙の冊子本《コデックス》だけを両腕にかかえた。

ユリアヌスは壁にそって、少しずつ身体を動かしていった。彼の影がゆらゆらと動いた。「皇帝はどこにいるのだろう。ひょっとしたらあの扉のむこうかもしれない」

彼はそのとき、ちょうど頑丈な造りの衣裳簞笥のそばまで辿りついたところだった。彼は厚い羊皮紙の書物を両腕でだきしめた。そして一歩、その扉のほうへ足を踏みだそうとした。

その途端、ユリアヌスは何か異様なものを見たような気がした。見たというより、どこか視線のはずれに、黒ずんだ妙なものが、ひっかかった、と言ったほうがよかったかもしれない。

ユリアヌスは、はっとして、衣裳簞笥のほうをふりかえった。二つの衣裳簞笥のあいだの窪みに――その影になった台の上に――一人の真っ蒼な長身の男が両腕をだらりとたらして立っていた。壁に背をぴったりとくっつけ、大きなぎょろりとした眼を、ユリアヌスのうえにそそぎながら……。

ユリアヌスはそのとき自分が声をたてたことは覚えていた。しかしその後どうやって自分の部屋まで逃げかえってきたか、何一つ記憶になかった。むろんあの厚い羊皮紙の書物だけは、そのあいだも、ずっと彼の腕のなかに抱かれていたのである。

皇帝コンスタンティウスのマケルム訪問はたしかに一つの事件には違いなかった。とくに皇帝のために催された剣闘士の闘技や、野獣との闘いや、戦車競技が、荒廃した離宮周辺の円形闘技場《コロセウム》や競技場《ヒポドローム》をにわかに活気づけ、カエサレアをはじめカパドキア地方の町々から高官や高位聖職者が集まって、時ならぬ賑わいをみせたことは、ユリウスの遺児たちにとっても、忘れられぬ出来事だったにちがいない。しかし小さいユリアヌスが不安におびえたような、兄ガルスと皇帝との間の衝突は、何一つ起らなかったし、オディウスがガルスの反抗を皇帝に報告するというようなこともなかった。オディウスはむしろユリウスの二人の遺児を、いかにも皇帝の近親者として鄭重《ていちょう》に取りあつかったし、それは、皇帝の面前では、ことさら著しかった。そして皇帝もオディウスのそうした態度には、かなり満足しているような様子を示した。

こういうことから考えると、ユリアヌスにとって、皇帝のマケルム訪問は、皇帝その人との奇妙な出会いという忘れがたい記憶を残したとしても、その生涯に影を投げかけるほどの出来事とは言えなかった。

もしマケルム幽閉のあいだに、なにか、そう呼んでもいい出来事があったとすれば、それは別の形をとってやってきた。つまりユリアヌスの洗礼という形をとってやってきたのである。

ユリアヌスはそれまで何人かの聖職者から創世記や福音書の講義をうけていた。それはすでにマケルムに来る以前から、マルドニウス老人のホメロス講読と並んで行なわれていた。とくに福音書などはかなり早くから暗誦をはじめていたのだった。

しかしユリアヌスが洗礼を受ける気持になるには、マルドニウス老人の温厚な人格や、老人を通して伝えられた古代ギリシアの神々や英雄たちの姿が、あまりに強く彼の心をとらえていた。彼は幼年時代に対岸の離宮の庭園の奥でヴェヌスの石像に花輪をかけた記憶を忘れることができなかった。マルドニウスが夜な夜な寝語りに話してくれたホメロスの世界が、肉体の暗い奥底にうごめいていた。耳をすますと、泉のほとりで銀の笛を鳴らすパンの神や、荒磯で哄笑するポセイドンの声をきくような気がした。彼はごく自然に、野を過ぎてゆく風にも、いい香りを送ってくる花々にも、なにか人格をもつものに対するような、不思議な親愛感を覚えた。森や野道を歩きながら、幼いユリアヌスが風に笑いかけたり、花に話しかけたりしたのは、そのためである。

しかしマケルムの離宮に移ってから、マルドニウス老人のはじめた哲学講読、とくにプラトン講読は、ユリアヌスに、この地上をこえた世界を考えたり、夢想させたりする道をひらいた。ユリアヌスは温厚なキルギス生れのこの老人に、崩れては消滅してゆく眼に見える地上の世界をこえて、永遠に存在するというこの思念の世界とは何なのか、を根ほり葉ほり質問した。

「そこに達した者は滅びることもない。動かされることもない。天上の聖なる火にもっとも近くいる者となるのです」

老人は眼をつぶってそう言った。しかし小さいユリアヌスが老人の言葉をどこまで理解できたか、それは疑問だった。だが彼が以前と違って、花々とか、泉とか、光の戯《たわむ》れる林とかを前にして、それをじっと眺めることが多くなったことは事実だった。そんなときユリアヌスはただ物を眺めるというのではなく、執拗にその奥にかくれているものを追い求めているような、悩ましい、苦しげな眼をしていた。

おそらくこうしたことが、アルガラの町から福音書の講義にきた司祭の言葉に、以前より、いっそう注意深く耳を傾けさせる結果となったのかもしれない。あるいは司教グレゴリウスや、カエサレアのエウセビウスの説教に対して、心を動かすような事態を呼びおこしたのかもしれない。

しかし少なくともユリアヌスを洗礼に踏みきらせたのは、そうしたものではなかった。それは、たとえば洗礼をうけた後、間もなく、マケルムを訪ねてきた叔父（彼は異教徒だった）が「お前は、神を神聖なものだと言っている。神聖なものには人間は手をふれられぬと言っている。それならなぜあのガリラヤ人の身体にローマ人が手をふれることができたのだ？　もしあの男が神というならば」と訊ねたとき、それに対して、はっきりした答ができなかったことからも明らかだった。彼は司教たちの説教に啓発されて洗礼を受けたのではなかった。

彼が洗礼に踏みきったのは、もっと別の人々、ぼろをまとい、裸足《はだし》で町々を歩きまわって喜捨を集める人々、教会の前に集まる貧民や病者に対して、温い汁をつくり、パンをわけてやる修道僧たちの姿を、日々、アルガラやカエサレアで眺めていたからである。それは、ただ暗い室内で香をたいて呪術にふけるバビロニアの異神信仰にも、厚い一枚岩の下で牛の血を浴びて身を潔めるミトラ教にも、星空を戴いて踊り狂う酒神信仰にも、澄明な蒼ざめた空気のなかで鋭く球体が音をたてるような教理を奉じる宗派にも——いや、ギリシア、ローマ古来の太陽神の信仰にも、求めることのできない、熱っぽい、献身的な、疲れを知らぬ奉仕であり、街頭での活動だった。ユリアヌスは諸国から集まる穀物や獣皮や羊毛や宝石の商売で賑わう町の通りを歩くたびに、同じ町に、これほど貧しい人々がほうり出されているのに驚くのだった。「こんなに多くの貧民や病者がいるのに、キリスト教会以外には、誰一人として、見むきもしない」

ユリアヌスは修道僧たちの手からパンを与えられる盲人や足なえや三日も物を食べない老人たちが、泣き、笑い、叫ぶのを見ながら、そうつぶやいた。

時おり彼は修道僧たちと暗い路地や、屋根の傾いた家々の並ぶ裏町へ出かけることがあった。そこには子供にたかった虱《しらみ》をつぶしている女や、眼をうつろに天井にむけている骨と皮だけの老婆や、地面にころがっている不具者や、一日黙りこくって家の奥に坐っている出稼ぎの異邦人や、青ざめた顔を紅で色どった娼婦などが、吹き溜った塵埃のように、ひしめいていた。修道僧たちは、そこでも同じようにパンをあたえ、薬草を煎じ、傷口に新しい布をあてがった。なかには修道僧たちに石を投げ、罵りを投げかける者もいたが、多くは彼らの足もとに跪《ひざまず》き、その衣服に接吻したがった。

こうした光景は小さいユリアヌスの心に強い感銘をあたえた。彼はしばしば涙ぐまずには修道僧たちの働きを見ることができなかった。事実、何ヵ月か後には、彼自身もまた、こうした修道僧に加わって、裏町や病院に出かけたのである。

たしかにユリアヌス生来のひどく物におびえやすい、敏感な、弱々しい性格は、こうした感受性の強い、激情的な、興奮しやすい、もう一つの面と結びついていて、何かの拍子に、地下の水流が噴き出るように、彼の挙措《きょそ》のなかに現われることがあった。

たとえばユリアヌスがガルスとともに出かけたマケルム近在の森のなかの密儀などは、ガルスが驚いたほど、ユリアヌスの心を奪い、その後幾日も譫言《うわごと》のように、その神秘な儀式の話をくりかえしていたのである。

それは当時小アジアに拡がっていた土俗信仰の一つで、春がきざしはじめたある夜、山羊の皮を着た男女が森の空地で輪になって踊り、黒山羊を殺して、月に捧げる不気味な儀式なのであった。ユリアヌスはガルスの後に立って、息を殺して、月光のなかで踊り狂う山羊の群を眺めた。彼らは奇声をあげ、身体を猥雑にくねらせ、牝山羊にむかって交尾の形をし、牡山羊同士で戦い、入りまじり、群をなし、四方に別れて踊りつづけた。

ユリアヌスはその森の儀式を思いだすたびに、いつも犠牲に捧げられる黒山羊が最後にあげた悲鳴を聞くような気がした。それは恐怖で彼を戦慄させたが、同時に、そこには気が遠くなるような快感もまじっていた。

ユリアヌスがカエサレアの教会で行なわれる数々の儀式に好んで参列したのも、彼のなかに目覚めた、神秘的な雰囲気へのこの奇妙な共感と無関係ではなかった。

会堂に響く重い荘厳な合唱、窓から射しこむ斜の光に輝く十字架、壁面を飾る壮麗な絵画、花をまく少女たち、白、赤、青の衣裳に金糸銀糸で刺繍をした高位聖職者の列、ながい行列の先頭に運ばれてくる宝石にきらめく聖遺物匣《せいいぶつこう》、跪き、むせび泣く信徒の群——救世主と仰がれるあのガリラヤ人の聖なる生涯を記念する数々の儀式のたびに、また聖者、殉教者をまつる無数の祭儀のたびに、ユリアヌスが眼にしたこのような光景は、しばしば彼の身体を恍惚とした思いで包んだし、涙が頬をつたわるまでに深く感動もさせた。彼は信徒の群にまじって聖句を唱え、歌を合唱した。そんなとき、大勢の人々とともに結びあっているという安心と休息に似た解放感とが彼をふととらえた。彼は思わず、見ず知らずの隣りの老人や少女に抱きつきたいような衝動を感じた。「宥し合おう。愛し合おう。信頼と愛で結ばれよう」説教台のうえから眼の鋭い司教がそう叫んでいた。

会堂のあちらこちらですすり泣きの声が聞えた。聖歌がふたたび海鳴りのように湧きおこった。「主よ、主よ、主よ、救いたまえ……」人々はそう歌った。少女たちが花をまいていた。

三四七年の復活祭には、白い簡素な衣服をつけた老若男女の受洗者のなかに、ユリアヌスの姿が見られた。夜明け前の暗闇にちらちらまたたく燈火のなかで、救世主の受難が司教の力強い言葉で語られると、それに呼応するように、受洗者をとりまく信徒たちが荘重な聖歌をうたった。白衣の人々は手に手に燭台をもち、列をつくって聖壇をまわり、十字架の前で跪くと、それに接吻し、信仰告白の聖句を口にした。音楽はうねりのように高まり、会堂の天井にこだました。受洗者はひとりひとりの司教の前に跪き、悪魔を拒けることを誓った。それから全裸となり、潔めを受け、断食し、自らの罪を告白した。司教は聖水を三度ふりかけ、キリスト者として復活したことを告げた。新しい信徒たちは棕櫚《しゅろ》の葉を持ち、列をつくって、会堂のなかを歩き、聖餐に列した後、復活祭の朝の光が射しこむなかではじまる荘厳な大ミサにつらなった。

ユリアヌスは灰青色の、母バシリナそっくりの、人の好い、夢想するような眼をあげて十字架を仰ぎ、会堂の高窓から射しこむ朝の光を眺めた。彼はそのときふと、ふたたび身体が透明になるような、時間がなくなったような感覚を味わった。会堂も、窓も、信者も、十字架もなくなって、ただ朝の神聖な輝かしい光だけが、ユリアヌスを深々と包んでいるような気がした。それはいつかグレゴリウスの書庫ではじめて聖エウフェミアの殉教伝を手にしたとき、突然襲ってきた感覚と似ていた。つまりそこには不死の感覚とでもいうような、ある種の永遠感があったのだった。

「では、これがいったいマルドニウス先生の言われる永遠というものなのだろうか。そこに立てば、滅びることも消失することもないという、あの天上の聖なる火にもっとも近い場所なのであろうか」

ユリアヌスがふと気がつくと、新しい信徒の群はすでに会堂の出口からぞろぞろと外に出ているところだった。ユリアヌスはあわててその列のうしろについた。会堂の前では大勢の信徒が手をふったり、叫んだりして、受洗者たちを迎えていた。ユリアヌスはそのなかにマケルム離宮の厨房で働いている何人かの男女を見つけた。彼らはユリアヌスの姿を見ると、いずれも跪いて、十字を切った。ユリアヌスは彼らのほうに近づこうとしたが、大勢の人々が押しあっていて、かえって別の方向へ押し流されていった。彼はそうして人混みにもまれているうち、ふと、自分の手から、いつか棕櫚の枝がなくなっているのに気がついた。彼は思わずしゃがみこんで、足もとを捜そうとしたが、押してくる人波にもまれて、身体をかがめることもできなかった。

兄ガルスは、すでにエフェソスに幽閉されているころ、宮廷の慣習に従うといった単純な気持から、洗礼を受けていた。彼がマケルム離宮でも、さして教会へ出かける様子もなかったのは、そのためである。もちろん、ガルスとて降誕祭とか復活祭とかには、離宮の役人たちとともに、カエサレアの教会に出かけた。彼はもともと宗教やそれにともなう儀式は何か出生証明に似た各人個有のものであって、ことさらそれに頭を悩ます必要はないと信じていた。その点ユリアヌスが洗礼後も、しばしばプラトンを読みながら、ふとガリラヤの救世主が説く言葉を思いだして、あれこれ考えあぐんだのとは、かなり様子が違っていた。そんなときユリアヌスはすぐに机の前を離れて、離宮のなかの礼拝堂にゆくか、また時間さえあればアルガラの教会まで出かけて、ながいこと祈った。ユリアヌスにとっては、そうして祈ることによって、自分自身よりぬけだす以外に、何の方法もなかったのである。

それでもなお、さまざまな物想いが押しよせてくるとき、彼は教会の門前や町なかで貧民の群に施しを行なっている修道僧たちのもとに走った。彼はひたすら自分から——自分の頭にむらがり集まる思念から、逃れるためにだけ、献身的な働きをしたのである。ユリアヌスの疲れを知らぬ活動は修道僧たちのあいだに賞讃をひきおこした。この、年のゆかぬ少年が、さらに、博く福音書に通じているのを見て、彼らはいっそう驚嘆した。しかしユリアヌスはそれ以上は、学んだことについても、考えたことについても、一言も触れなかった。この灰青色の、やさしい、夢想するような眼をした少年がホメロスを自在に暗誦し、プラトンについて考えていると知ったら、修道僧たちはどんな表情をしただろうか。彼らはただ実際の行ないのなかから神の配慮を学びとれると信じていたので、神についても旧約解釈についても、書物によっては、ほとんど知ることはなかったからである。

こうしたユリアヌスの心の動きを考えずには、あの聖者ママスの礼拝堂で起った事件をどう説明してよいかわからない。それはマケルム幽閉の最後の年におこり、ユリアヌスの心に終生忘れえぬ刻印を残したのである。

聖者ママスはキリスト教弾圧時代にローマ官憲に殺された殉教者だった。本人は一生山のなかに住み、羊飼いをして暮し、生前も、殉教後も、世間では名前を知らなかった。しかしママスの殉教を記念する祠《ほこら》に、しばらくすると奇妙な噂がたった。この祠に参詣した盲人の眼がひらき、足なえの腰がたったという噂である。当時、寛容令の発布とともに、各地の殉教者崇拝が信者たちのあいだに拡がるとともに、聖者ママスの祠は夥しい数の信者を呼びあつめた。遠くはるばるエフェソスやニコメディアから巡礼にくる人もいたほどである。

ユリアヌスがガルスとともにこの祠を訪ねたのは洗礼後十ヵ月ほどした冬の終りだった。それはカエサレア街道から、とある小さな部落にわかれる道を入った、乾いた、木の少ない谷間にあり、寒い北風をうけて、祠の軒に吊した革袋や枯草がゆれていた。祠のなかは暗く、ママスの石棺が埋められているということだった。

ユリアヌスはこのみすぼらしい祠を見ると、兄にむかって、自分はキリスト教徒となって以来、自分にふさわしい仕事をしたいと思ってきたが、その手はじめに、この祠のかわりに、立派な礼拝堂を建立したい、と言った。ガルスは薄い唇をゆがめて、弟の顔をまじまじと見た。

「お前はしきりとキリスト教徒はこの世で何かを果さなければならぬ、と言っている。だが、おれも同じキリスト教徒だが、別に、これといって、大した仕事をやったことがない。コンスタンティノポリス宮廷を満たしている役人だって、そうじゃないか。誰ひとりそんな殊勝な心掛けの人間などいない。キリスト教徒でないと、具合がわるい、出世できない、変な眼でみられる。そんな理由でキリスト教徒になっているのだ。だが、それはともかく、お前がここに礼拝堂をつくるというなら、それもいい。少なくとも皇帝の心にはかなうはずだ。お前がその気なら、おれも半分受け持とう。いや、かまわぬ。おれとお前と分担して、お前が西半分を受け持ち、おれは東半分を受け持とう」

二人の連署になる礼拝堂再建の願いが属州長官に出されたのは、その数日後のことである。同時に、コンスタンティノポリスの皇室財務官あて、二人の相続財産から、礼拝堂建設の費用を支払うように依頼する手紙が送られた。カエサレアの町にも建築家、石工長、人夫頭などを募集する廻状が届けられた。そして折りかえし二人は司教グレゴリウスから祝福の手紙を受けとった。

　礼拝堂の建設は、乾いたその谷間に緑の草地が拡がりはじめた春の半ばに開始された。石切り場からは馬に曳かせた石が続々と送られてきた。石を刻む者、土台をならす者、石を積む者、滑車をきしませて綱をひく者、壁土をこねる者たちで、谷間の入口は雑踏した。ガルスの申し出のように、そこには、礼拝堂の東半分と西半分を受け持つ二組の建築家、石工たち、人夫たちが働いていた。それぞれ相手側の進捗ぶりをからかったり、羨んだり、また自分たちの仕事の早さを誇ったりして、楽しげに仕事がすすんだ。

　それはほぼ正方形のマウソレウム風の建物で、屋根は円蓋《えんがい》式だった。床には大理石を敷き、祭壇は聖者ママスの石棺があると伝えられる岩のうえにつくられた。内壁は、首都から来るはずの画家によって、この聖者の一生が描かれることになっていた。

　その年の夏は異様に暑く、谷間から見あげるカパドキアの山々に眼くらむような太陽が照りつけ、白褐色の山肌が青く霞んだ。四角い壁面を築きおわり、あと円蓋屋根をかけるだけになった礼拝堂のかげが、濃く地面に落ちていた。石工たちがその屋根組みのため、糸を張りめぐらし、石を並べ、木の枠組みを用いて、アーチ状の石積みを一つ一つ重ねていった。石と石相互の重さを利用して、円屋根を組みあげてゆく技術は、きわめてむずかしく、多くの時間を必要としたのである。

　ユリアヌスが建築家たちから円蓋屋根の完成を報らされたのは、もうその年の秋に入ったころだった。彼はガルスとともに馬車で聖者ママスの礼拝堂に赴いた。黄葉する木々のなかを馬車はかたい響きをたてて、ローマ帝国領を網目のように通っている石だたみの街道を走った。

谷間の草は枯れて、乾いた風に吹かれていたが、壮麗な礼拝堂はあたりの景観を一変していた。東半分に飾り柱をもった入口があり、寄進者ガルスを記念して、母方の家紋がその柱の一つに刻まれていた。西半分には、同じような入口があり、そこには石に刻んだユリアヌスの母バシリナの家紋――長旗を持つ獅子が楯形の枠に入っている図柄の紋章――が円柱の間に支えられていた。

彼らは堂内の装飾を眺め、祭壇をめぐり、描かれるばかりの白い壁面を見あげた。円屋根の窓から、秋らしい澄んだ光が、礼拝堂のなかを明るくしていた。

ユリアヌスは夏のあいだ彼自身も労働して積みあげた石が、この壮麗な礼拝堂の一部におさまっていることに、言いようのない満足を感じた。眼に見えるこうした仕事の結果によって、自分が、しっかり何かに支えられているような気がしたからである。

献堂式は、画家が壁画を完成する予定になっている翌年の復活祭に行なわれることになっていた。それまで細部の仕上げ、工事場の取り片づけがつづけられた。

そのころ、一度解放されたニシビスがふたたびペルシアの大軍に包囲されているという報告が、マケルムの離宮にも届いた。カパドキア地方の駐屯軍のなかには、急遽、山脈をこえてエウフラテス上流地方へ派遣されるものも、幾つか数えられた。ローマ帝国東部に迫っている危機感は、こうした山々にかこまれた人気ない離宮にいても、はっきり感じられた。

その年の秋の収穫は小アジアの各地では、ことさら乏しく、早くも饑饉《ききん》がくるのではないかという噂が、町々に伝わっていた。この夏の異常な暑さのため、多くの植物が枯死したのである。

アルメニアやシリアでは、二度三度叛乱がおこり、軍隊とのあいだに殺傷事件が頻発していた。離宮の衛兵たちのあいだでも、いずれ近いうちに配属転換があるのではないかという噂がささやかれた。手はじめに、まず肥満した宦者オディウスが首都の宮廷に呼びかえされ、ふたたび皇帝領管理職に戻っていった。衛兵隊長がカパドキアの別の町の駐屯部隊に配属された。あわただしい気配は、そうした人事の末端にまで現われていた。

何かの異変がある予感はすでにそのときユリアヌスは感じていた。胸の奥に黒ずんだ不安がいつまでも澱んでいるような夜が幾晩かつづいた。彼は厚いプラトンの写本から眼をあげて、裏の森がざわめくのを聞いていた。

そんなある夜、突然、激しい地震がカパドキア地方を襲った。地面を突きあげるようにしてゆれる激しい地震で、ユリアヌスは思わず机に両手をつかずにはいられなかった。

上下にゆれる、当初の震動がすぎると、こんどは波にのっているような大ゆれの地震が、ながく、いつまでもつづいた。

ユリアヌスは地震が終ると、ガルスとマルドニウス老人の部屋に顔を出したが、いずれの部屋にも変ったことはなかった。

しかしその翌日、離宮に早馬でかけつけた農夫の一人から、ユリアヌスは、聖者ママスの礼拝堂が昨夜の地震で崩れたことを報らされた。

ユリアヌスはただちにガルスとともに馬車を走らせ、乾いた、木立のない谷間の入口にいった。礼拝堂は、街道から近づいてゆくと、どこも壊れた様子がなかった。街道は東側から礼拝堂に近づいていたのである。

「壊れたのは、あの裏側でございます」

農夫はおそるおそるそう言った。裏側——つまり西側とは、ユリアヌスの受け持った部分ではなかったか。

馬車をおりると、二人は裏側にまわった。ユリアヌスは、つい数ヵ月前に完成したばかりの円蓋屋根が、まるで、つき崩したように、大きな穴をあけているのを見た。西半分の壁も崩れ、飾りの門柱が三つに折れて、段々の下に転がっていた。ユリアヌスは呆然として、地面に散乱する石や瓦の破片を眺めた。

「地盤がゆるんでいたのだ」

ガルスは弟の肩に手をかけると、めずらしく、慰めるように、そう言った。ユリアヌスは首をふった。鼻孔がひくひくとふるえた。彼は、前から、こうなることがわかっていたような気がした。むろんなぜだかわからなかった。だが、いつかずっと前に、こんなことを感じたことがあったような気がしたのである。

彼は黙って、散乱する石材のあいだを歩いてみた。まるで、そうした石材のなかに、崩壊の原因を捜しているような様子だった。

そのとき、彼は足を一歩踏みだして、思わず、眼をそむけた。――そこには、三つに折れた円柱の一つが、母バシリナの家の紋章を刻んだ石を、真二つに割って、地面にくいこんでいたのである。

ユリアヌスがカパドキアの山岳地帯をぬけて、ガラティアの高原に入ったのは、三四七年の秋もほとんど終ろうとしている頃だった。すでに高い山脈の襞は青い蠟のように透きとおって、真珠色の雲が凍ったように地平線に低くかかっていた。黒海をこえてきた風が繁みをふるわせ枯葉を舞いあげて吹きすぎた。

ユリアヌスのまわりには侍従の姿も、護衛の兵たちの姿も見えなかった。彼は長衣を身体にまきつけ、風にさからうように身体を前こごみにして、アンキラへ向うローマ街道をただひとりで歩きつづけた。街道は丘をめぐり、谷間を渡って、小アジアの中央を北進しながら、どこまでものびていた。街道にそった部落はいたるところ羊の臭いに満ちていた。ごく稀には、市のたっている村落を通ることもあったが、そんなとき人々は若いユリアヌスの旅姿にじっと眼をむけていた。

早い初冬の日が赤くなって丘陵の背に落ちると、ユリアヌスは宿駅のはずれの目立たぬ旅籠《はたご》に泊り、中庭で馬の世話をしている男たちの声高な噂話に、不安そうな様子で耳をかたむけながら、暖炉の火を見つめていた。時には、東の国境に出撃する軍団の幾つかと、そういう宿駅ですれちがうことがあったが、そんなときユリアヌスは長衣を身体にまきつけたまま、兵隊たちがたむろしている酒場や、天井の低い旅籠の広間に近づいて、そっと内部の様子をうかがった。兵隊たちは行軍の辛さやペルシア軍の残忍さや宿駅の女たちのことを大声で話し、酒に酔って歌をうたっていた。ユリアヌスは注意深くそうした兵隊たちの姿を眺めてから、まるで影か何かのように、そこをはなれた。

むろんユリアヌスは、どの宿駅でも、彼がひそかにマケルムの離宮をぬけだしたことも、アンティオキアにむかった兄ガルスのことも、コンスタンティノポリス宮廷の噂話も耳にすることはできなかった。それは慣れない長旅の疲れと緊張から浅黒く痩せたユリアヌスを、幾らか失望させたものの、心のどこかに、ほっとした気持を呼びおこしたのも事実だった。

ユリアヌスが皇帝の命令をまたずにマケルムの離宮をはなれたのは、監督官オディウスの転任や、衛兵隊長の配置転換によって離宮が突然空虚な状態になったためばかりでなく、あの聖者ママスの礼拝堂崩壊のあと、間もなく、アンティオキアの宮殿に滞在していた皇帝から、ガルスに、召喚の命令が送られてきたからである。

ちょうどアンティオキアから早馬をとばしてきた皇帝の使者が離宮に到着したとき、ユリアヌスもそこに居合わせ、兄がコンスタンティウスの書簡を読むのを見つめていた。ガルスはその短い書簡を読みおわると、それをユリアヌスに無言で渡した。ユリアヌスはその文面に眼を走らせると、顔色をかえて兄のほうを見た。

「オディウスめが土壇場でおれたちを売ったのかもしれぬ」ガルスは腕を組んで、薄い唇の端をゆがめた。「だが、おれとしても言い分はある。それだけは何としても皇帝に言って事の是非を明らかにするつもりだ。むろん万一のことだって考えられる。が、そのときはそのときだ。争って破れた以上、こちらの不運と諦めるほかない。いまのおれにできることは、最後の最後まで争うことだ」

ガルスは皇帝の書簡を巻くと、それを使者に渡し、ユリアヌスを連れて庭園におりていった。噴水に落葉が浮び、溢れでる水の波紋に揺れていた。ガルスはしばらく落葉が水に揺れるのをながめていた。

「ともかくおれはお前に対して気まぐれな人間だった。軽率と思われるようなこともやった。だいいちお前のように書物を学ぶことも物を考えることもしなかった。だが、おれはつねに自分が皇族の一員であり、神々につながる人間であることは忘れなかった。そうした高貴さを、おれは、片時も忘れなかった。おれは明日にもアンティオキアに出かけるつもりだ。万一のことがあれば、これでお前と永遠に会えなくなる。だが、もしそうであっても、お前は、おれが王者として死んだことを憶えていてもらいたい。おれは軽率な男かもしれぬ。だが、王者の高貴さだけは知っていた、そういう兄として記憶してもらいたいのだ」

ガルスはそう言うと、また並木のほうへ足をむけた。

「お前はおそらくここに残って、別命があるまで動かぬほうがいいだろう。オディウスまで配属がえにしたいまの御時勢だ。いずれなんらかの移転命令がお前のところにもくるはずだ。お前は思慮深く、忍耐づよい。温厚で、人の気持をわかってやろうとするだけの寛容さをもっている。短気で、喧嘩早く、気まぐれなおれとは違う。それで、おれはよく考えたものだ――将来、何かの偶然で、おれが皇帝にでもなることがあれば、おれは誰よりも、お前を副帝に選んで、一緒に仕事がしたい、とな」ガルスは厚く落葉の散りしいた並木のあいだを庭園の奥まで歩いた。澄んだ空気のなかを黄葉がきらきら光りながら落ちていた。「だが、それも、どうやら見はてぬ夢で終りそうだな」

ガルスはそう言って乾いた声で笑った。

ガルスがアンティオキアへたっていったあと、マケルム離宮は急にひっそりしたが、一歩離宮を出れば、アルガラの町でも、カエサレアでもあわただしい空気は感じられた。東方国境のペルシア軍を撃退して、シリアからアルメニアにわたる広大な地域の治安と、ローマ帝国の威信を恢復《かいふく》するため、皇帝コンスタンティウスは、みずからコンスタンティノポリスの宮殿を出て、シリアと小アジアの中間に位置する繁栄したアンティオキアに宮廷を移していたが、それに伴うすべての配置転換が帝国領内のいたるところで行なわれていたのだった。皇帝にとっては、ペルシア侵入軍を国境線の彼方に押しかえして、ティグリス、エウフラテス両河地方をローマ東方の帝国領として確保することが、何よりも先に、解決されなければならぬ問題に思われた。ニシビスを解放し、国境のローマ要塞を奪還すれば、シリアでおこっている暴動もアルメニアの辺境で繰りかえされる異民族の叛乱も、直接鎮圧するまでもなく、自然と消滅するものに見えた。それは、亡くなった大司教エウセビウスの献策だったばかりではなく、キリキアから呼びかえされた将軍アテノクレスも、宮廷会議の構成員たちも同意している戦略だった。事実、アテノクレスは以前よりいっそう髪に白いものを加えていたが、昔と変らぬ巨大な体軀をローマ軍団の先頭に現わし、黒い毛のはえた指をぽきぽき鳴らしながら、副官たちに命令を下していたのである。

こうした状況のなかで、皇帝がどのような意図からガルスをアンティオキア宮廷に呼びよせたのか、ガルス自身もユリアヌスも推測することはできなかった。ただ一つ確からしく思えることは（ガルスもそのことを挙げていた）こうした危機が切迫していると き、皇帝が、ユリウスの遺児を自らの監督のもとに置きたいと思うのが自然の心の動きではないか、ということだった。もしそうだとしたらユリアヌスにも何らかの命令が前後して送られてこなければならないはずだった。

しかしガルスが出発して一週間たち、二週間たっても、命令らしいものは何一つマケルムの離宮に送られてこなかった。ユリアヌスは秋の終りの半月ほど、こうした重苦しい期待と焦慮のなかで暮した。夜、プラトンを読んでいても、裏の森のざわめきが不気味に心をおびやかして、ともすると、どこかローマ街道をアンティオキアにむけて走っている兄の姿が思い浮んだ。「万一のことがあれば、これが永遠のおさらばだな」兄は出がけにそう言って、薄い唇をゆがめて笑った。たしかに宦者オディウスの讒訴がないとしても、ユリウスの遺児を取りのぞこうという考えを皇帝が抱くことだって、十分考えられるのだ。

「もしそうだとしたら……」

ユリアヌスの耳には、夜風に鳴る森のざわめきの遠くに、いつか聞いたような馬蹄の響きが聞えるような気がした。一瞬、彼の心は凍りついた。彼は耳をすませた。激しい鼓動が顳顬でがんがんしていた。しかし馬蹄の響きはいっこうに聞えず、ただ夜風だけが森に吹き荒れていた。

ユリアヌスは兄のいない離宮のなかで、これ以上、こうした不安や焦慮に耐えることができなかった。もちろんユリアヌスはどこへ行こうという目的があったのではなかった。ただマケルムの離宮に吹き荒れる夜風の音が聞えないところなら、どこでもよかったのである。

といって、マケルムを無断で離れることは皇帝の命令に背くことになる。ユリアヌスはなんとか離宮を出る口実を見つけなければならなかった。

「兄が言い残していったように、間もなく自分にもなにか命令があるはずだ。いずれにしても、マケルムにこのままとどまることはありえない。とすれば、命令がくる前にマケルムを離れて、たとえばコンスタンティノポリスで皇帝の命令を待っていても、結果としては同じことではないか。それはただ皇帝の命令を先廻りして、首都に行って待っていたということにすぎないではないか」

こうした考えは一日一日とユリアヌスのなかに何か疑いえない事実のように根をおろしていった。彼がマルドニウス老人の言葉にもめずらしく反対して、ひとりで離宮をぬけだしたのは、ガルスがアンティオキアに旅立ってから一月ほどしたある風の強い日であった。

旅の道々、衛兵に追われたり、人に見とがめられたりすることはなかったが、それでも見知らぬ旅籠の中庭で焚火などが赤く燃えているようなとき、ふとユリアヌスの心を恐怖に似た感情が横切ることがあった。自分の釈明にもかかわらず、皇帝の命令に背いて離宮をはなれた罪は、結局、彼についてまわるのではないか、という考えが、そんなとき、ユリアヌスの心にこびりついていたのである。ガルスのその後の消息がまったくわからないことも、重い不安となって、彼の胸にのしかかっていた。

ユリアヌスは旅籠の広間で酒を飲んでいる旅人たちのあいだに坐って、黙りこくって、こうした不安を嚙みしめていた。「兄は、私たちが皇族の一員だと口癖のように言っていた。それなのに、なぜ私たちはこんな恐怖や不安を味わわなければならないのか。なぜ皇帝からこれほど疎まれなければならないのか」

そんなとき、幼少期の、自分では理解できなかった追憶の幾つかが不意に心に浮びあがった。対岸の離宮から武装した兵隊たちに囲まれてニコメディアに送られた旅、祖母の家のまわりを歩きつづけていた歩哨の足音、宮廷の人々の何とないよそよそしい視線――そうしたものは、ある訝しさをともなって、いつの頃からか、彼の心の底に暗く澱んでいたのである。

そうしたある晩のこと、アンキラに近い旅籠《はたご》の広間の片隅で、ユリアヌスは誰かに声をかけられたような気がして眼をあげた。そばに、金髪をくしゃくしゃにした、頭の大きな若者が、青い、陽気そうな眼を、じっとユリアヌスのほうにむけていた。

「何をそんなに考えこんでいるのだい」

若者はそう言ってユリアヌスの向い側に腰をおろした。

「いや、別に大したことじゃありません」ユリアヌスは若者の陽気な表情につられて思わず言った。「生れてはじめての旅だから、あれこれ旅の辛さなど考えていたのです」

「両親のこと、離れたばかりの故郷のことをだろう？」若者は青い眼を陽気に輝かして言った。

「おれもご同様さ。なあに、いずれ新しい環境には慣れてしまうものさ。あまり考えないほうがいいぜ。ところで君も学問志望だろう？」

若者は、青い眼で、ユリアヌスの傍らに置いてある羊皮紙の冊子本《コデックス》をさした。ユリアヌスは口のなかで曖昧な答をして眼を伏せた。

「まあいいさ。おれたちが同類だぐらいは一目見てわかるさ。ところで、君はどこの学塾へゆくんだ」

ユリアヌスは若者の問いにどぎまぎし、辛うじて首都コンスタンティノポリスに出るのだとだけ答えた。

「君も首都礼讃派か。あんな成り上りの都会には、君の求めるものは何もありはしないぜ。おれはニコメディアにゆく。碩学リバニウスの門を叩くつもりだ。もし本当に修辞学をおさめるつもりなら、成り上りキリスト教徒でひしめいている首都などにいっても、何もなりやしない。いまじゃ学者という学者はニコメディアに移り住んでいるんだからな。コンスタンティノポリスに集まる学生は、なんとか宮廷で官職を見つけようという法律専門の書生ばかりさ。朝から晩まで法律の条文をまる暗記。まるで坊主のように、A法だ、B法だ、とぶつぶつ言っている。隣の学生がC法を暗記していると、向いの学生は耳をふさいでD法を必死で暗誦するといった次第さ。しかも、こういった法律書生が猫も杓子もキリスト教徒ときている。何かといえば十字架だ。ばかも休み休みにしてもらいたいね」

若者は頬を紅潮させてそう言った。しかし苦々しい口調のわりには、青い眼は相変らず陽気に輝いてユリアヌスを見つめていた。

「法律書生がキリスト教徒？」ユリアヌスは驚いたように鸚鵡《おうむ》返しに言った。

「そうさ。首都の宮廷では、キリスト教徒でなければ出世できないからな。属州の役所だって宮廷に右へならえだ。信じようが、信じまいが、役人になるからには、キリスト教徒じゃなければ、出世はおぼつかない。出世するにはまず法律、速記術、ごますり、キリスト教さ。あの有名なアブラビウスにしても、ダティアヌスにしても、いまを時めく出世頭のフィリプスにしても、出身階層は職人だった。それが速記術を学んで元老院議員の速記者になったおかげで、秘書になり、子飼いの政務官になり、属州高官になって、出世街道ひた走りというわけだ。いまどき、おれたちみたいにギリシア修辞学など学ぶやつは、まず狂人というところかな」

ユリアヌスはそれまでアガヴェからも、宮廷の侍従たちからも、こうした種類の話を聞いたことがなかった。すでにマケルム離宮をぬけだして以来、牛れてはじめて、まったく監視者のいない奇妙な日々を送っていた。それは恐怖や不安がこびりついていたものの、不思議と身体の軽くなるような自由感にあふれた日々だった。彼は離宮では同じ年恰好の子供と口をきくことは許されていなかった。奴隷たちはオディウスをおそれて、彼に対しては口をつぐんでいた。なるほどカエサレアの町々で、貧民や病者をはじめて見てまわったが、そこでも人々と親しく言葉をかわすということは稀だった。ユリアヌスにとって、こんどの旅が、宮廷以外の人々と接触するほとんど最初の機会だった。そこには旅籠の亭主、内儀からはじまって、博労、鍛冶屋、穀物商人、武具師、肉屋、大工、左官、石工、旅廻り商人、職業軍人、駐屯地へむかう兵隊、さまざまな女たちにいたるまで、宿駅に集まるあらゆる階層、あらゆる職業の人々を数えることができた。ある人は遠くアジアの奥の草原の物語をしたし、ある人は冬の早くくるガリアの山野の話をした。南から来た者もあれば北から来た者もいた。黒い眼を狡猾《こうかつ》そうに光らせるギリシア人もいれば、青いつりあがった眼と浅黒い肌のコーカサス人もいた。髭を黒く顔じゅうにはやしたシリア人もいれば、ヒスパニアから来た船乗りもいた。そこで喋る言葉もまちまちだった。

ユリアヌスは、ローマがこれほど広大で、多様な人々を含んでいるとは、考えてみたともなかった。ガリアから来た男の話では、何十日、何百日に及ぶ大旅行のはてに、ようやくローマ辺境の森に覆われたその暗い北国に達するということだった。その間には幾つかの海が横たわり、山野や谷や河川の数にいたっては、到底数えつくすことはできないというのだった。

「ローマ帝国とは大世界のことですよ。それは巨大な天空を支えている、地の涯から涯までの大世界のことですよ」

男はそう言って、その広大な帝国領を形で示そうとするかのように、両手をひろげて大きな円を描いてみせるのだった。

こうした話や、また、それを物語るさまざまな旅人たちは、たしかにユリアヌスの心を驚きでみたしたが、しかしそれはごく自然な気持で聞くことのできる種類の話だった。これに較べると、金髪をくしゃくしゃにした若者の話は、ユリアヌスの思いも及ばぬ、ローマ帝国の別の姿を徐々に光で照らしだしてゆく趣があった。たとえば宮廷内で立身するため、なんの信仰もないのにキリスト教徒になりすますなどということは、裸足で貧民のあいだに入ってパンや衣類をわけあたえている修道僧たちの痩せた禁欲的な顔を、いまなお忘れえないユリアヌスにとって、何か冒瀆に似た、いまわしい、許しがたい破廉恥な行ないに見えた。そんな嫌悪すべきことが、物をしっかり判断でき、法律まで学び、国家の中枢を司ろうとする人間に、なんの躊躇《ためらい》もなく受けいれられているなどということは、ちょっと考えられなかった。まして青年たちの多くが、成りあがるためには、手段をえらばず、恥も外聞も忘れて、手蔓を求めて狂奔するということ、また、そうやって立身した高官貴顕が貧しい若者たちの模範と見られているらしいこと、世間もそうした事実を是認するばかりか、それを賞揚しさえする雰囲気をもっていること——こうしたことは、若いユリアヌスに、あらためて、ローマ帝国の宮廷や、無数に分れた制度や、多くの役所や、役所で働く役人たちの実際の姿が、どんなものであるかを考えさせた。

金髪の若者はゾナスと言って、アルメニアの国境に近い小都市の衛兵隊長の息子であった。彼は軍隊勤めを嫌って、母方の親戚の財産を相続すると、好きな文法学、修辞学で身を立てるために、故郷の町を出たところだった。ゾナスは気軽に誰にも話しかけ、陽気によく笑ったが、その話し方には、どこか皮肉な調子があり、世間のことにもよく通じていた。親切な男で、旅の女連れなどの荷物を一宿場、二宿場と担いでやることがあった。

ゾナスはユリアヌスがどんな家庭の出であるかを知りたがった。彼はそんなゾナスの問いにただ漠然とカエサレア近郊の地主の息子であるように思わせておいた。ゾナスはユリアヌスがまるで世間知らずなのに半ばあきれ、なにか珍しい動物でも見るような表情をした。また、ふとした機会にユリアヌスがホメロスを完全に暗誦しているのを知ると、彼は、ユリアヌスがどんな人間なのか、判断しかねるような気持になった。

「まったく君って人はわからない人だな」

ゾナスはくしゃくしゃの金髪をかきあげて陽気な青い眼でユリアヌスを見つめた。

アンキラからニコメディアまで旅の道連れができたことは、重苦しい気持から逃れるだけでも、ユリアヌスにとっては有難かった。そうした役割は話上手で無限の話題をもっているゾナスには打ってつけだった。彼は辺境の軍隊生活の話をするかと思うと、春先の穀物相場の話をした。戦車競技の選手の噂話をするかと思うと、リバニウスの新しい著述についての評判を口にした。話題は次から次へと拡がり、そうした話に聞きほれていると、一日の旅もあっという間にすぎてしまうのだった。

アンキラを過ぎて間もない頃、とある宿駅で、ゾナスは旅廻りの軽業師一行と口をきくようになった。彼らはニコメディアの興行師に呼ばれて、長い箱型の馬車に乗り、はるばるキリキアから旅をしているのだった。親方のビリタスは力士あがりの、頭のはげあがった、がっしりした体軀の好人物だった。相手役のゲルギスは背の高い、ぎょろ眼の、陰謀家めいた表情の若者で、梯子乗りや馬の曲乗りが得意だった。

一行のなかには、親方の娘が二人いて、上の娘をアイギナ、下の娘をディアと呼んだ。姉娘は重い瞼をした、おとなしい美人で、ゲルギスと婚約していた。彼女は婚約者と馬の曲乗りをやり、馬上に立っている婚約者の腕に坐って、お手玉をやってのけた。ディアは色の浅黒い、卵形の可愛い顔をした娘で、黒いきらきらした眼は、甘美な微笑を浮べたナウシカアの眼のようだった。彼女は親方ビリタスの支える梯子をするすると登って、梯子の頂きで逆立ちをしたり、水平に仰向いたり、観衆がはっと息をのむ瞬間に三段も四段も落下しては、ひょろ長いゲルギスの腕に支えられたりした。

ゾナスはユリアヌスをさそって、軽業師たちの箱馬車に乗り、ローマ街道をがたごと揺られていった。ゾナスはしきりにアイギナとディアを相手に滑稽な話を披露していた。そんなとき姉娘のほうは袖をくわえて、声を噛み殺しながら、肩をふるわせていたが、妹のディアは顔をそらし、声をたてて笑った。

ユリアヌスがゾナスや軽業師一行と別れて首都コンスタンティノポリスに着いたのは、その翌三四八年早々のことである。報告はただちにアンティオキア宮廷の皇帝のもとに送られたが、折りかえし齎《もた》らされた命令によって、ユリアヌスはそのまま首都の宮殿にとどまることになった。マケルムを無断で離れたことについては皇帝の書簡では何一つ触れられていなかった。しかしそのことは、兄ガルスの消息が跡絶えたこととともに、ユリアヌスの心を一瞬も明るくはしなかった。

だが、ともかくコンスタンティノポリスには図書館があり、劇場があり、広場があり、市の雑踏があった。そこでは厖大な書籍があるとともに、読書に疲れた人のこころを休ませる多くの気晴らしがあった。

ユリアヌスはカエサレアの司教、あの燃えるような眼をしたグレゴリウスの図書館で読みふけったキリスト教教父たちの著作——オリゲネスやアンティオキアのリキニウスやカエサレアのエウセビウスの数百巻にわたる大著作のかわりに、首都の図書館では、もっぱらギリシア詩文に関する註解や文献を読みあさった。そこにはユリアヌス自身の好みの変化はたしかに認められたが、それ以上に、旅をともにしたゾナスの影が濃く落ちていた。ゾナスは修辞学を専修する学生らしく、多くの文献をあげて、ユリアヌスの眼をギリシア詩文の優美さ、典雅さにむけさせようとした。ゾナスの言葉を聞いていると、夏の夜明けの爽やかな風が草の葉の露を揺らしたり、花の香りの流れてくる丘で乙女たちとすれちがったり、銀色の新月が大鎌のように海のうえに懸ったりする光景を、まざまざと眼に見るような気持になるのだった。それは少なくとも教父たちのあの厖大な著述のなかで、無限につづく傍証によって、エデンの生命の樹が、いかに救世主を磔《はりつけ》にした十字架と同一の木であるかを論じたり、砂漠に降るマナが、いかに救世主のパンの奇蹟を予告しているかを考証したりするのを読むよりは、はるかに、愉悦と甘美さにみたされた読書であった。そして一度こうした恍惚とした酩酊の数刻を味わったあとでは、文字の単なる羅列に過ぎない、あの砂を噛むような厖大な考証は、まったく無益な、気の遠くなるような徒労に見えてくるのだった。

兄ガルスの消息はその年の春の終り、アンティオキアから届けられた。それによると、ガルスはもっぱら皇帝づきの武官としてアンティオキア宮廷に暮している様子だった。そこにはオディウスの讒訴を心配しなければならぬような雰囲気はまったくなかった。あの肥満した宦者はガルスの考えたように皇室領管理職当時の旧悪をおそれて、何一つ皇帝には報告していないらしかった。しかしこのことは、オディウスのねちねちした陰険な性格をひそかに恐れていたユリアヌスをほっとさせた。少なくとも兄も自分も、あのぶよぶよした、気味のわるい、脹れあがった男の怨恨からは自由になれたのだ――彼はそう思った。

こうした安堵の思いは、コンスタンティノポリス宮廷での比較的自由な生活とともに、ユリアヌスの気持を近来になく明るいものにした。皇帝は、当時首都の学生たちの人気を集めていたニコクレスの学塾に彼が入学することを許可していたのである。

彼はそこではじめてクリシポスやゼノンやクレアンテスら後期ギリシアの哲学者たちの著作に触れた。学塾では新しい教程によって、文献批判、語源学、文法学、語彙考証、韻律法、脚韻法、歴史、地理、神話学が教えられた。ユリアヌスがマルクス・アウレリウス帝の瞑想録を読んだのもこの頃のことだった。彼は朝から晩まで図書館にこもってこの哲人皇帝の著作に読みふけった。一度読み、二度読み、三度読んだ。何十ヵ所となく書きぬきをつくった。揚句のはてにニコクレスにこの哲人皇帝のことを質問した。そしてユリアヌスは、皇帝がその大半の生涯を侵寇する蛮族《バルバリ》の撃退に費したこと、瞑想録はその陣中怱忙《そうぼう》のあいだに書かれたこと、また皇帝は困苦に耐えつつ陣中で歿したことを知って異様な感銘をうけた。ユリアヌスはこの禁欲的な皇帝の死を考えると、涙が溢れて、とまらなかった。

ユリアヌスは人気ない大宮殿の奥の歩廊《ガルリー》を歩きながら、自分の肉体を一段と上から眺めおろす精神というものについて考えた。そんなとき、彼自身はまるで無意識だったが、マルクス・アウレリウス帝がやったように右手を懐に差しこみ、地面に眼をそそいで、泉水をかこむ歩廊を、行きつ戻りつしていたのである。そして哲人皇帝と同じく彼もまた、肉体や現世を低く見おろす精神の高みに立って、そうした一切から自由に解脱しなければならぬと心に誓った。彼は羊皮紙をごわごわと綴じた雑記帳にそれを書きとめ、また、歩廊の片隅の目立たぬ石に哲人皇帝の頭文字を彫りつけて、生涯この誓いを忘れまいと思ったりした。

東方国境の紛争は相変らず好転せず、シリアやアルメニア辺境地方の叛乱もなお熾火《おきび》のようにくすぶっていたが、首都の大宮殿の一室に起居するユリアヌスの生活には、ほとんど変化らしい変化もなかった。少なくとも三五〇年の初頭、帝国のはるか西方、暗い森に覆われたガリア地方から、日に夜をついで早馬と早船で齎らされたおそるべき報告が、コンスタンティノポリスの町町を電撃のように引き裂くまでは、彼の身辺には平穏な日々がつづいていたのだった。

その日、ボスフォルス海峡を白く波立てた北風が、コンスタンティノポリスの屋根屋根のうえに、時おり霙を叩きつけながら、一日じゅう吹き荒れていた。ブーコレオン港にひしめく軍船や商船の群は帆を巻きあげたマストを左右に激しく揺らせていた。

ダヌビウス（ダニューブ）上流を経て、ナイスス（ニシュ）、サルディカ（ソフィア）、フィリポポリスを通る帝国北部地方と首都とを結ぶ大街道を、全速力で疾走してきた皇帝直属の急使が、首都の大宮殿に到着したのは、風の吹き荒れるその日の午後遅くのことであった。

皇帝宛書簡はただちにペルシア対策を協議中のコンスタンティウスのもとに届けられた。会議にのぞんだ高官たちは、書簡を読む皇帝の顔色がみるみる変ってゆくのに気がついた。

書簡から眼をあげたとき、皇帝コンスタンティウスの顔色はほとんど蒼白に近かった。父大帝に似た灰暗色のぎょろりとした眼をむきだし、がっしりした顎に支えられた、骨張った面長の顔を前へむけて、皇帝はそのまま長いこと無言でいた。

書簡には、つい十日ほど前、ガリアで大規模な叛乱が起り、ローマ帝国の西方領土を統治していた皇帝コンスタンスが叛乱軍に追われて、ガリアからアクィタニアへ逃亡した旨、記されていたのである。

コンスタンティウスは眉と眉のあいだに深い皺を刻むと、会議を一時休止するよう命じ、よろめくように席を立って、広間をぬけ、大宮殿の外の、海をのぞむ露台に出ていった。

空は暗く、風が宮殿の櫓《やぐら》や屋根の角で鳴っていた。皇帝は、灰色に重く垂れた雲が海にむかって動いてゆくのを、茫然と眺めた。彼はまだ、ガリアで起った大叛乱が真実の出来事であるとは信じられなかった。多少軽率なところがあるとはいえ、損得利害にたけた、抜け目ない弟コンスタンスが、事もあろうに、ガリア出身の近衛隊長マグネンティウスの叛乱の前に、なんら打つ手もなく逃亡するなどということは、どう考えても、本当とは思えなかった。

報告によれば全ガリアの部族長はマグネンティウスを皇帝に推戴し、全部族が一つになって、ローマ帝国に叛旗をひるがえしているというのだった。むろんガリア人たちはただちに隣接する各属州の部族に合流を呼びかけたにちがいない。部族民の独立とか、租税の軽減とか、土地の解放とかを口実に使って……。おそらくアクィタニアもヒスパニアもナルボネンシスもガリアと歩調をそろえるだろう。ひょっとしたらダヌビウス河上流地方の軍団まで叛乱に引きいれられることも考えられる。としたら、いったいローマ帝国はどうなるのだ？　東からは強暴なペルシア軍がここ数年来執拗な侵寇をくりかえしている。そのため帝国東部はいたるところで治安が乱れ、小さな叛乱や官憲侮辱のあらゆる種類のいざこざが起っている。そしていま帝国西部の大半がガリア人の叛乱に合流して、ローマに叛こうとしている。そうなればアフリカでもイタリアでもダルマティアでも内乱が誘発されないとは誰も保証できない。いったいローマ帝国はどうなるのだ?

コンスタンティウスは次第に暮れてゆく暗澹とした空を眺めて、深く息をついた。なにか大きな堤防が洪水を支え切れず、いたるところから水が溢れだしてきたような気持だった。一ヵ所、二ヵ所をふさいでみても、もうどうにも手がつけられない——ちょうどそんな感じに似ていた。

しかし他方では、彼がながいこと待ち望んでいたローマ帝国の全領土をみずから統御する機会が、いま、ようやくめぐってきたことをはっきり感じてもいた。弟コンスタンスが、長兄コンスタンティヌス(二世)をたおして、帝国中央部と西部の広大な領土をその統治下におさめたとき、誰より激しい嫉妬に苦しんだのはコンスタンティウス自身だった。本来、父大帝によって三分されたはずの帝国領土は、弟の治める広大な西方と、彼が担当する比較的狭小な東方とに二分される結果になった。この事実は、猜疑心に富み、競争心に煽りたてられた彼コンスタンティウスには我慢できぬことに見えたのである。

その競争相手コンスタンスが、いま、下賤なガリア人の手で追い払われてしまったのだった。なるほど目下のところ蛮族《バルバリ》出身の近衛隊長が西方の皇帝を僭称《せんしょう》している。だが、簒奪者はあくまで簒奪者だ。それをあえて問題としないとすれば、正統の統治者として、いま、全ローマの前に現われたのは、彼コンスタンティウスその人を措《お》いて他になかったのである。

こうした思いは、崩壊に瀕したローマ帝国を前にして、一瞬茫然自失したコンスタンティウスの心を奮いたたせるのに十分だった。彼は東方国境からさきうる軍団の数や、ガリアにむけて行軍する日数、道のりなどを素早く頭のなかで思いめぐらした。アテノクレスをはじめ軍団の指揮をまかせられる何人かの将軍の顔や、彼の出陣のあいだ、行政や法務を委託できる側近の顔を思いえがき、財政や食糧事情についてもあれこれと検討した。

しかしこうしたときにも、皇帝コンスタンティウスはいつもの癖で、時おりふと強い猜疑心が浮かんで、将軍たち、行政官たちを一人として信用できないような気持になることがあった。彼はこんな気持に陥ると、灰暗色の眼をぎょろりとむきだして、骨張った長い顔をこわばらせながら、いらいらと親指の爪を噛んだ。そして喘ぐように息をつき、半狂乱の眼《まな》ざしをあたりに投げるのだった。

ガリアから引きつづいてコンスタンティノポリスに齎らされる報告には、動揺するローマ帝国の前途を明るくするものは一つも含まれていなかった。最初の報告後、十日ほどして、近衛隊長マグネンティウスに追跡されたコンスタンスはついに山脈をこえてヒスパニアに逃げきることはできず、ナルボネンシスのエルナで捕えられ、死刑に処せられたという報告が、首都の宮廷に衝撃をあたえた。一方、予想されたように、各地で、さまざまな規模の内乱が起ったが、なかでもイタリアで起った叛乱は、コンスタンティウスの従兄に当るネポキアヌスに指導され、刻々に勢力を拡大しているという点で、首都宮廷のある種の人々——とくに旧都ローマになお深い未練と愛着をもつ一群の貴族、政務官、女官たちに、恐怖に近い気持をよびおこした。ネポキアヌスは叛乱軍を率いてローマに入城し、自ら皇帝と称して、ローマ元老院に恫喝を加えているということだった。

コンスタンティウスは連日連夜の宮廷会議が終ったあと、会議室につづく露台に出て、城壁ごしに、遠く海上を西にむかって拡がる空を眺めていることがあった。そこには、海峡のほうから流れてくる冬の雲が、紫のかげりを帯びて、静かに動いていた。コンスタンティウスのぎょろりとした灰暗色の眼のまわりには、黒ずんだ疲労のかげがこびりついていた。彼はそんなとき、移りかわる雲の形が、人間たちの興亡の反映でもあるかのように、ふだんより物思わしげな表情で、いつまでも露台に立ちつくしていた。

黒い森林のあいだに、満々と春の水をたたえたダヌビウス河が流木を浮べながら早い水勢で流れていた。ダヌビウスにそって木柵を高く築いた哨楼と兵士たちの小屋が見えていた。明るい日ざしを浴びた土手の菫《すみれ》や桜草が時おり小さな花を微風にゆらせた。

将軍ヴェトラニオンは馬からおりると、並んで馬をすすめていたコンスタンティアのほうへ手をのばした。彼女は将軍の手を受けると、軽々した身のこなしで、土手の草のうえにおりたった。彼女は見えるか見えないかの素早い微笑を将軍に送ると、父コンスタンティヌス大帝によく似た灰暗色の大きな眼を、森のあいだに見えるダヌビウスの広い河面にむけた。

「早い流れですのね」

故大帝の娘は将軍の顔を見ないで言った。日焼けした、皺の多い、髭だらけの老将軍は、窪んだ、人のいい眼で、コンスタンティアの視線を追った。

「山で雪どけがはじまっていますのでな。これから五月にかけましては、水流が増えますので、蛮族《バルバリ》の侵入も少なくなり、兵隊どもはしばらく開墾や種まきに精を出します」

「河向うはもう帝国領ではありませんわね。私たち、ローマ帝国の北の国境まで来ましたのね」

「さよう。あちら側は蛮族の土地です。皇妃さまは国境ははじめてでございますか」

「はじめてです。私がパノニアの奥地に住むようになって、もう十三年になりますのにね。私は外に出る気にもならなかったのです」波状にカールした髪束が、額をかこむように並ぶ、複雑な髪形の頭を傾けるようにして、コンスタンティアは一語一語に力を入れた。

「父大帝が亡くなり、つづいて良人《おっと》を失った女なんて、宮廷でもどこでも、もう用ずみですものね。そんなところへのこのこ出てゆくなんて、真っ平ですわ」

コンスタンティアはそうした自分の運命に反抗するように、じっと唇をかんだ。

彼女の良人ハンニバリアヌスは、ダルマティウスの次男で、ダルマティウスとともに、皇帝戴冠式の夜の大虐殺にまきこまれて死んでいた。そして彼女自身、宮廷にささやかれる噂や、身辺の消息通の話を通じて、あの大虐殺が、兄のコンスタンティウスによって仕組まれた陰謀であるらしいことをうすうす承知していた。彼女は宮廷内に育った女のつねとして、兄がこうした残忍な手段で自らの敵対者を葬りさった気持を理解しながらも、半面では、良人を一夜にして奪われた怒りと悲しみを忘れることができなかった。しかしコンスタンティアを真に怒らせたのは、良人を奪われたことより、むしろ自分を信用しなかった兄の態度といってよかった。「大帝の娘である私が、ハンニバリアヌスの妻でいるあいだは、何の心配もなかったのに」彼女は事件のあと、世間の人々がともすると、ユリウス一族に疑惑の影があったように噂するとき、それに逆うように頭をそらして、こうつぶやいたものだった。

彼女が首都を離れ、遠いダヌビウス上流のパノニア地方に隠棲した理由について、ロうるさい宮廷の女官たちはあれこれと推測したが、何一つ真相らしいものはわからなかった。ただ、かつて良人ハンニバリアヌスが長官としてこの地方の統治に当ったということが、ほとんど唯一の理由らしいものといえた。

首都の宮廷では娘時代のコンスタンティアについて現在もなお、さまざまな噂が伝えられていた。たとえば彼女が父大帝の肖像のほかは、ローマ古来の神々もキリスト教の神も礼拝しようとしなかったこと、大帝もまたコンスタンティアを深く愛して彼女に皇妃《アウグスタ》の称号をゆるしたこと、口数は少なかったが、激しい性格で、侍女たちはたえず恐れ戦《おのの》かなければならなかったこと、侍女の一人が誤ってコンスタンティアの装身具をこわしたとき、危うく野獣の餌食にされそうになったこと、コンスタンティアの意見に反対した侍従が公衆の面前で罵られたうえ、打擲《ちょうちゃく》をくわえられたこと、贔屓の闘技士が敗れたとき、彼女の面前で剣による自殺を命じられたことなどは、突然、彼女がパノニアに隠棲したこととともに、多くの人々に、忘れがたい印象をあたえていたのである。

たしかに彼女の灰暗色の大きな眼は、内部の激しい火に焼かれているような、独特な輝きを帯びていたが、その表情や態度はむしろ控え目な、重々しい落着きをもっていた。

ガリアで起った叛乱の報せは、首都宮廷に達するより、数日早くコンスタンティアのもとに達していた。彼女はそれを聞くとただちに父大帝の遺したローマ帝国が容易ならぬ事態に直面していることを感じた。残された二人の兄のうち、コンスタンスが蛮族に殺害された以上、帝国の将来はひたすら兄コンスタンティウスの肩にかかるほかなかった。彼女にとっては、その瞬間から、コンスタンティウスはもはや良人を奪った殺害者でもなければ、帝国東部を辛うじて統治する小心な皇帝でもなかった。彼こそは、父大帝の偉業を継ぐ唯一の正統な皇帝なのだ。父の偉業をまもりぬくためには、一切の恩讐を忘れて、ただ兄コンスタンティウスに全力を捧げなければならないのだ。兄を助けることこそが、父の遺業をまもりぬくことになるのだ。

もちろん彼女のもとにも、刻々にガリアの情況が伝えられた。それによると近衛隊長マグネンティウスは堂々たる押しだしと見事な弁舌によって、次々とガリア近隣の諸部族を併合しているというのだった。すでに上部ゲルマニア地方の部族までマグネンティウスに呼応する動きがあると言われていた。万一、上部ゲルマニアの部族が動けば、ほとんど連鎖的にダヌビウス河上流地方の部族に動揺がおこることは必定だった。もしそんなことになろうものなら、ローマ帝国の北半分は完全にガリア諸部族の手に落ちることになる。父大帝の遺業はあえなく潰《つい》えるほかないのだ。よしんば兄皇帝が帝国東部をまもろうと、それは腹背に敵を迎えることになり、どれだけ持ちこたえられるか、わかったものではない。

「とすれば、いま、私のすることは何なのか。私にできることは何なのか。父コンスタンティヌス大帝の偉業をまもりぬくために、娘のコンスタンティアにできることは何なのか」

彼女はパノニアの小宮殿の広間の窓から早春の荒野を眺めながら、幾日も幾日も考えつづけた。こうした幾日かの後、彼女の漠然とした考えのなかに、次第に、はっきりした形を現わしてきたのが、ダヌビウス河上流地方の駐屯軍司令官ヴェトラニオン将軍の姿だった。

彼は現地出身の、兵卒から叩きあげた、根っからの職業軍人だった。ダヌビウス河にそってのびる巨大な国境線を警備する数十の小軍団のなかで、ヴェトラニオンの名を知らぬ者はなく、その名に敬意と愛情を感じない者はなかった。それは何よりもまず将軍が用兵、装備、武技、戦術に関する該博な知識と経験の持主だったからだが、さらに、将軍の善良な人柄、単純で真摯な性格がそれにいっそうの魅力を加えていたからである。

彼はたえず快活だった。そして早朝から兵隊たちと行動をともにした。老齢なのに巧みに馬をあやつったが、文字のほうはまるで読めなかった。将軍になったとき、自分にふさわしい教養を身につけるため、彼は一生一代の勇気をふるって、文字を学びはじめた。が、すでにかたくなった頭には、野戦の用兵ほどには、文字の修得は容易ではなかった。ヴェトラニオンは軍職の多忙を理由に、間もなく、文字修得をあきらめた。それ以後、首都から送られる命令はすべて軍人貴族出身の若い副官が声をあげて読む習慣になっていた。そんなとき老ヴェトラニオンは両手を股のあいだに垂らして、いかにも困惑したような表情で、副官の声に聞きいっていた。

コンスタンティアがこの善良なる老将軍に眼をつけたのは、こうした単純素朴な性格とともに、ダヌビウス河上流地方に拡がっていた将軍の名声のためだった。彼女は、大帝譲りの鋭い直観で、帝国の危機に、この老人の存在が、きわめて大きな役割を果たすだろうことを見ぬいた。彼女が駐屯地へ将軍ヴェトラニオンを訪れたのは、こうした目的があったからである。

「私にはパノニアやダヌビウス上流が首都などよりずっと気に入っているのです。十三年も住んでいるんですもの。住めば都、と言っても、負け惜しみとはとられないと思いますわ」

菫の咲く土手に立っていたコンスタンティアは首をめぐらし、灰暗色の大きな眼で将軍をじっと見つめた。

「私ども土地に生れ、土地に住みついた者にとっては、その通りですが、しかし皇妃さまのようなお方で、そんなふうに言われるのは……」

「珍しい、とおっしゃりたいのですの？」コンスタンティアは眼に微笑をたたえて言った。

「ええ、まあ、珍しいと存じます。なにしろ劇場ひとつ、円形闘技場《コロセウム》ひとつないのですからな、ローマ人の生活に欠くことのできぬ気ばらしが……」

「いいえ、お言葉をかえすようですけれど、それは違いますわ。ここには、ここの生活があります。ローマ人の生活はローマ人の生活ですわ」

「そうでしょうか」

「そうですわ。ローマ帝国は広大です。多くの人々が暮しています。北と南では言葉も違い、習慣も違います。それを、帝国領だからという理由で、杓子定規にローマ人の風習や生活を押しつけることは間違いですわ。それが、こんどのような叛乱をひきおこすのです。……叛乱のことはお聞きでいらっしゃいましょう?」

コンスタンティアは注意深く老人を見た。

「聞いております」老人は頭を垂れて答えた。「心から遺憾に思います」

「ええ、叛乱は遺憾なことです。私もそう思います。しかし果たしてそれはガリア人だけの罪でしょうか。ローマ人側に何の責任もなかったでしょうか。私にはそう思えません。いいえ、その逆です。責任はローマ人にあるのです。ローマ人がどこにいってもローマの習慣を一方的に押しつけるからです。それではいけません。いいえ、いいえ、それではいけないのです。ローマ帝国は広いのです。多くの人々が暮しているのです。それぞれの慣習、言葉によって生きているのです。それを尊重しなければなりません。たとえばパノニア、たとえばダヌビウス河上流地方……」

コンスタンティアはヴェトラニオンを注意深く見てから、土手にしゃがんで菫を二つ、三つ摘んだ。

「こうしたことは首都に住んでいてはわからないのですわ。私も十三年パノニアに住んでみて、はじめてこのことに気がついたのですもの。いいえ、私は叛乱が正しいと申しているのではありませんの。ただ、それぞれの地方が、ローマ人の一方的な押しつけではない、独立した慣習や生活をもつべきだ、と申しているんですの。私の申していることは間違っておりましょうか」

コンスタンティアは近々と寄って、菫を老人の寛衣の結び目に差した。老人はどぎまぎして言った。

「いいえ、間違ってなどおりません。おっしゃるとおりです。私ども土地で生れた者には、皇妃さまのお言葉が身にしみます」

老人はコンスタンティアの甘い香料の香りが身体を包むのを感じた。

「では……なぜそうなさらないんですの？」コンスタンティアは顔をふせ、波形にカールした髪を老人の頬にさわるほど傾けた。「まあ、寛衣がほころびておりますわ。駐屯軍の兵営は女手が不足ですの？」

老人はどぎまぎして答えた。

「いいえ、これは、その……」

二人はそれから黙ったままダヌビウスの早い流れを眺めていた。

皇帝コンスタンティウスがダヌビウス河上流地方の叛乱の報告をうけたのは三五〇年の春のはじめである。ガリア地方の大叛乱が火の手をひろげ、まだその対応策さえ講じられていないときに、追いうちをかけるようにして、同じ帝国北辺で起ったこの叛乱は、コンスタンティノポリス宮廷に大きな動揺をひきおこした。ある人々は、現皇帝に反対する勢力、たとえばユリウス一族にひそかな好意をよせている宮廷人が、この動揺につけこんで、コンスタンティウス排撃をはじめるのではないか、と危惧した。ユリアヌスが突然ニコクレスの学塾にゆくことを禁じられたのは、宮廷内にこうした噂がささやかれていたからである。彼はまったく理由を説明されずに、大宮殿の一室に監禁された。廊下には武装した衛兵が長槍を光らせて立っていた。

しかし皇帝コンスタンティウスを激怒させたのは、このダヌビウス河上流地方の叛乱には妹のコンスタンティアが一役買っているらしいという報告だった。この報告によると、コンスタンティアは自ら皇妃《アウグスタ》の資格で駐屯軍団の兵士にむかって、将軍ヴェトラニオンを副帝《カエサル》に選出するよう要請したというのだった。当然ながら故コンスタンティヌス大帝の娘の言葉は北辺国境の駐屯軍全体に強い感銘をあたえた。兵士たちは熱狂して将軍を楯のうえにのせ、歓呼のうちに、ヴェトラニオンを副帝に推戴した。ダヌビウス河上流地方には、こうしてヴェトラニオンを中心とする一国家が出現したというのだ……。

皇帝コンスタンティウスはこの報告の一部始終を聞きおわると、広間のなかを、眼をむきだした、すさまじい形相で歩きまわった。彼は奥歯をぎりぎりと噛みながら、この女もハンニバリアヌスとともに殺しておくべきだった、と思った。「パノニアの奥地で、あれは、この機会を執念深く待っていたのだ。いま、あれは復讐の牙をむきだして、この俺にとびかかろうとしているのだ」コンスタンティウスはうめくように言った。そして短く声をあげ、両の拳《こぶし》を激しくふるわせた。「殺しておくべきだった。殺しておくべきだった」と彼は蒼い顔をしてそうつぶやきつづけた。

コンスタンティアの皇帝あて書簡がコンスタンティノポリス宮廷に届いたのは、それから一月ほどたった三五〇年四月のことである。皇帝は妹のその書簡を、読む前によほど破りすてようかと考えた。コンスタンティアという名前を聞くだけで憎悪の火が燃えあがるような気がしたのである。しかしそうした個人的な感情より、皇帝としての責務のほうが強く彼を動かした。彼は嫌悪と怒りからぶるぶる震える手で妹の手紙をひらいた。そこには次のような文面が見いだされたのである。

「親しく懐しい兄上さま。

遠いパノニアの奥地にいて、帝国の危機に深く心を痛めておりますあなたの妹の言葉をお受けとり下さいませ。私がこの地に参りましてから十三年、ほとんど平穏無事と思われていたガリア地方で叛乱が起りましたとき、ガリアから属州の三つを越えただけのこのパノニアで、あなたの妹がどんな気持でその報せを受けとったか、誰よりもあなたが一番ご存じのはずでございます。ガリアの諸部族を統合しているマグネンティウスと申す男は、こちらの駐屯軍団のあいだにまで名を知られた実力者で、刻々の報告が物っておりますように、ガリア周辺の部族にまで協調、合流を申し出て、その勢力はなかなか侮りがたいものがございます。私の見るところ、マグネンティウスが皇帝を僭称して、このままガリアを統治しはじめれば、間もなく、ベルギカからラエティア、さらに私のおりますパノニアまで、彼の勢力に呼応して、一大同盟を結ぶにちがいございません。すでにコンスタンス兄上はエルナで殺害され、父上の偉業をお継ぎになる方は、兄上さま、あなたを措いては、ほかに誰ひとりございません。いま、もし帝国北部のこの広大な地域に、マグネンティウスを中心とした一大同盟が形成され、それがローマ帝国と対峙抗争するとしたら、どんなことになりましょうか。いいえ、私はローマ帝国の勝利を疑っているのではございません。ただコンスタンス兄上のあの無残なご最期のことを考えると、私は兄上さまにも十分慎重かつ機敏に動いていただきたく思うのでございます。そのためにも、私は、マグネンティウスの勢力が、帝国北辺の全体を統合するような、そんな大同盟にならぬよう、万全の手段を講じなければならないと考えました。そうなのです。それには、まず、この大同盟が結成される前に、マグネンティウスに反対する気運をつくること、そしてそれに対抗するような勢力を別個につくることが必要なのでございます。そうした分派抗争こそが、マグネンティウスの大団結の呼びかけを切り崩し、それぞれを孤立化させる唯一の方法であるからでございます。私がヴェトラニオンを説いて副帝になる決意をうながし、ダヌビウス上流地方全域の駐屯軍団や部族の兵士たちに、この老人を副帝に推挙するよう説きましたのは、ただただこの目的を実現するためでございました。兄上さま、私の目的は、いまのところ、ひとまず達成されたと申しあげてよろしいかと存じます。ここにはヴェトラニオンを盟主と仰ぐ一国家がうまれたのでございます。お笑いになってはいけません。一国家でございます。これはガリアのマグネンティウスの叛乱国家に対して、はっきり対立した存在でございます。そしてここ当分、マグネンティウスの呼びかけなどには耳を傾けるようなことはございますまい。なぜなら、いま、ここの兵士たち、部族民たちは、ヴェトラニオンを副帝に戴いたことに歓喜しているのですから。彼らの国家をもったことに湧きたっているのですから。でも、兄上さま、ご心配は無用でございます。この国家はただ見せかけだけのまとまりにすぎないのでございます。そうなのです。それはガリアのマグネンティウスに反発するためだけに形成された国家でございます。ただヴェトラニオンの名声と人望のまわりに形成された国家でございます。万一マグネンティウスが働きかけたあとでしたら、こうした凝集の動きもうまれなかったかもしれません。なぜなら、人のこころは、ともかく渦の中心に惹きつけられてゆくものでございますから。でも、一度、別個の渦の中心ができれば、人は、より近い中心に惹かれてゆくものでございます。ヴェトラニオンはこの中心にほかなりません。兄上さまはヴェトラニオンについて何かご心配をお持ちでいらっしゃいますか。もしそうだったら、兄上さま、いま即刻それをお棄て下さいませ。私がヴェトラニオンに目をつけたのは、もちろんその大きな声望のためでございました。しかしそれだけでしたら、他の候補者がなかったわけではございません。私がこの人物を選んだ真の理由は、彼が単純な老人であるからでございます。ヴェトラニオンは軍人としては有能な人物であり、統治能力にも優れた手腕をもっております。しかしその人柄は単純素朴、剛直で信じやすく、多少の狡猾さは備えておりますが、根は寛容で無欲な人間でございます。この老人は副帝に推戴されると、自らの無学を恥じて、その翌日から文字の学習にとりかかったそうでございます。ヴェトラニオンはまったくの文盲でございます。私はこの話を聞きましたとき、身体をよじって笑いました。そうなのです。ヴェトラニオンは笑うべき単純な老人にすぎません。兄上さまがこの老人を恐れる理由はどこにございましょうか。老人は私を――このコンスタンティヌスの娘を、副帝の妃として望んでいるらしゅうございます。ああ、そうした話を人づてに聞いたとき、私は何度声をあげて笑ったことでございましょう。いまも、笑って笑って涙まで出てくる始末でございます……」

皇帝コンスタンティウスは書簡から眼をあげた。彼の灰暗色のぎょろりとした眼は複雑な色調を帯びて光っていた。しかしともあれ彼の直観は、こうした妹の判断と処置が適正であることを感じていた。北辺の事情はそれまでとは別個の光に照されはじめていた。「これであとは、ペルシア対策に十分の手をつくせば、マグネンティウス討伐は決して先の問題ではなくなる」皇帝の顔には生気のようなものが戻ってきた。彼は居室を行ったり来たりしながら、さし迫った諸々の問題について思いをめぐらした。それからしばらくして彼は手を鳴らして侍従を呼んだ。コンスタンティウスはなお広い部屋を行ったり来たりしながら、侍従の顔を見ずに、低い声で言った。

「ユリアヌスをニコメディアの離宮に移すように。学塾、図書館に通うことは許す。それからガルスをアンティオキアから呼びよせること。急使を立てて、至急出頭させよ」

彼はそれだけ言うと、さらに何かを考えつづけるように、部屋のなかを歩いた。

第三章　幽閉の終り

石を敷きつめた大通りに初夏の明るい日ざしがいっぱいに落ちていた。鳩の群が、市《いち》の立つ広場から、高台に屋根を連ねている離宮のほうに、大きな輪をえがきながら飛び立っていった。白褐色の屋根が段々状に埋めつくした丘の背後を、黒ずんだ城壁が、地形の凹凸にそって高くなり低くなりして取りかこみ、そのシルエットがくっきりと青空を区切っていた。城門から敷石をがたがた鳴らして、時おり、穀物袋や葡萄酒の革袋を積んだ馬車が入ってきた。

ユリアヌスはそうしたニコメディアの町の姿を一つ一つ食い入るように見つめた。広場の勝利の女神の石像も、赤く錆びの出た城門の厚い扉も、井戸から手桶で水を汲んでゆく女も、フォールムの大理石の柱廊も、ユリアヌスが九年前に見たときと何一つ変っていなかった。ただ広場や道路だけは前よりずっと小さくなったような気がした。とくに勝利の女神の立っている広場は、昔はもっとずっと広くて、ここで戦車競走もできそうに思えたが、いま見ると、小ぢんまりして、慎ましくさえ感じられる。家々の戸口をかざる大理石の彫像も、首都の大きな彫刻を見慣れていたせいか、一まわりも二まわりも小型に見える。市のつづくアーケードの道も前はもっともっと大きく賑かだったような気がした。このアーケードの下の道をユリアヌスはアガヴェの手にひかれて何度となく通ったものだった。

細かい石を敷きつめた横町や、何頭かの驢馬《ろば》が濃い影を地面に落している曲りくねった裏町なども、ユリアヌスにとって忘れることのできない場所であった。幼いユリアヌスはそこで鍛冶屋が真っ赤に焼けた鉄の棒を叩くのを見たり、武具屋が鎧の胴を革紐で綴じ合わせているのを見たりしたのだった。

どの通りにも、騒がしい首都と違って、いかにもディオクレティアヌス帝以来の宮廷所在地だった古都らしい落着きがひっそり息づいていた。首都コンスタンティノポリスでは今なお教会や役所や倉庫や住宅が次から次へ建てられていた。広場に飾る大理石像や円柱が、プーコレオン港に到着した船から、陸揚げされることも珍しくなかった。いたるところで石工や左官や大工が働いていた。首都の建設はまだまだ進行している最中だと言ってもよかった。

しかしそれに較べると、古都ニコメディアはほとんど眠ったような静けさに覆われていた。アーケードの下の通りや、市《いち》の立つ広場をのぞくと、劇場や円形競技場で催し物でもないかぎり、通りを歩いている人影さえまばらだった。女たちは日かげをえらんで歩き、その姿はすぐ横町にのまれていった。物憂い、うっとりした初夏の午後の静けさのなかで、崩れた壁にそってのびている夾竹桃《きょうちくとう》が、時おり海からの風にゆれていた。

ユリアヌスが久々で通りぬけてゆくニコメディアの町には、どんな小路や裏道にもかすかな記憶が残っていた。アガヴェを困らすために、ユリアヌスが駆けこんでいった高台下の迷路のような路地もそのままだった。あのときアガヴェは眼の色を変えてユリアヌスのあとを追いかけてきた。そしてその姿を見失うと、半狂乱になってユリアヌスの名前を呼び、裏町の人々がその声に驚いて飛びだしてきたほどだった。ユリアヌスはいまもそんなアガヴェの姿をそこらに見るような気がした。

だが、あのときからすでに九年の歳月が流れていた。母バシリナに仕えたことをあれほど誇りにしていたアガヴェも、マケルム離宮にユリアヌスが幽閉されているあいだに、このニコメディア郊外で歿《ぼっ》していた。祖母だけはなお森の多い別墅《べっしょ》で静かな老年を送っていたが、ユリアヌスと毎日顔を会わせて話をするにはあまりに高齢でありすぎた。おそらくこんどは以前のように食事をしたり、散歩したりするわけにもゆくまい。ユリアヌスは離宮にゆく道々、そんなことを考えていた。

それにユリアヌス自身、もう十一歳の少年ではなく、分別を備えた十九歳の青年になっていた。母バシリナに似た、淡い灰青色の、夢想するような、人のいい眼は、昔の通りだったが、小柄ながら、その肩はがっしりしていた。

こんどのニコメディア離宮では、新たに侍従エウビウスがユリアヌスに仕えることになっていた。エウビウスは宮廷会議の書記から政務官に昇進した男で、宮廷内でも、抜群に頭のきれる役人の一人とみなされていた。噂によると、彼は、首都宮廷の二千人にのぼる貴族、高官、役人、女官たちの正確な身元をそらんじているということだった。経歴、身分、姻戚関係、過去の言動など、エウビウスにかかれば、たちどころに明らかになる、というのが宮廷内の評判だったのである。しかしエウビウス自身は控え目な人物で、浅黒い、ぬるりとした感じの顔立ちをしていたが、薄い眉のしたの黒い眼は、たえず皮肉な微笑をうかべ、油断なく相手を見抜こうとする冷たさがその底に漂っていた。

エウビウスは宦者オディウスなどと違って、ユリアヌスに仕えるようになってからは、早朝から就寝まで、一分の隙もないような恪勤精励《かっきんせいれい》ぶりを示した。ユリアヌスの手控え帳が残り少なくなったかと思うと、すぐに、新しい羊皮紙とパピルスの帳面が机の上に置かれていた。図書館に出かけると、前日に頼んであった書物が机の上で彼を待っていた。馬で遠乗りをしようとすると、あらかじめ定められた道に飲み水や休息所が用意されていた。時にはエウビウス自身がユリアヌスの書物を借りて読みふけるというようなことさえあった。むろんそういうときでも、エウビウスは控え目で、鄭重《ていちょう》だった。ユリアヌスと書物について話すようなとき、エウビウスはひたすら訊き手であり、言葉は少なかったが、喋るのはつねにユリアヌスだった。

しかしユリアヌスがマケルムの離宮をぬけだし、首都宮廷に戻ってきてから、もっぱらギリシア詩文やプラトンに読みふけっていたのを注意深く見ていたのも、この侍従エウビウスだった。

彼は時々ユリアヌスに、なぜキリスト教教父の書いた書物を読まないのか、とたずねた。ユリアヌスはそんなとき、とくにエウビウスの言葉に注意を払わぬままに、教父たちの労作にはギリシア詩文に見られる、心を魅するような甘美なよろこびが感じられず、文章なども荒けずりで、粗野な感じがするからだ、と答えた。それに対してエウビウスは重ねて、ではユリアヌス殿はキリスト教をどう思っておられるのか、と訊ねた。ユリアヌスはそのときもなおエウビウスの底意に特別の注意を払わず、自分は救世主や伝道者の言葉を真実と思っているが、それがプラトンの説く地上からの解脱と極めて近似している点が興味深いと思う、と答えた。

もちろんこうした日々のさりげない言葉はユリアヌスにとって心にとどめておくほどの価値も持たなかったが、侍従エウビウスにはほとんど老将軍ヴェトラニオンの叛乱同様の重要さをもっているように感じられた。

前政務官エウビウスの眼には、宮廷内に底流する反皇帝派の勢力は、ひたすらローマ異教を崇拝する貴族を中心に形づくられていると映っていた。もちろんユリウス一族の大虐殺以来、宮廷内に、表立って、そうした勢力が大規模に台頭する動きがあったわけではない。しかしキリスト教が公認され、宮廷人の多くが皇帝の崇敬するキリスト教に改宗しているとき、なお旧来の宗教をまもりつづける背後には、どこか、現皇帝に対する不信、不満、ないしはよそよそしさが隠されていると言うことはできた。エウビウスは旺盛な記憶力によって、貴族や高官たちのうち、ローマ異教や、旧都ローマの元老院と関係の深い門閥や家族を注意深く監視し、それとない身辺調査を行なったのは、ガリアの大叛乱以来、宮廷内の動揺が眼に見えて感じられたからである。

　たしかに皇帝コンスタンティウスの統治するローマ帝国の東部地域はペルシア侵入以来、しきりと人事異動や配置転換を繰りかえしていた。しかしガリアの叛乱以後、急速に首都宮廷を中心に、各属州の高官のなかに人事異動が行なわれたのは、こうしたエウビウスの綿密な調査による報告書が皇帝のもとに提出された結果である。それによって、たとえばユリウス以後、ローマ異教を奉じる貴族の中心と見られていたゼノンテミスはアンティオキア宮廷に送られ、その子はエフェソスの収税事務に派遣された。門閥は解体されたばかりでなく、一族のなかでも親子兄弟が分散して職務につくよう各地の小都市、中都市に配置された。もちろんユリアヌスが叛乱以後、宮廷内で厳しく監視されたのも、ニコメディアに送られるようになったのも、さらにはまたユリアヌスがニコメディアに着いて間もなく、全ローマの評判を集めていたリバニウスの学塾ではなく、キリスト教教理を中心に講義を行なっていたエケボリウスの学塾に通うようになったのも、ユリアヌスのなかに、キリスト教からの離反が見られると判断したエウビウスの配慮によるものだった。表面上は皇帝の署名のある文書によってそれは決定されていたが、皇帝その人がニコメディアの学塾の内容まで立ち入って理解できるわけがなく、とくにこの最後の事柄についての決定が皇帝以外の人物によってなされていたことはユリアヌスにも容易に想像ができた。しかしそれがエウビウスであるという根拠はどこにもなかった。事実、ユリアヌスはあとになるまでそのことには気がつかなかった。この皮肉な微笑を浮べた侍従は、それほどにも控え目で、おだやかな鄭重な態度を失うことがなかったのである。

もっとも侍従エウビウスはこうした問題をのぞくと、オディウスなどとは違って、すべてについて柔軟、鷹揚であり、つねにユリアヌスの生活が快適であるように心掛けていた。

エケボリウス学塾へ出かけるのも、図書館に通うのも、ユリアヌスはひとりで自由に行動できたし、小遣銭などに不便することもなかった。マケルム離宮ではすべてオディウスの厳しい監督があり、乏しい金額を割り当てられ、使用の明細も報告させられたが、エウビウスはこうした一切を要求しないばかりか、ユリアヌスに許された皇室財産を自由に使えるように配慮していた。

ユリアヌスが学塾の帰りに、かつて侍女アガヴェと歩いたアーケードの道に並ぶ露天市の雑踏にまぎれたり、海ぞいの城壁上の散歩道をぶらぶらしたり、劇場でソポクレス劇を久々で見たりしたのは、こうしたエウビウスの放任の態度があったからである。しかしユリアヌスにしてみれば、高名なリバニウスの学塾に学べないことや、無理にもキリスト教教父の著作を読まされることには、やはり割りきれなさとともに、悲哀に似た一種の孤独感を味わった。

とくに、ひょろ長いエケボリウスが、皇族の一員を自分の学塾に迎えたことを学生たちに得々として語り、ユリアヌスと信仰について語りたがり、時おり離宮にきてエウビウスと話しこんだりするとき、ある嫌悪感が、かすかに心の奥で動くのを抑えることができなかった。エケボリウスはもともと古典学を志した学者で、修辞学や文法学にも通じていたが、のちにキリスト教に改宗し、伝道者の書簡や教父の著作を研究していた。当時、首都を中心に小アジア一帯で勢力を占めていたアリウス派に加担し、ガリラヤに現われた人物の神性を否定していたが、自分はアレクサンドリア派との論戦に加わるようなことはなかった。

ユリアヌスは、このひょろりとしたエケボリウスの学識を認めてはいたものの、たえず貴族や上流階級の顔色をうかがい、他の階級の子弟と差別するような態度には不満だった。ユリアヌスはエケボリウスが指定した最前列の特別席をことわって、新入生らしく一番後の座席に腰をおろしていた。

彼は授業のあいだに、自分が食卓に招かれた上流階級の誰かれの名を口にし、学塾の声望がいかに高まっているかを好んで話題にした。時おり、そうした話がただユリアヌスだけを目あてに話されているような気がした。そんなときユリアヌスは身体をぎごちなく動かし、眼を伏せたまま、そうした話が一刻も早くおわるように、ひたすら祈りたい気持でいた。

とまれ首都に二年半いるあいだに、ニコクレスの学塾で学び、修辞学や立法学、古典批判の基礎を修得していたことは、ユリアヌスにとって大きな収穫だった。そのおかげで、たとえエケボリウスがキリスト教教義に関する典籍だけに講義を限定しても、ひとりで、古典学の著作を系統的に読んでゆくことができたのである。

こうしてニコメディアの生活がはじまって一ヵ月ほどしたある暑い日の午後、学塾の帰りに、ユリアヌスは海岸にそった城壁から、青い海が波を白く砕いているのを眺めていた。何人かの学生風の若者が石を投げたり、波にむかって演説をしたり、演説をひやかしたりしていた。しばらくすると、その中の一人が、仲間をはなれ、ユリアヌスが坐っている城壁の一角に近づいてきた。呼びかけられた声に眼をあげると、金髪をくしゃくしゃにした、陽気な青い眼のゾナスがそこに立っていた。

「やっぱり君じゃないか。どうも君らしいと思ったが、君はコンスタンティノポリスにいると思ったから、そばに来るまでは半信半疑だった。いつからこの町に来たんだ？　いまここで何をしているんだ？　相変らずオリゲネスを読んでいるのかい？」

　ゾナスは前と同じように快活で、明けひろげの好意を満面に浮べて、青い眼を陽気に輝かした。以前と変っていたのは、顎鬚《あごひげ》をはやして、いかにも哲学学生らしくなっていたことぐらいだった。

　ユリアヌスも三年前の心細い旅を思いだして、思わずゾナスの手を握った。

「ああ、君も元気らしいね。ずっとリバニウス先生のところかい」

　ユリアヌスはおずおずと訊ねた。

「ずっとリバニウス先生のところさ。先生以外に、どんな教師がいると思うんだい？　君はいまどうしている？　何を学んでいるんだ？」

　ゾナスはユリアヌスの両肩を抱くようにして言った。ユリアヌスは自分が皇族であることと、離宮に住んでいることをのぞいて、現在彼が送っている生活を詳しくゾナスに話した。彼がエケボリウスの学塾へ行っていることを知ると、ゾナスは頭をふって、金髪をいっそうくしゃくしゃにしながら言った。

「なんだって、あんな二流の教師につくんだい？　この町にリバニウス先生がおられるんだぜ。ま、君は篤《あつ》い信心家であることは認める。旅のあいだも、君は祈禱書をはなさなかったな。プラトンとキリスト教――こいつはなるほど現代の課題だがね。しかし君ほどホメロスに心酔できる人間が、なんで、あんないかがわしい宗教に入ることができるのかね。それがわからない」

ユリアヌスは軽く頭をふって、ゾナスの言葉をさえぎった。何か言おうとすると、身体が急にふるえた。彼はそういう自分を抑えるように、顎をひきつけて言った。

「それは違う。それはあんまりだ。君は教会の修道僧たちを見ないから、そんなことが言えるんだ。裸足の修道僧たちは自分のことなど考えない。自分をすてて、貧しい人々に奉仕しているのだ。自分の身体に鞭をあてて砂漠で苦行している隠修士もいる。そういうことができるのは、人間が、自分の意志を傲慢なものであり、愚であるとして、放棄し、ひたすら神のもとに身を委《ゆだ》ねているからなんだ。ぼくは……ぼくは……」

ユリアヌスの顎ががくがくと震え、言葉が途切れた。ゾナスはそうしたユリアヌスの激しい興奮を見て、一瞬、言いかけた言葉をのみこんだ。

「いや、軽はずみのことを言ったとしたら許してくれ給え。おれはそんなつもりで言ったんじゃないんだ」ゾナスは陽気な青い眼をふたたび輝かして言った。「おれはね、君のような人間がギリシアの古典を究《きわ》めつくしてくれれば、どんなに素晴らしいか知れん、と思っているんだ。そりゃエケボリウスだって学者だろうさ。だが、人物の点でも学識の点でも、リバニウスと較べれば問題にならん。それは明々白々なことなんだ。おれはそのことを言っているのだ」

だが、ゾナスに言われるまでもなく、ユリアヌスにもそんなことはわかりきっているのだ。いま彼がやりたいことは、ゾナスの言うように、甘美な憂鬱さを晩春の花のように湛えたギリシアの詩文であり、哲学なのだ。時には、そうした花の香りに似た詩文のなかに惑溺するためだったら、オリゲネスもリキニウスも要らないような気にさえなる。ユリアヌスはよく離宮の裏の花壇で、花粉にまみれて、花弁の奥で酔ったように蠢いている昆虫を見つけることがあったが、そのたびに、それがあたかも、日々、ギリシアの憂鬱な端正な美に溺れてゆく自分自身の姿を見ているような気がした。それなのに、実際は、毎日エケボリウスの塾で伝道者たちの書簡か、教父の著作の断片を読まされているだけなのだ……。

ゾナスはユリアヌスがすっかり黙りこくったのを見ると、何度か彼の軽率な言葉を謝ったのち、よかったらリバニウスの講義の筆記を見せてもいいのだ、と言った。

「おれ達は毎日ここで会おうじゃないか。君だって何かおれに話してくれることがあると思う。君の両親のことだって、君の可愛い妹のことだって、おれは何一つ知らないんだからな。いや、君には可愛い妹がいると思ったんだが、違ったかい?」

ゾナスはそう言って愉快そうに笑った。

「おれ達はもっと頻繁に会おうじゃないか。そうすれば、おれがガリラヤ人の宗教についてどう考えているか、よく理解してもらえるような気がするんだがな」

ユリアヌスはゾナスに会うことも嬉しかったが、リバニウスの講義筆記を読めることはいっそう嬉しかった。しかしそれはあくまで侍従エウビウスには黙っておかなければならない——彼はそう思った。

ゾナスはそんな約束をとりかわしてからも、なかなかユリアヌスをはなそうとはしなかった。彼は青い眼をいきいきと輝かして、旅のときと同じように、広い話題のなかをあちらこちらと飛びまわった。ゾナスはキリキアのある司教がひそかに太陽神を拝んでいるという奇妙な噂にふれるかと思うと、ビリタス親方の軽業師一行が現在もなおニコメディアでやっている出し物について話した。裏町の酒場の女たちと学生の恋物語をするかと思うと、新プラトン派の哲学者の誰某《だれそれ》の書物の評判を語った。

季節はすでに夏に入ろうとし、ニコメディアの町をとりかこむ平坦な谷間には、麦の穂波が暑い太陽に灼かれて、金色にまぶしく輝いていた。乾いた麦の穂にまじって、赤い罌粟《けし》の花がいちめんに咲き、海からの微風に、柔らかな花びらをゆらしていた。

ユリアヌスがゾナスと連れだってカストリアの泉に出かけたのは、そうした灼けつくような夏のある午後のことであった。麦畑が尽きると、道は牧草地に入り、間もなく草地も尽きて、乾いた丘陵のあいだの谷がひらけた。ゾナスの説明によると、昔はカストリアの泉の傍らにアポロン神殿があり、町から神殿まで参道がつくられていたということだった。しかし現在泉まで辿る道は草の茂るにまかせた谷間の小径であり、ところどころに見られる敷石や道標の名残りから、辛うじて、巡礼者で賑わった頃の面影をしのぶほかなかった。

ニコメディアの近郊には、ほかに、かつて参詣者が列をつくったローマ異教神殿や聖地が幾つかあり、その大半はここ二百年ほどのあいだに衰微していた。ゾナスは暇ができると、こうした神殿跡や聖地を訪れて、それを図面に記し、荒廃した状態を克明に記録していた。彼に言わせると、こうして記録して残してでもおかないと、神殿跡や聖地を記憶している古老が死ねば、いずれそれらは人々のあいだから失われ、谷間や山奥で草や蔓草に覆われてしまうほかないというのだった。

「おれはね、こうした廃墟を見るたびに、ほんとうに神々が死んでしまったのかもしれぬと思うことがあるよ」ゾナスは谷間の道を辿りながら、ユリアヌスを振りかえって、そう言った。「と言って、あの奇怪なガリラヤ人の宗教を信じることはできないな。それは、確かに不安な、見通しの悪い、不気味な時代だよ。ガリアでは大叛乱が起る。ペルシアは侵寇して殺戮《さつりく》をほしいままにする。毎年、戦争と内乱と国境騒乱がつづいている。去年はダルマティアで大饑饉《だいききん》だった。今年はどこで饑饉が起るかわからない。先月の大地震ではエフェソスでずいぶん被害があったというじゃないか。それに、この秋あたり、また疫病が流行《はや》りそうな感じだ。彗星が出たという噂もある。いや、まったくどうやって生きていっていいか、わからぬ時代だ。誰ひとり正しくこうした状況を説明してくれるものはいないのだからな。どうしてこんな辛い時代にギリシア、ローマの神々がおれたちから遠ざかってしまったのか、おれにはわからないな。最も神々を必要とするときに、神々は最も遠い場所に暗くなっているのだ」

ゾナスは汗を拭い、しばらく黙って歩きつづけた。谷を埋めた繁みの奥から渓流の音が聞え、葉をゆらして過ぎてゆく風が急に湿った冷たさを帯びてきた。

「人間なんて、ずいぶん浅はかなものだと思う。戦争や叛乱が起ると、それは、町でキリスト教徒が奇妙な神を拝んでいるからだと言って騒ぎたてる。そのくせ自分たちの神々が遠ざかって、姿も見えなくなっていることに一向に気づかない。揚句の果てに自分の身のうえに何か大事が起ると、あわてて神官のところへ飛んでゆき、臓腑占いか、焼骨占いにすがりつく。多少頭のある人間は、もうあの愚かな、酔いどれの神官など相手にする気にもならず、自分ひとりで神々を呼び戻そうと努める。頼りになるのは、深い思索を重ねた哲学者たちの著作だけとなる。ま、いずれの場合にも、神々は神殿のなかから姿を消してしまう。神殿に住んでいるのは、鼻のあたまを赤くした酒呑みの神官だけだ。彫刻は欠け落ち、天井から雨漏りしても、神官にはそれを補修する費用もない。臓腑占いのあがりでは、神官の妻子を養うのにも足りないからな。だが、おれは思うんだ、もし神々が人間を見まもる場所があるとすれば、それはただ神殿のなかだけだ、とな。学識者は自分で哲理を窮めて、自分と神々とを対面させようとしている。逆に、ふつうの人々はどこか都合のいい場所に神々が住んでいて、必要なときに自分を助けてくれると思っている。だが、これは間違いだ。神々は神殿に住んでいる。神殿だけに住んでいる。もし神殿が荒廃すれば、それはもう神々がおれ達から遠ざかってしまった証拠なのだ。心のなかで、じかに対面するといっても、それは空語なのだ。帝国領内のローマ神殿が荒廃し、一つ一つ廃墟になってゆくとしたら、それだけ神々がローマから遠ざかっている証拠なのだ」

ゾナスはめずらしく暗い顔をして、それだけ喋ると、あとは、むしりとった木の枝を、鞭のように鳴らしながら、一言も口をきかず先に立って歩いて行った。ユリアヌスはこうした山奥にわけ入るようなことは、ほとんどはじめての経験だったし、繁みを通して差しこむ太陽の光の躍る、しっとりした弾力のある地面が、足裏に触れる感じも心地よかった。岩角をまがると急に声高に聞える渓流のさやぎが、急にまた消えるのも面白かった。森が切れると、岩の重なり合う谷が両側から迫り、その切りたった崖に灌木がへばりついていた。カストリアの泉は、こうして辿りついた谷の奥の、小高い岩場に囲まれていた。背後の崖には滝が掛かり、差しかわす木々の葉がきらきらと水しぶきに濡れて光っていた。

泉からしばらく登った平坦な場所に、神殿の廃墟があり、円柱を残して屋根はぬけ落ち、祭壇には神像はなく、内陣はがらんとして、強い日がいっぱいに当っていた。

「神々がいなくなったから荒廃したのか、荒廃したから神々がいなくなったのか」

ゾナスはひとりごとのようにそう言って、台座の石の隙間から雑草をはえるにまかせた神殿のなかを、ぶらぶら歩いた。

神殿の間近まで谷間の木々が迫り、木々に囲まれた円柱の並びが、青空を、白く、くっきりと切りぬいていた。青空には眩しい雲が銀色に光って、羊の群のように、ゆっくり海からの風に送られていた。

遠くで滝の音がするほか、日かげになった谷の奥は静かだった。汗ばんだ額を、冷えびえした湿った谷間の風が吹きすぎていった。神殿の白い床に、立ち並ぶ円柱の影が、刻みつけたように濃く落ちていた。

ユリアヌスは円柱の台座に腰をおろし、青空を渡ってゆく雲を見つめた。時間が急に歩みを止め、万物が声をひそめたような感じだった。彼はそのとき、ふと、前日読んだばかりのリバニウスの講義を思いだした。

「われわれ人間の努力は、ひたすら自己を形成する力を、自然の形成力と一致させることにある」とリバニウスは講義のなかで説明していた。「自然の形成力と一致したわれわれの形成力はロゴスと呼ばれ、ロゴスに従って生きるかぎり、われわれは全自然の必然的な流れのなかに生きているのである。このように生きる個人は、個々の偶然的事件の支配を脱して、普遍的なロゴスのなかにあり、外的拘束から自由になるのである。外的拘束から自由になるに従って、人間の幸福は増大する。なぜなら、それだけ多く自然の必然的形成力と一致しており、神々の意向を正しく実現しているからである。もし人間が外的拘束を完全に脱し、また、他の事物に結びつける暗い情念から離脱することができるとすれば、そこに現われるのは自由な恒常の平和であり、自然と一体化することから生れる歓喜の感情である。それは時間の有する刻々の破壊力からも解放された魂である。なぜなら時間に交配されるすべての偶然物、外在物からその魂は離脱しているからである。時間から解き放たれた魂は永遠の光のなかに生きる。それは、時をこえた領域に立つ自由な魂である」

ユリアヌスはそうやって台座にもたれ、白い円柱の並びや、雲の流れてゆく青空を見ながらリバニウスの言葉を反芻していると、そのまま自分を取りまく一切が消えて、自分だけが、どこか空気の精か花の精になり、この光のなかに遍在しているような気持になった。時間そのものさえ彼にとっては無意味な、実体のないものに思え、変転する地上の生のうえにぬけでたような気持を味わった。するとその瞬間、不意に、以前グレゴリウスの書庫で「聖女エウフェミア讃」の頁をめくったとき、またカエサレアの洗礼堂の高窓に復活祭の朝の光がまばゆく輝きはじめたとき、ふと味わった永遠感が、あらためて、なまなましく彼の心を横切るのを感じた。それは地上の一切のもの——生活、衣服、地位、金銭など世俗的なもの、自分や自分の将来、生の不安や危惧などを含めた一切のもの——への完全な無関心なのであった。そうしたものが何一つ具体的な、心をひくものとして感じられず、それらが一挙に生命を失い、凝固してしまって、自分が、軽々と、それらの上に舞いあがった感じなのだった。こうして舞いあがった自分は、ひどく新鮮で、自由感にあふれていて、花の香りや蜜蜂を運ぶ風のように、自在に、空中に遍在しているような感じだった。

そういうユリアヌスの眼には、青空も、雲も、木洩れ日も、葉のそよぎも、溢れる泉も、そこに、そうしたものがあるということだけで、何とも説明のできない不思議なことのように見えた。空の青さの何という不思議さであろう。木洩れ日の恵みに似た明るさは、また何という不思議さであろう。なぜそよ吹く風があり、自然を輝かしく育てる太陽の光があるのか。

ユリアヌスの胸は息苦しい感動でふくれあがってきた。彼はそうした眼で、屋根の崩れ落ちた神殿の、円柱だけが並ぶ空虚な内陣を見つめ、「ゾナスは神々は去ったと言ったが、こうした変貌のなかにさえ、神々がいるのではないか。これはこのままですでに神々の奇蹟なのではないか」と思った。

ユリアヌスがこうして物思いにふけっているあいだ、ゾナスはゾナスで祭壇のあたりに佇んで、同じように何かを考えつづけていた。彼は時どき神殿のそばに枝をのばしている木苺から、実をもいでは、それを口にふくんでいた。木苺のまわりには蜂が羽音を唸らせて飛びかかっていた。

泉からの帰りは、ゾナスの発案で、谷間から急な斜面をのぼり、山の尾根づたいに道をとった。平坦な、乾いた丘陵性の山が、海にむかって幾筋にも重なって低まっていた。黒ずんだ雲塊が、地平線から辺縁を銀白に眩しく輝かしながら、青空のなかに、厖大な量感をみなぎらせて湧きあがっていた。山の斜面を匐《は》うようにして、時々、湿った風がさっと吹きぬけ、灌木や草を騒がせた。

はじめは動きの鈍かった雲塊が、時がたつにつれて、みるみる空に拡がり、あっという間に太陽を隠した。暗くなった丘陵の背に、雲の切れ目から洩れる光が、幾すじかの縞模様になって流れ、黒ずんだ緑の斜面に金色の斑点をなすりつけた。小半時もするうち、そうした光の縞も消えて、暗い空に乱雲が湧きかえり、西にむかって移動していた。

雷鳴は地平線から次第に丘陵に移りはじめ、稲妻が激しく明滅した。

ユリアヌスとゾナスが羊飼いの岩小屋に逃げこんだのと、豪雨が襲いかかったのとは、ほとんど同時だった。雨は視野を暗く閉して横なぐりに降りつづけ、そのなかを稲妻が不気味に山の背を照して炸裂した。

「凄い眺めだな」岩小屋の入口に立って、ゾナスは滝のように流れる雨水を眺めていた。稲妻は暗い空をジグザグに這って、一瞬、地面のうえに鮮やかに突き刺った。乾いた、叩きつけるような響きがはねかえってきた。耳が痛いような轟音が丘の背をふるわせた。

「おれは、雷が荒れ狂うようなとき、あのガリラヤ人が磔になった日に起ったという天変地異を考えるんだ」ゾナスは戸口のほうに顔を向けたまま、ユリアヌスに話しかけた。「地震が襲い、波が逆巻き、太陽も暗くなった——そうガリラヤ人の弟子たちは書いている。ま、そんなこともありうるかもしれん。人が言うように、必ずしもそれが荒唐無稽であるとは思わない。ただ、おれが腹立たしく思うのは、いいかね、彼らが、人間の暴力で殺された男を、神だと言いはっていることなのだ。キリスト教徒はしきりと、あの十字架のうえで殺された男を、神だ、救世主だと言いたてる。まあ、冷静に考えてくれたまえ。いったい神聖な存在に暴力が手を加えられるものだろうか。神が人間の手で殺されるとしたら、それでもそれはいったい神だろうか。神と言わなければならないのだろうか。おれにはそうは思えない。あの男が、そこらにいる魔術師の一人だったといってても、かまわないわけだ。いや、ともかく、あのガリラヤ人の弟子たちの言葉は正気の人間の言葉とは思えない。だいたい神が人間の形をしてこの世に現われるという考えだって、滑稽だが、そのうえ、その神と呼ばれた男が、人間として殺されるという思いつきも、どうにも念が入りすぎている。神が、人間の形をとらなければ何もできないというのも奇想天外な考えだ。その証拠に首都にいるキリスト教徒たち、神学者たちは、あのガリラヤ人は神性をもたないと主張しているじゃないか。さすがに、そこまで厚顔無恥に背理を押し通すことができなかったとみえるな」稲妻の炸裂するなかで、ぐしょ濡れになった木立が風に戦いているのが見えた。雷鳴がとどろき、地面がふるえた。「あの男が神に遣わされた人物だとしたら、それ以前の人間たちは、すべて神から見棄てられていたのだろうか。それ以前の人間の運命はどう説明したらいいんだろう。いや、神はなぜこんなにながいこと人間を待たせたのかね。なぜこんなに人間を苦しめつづけてきたのかね」青白い稲妻が一瞬ゾナスの顔を照しだした。乱れた金髪は濡れて、べったりと貼りついていた。青い眼は豪雨のなかの一点を見つめていた。「君が前に言ったように、キリスト教徒は地上のものをすべて棄てているという。そういうこともあるだろうさ。君が言うように、そういう修道僧もいるだろう。それは認める。ともかく一切を投げすてて、ただひたすら神の恩寵のなかに生きる。人間の意志さえ傲慢として投げすてる。生命も、財産も、地位も、家族も……。これは結構だ。立派でさえある。それだけ自分を空しくして神を渇望すれば、何かは生れてくる。たとえ神と呼ばなくても、だ」ゾナスはしばらく言葉を切って降りつづく雨を見ていたが、やがてまた言葉をついだ。「だが、もしそうなら、なぜキリスト教徒はあれほど地上の権力にしがみつくのかね。なぜ宮廷の勢力をかかえこもうとするのかね。なぜ他の宗教を排撃してまで、自分たちの勢力を権力者のなかに拡げようとするのかね」ゾナスは岩小屋の隅に黙って立っているユリアヌスのほうを見た。稲妻が光り、ユリアヌスの姿を一瞬鮮やかに照しだした。「これは親父から聞いた話だがね。親父はアルメニア国境の警備隊長をつとめている。だが、親父はもともとはこんな辺鄙な国境務めではなかったのだ。酒を飲むと、親父はよくそう愚痴を言った。そうなんだ。親父はキリスト教徒たちの権力欲の犠牲になった。そう言っていた。おれは物ごころがつくころから、親父のこうした愚痴を毎日のように聞かされた。そうなのだ。キリスト教徒の権力欲のおかげで、親父は国境警備で一生を終るんだ、とね」雷鳴が間遠になり、電光が雲の形を紫に描きだして、なお明滅していた。豪雨は弱まる気配はなかった。「親父の話によれば、前の皇帝が亡くなったとき、ローマ異教を奉じる皇族や貴族が殺されたというのだ。そしてこの虐殺を計画したのは、当時、宮廷に出入りしていたさる司教だった。君だって知っているだろう？前皇帝はキリスト教をはじめて公認した人だ。その皇帝の死によって、キリスト教公認が取り消されるのではないか――そう考えて、疑心にとりつかれたのが、この司教だったのだ。親父の言うところによれば、司教は、皇帝の死に乗じて、キリスト教公認を取り消しそうな疑いのある人物――それは、ま、ローマ異教を奉じる宮廷勢力と考えられたわけだが、それを全員殺そうと計画した。だが、むろん司教ひとりの手でそんな大規模な殺害は実行できない。そこでこの人物はローマ軍団と新皇帝に働きかけたというのだ。つまり司教は、新皇帝に、ローマ異教を奉じる人人が、陰謀を計画していると讒訴《ざんそ》し、また、ローマ軍団には、前皇帝が、この宮廷勢力に属する何者かによって毒殺されたという噂をふりまいたのだ。前皇帝は、親父の言葉によれば、ローマ全軍団の神のような存在だったという。その前皇帝を毒殺するなどという事実があれば――いや、事実ではなく、噂だけで十分だ――ローマ軍団が激怒して、前後も考えずに、暴動に立ちあがることくらい子供だって見当がつく。司教はこうしてわなをしかけておいた。おれの親父も暴動に当然ながら参加した。誰だって、こうした噂を信じるように仕向けられていたのだからな。ところが、反対派の勢力が、軍隊の手で除かれると、新皇帝は手のひらをかえしたように、暴動軍隊の処分を発表したのだ。むろん親父も例外ではなかった。首都の近衛隊長をくびにされて、アルメニア国境詰めに左遷《させん》された。ただ、奇妙なことに、土地その他の形で、一種の褒賞のようなものを与えられた。だが、親父には生涯昇進の道は閉されたのだ。つまりこれがキリスト教徒の実態なんだ。地上のすべてを棄てると称しながら、権力を手に入れるためには、こうした大がかりな殺戮まで巧妙に仕組む。これがキリスト教徒の本当の姿なのだ」

ゾナスはそう言って、岩小屋の奥にいるユリアヌスのほうを見た。電光が閃き、暗い岩小屋のなかを眩しい白紫の光で照しだした。ユリアヌスはその光のなかで真っ蒼な顔をして立っていた。

「それは……その話は本当のことだったのか」しばらくして闇のなかからユリアヌスの声が聞えた。「それはたしかに前皇帝の亡くなられたときの出来事なのかい？」

「親父は嘘を言うような男じゃない。現にアルメニア国境に警備隊長として勤めている。もうかれこれ十三、四年になる。前皇帝が亡くなられた年に、転任しているのだ。君は何か親父の言うことに……」

「いいや、そうじゃない。ただ、ちょっと訊いてみただけだ。別に意味はないんだ」

「どうしたんだい？」ゾナスは闇のなかでぼうっと白く立っているユリアヌスに言った。「どうしたんだい？　声がまるでかすれてしまっているじゃないか。雷がこわかったんじゃあるまいね。なんだ、身体まで震えているじゃないか」

ゾナスはユリアヌスの肩に手をかけると、そう言った。その瞬間、また電光が閃いて、ユリアヌスの顔をくっきりと照しだした。

「どうしたんだい？　いまにも倒れそうじゃないか」

ゾナスは真っ蒼になったユリアヌスを見ると、思わずそう叫んだ。しかしユリアヌスはゾナスの手を振りきると、まだ降りつづけている雨のなかを歩きはじめた。彼はゾナスの声などまるで聞えないようだった。風は激しく丘の背を吹き、雨を横なぐりにユリアヌスの身体に打ちつけてきた。ゾナスはそんなユリアヌスの後を大声をあげて追いかけていった。

三五〇年七月のはじめ、首都コンスタンティノポリスの宮廷では、高官たちに囲まれて、皇帝コンスタンティウスがなみなみと注いだ銀の酒杯から葡萄酒を一息に飲みほしていた。ちょうどそれより一と月前、イタリアで叛乱を起し、旧都ローマに入城して、皇帝を僭称《せんしょう》したネポキアヌスが、マルケリヌスの手によって討たれ、その首がローマ城門に晒《さら》されたという報告が届いたところだった。宮廷会議の構成員たちはその報告を知ると、皇帝のもとに集まって、それぞれ祝賀の言葉をのべた。ガリア地方の叛乱が、野を焼く火のように、刻々に拡がっていたとき、ともかくローマ帝国の一つの心臓部で起った内乱が鎮圧された意味は大きかった。しかしその討伐軍を指揮して勝利に導いたのが、ガリア属州の財務長官マルケリヌスだったという事実は、二重の意味で、首都宮廷を湧きたたせた。それは、一つにはガリアの叛乱の直接の責任者が、みずからの手で、その債務を支払ったためであり、もう一つには、なお帝国の軍隊、行政の機能がその地域地域で十分に働いていることを示したからである。

残る問題はダヌビウス河上流地方で叛乱を企て、副帝《カエサル》に推挙された老将軍ヴェトラニオンに、どのような対策で臨むか、ということだった。もっとも老ヴェトラニオンについては、コンスタンティアがあいだに立ったということもあって、はじめから皇帝コンスタンティウスに友好の手を求めていた。たとえばヴェトラニオンは副帝に選出されると間もなく、皇帝に対して、妹コンスタンティアを妃に迎えたい旨、希望してきたし、また帝国北辺の独立国として、帝国と友好関係を保ちたい旨、申し入れてもいたのである。

コンスタンティウスはこうしたヴェトラニオンの申し入れをむしろ歓迎するような態度を示した。妹コンスタンティアについても、万一、必要な事態になれば、ヴェトラニオンと結婚することも、やむを得ないと考えていた。「ともかくダヌビウス上流地方をガリアから切り離しておくことだ。そのためには、どんな犠牲を払っても仕方がない」

皇帝はそう考えた。

その年の夏は、東方国境のペルシア軍の動きにも、例年になく、不活発なところがあり、宮廷にもたらされる報告も、国境内外での小競合いを記録しているだけだった。秋口になって、コンスタンティウスは、当分、東方国境の動きは膠着状態をつづけるだろうと判断した。彼としては珍しく、こう判断すると、ただちに、軍団を率いてダヌビウス上流地方に出発した。名目はヴェトラニオンの独立を認め、それと同盟を結ぶことだった。

トラキアの低い丘陵に限られた地平線には秋の雲が銀色に光り、黒海からの風が、木立や草を騒がせて吹きすぎた。一万二千のローマ軍団は旗を風になびかせ、長槍隊、大弓隊、騎馬隊、歩兵隊の順に、夥《おびただ》しい糧食車、牛・馬の行列をながながとひきつれて進んでいた。ヴェトラニオン将軍が万一強硬な態度を示したり、叛乱軍団が友好関係を拒んだりすれば、むろん直ちに彼らと交戦しなければならなかった。コンスタンティウスはそれだけの兵力と装備は十分に整えていたのである。

だが、できることなら、これだけの兵力はそのままガリア討伐に使いたかった。それにヴェトラニオンと妥協が成立すれば、国境駐屯軍団までガリア討伐に使いうるわけだ。

「ヴェトラニオンを討てば、自分の兵力も半ばは失われよう。妥協が成れば兵力は二倍になる。ここは何としても協調の道を見出さねばならぬ」

コンスタンティウスは近衛騎兵隊に囲まれた戦車のうえから、はるばると拡がるトラキアの丘陵を眺めながら、そう考えた。

将軍ヴェトラニオンが同じく二万の軍団を擁してパノニアを出発したという報せは、その秋の終りに、フィリポポリスにとどまっていた皇帝のもとに届いた。同時に皇妃《アウグスタ》コンスタンティアも、両者の会見場所に選ばれたナイスス（ニシュ）にむかって出立したという報告がもたらされた。

皇帝直属の軍団が最初の雪に見舞われたのは、サルディカに達した頃である。暗い空の下を花びらのような雪片がひらひらと舞いながら降っていた。寒気はきびしく、山脈をこえてゆく兵隊たちの足は重かった。隊長たちが馬を長い列の前後に走らせ、兵隊たちを叱咤する声が聞えた。夜のあいだに逃亡する兵隊が各隊に必ず何人か現われた。摑まる者もいたが、逃亡に成功する者もいた。捕われた兵隊は半裸にされて、鞭打ちを加えられ、両手を棒にしばられて行軍のなかに加えられた。

ダキア地方の中心地で、帝国東部と北部地方の連結点にあたるナイススの町へコンスタンティウスが到着したのは、その年も押しせまった十二月二十三日の夕刻であった。軍団は城壁外の荒地に野営した。町の反対側にはヴェトラニオンに率いられた二万の軍勢が、焚火を赤々と燃やして、同じように野営していた。

夜になると、ナイススの城壁のまわりは、夥しい兵隊たちの篝火のため、空が赤々と照りはえ、城壁の影が黒くくっきりと浮びあがった。

皇帝と将軍ヴェトラニオンの会見は翌々日に行なわれることに決った。皇妃コンスタンティアもすでにナイススの仮宮殿に到着していた。兵隊たちのあいだには戦意のようなものは感じられなかった。どちらの陣営からも、歌や笑い声や野次や話声が聞えた。皇帝から両陣営の軍団全員に酒が振舞われたからである。

十二月二十五日は朝から晴れわたった寒い日だった。兵隊たちの露営した荒野には白く薄氷がはりついていた。淡い太陽が赤く地平線を色どりはじめると、皇帝直属軍団も駐屯軍団も続々とナイスス城門に面した広場に集まってきた。馬がおびえて嘶《いなな》いたり、後脚で立ちあがったりした。戦車が音をたてて人々のあいだを走りぬけていた。

皇帝コンスタンティウスがヴェトラニオンと並んで、兵士たちの前面に現われたのは、全軍の整列が終って間もなくのことである。

一瞬、水を打ったように静まりかえった数万の兵士たちは、次の瞬間、声を限りに、皇帝と将軍に歓呼を送った。その声は津波のように城壁にはねかえり、ナイススを囲む山々にとどろいた。

皇妃コンスタンティアは白い衣服をまとい、皇帝と将軍の後に控えていた。波状にカールした髪束に囲まれた形のいい額が、早朝の寒気のため、ふだんより一段と白く透きとおって見えた。彼女は燃えるような灰暗色の大きな眼で兄のほうを見ていた。彼女には数万の軍団などははじめから問題にならないらしかった。

皇帝コンスタンティウスは兵士たちの歓呼にこたえて、小柄な老将軍を抱きかかえた。将軍は皺の多い、善良な顔を輝かして兵士たちのほうに手をあげた。歓声はそのたびに一段と高まった。

皇帝は灰暗色のぎょろりとした眼を兵士たちのほうに向けた。歓声は間遠に打ち寄せる波のように、前列から後列にむかって、次第に静まっていった。

「ローマ帝国の兵士諸君」皇帝の声は凍りついた冬の朝の空気のなかに甲高く響いた。

「予皇帝コンスタンティウスはこのナイススの地で、副帝《カエサル》ヴェトラニオンとその忠実勇敢な将兵諸君に見《まみ》えることを、いかに待ち望んでいたか、その気持を十分に伝え得ないのを遺憾に思う。諸君、予は諸君らが高邁な将軍ヴェトラニオンを副帝《カエサル》に選びダヌビウス上流地方で独立を宣言して以来、一日たりと、今日のこの会見を願わぬ日はなかった。思えば、諸君らが諸君らの運命を決断した日以来、予はひたすら今日の日を待ち望んでいたのである。なぜであろうか。ローマ皇帝として諸君らの独立を不当であると詰《なじ》るためであろうか。あるいはまた、将軍ヴェトラニオンを副帝《カエサル》に選んだ動機を不正であるとして弾劾するためであろうか。もちろん、否である。もしそうだとしたら、どうして予がかくも友情と敬愛の念に満されて、諸君の選出せる副帝ヴェトラニオンを抱くことができようか。然り。予は不当を詰るために来たのでもなければ、諸君を弾劾に来たのでもない。予がこのナイススの町に来たのは、ただひたすら諸君に現在わがローマ帝国が当面している危機を訴え、北辺の独立を神聖な神々のもとで誓った諸君に、真の友愛の念を示して貰いたいがためである。予は率直に諸君に告げる。目下ローマ帝国が陥っている危機と混乱は、帝国の歴史に未だその例を見ない底《てい》のものである。然り、予は、諸君がすでにヴェトラニオンを副帝《カエサル》に推戴する別個の帝国を形成し、諸君の忠誠、諸君の律法によって別個に生きていることを承知している。諸君はもはや予コンスタンティウスを皇帝と戴く軍団に属する者ではない。諸君、予はそのことをよく承知している。予は諸君の忠誠心を承知している。諸君はすでにローマ帝国の北辺国境の警備に二百年にわたる忠誠を示した。その諸君らの忠誠を疑う者が、この地上のどこに存在しようか。然り、ローマ帝国は今や危急存亡のときを迎えているが、そのローマ帝国においてさえ、諸君の忠誠を疑う者は一人も存在しないのである。諸君、忠誠なる兵士諸君。予が諸君に訴えるのは、諸君がまさしく歴史に輝かしい忠誠の兵士であるがためである。諸君はローマ帝国とは別個の独立国を得て、今やそれへの忠誠に生くべく努力している。予はそのことを承知する故にこそ、ここに、ローマ帝国の危機を諸君に訴えるのである。なぜなら諸君は、諸君の祖国に忠誠であるように、諸君の深い憶い出にも忠誠であることを予は信ずるからである。諸君は、諸君が忠誠をもって過した輝かしい過去を、まさか否むまい。それは諸君の現在の忠誠の基礎であり、将来の忠誠を保証しているからである。諸君、予は諸君が予の父コンスタンティヌス大帝に捧げた忠誠を、どのような深い感動をもって憶い出しているか、十分に語りつくせぬのを遺憾とする。然り、それはローマ全軍団の誇りであり、自負であり、範例であった。予は諸君のその忠誠にむかって訴えたい。ローマ帝国は今や大いなる危機を迎えている。もし諸君が祖国に忠誠であるならば、諸君の追憶にも忠誠であって貰いたい。諸君はかつて父コンスタンティヌス大帝に忠誠を誓った。そして今、その娘コンスタンティアの言葉に励まされて、諸君は、つねに忠誠に、副帝を推戴した。予は諸君の忠誠心を信じる。諸君は忠誠がいかなるものかを十分に承知している。諸君は、忠誠がいかなるときに発揮せられるべきかを知っている。なぜなら諸君は忠誠によって行動してきたからである」

皇帝がこういって言葉を切ったとき、突然信じられないことが起った。皇帝の傍らに立っていた老ヴェトラニオンが「皇帝万歳」と叫んで、いきなりコンスタンティウスの足もとに身を投げたのである。すると、兵士たちの前列に並んだ将軍の何人かが同じように「皇帝万歳」と叫んで、コンスタンティウスの前につぎつぎに身を投げだした。次の瞬間、堰を切った濁流のように兵士たちは皇帝のほうに殺到した。彼らは楯を投げ、手を振りあげ、口々に「皇帝万歳」を叫んだ。それは波のように盛りあがり、湧きかえって、城壁に反響した。「忠誠を、忠誠を、忠誠を」兵士たちは叫びつづけた。皇帝直属の兵隊たちが歓呼してそれに唱和した。両軍団の兵たちは穂波のように大きく揺れたかと思うと、一つに入りまじった。抱きあう者、抱いたまま踊る者、兜を投げる者、足を踏みならす者が、渦を巻き、奔流となって、広場を満した。

壇のうえでは皇帝コンスタンティウスが老ヴェトラニオンを抱きおこしていた。二人は抱擁していた。老人の眼から涙が溢れていた。彼は「皇帝万歳」を叫びつづけた。皇妃コンスタンティアは城門のうえにのぼった冬の太陽をじっと見つめていた。

兵士たちの騒ぎはますます高まっていった。

豪雨のなかをカストリアの泉から帰った日以来、ユリアヌスはずっとゾナスと顔を合わさなかった。彼はエケボリウスの学塾にも行かず、図書館にも出かけなかった。時おり離宮の庭園に佇むほか、終日、部屋に閉じこもっていることが多かった。

侍従エウビウスもユリアヌスのこうした突然の変化をどう考えていいのか判らなかった。さすがのエウビウスもゾナスとの交遊やカストリアの泉への散歩については何一つ知らなかった。彼は薄い眉のしたの皮肉な黒い眼で、庭園を歩いているユリアヌスの動きをじっと追った。そしてユリアヌスが立ちどまってぼんやり空《くう》を見ていたり、両手を顔にあててながいこと木立を背に凭《もた》れていたりするのを注意深く眺めていた。

むろん彼はユリアヌスにいろいろの形で話しかけてみたが、納得できるような答は得られなかった。結局、侍従エウビウスは、ユリアヌスが過度の勉学に疲れていると考えるほかなかった。ユリアヌスがその夏、ニコメディア郊外の祖母の別墅に暮すようになったのは、彼自身の希望によるよりも、エウビウスの強いすすめがあったからである。

もちろん森に囲まれた祖母の家に移っても、ユリアヌスのこうした様子にさしたる変化は生れなかった。相変らず、呻き声に似た、押し殺した声が不意に口から洩れたり、ながいこと放心して、自分の前をじっと見つめたりしていた。時には森の奥をさまよったり、海に臨む崖のうえに立ったりする姿を見かけた。

ユリアヌス自身も自分が何を考えようとしているのか、はっきり理解することができなかった。ただ朝がきて、召使たちが自分のまわりで立ち働き、日ざしが刻々に移り、庭園で花が暑気にうなだれ、やがてながい夕暮がやってくるのを、何か不思議な、自分とは無関係なもののように、眺めているだけだった。

夜になると、ユリアヌスは何度も悪夢から目覚めなければならなかった。そうした夢のなかでは、軍隊の長槍や大弓が群をなして動いていた。夏の花に飾られた対岸の離宮が現われることもあった。その離宮の庭を寛衣を着た父ユリウスがゆっくり歩いていた。しかしよく見ると、父の歩いてゆくあとには血痕が点々と落ちているのであった。大司教エウセビウスの厳しい暗い顔がそれに重なるようなこともあった。大司教は黒い僧衣を着て、ユリアヌスのほうに、蒼白い、骨張った、蠟細工のような指をあげ、とある広間に入るように命じていた。その広間の入口からも、あふれだした血の海が廊下の敷物をじわじわと汚していた……。

こうして夏の一日一日はゆっくりと過ぎていった。新月は満月になり、満月はふたたび欠けはじめた。萎《しお》れた花のあとから新しい花が咲いた。手入れを怠った庭園や森の空地には草が思うままに繁茂していた。木々は時おり風に吹かれて、葉を白くかえして揺れた。

その頃になって、ユリアヌスはようやく自分をとりもどした。少なくとも自分がゾナスの言葉をもう一度冷静に考えなければならないということだけはわかった。彼は、幼年時代から周囲の人々が自分に示した、距離をおいた態度を憶いだした。父のことを訊ねたとき、アガヴェが悲しそうに首をふっていたこと、なぜ自分が皇帝の命令で各地を転々と移り、宮殿に幽閉されるのかと自問したこと、同年輩の友達と遊ぶことを禁じられたこと、衛兵や侍女の示す素振りや言葉のなかに、何か父や一族の不幸に関係あるらしいと思われるものがあったこと、そしてそうしたものは結局何一つはっきり理解しえなかったことなどを、ユリアヌスは一つ一つ記憶のなかに呼びおこした。そしてそこにゾナスが語った陰惨な事件を置くと、それらの断片はすべて一つの輪になって、その一切に、はっきりした説明を加えることができるのだった。

ユリアヌスは、なぜ大司教エウセビウスが自分をあれほど畏怖させたか、そして自分が大司教を好むことができなかったか、大司教の暗い眼は何を意味していたのか、いまなら、十分説明できるような気がした。彼は、裸足の修道僧や、砂漠の修道院に出かけてゆく隠修士の質素、献身、熱烈さ、無欲、清貧に心を動かされた。しかしキリスト教徒の頭に立つ大司教そのひとの陰気な蒼い顔や、すえたような臭いのする手や、黒い僧衣には嫌悪を感じこそすれ、一度も愛情を抱けなかった――そうした理由も、いまははっきり理解できた。

むろんこうした物思いのなかには、彼の理解力をこえるものも多かった。たとえば、大司教があの事件のあとも、ユリアヌスに対して、完全な平静さで接しえたという事実なども、その一つだった。

むろん冷静に考えれば、ユリアヌスにも、大司教が政治的な配慮から、父の一族を殺したことはわからないではなかった。それを理解できるだけの年齢にもなっていたし、術策を自明のこととする宮廷の冷ややかな現実は、彼に、こうした苛酷な事実があることを教えてもいた。彼は苦痛や悲しみをおさえて、それを理解しようと努めた。

　だが、大司教エウセビウスがユリウス一族の殺害後、その遺児に対して何らの悔恨も憐憫も矛盾の思いもなく、平然として接し得たという事実には、ユリアヌスの理解をこばむものがあった。そのことを考えると、彼は肉体的な嫌悪につらぬかれた。そこにはぞっとするような冷酷さがあった。それに触れると、どこか地底の不気味な場所から吹いてくる風に当ったように、人間らしい営みはすべて萎《な》えて、まったくの虚無につきまとわれるような気がした。裸足の修道僧や襤褸をまとった隠修士の姿まで、その前では、何か滑稽な、誇張された、わざとらしいものに見えてきた。

　ユリアヌスは何度となく、こうした嫌悪に打ちかとうと努めた。全体を公平な秤にかければ、もうすこし別の見方ができるのではないかと考えた。しかし結局考えがここまで来ると、必ずすべては停止し、ゆらぎだし、音をたてて崩れてしまうのだった。

　そんなある夜、ユリアヌスは、正体のわからぬ黒々とした重い獣が彼の胸をおしつぶそうとしている夢をみた。ユリアヌスは自分が思わずあげた恐怖の叫びで目を覚ました。全身が汗でぐっしょりしていた。赤い歪んだ月が、黒い森のうえにかかっていた。胸の鼓動はなお不安な音をたてて荒々しく鳴っていた。

　ユリアヌスは寝台を離れ、窓辺に立った。暗闇の底に、庭園の泉水がかすかな音をたてていた。白い靄に似たものが、谷間を埋める雲海のように、森を囲んでひっそりと漂っていた。大地が、いかにも働き疲れたように、そうした夜の闇のなかに横たわっていた。あたりはまだ暗いのに、どこかで雞が鳴いた。

夢の恐怖がしずまるにつれて、ユリアヌスの心に、こうした夏の夜の静けさが、はじめて味わう地上の静寂のように忍びこんできた。それまでユリアヌスは、こんなに、じかに、自然と触れあったことがなかったような気がした。どんなときにも、自分のまわりには、侍従や侍女や宮廷の人々や皇帝やさまざまな思惑が、網目のように張りめぐらされていた。日々、そうした物の影がざわざわと揺れる森の葉群のように、音をたてつづけていた。オディウスのように憎悪をむきだしにした男もいたし、アガヴェやマルドニウス老人のように、親愛の情をこめて、ユリアヌスを育てようとした人々もいた。ちょうど激しい風も吹けば、春の微風が吹きすぎてもゆくようなものだった。しかしこうしてざわめきながら流れている一日一日の生活は、なお、ユリアヌスが他の人々とともに起居し、どこかで結びついているという実感をあたえていた。

ところが、いま窓辺に立って、赤い歪んだ月を見ていると、自分のなかで、そうしたすべてが、跡かたなく消えさっているのに気がついた。アガヴェの忠実さも、マケルム離宮の森のざわめきも、首都宮殿での生活も、教師や侍従たちも、何もかも消えていた。あるのはただ、自分が地上にたった一人で投げだされているという感覚だった。地上に、自分をまもる者は自分以外にはないという痛いような感じだった。ユリアヌスをとりまくすべてが、幻影か何かのように霧散して、彼ひとりが、赤く歪んだ半月や、黒い森や、ひっそり横たわる大地の前に立たされている——そんな感じだった。

彼は赤い月に照らされた闇の奥にじっと眼をそそぎながら考えた。

彼が他の人々と結びつき、侍従や衛兵にとりまかれていた生活は、実際は何でもなかったのだ。それは、皇帝が首を横にふれば、ユリアヌスともども直ちに消えさりうるものだった。すでに十三年前、父が殺害されたときに、そうしたものは、すべて地上から消えて然るべきものだった。少なくともユリアヌスにとっては現実の意味を失っていたのだ。宮廷も、皇族という身分も、それをとりまく一切も、ユリアヌスにとっては、身をまもってくれるものでもなく、共感を覚えるものでもなく、温かく包んでくれるものでもなかった。そうしたものを含めて、すべてが、彼を、木枯しのなかに晒すように、苛酷な現実に晒していたのだ。それが真実の姿だったのだ……。

しかし同時に、一人きりになったという感覚は、かつてなかったほどの直接感で、彼と自然との一体感を、ユリアヌスのなかに呼びおこした。闇の深さや、その闇のなかに漂っている花の香りや、赤い月や、暗い大地が、肌を水が濡らすような、なまなましい感触で、彼のほうに迫ってきた。彼はなお時おり夢のなかの恐怖を思いだして、ぶるぶる震えたが、それにもかかわらず大自然の懐にじかに抱かれているという感じは消えなかった。

ユリアヌスはながいことそうして窓辺に立ち、自分のなかに知らぬ間に生れた、音の絶えたような孤独感に見入っていた。心のずっと奥で、岩清水がかすかな音をたてて滴るように、何かが、音をたてて、一滴一滴と滴っているのを彼は感じた……。

夏のあいだなお、彼は放心したり、苦痛の呻きを洩したりすることはあった。しかし一日じゅう夢遊病者のように歩きまわったり、部屋に閉じこもったりすることはほとんど見られなくなった。路傍や森で、召使や奴隷が挨拶を送ると、ユリアヌスは微笑でそれにこたえるようになった。ニコメディアの離宮から何冊かの書物がとりよせられ、以前のような読書が徐々に彼の生活のなかに戻ってきた。午後、暑気が耐えがたくなると、崖ぞいの細い道を下って、海岸までおりていった。そこは、まだ十歳に達しない彼に、マルドニウス老人が水泳を教えた場所だった。彼は青い波が玉砂利を敷いたような渚に打ちよせるのを見ていた。海は澄んで、底の砂利に、太陽が金色の綾をゆらせていた。

そんなある午後、ユリアヌスは一泳ぎすると、岩のうえに仰向けに横たわった。高い青空を雲がゆっくり渡っていった。太陽の光は、冷たく濡れた彼の肌を、暖かい布地のように包んでいた。その輝きは、白く、高貴で、眩しかった。眼を閉じると、まぶたの向う側で、太陽は赤く熟れて黄金色の果実のように明るんでいた。

波の呟きだけが聞えていた。そこでも彼はひとりぼっちなのを感じた。彼がじかに祭壇に捧げられた犠牲獣のように太陽の前に差しだされているのを感じた。自分がいかにもちっぽけな存在のように見えた。

眼をあけると、空は青く、高かった。無限の深さがあった。そしてその青い空間の無限の拡がりのなかに、純潔な光がみちわたっていた。

「なんという荘厳な生命の充実であろう」ユリアヌスは岩のうえに仰向けに横たわりながら考えた。「この自然の永遠の動きのなかで、人間の営みは、なんとまたみじめで、ちっぽけなのだろう。高い崖のうえから、谷間の小さな部落を見おろすと、人々は畑に出たり、垣根ごしに口論したり、馬に乗ったり、駆けたり、話したりしている。まるで豆粒のような姿が、無意味に家のなかから出たり、入ったりしている。だが本当はそうじゃない。人々はそこで愛し合ったり、憎み合ったり、傷つけ合ったりしているのだ。だが、そんな崖の高みからは、何一つ判らない。ただ豆粒ほどの人間が、蟻のように、右往左往しているのが見えるだけだ。ぼくらにしたって事情は同じだ。太陽の高みから見おろせば、ぼくらもただ蟻のように右往左往しているだけなのだ。父や兄たちが殺害され、暗い宿命が重くぼくらのうえにのしかかっているように思える。永遠に闇がつづくのじゃないかと思えるような苦悩や悲嘆の夜もある。だが、それにしたって、一夜が終れば、残酷な朝が、何事もなかったように、訪れるのだ。ぼくらの重大事だって、永遠の高みからみれば、こうした多くの出来事の一つにすぎないのだ」

ユリアヌスは岩のうえに身体を起した。おだやかな波は、白いレースのような泡をかきたてながら、波打際のほうに近づいていた。太陽の光が、海岸の乾いて白い玉砂利のうえで、眩しくはねかえっていた。

「だが、これが人間の実際の姿ではなかろうか。自分にとっての重大事が、まったく取るに足らぬ蟻の右往左往と、結局は、同じものである、という事実――この事実ほどに、苦い真実があるだろうか。永遠の時の流れから見れば、なんと人間の存在はみじめで、ちっぽけなものであろう。それにひきかえ、太陽の、あの豊かな、高貴な、白熱した輝きは、なんという崇高な生命にみちていることか。泣きごともない。歯ぎしりもない。叫びもない。退屈もない。それは果しない充溢であり、巨大な無関心なのだ。すべてを与えつくし、自己のことにかまわない。もし人間がこのみじめさ、この矮小さから逃れることができるとすれば――」ユリアヌスは沖のほうに雲が湧きあがるのを見ながら考えつづけた。「もし人間がそういう状態から逃れることができるとすれば、それは、ただ、この太陽のように、自らに無関心となり、自らをまったく放棄して、すべてを与えつくす以外にはない。歯ぎしりも、泣きごとも、絶望もなく、ただ、果しなく働きつづける。自己にとどまることなく、無限の力に促されて前進する。それ以外にありえない」

するとそのとき、不意にユリアヌスの眼から涙があふれてきた。彼はいまだかつて味わったことのない軽やかな、幸福感に満たされるのを感じた。つい二、三日前まで、激しい苦痛に打ちひしがれ、無感覚と錯乱のなかに放置されていたのが嘘のような、新しい蘇生の感覚であった。

ユリアヌスは夜明けに起きだしては、裏の牧場の岩のうえから、太陽が海のうえに上るのを眺めた。また波を黄金色に染めて、赤く大きな円盤となって沈んでゆく落日をしばしば恍惚として見つめた。そういうときの彼の心は、ひたすらこの白熱して燃える不思議な天体への讃嘆に満たされていた。真昼の太陽の光は、もはや単なる自明の明るさではなかった。それは、ユリアヌスにとって、神聖な天上からの恩寵であり、歓喜であり、輝かしい歌声であった。彼は森のなかの草の茂った空地で、太陽にむかって両手を差しのばした。ふりそそぐ光が、あたかも何か形を持ち、手でそれをつかむことができるかのように、ユリアヌスは光にむかってゆっくり両手を動かした。それから光を掻き抱くように両手を胸のうえで交叉させ、眼を閉じて、じっと太陽を仰いで立っていた。

侍従エウビウスは、ユリアヌスが落着きをとり戻したばかりではなく、以前よりも、どこか、はきはきした歯切れのいい感じが加わったことを喜んだ。もちろん油断なく人を見ぬく、浅黒い、皮肉なこの人物も、ユリアヌスの心に起ったこうした変化の細部にまでは目が届かなかった。彼はただユリアヌスが前よりも快活になり、侍女や奴隷たちに細かく気を遣うのを見て、おそらく彼がいっそうキリスト教徒らしい美徳を積み重ねているのだと考えた。

しかしゾナスの言葉は時おり記憶のなかに蘇っては彼を鋭い錐のように突き刺した。それに耐えてゆくには、何よりもまず、ユリアヌスは、自分の苦痛をまったく無視し、自分に無関心となるほかなかった。それでも不意にそうした言葉が蘇ると、ぴくりと身体をふるわしたり、顔から血の気がひいて額に汗が浮かんだり、押し殺したような声が洩れたりした。しかしそんなときユリアヌスは歯を食いしばって、蒼ざめたまま、太陽のほうへ顔をむけた。「日の神ヘリオスよ、神々の主ヘリオスよ」ユリアヌスはほとんど自分で何を言っているのか気づかずに夢中になって心に叫びつづけた。「すべてを与えて、自らにはまったく関心を示さぬ永遠の創造主ヘリオスよ。哀れなユリアヌスを救いたまえ。小さな自分にかかずらい、卑小な自己の運命に一喜一憂するユリアヌスを、大きな果しない世界に導きたまえ。自分をすべて外部に向け、自分に戻る暇もないまでに、外部へ自己を与えつづけるよう、導きたまえ」

たしかにこうした祈念のあとでは、悲哀や苦痛は幾分か薄らぐのがつねだった。そして気持が落着くや否や、ふたたびそうした苦痛に捉えられるのをおそれるかのように、必死の思いで、自分への関心を断ち切ろうとし、外部の人々に何かを働きかけようと努めるのだった。

侍従エウビウスがユリアヌスのなかに生れた歯切れのいい、てきぱきした挙措《きょそ》と見たものは、実は、こうした彼の切羽詰まった、外部への捨身と呼んでいいものだった。また彼の快活な素振りは、自己への無関心から生れた寛容さに他ならなかった。

もともとユリアヌスは夢をみるような、穏やかな、母親譲りの灰青色の眼をもっていた。その温和で、信頼感にあふれた表情が、ようやく彼のもとに戻ってきたのだった。

しかしこの夏の短からぬ試練の一時期以来、ユリアヌスの表情には、一種の悲しみともとれる奇妙なやさしさが加わった。彼はよく側近の役人や奴隷たちが仲間で口論しているところに出くわすようなことがあった。そんなとき、唾をとばして言い争っている双方を半々に眺めながら、ユリアヌスは困ったような表情をした。そこには温和な、奇妙なやさしさがあると同時に、説明のつかぬ悲哀の感情も読みとれたのである。

ユリアヌスがニコメディアの離宮に戻ったのは、残暑が庭園の花をじりじり灼いている九月はじめだった。しかし朝夕、離宮の天井の高い広間を吹きぬける風には、もはや夏ではない、乾いた、爽やかな軽さが含まれていた。

ユリアヌスはニコメディアの段々状に低くなってゆく屋根の赤褐色の並びを、離宮の露台から眺めた。太陽はなお真夏の輝きで町々を照し、せまい路地に濃い家の影を落していた。ある日、彼がそうやって露台に立っていると、足音が背後に聞え、侍従エウビウスの鼻にかかった柔和な声がした。ユリアヌスが振りかえると、侍従は、薄い眉のしたの黒い眼に皮肉な微笑を浮べながら、露台を横切って近づいてきた。

「ただ今、エケボリウス先生がみえておりました」

彼は控え目な様子で言った。ユリアヌスは黙っていた。

「先生は一日も早く殿下のご聴講を願っておりました。お元気になられた旨、申しましたら、それは大そうお喜びでございました」

「いろいろお心に掛けていただいて有難いが、私はエケボリウス先生の塾に通うのは、もうやめたいと思っている」

ユリアヌスは侍従から眼を離して、また町々のほうを眺めていた。

「それはまた、なぜでございます？」

エウビウスはユリアヌスの視線が何を求めているかを注意深くさぐるような眼をした。

「私には先生の講義があまり有益とは思えないからだ。それに私はもうすこし文法学や修辞学の勉強をしてみたい。いまは教父たちの説教を読む気持になれないのだ」

「教父の書かれた著作が退屈なのでございますか」

「前にも言ったように、粗野で、荒けずりなのだ。それに見解も狭い。熱っぽく、問いつめるような激しさはある。論法も鋭い。だが内容は幼稚だ。片寄っている。単純すぎる。ギリシア古典を学んだ者には、ちょっと恥しいような、無学な、素人臭い文章でしか書かれていない。あれでは、信仰でもなかったら、到底読めるようなものではない」

ユリアヌスは話しているうちに、自分がひどく昂奮してくるのを感じた。昂奮してくると、頭ががくがく震え、うわ言のように、言葉があとからあとから溢れ出てきた。しかし浅黒い、ぬるりとした感じのエウビウスの容貌を見ると、思わず自分に手綱を引くような気持になるのだった。

「と申しますと、殿下は、信仰をもって、教父の著作を読めない、とおっしゃるわけでございますか。その幼稚な、無学な者の著作を……」

エウビウスは皮肉な黒い眼をきらりと光らせて訊ねた。

「いや、そうは言っていない」ユリアヌスは何かひやりとしたものを感じて、あわてて言い足した。「信者には有益でも、内容が幼稚、貧弱で、程度のあまりよくない著述も多いのだ。私はそれよりも、誰の眼にも優れて美しく見えるギリシア古典を学びたい。私にはギリシア古典の普遍性、優美な文体、憂愁を湛えた響き、精緻な論理が必要なのだ。私はどうしてもリバニウスの学塾へ行きたいのだ」

エウビウスはユリアヌスの語調の激しさにやや気押されて、しばらく薄い眉のしたの黒い眼をぱちぱちさせていたが、やがて言った。

「殿下がそうお望みなら……私としては……格別異存はございませんが……でも皇帝陛下が……いかが御裁断なさるか……それは私どもにはわかりかねることでございますが」

エウビウスからの皇帝宛書簡は、ただちに、イタリアの叛乱の平定後、ガリア討伐の準備で気勢のあがっているコンスタンティノポリス宮廷に届けられた。しかし皇帝はそれに一瞥《いちべつ》を与えただけで、ひと言、認めてやれ、と言って、使者を追い払った。いかに小心で猜疑《さいぎ》深いコンスタンティウスも、軍隊や武器や糧食や輸送の計画準備で忙殺されているさなかに、ユリアヌスの教師をあれこれと詮索する気にはなれなかったのである。

リバニウスの学塾は、古典に造詣の深いある裕福な商人の客間を借りて開かれていた。モザイク張りの床と大理石の柱があり、壁には神話の場面を示す壁画が見られた。広間は庭園に臨み、そこにプラタナスの巨木が枝をひろげていた。部屋に入りきれない学生たちは、庭園をかこむ廻廊にあふれ、そこに坐って部屋のなかから聞えるリバニウスの声に耳をすました。

リバニウスは四十を越えたばかりの、髯《ひげ》だらけの、豪放な感じの学者で、その弁舌には、豊富な語彙と色彩のゆたかな映像とともに、一種の酔わせるような調子があった。青年時代をアテナイで送り、音楽や酒を好んだと噂されたリバニウスには、そうした髯や豪放な外貌にもかかわらず、どこか眼のあたりに柔和な光がただよっていた。

リバニウスは学生たちの前をゆっくり行ったり来たりしながら、人間はいかに自らを疑うことを知らなければならぬか、について語っていた。彼は時おり立ちどまり、自分の内部をのぞきこむような表情をして、しばらく言葉を切ることがあった。そんなとき広間の静寂が急に重く学生たちのうえにのしかかってくるようだった。

「人間が到達しえた最高の真理でさえ、われわれはなおそこに、それを疑いうる余地を残さなければならぬ」リバニウスは髯を右手で触りながら話しつづけた。庭園のプラタナスの葉が乾いた音をたててひとしきりゆれた。「もしわれわれが真理を唯一無二のものと信じて、それを疑うことをしなければ、われわれは間もなく真理を絶対視するあまり、それを再度検討する機会を失うにいたる。それはあたかも完全に無謬《むびゅう》なもののごとく罷り通り、人々は最後にその前に跪拝《きはい》するようになる。だが」リバニウスは言葉を切り、自分のなかをのぞくような眼をした。プラタナスの葉がさやさやと鳴っていた。「だが、人間の手になるもので無謬なるものがありえようか。否である。われわれが唯一無二と信じうる真理でさえ、それは人の手になるものである以上、無謬ではありえない。諸君は問うであろう、では、真理とは、人間が拠って立ちうるものになりえないのか、と。たしかに一見すれば、謬《あやま》りを含んだ真理とは、語の矛盾以外の何物でもない。だが、それが真理として究められた以上、あくまで真理性を主張することができる。否、あえてその真理性を擁護しなければならぬ。だが、諸君、同時に、諸君はその真理が、さらに一段と高い真理に進みうる道を、そこに開いておかねばならぬ。実にこの道こそ、真理のなかにおける懐疑である……」

ユリアヌスは遠くに聞えるリバニウスの講義に耳を傾けていると、自分がいつの時代にいるのか、どこにいるのか、わからなくなっていった。それは何も現在ではなく、プラトンの時代でもいいような気がした。ここにいるかわりにアテナイの学堂にいても、何の不都合もないような気がした。そして彼がユリアヌスではなく、別の誰かでもいいような気がした。プラタナスの葉がさやさや鳴っていた。眼をあげると、廻廊にかこまれた四角い空が、柱と柱のあいだに青く見えていた。雲が淡い紫の翳りを帯びて動いていた。祖母の家で見た雲とは、もう色も輝きも違っていた。

講義が終って、学生たちが立ちあがったとき、ユリアヌスは、自分がながいこと放心して、あれこれと定かならぬ物想いにふけっていたことに気がついた。せっかく書きはじめた講義ノートも半分ほどで途切れていた。彼は、あわててパピルスの手控え帳を閉じて立ちあがろうとすると、誰かが強く肩をおさえた。金髪のゾナスであった。

「君って、なんて不思議なやつだ」ゾナスは懐しさと友情と安堵とのまじった表情で言った。

「あれっきりさっぱり音沙汰なしだ。雨のなかを消えて以来、おれがどんなに心配したか、君に判るかい？　まったく君ってのは不思議なやつだ。おれは一夏ニコメディアの町を、足を棒にして、歩きまわった。そうだよ、君に会いたいばかりにさ。雨のなかで急に君の姿が見えなくなったとき、おれは、君が神隠しにあったのじゃないかと思ったほどだ。君の様子はおかしかったからな。君は一言も口をきかなかった。真っ蒼になっていた。まるで幽鬼みたいだった。だが、それはもういい。いったい君はこの夏どこへ行っていたのだい？　なにをしていたのだい？　それに、なんだって、急にリバニウス先生のところに来たのだい？」

　ゾナスは金髪をくしゃくしゃに振りたてながら、ユリアヌスの手をとって、一息に喋った。

「いや、ぼくだって、君のことが気になった。でも、ぼくはしばらくニコメディアの郊外に行っていたのだ。ちょっとした用事でね。それで、家からリバニウス先生の塾にゆく許可がおりたんだ」

　ユリアヌスは眼を伏せて、言いよどむような調子で、そう答えた。

「それは本当だろう。君がここに来たんだからな」ゾナスは金髪を搔きあげ、陽気な青い眼をくるくるまわした。「それにしても君はどこに住んでいるんだい？　君は親戚の家にいると言ったね、たしか。離宮の下の地区の。でも、あの辺には、君らしい学生を置いている家はどこにもなかったぜ。なにしろこっちは一軒一軒虱《しらみ》つぶしに調べてまわったんだからね。君は、いったいどこに住んでいるんだい？　君はどんな家の息子なんだい？　何も隠さなくたっていいじゃないか。おれは、君にとっては、頼りにならない人間かもしれん。だが、君の友達には間違いないんだからな」

　二人は包みをかかえると、学塾を出、勝利の女神の立っている中央広場に足を向けた。町はめずらしく賑わい、荷担ぎや騾馬《らば》曳きが往き交っていた。市《いち》の立つアーケードの通りでは、雑踏のなかで、女たちが鳥を値切ったり、野菜を買いこんだりしていた。

「ぼくは離宮の下の地区じゃなくて、上の地区に住んでいるんだ」

ユリアヌスは眼を伏せて、自信がなさそうに答えた。

「だからさ、どの辺なんだ？　おれだって、君に急に会って話したいことが、あろうじゃないか。そんなとき、ニコメディアの町を一軒一軒さがしてまわるのは、もうごめんだよ」

「離宮のそばの、静かな一劃《いっかく》だ。もう離宮の庭と隣り合せぐらいだ」

ユリアヌスはいっそう自信のない声でそう言った。

「ああ、それなら、あのテラスを張りだした家の並んでいるあたりだな。だが、あの辺は豪勢な家ばかり並んでいるぞ。すると、何かい、君の親戚ってのは、途方もない金持じゃないのか。そうだろう？　そいつは素晴らしいじゃないか。おれは、いままで、そんなやつと友達になりたいと思っていたんだ。まさか、君がそんな友人であろうとはね。だが、これは素晴らしいぞ。君は才能もある。金もある。きっと有力な親戚だっているんだろう。そのくせ、君ってやつは、いつも自分を隠したがる。恥しがり屋で、謙遜で、引っこみ思案だ。そうかと思うと急に黙ったり、怒ったり、火がついたように喋りだしたり……。本当に君ってやつは変っているな」

金髪のゾナスはそんなことを喋りながらも、雑踏のなかで、たえず誰かれとなく挨拶を交した。油屋の主人に手を挙げたり、布屋の内儀に会釈したり、屋台の老人と握手したり、粉屋の小僧の尻を叩いたりした。

「君は相変らず顔が広いんだな。まるで町じゅうの人と知り合いみたいだ」

ユリアヌスはつくづく感心したようにゾナスの青い陽気な眼を見た。

「おれは話好きだし、人見知りをしないほうだからな。だが、そのおかげで、得をすることもあるさ。例えば、あの軽業師の一行だ。覚えているだろう？　旅の途中で会った……。彼らと、おれはいまもつき合っているんだ。それで、いつも軽業興行のときは無料《ただ》で入れる。もっとも時々おれが前口上をつくってやるがね。たしか今日は興行があるぜ。君だって昔の知り合いだ。無料で入れてくれるぞ。どうだい、久々に、彼らに挨拶に行こうじゃないか」

ゾナスはこの思いつきが気に入ったらしく、道々、何度も軽業を見にゆくようにユリアヌスをさそった。

ちょうどその日、侍従エウビウスは首都宮廷に所用で出かけていた。そんなこともあって、ユリアヌスは午後の一、二時間を円形闘技場《コロセウム》で過してみたいような気がした。

ゾナスはユリアヌスが軽業見物に同意すると、青い陽気な眼を、大きく開いて、「君は変ったな。ほんとうに変ったな」と叫んだ。

円形闘技場《コロセウム》は勝利の女神の立つ広場をこえ、中央道路を行きつくしたところにあった。

闘技場のまわりにはすでに人だかりしていて、役人や商人や職人や休暇中の兵隊やさまざまな階層の女たちが、ぞろぞろと入場していた。その日は、ゾナスの反対を押切り、ユリアヌスが入場料を支払って、一般の入口から二人は入っていった。場内からトランペットが高らかに聞えていた。暗い通路の高い天井から、白い光が帯のように、斜めに射しこんで、ぼうっとあたりを明るませていた。その通路を人々は急ぎ足で上っていた。ニコメディアの町のどこに、これだけの人たちがいたのか、と思うほどの人出だった。ユリアヌスはこんな場所へきたのは、ほとんどはじめての経験だった。ずっと昔、マルドニウス老人につれられて、ソポクレス劇を見にいったことがある。それも一般席ではなく、いつも皇族席だった。こんな暗い通路を、追いたてられる家畜のように、押し合いへし合いして、胸をどきどきさせながら、観覧席にのぼってゆくなどということは、それまで思ってみることもできなかった。何か胸をしめつけられるような幸福感があった。興奮と期待で身体が震えた。闘技の下馬評を囁いている人もいた。贔屓の剣闘士の勝利を力説している女もいた。人々の熱気が暗い長い通路から渦になって立ちのぼっていた。その興奮した熱気はそのままユリアヌスに感染してくるようだった。

間もなく、眼の前が、明るく、ぱっと開いて、小さな円盤のように見える闘技場と、それを囲む擂鉢状の大観覧席と、観覧席の上の広い青空とが、一挙に現われた。

すでに観衆のぎっしりつまった闘技場では、派手な衣裳を着た楽手たちが金色の長いトランペットを斜めに構えて並んでいた。鎧兜を身につけ、大楯を持った剣闘士たちが、攻撃の構えをしたり、刀をぬいて空を切ったり、足を屈伸したりして、それぞれの場所で、身体を激しく動かしていた。闘技が近いことは、観衆の殺気だった興奮からも、容易に見てとれた。ゾナスが何か言っていた。しかしユリアヌスには、それがほとんど耳に入らなかった。

トランペットが高らかに吹奏された。剣闘士たちは相対峙して並び、楯を前へ伸ばした。ユリアヌスの席からは、擂鉢の底のような闘技場で動く彼らが、人形か何かのように、非現実な動き方をしているように見えた。

最初の一組は剣を何度も打ち合い、その鋭い音が、円形闘技場《コロセウム》の全体にこだまとなって響いた。結局、片方が肩口に剣を受け、仰向けに倒れた。勝った剣闘士は血にまみれた剣を高くあげ、観衆の喚声にこたえて立っていた。

次の組は近づいたり離れたりして、激しく攻撃の応酬を繰りかえし、そのたびに大楯で受ける剣の音が、鈍く、不気味な響きをたてた。それはまるで身体のなかの器官が腐って、崩れてゆくような音だった。人々はその楯の音を聞くと不思議と苛立った。観衆は声をあげて、贔屓の剣闘士を励ました。場内がようやく騒然となり、それは、剣闘士たちが血にまみれはじめると、いっそう高まっていった。二人はほとんど相討ちとなって、血のなかに倒れた。奴隷たちが走ってきて、二人の半死になった身体を、袋でも曳きずるように、ずるずると曳いていった。

第三組目の闘技はながい睨み合いからはじまった。剣闘士たちは相手の隙をうかがい、じりじりと円を描いて動いた。一方がちょっとでも剣を動かすと、他方は敏感に反応した。やがて一人の剣が半円を描いて相手の胴を狙った。それをはねかえす剣が、耳に痛いような音をたてたかと思うと、刀身が二つに折れ、その切先が弧を描いて空を飛んだ。すると相手は剣を真っ向から振りかぶって、ほとんど防ぐすべのなくなったこの不幸な男を左肩から胸にかけて、柘榴《ざくろ》のように切り裂いた。夥しい血が飛び散るのがユリアヌスの席からも、はっきり見えた。彼は思わず眼をつぶった。観衆は総立ちとなった。口笛を鳴らす者、卑怯だと叫ぶ者、物を投げつける者、異様な声をあげる者、足をがたがた動かす者などで、場内は蜂の巣をつついたような騒ぎとなった。剣闘士は血ぬれた剣を高くあげていたが、人々は、卑怯者、卑怯者、と声を合わせて叫んだ。

トランペットが鳴り、剣闘士も屍体《したい》も競技場から見えなくなった。潮騒のようなどよめきが、興奮からさめやらぬ観覧席から聞えていた。しかしそれは間もなく場内にひびく拍手の音にとってかわった。ビリタス親方の率いる軽業師の一隊が、明るい衣裳をまとい、黄の馬覆いをした馬に乗って、闘技場に入ってきたのだった。

人数は旅の箱馬車でゆられていた当時よりもずっと多くなったようだった。ゾナスが腰を浮かせて、ユリアヌスに、あれが親方だ、二番目のがゲルギスだ、と、指さしながら教えた。しかしユリアヌスの席からは親方もゲルギスも女たちもほとんど見分けることはできなかった。

馬の曲乗り、梯子の曲芸、皿廻し、人梯子、逆立ち、とんぼ返り、その他の曲芸が素早いリズムで繰りひろげられた。女たちの身体が空中で一回転するかと思うと、力士たちの身体と一つに溶けあった。馬が走るかと思うと、梯子を身軽に上下する女たちが現われた。こうして息つく間もないような曲芸のあとで、ふたたび割れるような拍手を浴びて、軽業師たちが引きあげると、ゾナスは立ちあがって、さ、ひとつ親方に挨拶しこようじゃないか、と言った。

二人は暗い通路をぬけたり、階段を幾つもおりたり、奈落のような狭い廊下を通ったりして、軽業師たちの控室を訪ねた。

薄暗い部屋には、まだ疲労からぬけきらない力士や曲乗り師たちが乱雑に脱ぎすてられた衣裳の山のあいだで、ごろごろ横になっていた。女たちも化粧を落さず、ぐったりして、壁にもたれたり、うつ伏せになったり、肩で息をしたりしていた。汗の臭いが部屋にこもっていた。ユリアヌスは、さっきの鮮かな華々しい曲芸を見たあとだったので、寺院の片隅の乞食の群のような、この陰惨な光景に、思わず眼をそむけた。

しかし陽気なゾナスはそんなことはまったく感じないらしく、ユリアヌスの身体を押すようにして、部屋に入ると、寝台のうえで両股をひろげ、壁にもたれて息をついているビリタス親方のところへ連れていった。

「さっきの軽業は、夏前より、いっそう見事だったね」ゾナスはそう言って親方の肩をたたき、ユリアヌスを親方に紹介した。ゾナスは旅の箱馬車の話をした。

「そうでしたな。どうも、しかと憶えておりませんがね、この方がおりやしたね、たしか。いや、憶いだしましたぞ。箱馬車でね、ご一緒に、たしか、そうでしたな？　いや、これは愉快です。ようこそおいで下さいましたな、こんなところへ。ほれ、みんな、のびちまってますよ。あの早さで芸をやらなければなりませんでな。なにせ、評判をとりませんとな。折角、この町まで出てまいりやしたからな。なんとか首都に出てえものと思いましてな。いや、このビリタスは野心家でしてな。さよう、野心家でしてな」

親方のそばに、背の高い、ぎょろ眼の男が、足を折るようにして転がっていた。出っ歯で、陰謀家めいた顔つきをしたゲルギスだった。あの頃はたしか、重い瞼をした、おとなしい美人のアイギナと婚約していた。ユリアヌスはそう思いながら、ふと入口を見た。戸口の傍らに、胸をはだけて、赤子に乳をふくませている女が坐っていた。顎をひいて赤子を見つめているその気遣わしげな眼を、重い瞼が、覆いかくそうとしていた。

「あなた方は結婚なさったのですね」

ユリアヌスは思わずゲルギスにそう言ったが、若者のほうは、気のなさそうな顔をして、ユリアヌスをぼんやり見つめ、黙っていた。すると、ユリアヌスの背後で、「ええ、アイギナはこの人と結婚したのよ。子供も一人生れたわ」という声がした。

ユリアヌスが思わず振りかえると、衣裳の山のなかから上半身を起した濃い化粧の若い女が、じっと彼のほうに眼をむけていた。

「ディアだよ。下の娘のディアだよ」

ゾナスが金髪をくしゃくしゃに振りながら、じれったそうに言った。

しかしユリアヌスにはどうしても記憶にあるディアの顔が、はっきり浮びあがってこなかった。下の娘がいたことはよく憶えていた。しかし容貌や姿となると、まるで消えているのだった。

「こんな化粧をしているから、君にはわからないんだ。ディア、早く、化粧を落しておいでよ」

ゾナスは指でディアの頬をつついた。しかし彼女はうるさそうにそれを払いのけると、ユリアヌスのほうを見たまま言った。

「私はよく憶えているわ。あのとき、あなたはびくびくして、始終、箱馬車の外を見てばかりいらしたわ。私はよく憶えているわ。そうでしょ？　あなたは、きっと、家出をした学生さんだと、アイギナと話しあったものよ。私、あなたが着てらしたものまで、よく憶えているわ」

その声を聞くと、突然ユリアヌスも、箱馬車のなかで、ゾナスの馬鹿話に笑いこけていた、色の浅黒い、卵形の可愛い顔をした少女を思いだした。

「ディアだ。間違いなく、あのディアだ。黒いきらきらする眼は、あのときの眼だ」ユリアヌスは、眼のまわりの赤い線の隈どりや濃く化粧した顔を、まるで眼だけ覗いているる仮面ででもあるかのように見つめた。

「ぼくも憶いだした。君の声をよく憶えている。君はよく笑った。笑い声も憶えている。だけど、あのときは、君はまだほんとに小さかった」

ユリアヌスはあらためて、脱ぎちらかされた衣裳の山のなかから上半身を起し、横坐りに坐って、片手で身体を支えているディアを眺めた。そして甘やかな感じに盛りあがった胸や、細くしなやかな腰や、しっとりと成熟した美しい二の腕から、眼をそらしながら、ほとんどつぶやくように、こうつけ加えた。

「君が化粧を落していても、いきなり出会ったら、もう分りっこない。君はまるで別の人みたいに大きくなったからな」

すると、ディアは昔のように顔を仰向けて楽しそうに笑い、「そりゃ、私を、もう子供だなんて思う男はいないわよ。それどころか、みんな、食いつきそうな眼で見るわ」と言って、ユリアヌスの戸惑った表情をおかしそうに見つめた。

重い瞼をした美人のアイギナは前より肥って、身のまわりを構わなくなり、赤子の匂いを身体じゅうに沁みこませ、良人《おっと》のゲルギスの汗を拭いたり、靴をぬがせたり、山になった衣裳を畳んだりしはじめた。ゾナスが声をかけても、彼女は、はいとか、いいえとか答えるだけで、手を動かすことはやめなかった。

外の、闘技場からは、ふたたび喚声が聞えてきた。

ゾナスは腰をあげると、ビリタス親方に、今夜、よかったら町で酒でも飲みませんか、と言った。好人物の親方は舌なめずりをして、ようがしょう、ひとつ、また旅廻りの話でもいたしやしょう、と答えた。

「この方もいらっしゃるの？」ディアは後向きになり、衣裳を背からはずしながらゾナスに訊ねた。

「君は酒場なんて足を踏み入れたことはあるまいね。今夜は、どうだい、君も行かないか。君が行けば、ディアもついて来そうな勢いだからね」

「さあね、夜の出歩きは禁じられているのだ」

ユリアヌスは低い声で、すまなそうに言った。

「こいつはね、離宮のそばの金持の家に住んでいるんだ。良家の子弟というやつでね、めったに町を歩いたこともないんだ」

ゾナスはそう言うと、ユリアヌスの背中をどしんと叩き、声をあげて笑った。

闘技は、前よりも複雑な組合せになり、二人と二人の組が互いに闘っていた。しかしユリアヌスは血まみれになって死闘する男たちにどうしても興味がそそられなかった。

彼の眼の前には、暗い部屋でごろごろ横になっている軽業師たちの姿が見えていた。白い厚化粧をしたディアの顔が浮んでいた。ローマ街道を走っている箱馬車のことが思いだされた。ユリアヌスの前にいる女が何か叫んでいた。その隣の女は親指のつけ根を歯で強く嚙んでいた。観衆の声が湧きあがり、途絶え、また湧きあがった。観衆は総立ちになった。ユリアヌスは闘技場に眼をやった。すでに二人の男は血まみれになって倒れ、楯と剣が投げとばされていた。一人の剣闘士が剣を逆手に持って、片足で、倒れた相手をふみつけていた。まさに相手のとどめを刺そうとしているところだった。下の男は必死になって手足を動かしていた。羽をもがれた昆虫か何かのように、ばたばたと手足を動かしつづけていた。剣闘士は逆手に持った剣を、不意にだらりと下に垂らした。明らかに彼は最後のとどめをためらっているらしかった。すると、次の瞬間、闘技場全体から、割れるような怒号が湧きおこり、狂ったように渦を巻いた。人々は右手を前へのばし、親指を下に向けて、声をそろえて「殺せ、殺せ、殺せ」と叫んでいた。ユリアヌスの前の女は身体をふるわせ、絶叫し、親指を激しく下に向けて動かした。隣の女も叫んでいた。彼女がつきだしている親指のつけ根は赤い歯型がくっきりと刻印されていた。

剣闘士が剣を振りあげた瞬間、場内は、ぴたりと静まった。一瞬、重苦しい沈黙が擂鉢状の闘技場にのしかかった。次の瞬間、剣闘士の剣は垂直に突き落され、もがきつづけていた犠牲者の手足が、短くふるえて、動かなくなった。

津波のような喚声がおこった。ユリアヌスの前にいた女は絶叫し、よろめき、腰をおろした。隣の女はまた親指のつけ根を血が出るほど嚙んでいた……。

ユリアヌスがディアと出会ったのは、それからしばらくした秋風の立つ夕方のことである。彼はリバニウスの塾からの帰途、乳母アガヴェと歩いた市の雑踏を見に、アーケードのある通りに足をむけた。

ユリアヌスは、はじめ、その穀物商の前で袋を受けとり、銅貨を支払っている娘がディアであると気づかなかった。彼は、パン屋や鳥肉屋や鍛冶屋や八百屋や布地屋や染物屋などがぎっしり並んだ狭い通りを、ゆっくり歩いていた。そして時々、呼び売りをしている店の前に立って、声をかぎりに叫んでいる男たちを、たのしげな表情をして眺めていた。

ちょうど穀物商の店の前に来たとき、ディアは支払いをすませて、歩きだそうとしたところだった。二人は店の前で、ぱったりと顔をあわせた。

声をあげたのはディアのほうであった。彼女は、前の日と違い、質素な着物を着て、荒織りの布を頭からかぶっていた。むろん化粧もしていなければ、眼の隈どりもなかった。浅黒い、顎のほっそりした、可愛い顔が、その荒織りのヴェールの下から、ユリアヌスを見あげていた。形のいい、しっとり熟れたような腕が、穀物袋をかかえていた。

ユリアヌスはその袋を無理やりに受けとると、自分の肩に担いだ。

「親方やゲルギスにはかなわないが、君よりはまだ強そうだよ」

「ゲルギスなんか強くなくってよ。アイギナと結婚してから、すっかり意気地なしになって。あの人は軽業がこわくなったのよ。一度馬の曲乗りに失敗したの。それからもう、すっかり怖じ気づいているのよ。その埋めあわせに、家に帰ると、アイギナをいじめるんだわ。アイギナもアイギナだわ。あんな男に、なにも、つくしてやることなんか、ないんだわ」

ディアは、いかにもアイギナが歯がゆいというように、唇を歪めてみせた。

「しかしアイギナは、仕合せそうじゃないか。この前だって、赤ん坊をうっとりして眺めていた」

「あれが私の姉かと思うと腹が立つわ。だって私たちは子供のときから、芸人として育てられてきたのよ。父さんはいつも野心家だって自分のことを言ってるわ。それは私たちみんなのことなのよ。私もアイギナも首都《みやこ》に出てローマ一の軽業師になるんだと、小さいときから、言いきかされてきたのよ。毎日毎日、私たちは逆立ちしたり、平均台に乗ったり、回転をしたり、玉乗りをしたり、休む暇もなかったわ。それこそ毎日汗みどろになって、やってきたのよ。母さんが死んだとき、母さんは最後に、首都に出るお前たちを見られないのが残念よ、と言ったんだわ。それなのにアイギナったら、もう舞台に立つ気もなくしてしまって。それも、あの臆病な男のためによ。私はいやだわ。あんなになるくらいだったら、死んだほうがいい」

二人は市の雑踏をぬけると、離宮のある高台のほうに足を向けた。

「君はこの界隈に住んでいるのかい」

細い路地を曲りながら、ユリアヌスが訊ねた。

「ええ、あなたの住んでいるお家のそばよ」

「ぼくの家のそば？」

ユリアヌスはおどろいてディアを見た。

「この前、ゾナスさんが言ったじゃない？　あなたはお金持で、離宮のそばの大きな家に住んでいるって……私たちは、その下の町に住んでいるのよ」

「ああ、そうだったね」

ユリアヌスは頭をふり、自信のなさそうな表情をした。

「変な方ね。まるで、自分の家がどこにあるのか、忘れたみたい。ゾナスさんも言ってたわ。あなたって、変った方だって。あなたは本当に離宮のそばに住んでいるの？」

ディアは小さな鼻の穴をひろげ、からかうような調子で言った。「ゾナスさんは嘘だろうって言ってたわ。だって、あなたは一度も自分のお家を教えて下さらないから。あなたは学校から帰るとき、誰とも一緒に帰らないんですって？　ゾナスさんが無理に一緒についてゆこうとしたら、あなたは城壁の散歩道に腰をおろして、動こうともしなかったんですって？　だから、あの人は、あなたが離宮のそばに住んでいるのは嘘だろうと言ったのよ。でも、本当に、離宮のそばに住んでいるの？」

「本当だよ」ユリアヌスは自信なさそうに答えた。

「じゃ、なぜゾナスさんを一度ぐらい連れてゆかないの？」

「家で、そういうことは禁じられているんだ。なにしろ厳しい叔父の家だからね。ゾナスだって駄目なのだ」

「そっと隠れても入れないの？　家の前までも行けないの？」

ディアは、いたずらそうに唇をゆがめた。ユリアヌスはへどもどして答えた。

「誰かが見ているからね。あとで叱られるんだ」

「隠れてついていけばいいわ。離れて、あなたのあとをついてゆけばいいわ」

「困るんだよ。それでも困るんだ」

ディアは荒織りの布の下から不思議そうにユリアヌスの顔を見あげた。

「私が本当についてゆくと思って？」

ユリアヌスは黙って頭をふった。二人は足をとめた。道は段々状になって、離宮のある高台へのぼっていた。

「これ以上、私、もう、ついてゆかないわ。あなたが困るから？　いいえ、そうじゃないの。ここが私の家だからよ。ほらこれがビリタス親方の家よ。私のところには、こわい叔父さんなんか、いないわ。ここから私の名前を呼べば、すぐ窓から顔を出すわ」

ディアは礼を言って袋を受けとると、戸口のところでもう一度振りかえった。

「でもね、いつか、私、あなたの家を見つけるわ。ゾナスさんと約束したのよ。安心していては駄目よ」

ディアはそう言うと、小気味よげな、上機嫌な笑い声をあげて、戸口のなかに姿をかくした。

しかしユリアヌスは狭い坂道をひとりでのぼりながら、心がたのしかった。ディアの屈託ない、明るい、快げな話し方や顔つきを思い出すと、自然と微笑がさそわれた。

高台をのぼりきると、テラスを張りだした邸宅が木々に囲まれて並んでいた。ユリアヌスは、自分が寄宿するのだったら、どの家だろうか、と、眼で、そうした家々を物色した。そしてまた、ディアのことを思いだすと、なぜか心が軽くなり、なんとない笑いが浮んだ。妙に懐しい、人好きのする、明るい感情が彼の心を満たしたのである。

ユリアヌスは、それでも衛兵の立っている離宮の門を入るとき、思わず自分の後方を振りかえってみた。そしてそんな自分をおかしがりながら、玄関の広間に入った。

ニコメディアの町を見おろす露台には、初秋の午後の明るい太陽が輝いていた。彼はその光のなかに立って、屋根が下町へ段々状に低くなっているのを眺めた。彼の眼は、いま別れてきたディアの家のあたりを、さがしていた。同じような赤褐色の瓦が並んでいて、むろんディアの家らしいものは見えなかった。しかし彼はいままでとは違った気分が、そうして拡がる町々のうえに流れているのを感じた。

鳩の群が広場のあたりから飛びたって、輪を描きながら、アポロン神殿のほうへ飛んでいった。空は夏よりもいっそう濃い青に澄んで、冷んやりした風が海のほうから流れていた。

そんな静かな町々をみていると、ガリアの大叛乱や、ペルシアの侵入や、ダルマティアの饑饉などはまったく嘘のようだった。ユリアヌスにはローマは永遠に平和であるように思われたのである。

ユリアヌスが兄ガルスに関する噂を耳にしたのは、リバニウスの学塾へ通うようになった年の、秋もおそくなってからである。

ある日、彼が学塾からの帰り、女神像のある広場で金髪のゾナスと別れ、高台のほうへ歩いていたとき、何人かの役人風の男が大声で宮廷の噂話をしながら歩いてくるのに出会った。もちろんすれちがっただけだったので話の内容がはっきり聞きとれたわけではなかったが、ふとそのがやがやした話声のなかに「ユリウスの息子ガルスが……」というような言葉を聞いたように思った。ユリアヌスははっとして男たちのほうを見たが、そのとき別の男が何か冗談を言い、みんながどっと笑った。ガルスのことを喋っていた男の言葉はその笑い声に消された。ユリアヌスは一瞬、よほど役人たちのあとをつけてみようかと思った。兄のことが話題になるようでは、ひょっとしたら、兄に何か変ったことがあったのかもしれないし、ユリアヌスはそれを確かめてみたかったからである。むろんそこには不安な気持もまじっていた。しかし役人たちの話し方にどこか嘲るような、からかうような調子があり、それがユリアヌスに話の内容を確かめさせる勇気をうばった。役人たちの笑い声をきくと、反射的に、彼はマケルムの離宮にいた頃のような、傷つけられた、奇妙にみじめな気持を感じたのだった。

離宮に帰ってからも、ユリアヌスは侍従エウビウスに兄のことを聞きそびれた。兄に何か万一のことでもあったのではないか――そんな恐れがなお彼を脅かしていたからである。

しかしそれから数日たったある午後、ユリアヌスが露台に出て町や港のほうを見ているとき、皮肉な黒い眼をした、眉の薄い侍従エウビウスがやってきて、ガルスが、皇帝の命令で、アンティオキアを出て首都宮廷にむかった、と話した。

「正式な報告ではございませんが、宮廷で新しい任務がお待ちのようでございます。副帝《カエサル》になられるという噂もございます」

侍従エウビウスは皮肉な調子でそう言った。ユリアヌスは半ば口をあけ、まじまじと侍従の顔を見た。

「兄が副帝に……？」

「首都宮廷ではもっぱらその噂で持ちきりだそうでございます。おっつけ詳しい報告が参ると存じますが」

「本当の話だろうか」

「そのようでございます」

侍従はそれからコンスタンティノポリスで流れている噂を二、三つけ加えた。たとえば、アンティオキア宮廷で示したガルスの堂々たる態度と熱心な執務ぶりが皇帝コンスタンティウスの心に適《かな》ったこと、パノニアの奥地から首都に戻ったこと、皇妃コンスタンティアはヴェトラニオンの事件のあと、兄皇帝の懇望によって、パノニアの奥地から首都に戻ったこと、皇帝兄妹は幼い頃のように連日戦車競技や闘技場に顔をだし、その様子は相愛の恋人たちのようであること、などで、首都で、人々に取り沙汰されているというのだった。もっともそうした噂を口にする浅黒い、ぬるりとした感じのエウビウスの態度に、ユリアヌスは微妙な変化を感じた。たしかに皮肉な微笑を感じさせるその黒い眼はもとのままだったし、慇懃な物腰、言葉遣いも前の通りだった。しかしユリアヌスを見る眼《まな》ざし、言葉のある種の調子に、どこか以前とは異なるものが加わっていた。それは、いわば極度の恭順さとでも呼ぶべきものだった。侍従エウビウスのなかから、つい数日前まで見られた冷たく監視するような態度は、急に消えさっていた。それに代って、身体を三重にも四重にも折ったようなひたすらな恭順さが姿をあらわしていたのである……。

間もなく侍従の言葉どおり、首都宮廷からガルスが近々副帝に任じられ、アンティオキア宮廷にあらためて赴くことになる旨の報告がもたらされた。それからしばらくして、アンティオキアをたつ前に出したガルスの手紙が届いた。内容は、首都宮廷の報告とほとんど変りがなかった。ただ手紙の終りに「自分たち兄弟の前にも、ようやく運が向いてきたのかもしれない」と書き加えられているのがユリアヌスの記憶に残った。

もし兄が副帝になれば、当然ユリアヌスの生活にも変化がうまれてくるはずだった。ひょっとしたら、また首都に呼び戻されるかもしれなかったし、兄を補佐してアンティオキアに出かけることになるかもしれなかった。ニコメディアに残るとしても、従来のような、身分も地位もない、普通の学生として学ぶことができるかどうか。ユリアヌスは自分の身分が明らかにされたとき、当然ゾナスやディアのなかにうまれる驚きや困惑や遠慮などを考えると、この境遇の変化を喜んでいいのか、悲しんでいいのか、よくわからなかった……。

皇帝コンスタンティウスが、ユリウスの遺児ガルスを副帝にとりたて、東方国境を圧迫するペルシア軍にあたらせようとしたのは、いよいよガリアの大叛乱を鎮定する時期が近づいていると判断したからである。叛乱を指揮するマグネンティウスは自らローマ皇帝をとなえて、その勢いは次第に上部ゲルマニアにも及ぼうとしていた。幸い皇妃コンスタンティアの的確な機略で、ダヌビウス河上流地方を安定して、ローマ帝国北辺の守りをかためておいたからいいようなものの、万一、その処置を誤っていたら、その後、事態はどう進展していたかわからなかった。そのことを考えると、コンスタンティウスはぞっとした。彼は事実何度かそれを夢にみてうなされたことがあったのである。

だが、皇帝が大軍をガリアに差しむけるとしても、それは、東方国境に侵寇をくりかえすペルシアに対しては、まったく無防備の背中をさらすことになるのだった。まして皇帝みずから宮廷をコンスタンティノポリスから北部へ移せば、空虚になった首都に長駆してペルシアの大軍が襲わないとは断言できない。そんなことにでもなれば、腹背に敵を迎えて帝国の存続さえ危くなる。といって、いまガリア討伐を決断しなければ、マグネンティウスの勢力はますます拡がるばかりだった。

むろん皇帝コンスタンティウスもそれまで何回となく従弟ガルスのことを考えないではなかった。兄弟がすべて死にたえ、また親族縁者を自分の登極の際に殺害したコンスタンティウスにとって、残された血縁としては、このガルスとユリアヌスのほか誰もいなかった。しかしひたすら復讐をおそれた彼は、ユリウスの遺児たちをつねに遠ざけ、幽閉してきたのである。にもかかわらず現在のような状況を迎え、切羽詰まった気持に追いこまれてみると、自分の身内の誰かが役割を分担して、背後の敵にあたってくれたら、どんなにか心強いだろうと考えるのは自然だった。時おり、彼は自分が疑心暗鬼になやまされて、叔父ユリウス一族の殺害に踏みきったことを後悔することがあった。そんなとき、彼は思いきって従弟のガルスに事情を説明し、陳謝の意を表わそうと思ったりした。しかしそのうち疑い深い彼本来の性情がとぐろを巻く蛇のように眼を光らせはじめ、ペルシア討伐の大権を委託されたガルスに、かりに、当の敵ペルシアと一時的な和を結び、軍団をかえして、皇帝コンスタンティウスに叛旗をひるがえしたらどうなるだろうか、と考えたりした。ペルシアが一時的に和を講じることはありうるし、また、ガルスが大軍を率いて皇帝の背後をつくという事態も十分考えられることだった。

そんな考えが頭を占めはじめると、皇帝コンスタンティウスは、灰暗色の大きな眼をぎょろりと虚空に見ひらいて、恐怖とも不安ともつかぬ表情を、その蒼白い、骨張った顔に浮べた。

彼は、砂の城を築いては崩すように、繰りかえしてガルス登用を考えては、最後にこうした疑惑に苛まれながらそれを放棄した。彼がナイススで老将軍ヴェトラニオンと会見したのち、ガリア討伐の準備をすすめる間じゅう、ガルスの影はたえずこうしてコンスタンティウスの胸の中を去来していた。

彼コンスタンティウスがガルスを副帝に任じ、ペルシア討伐に当らせることを決意したのは、兄の言葉にしたがってパノニアから首都に戻ってきた妹コンスタンティアが、ガルス登用を執拗にすすめたからである。

彼女は久々に首都宮殿の刺繡布で覆われた椅子に坐って、広間を落着きなく行ったり来たりする兄コンスタンティウスの蒼白い、骨張った顔を見つめていた。

「ガルスのことはよく考えてみたのだ」妹の言葉をきくと、皇帝は自分の前をぎょろりとした灰暗色の眼で見つめながら言った。「だが、万一ガルスが私に背くことを考えると、誰か適当な将軍を抜擢したほうが安全なような気がする。ガリア討伐の数年のあいだのことだ。ガルスを副帝にする必要はないような気もする」

「でも、いまはただローマ軍団の忠誠心だけが頼りでございましょう。万一忠誠心がゆらぐことがあれば、有徳な将軍だろうと誰だろうと、軍隊の手綱を引くことはできません。ただこの場合、平民出の将軍よりも、皇族の誰かが軍団のうえに立っていたほうが、いっそう兵隊たちの忠誠心をかきたてることができるのは事実ではございますまいか。父大帝の栄光はなお軍団のなかに光りかがやいております。大帝の後継者として、お兄さまの栄光は神と等しいものに高められております。人民たちはたえず神に等しいものを求めております。彼らは、自らの生命を投げだしても悔いることのないものが、たえず必要なのでございます。もしいま東方軍団の統率者に平民出の将軍を選ぶとしますと、彼ら兵隊は、神に等しい栄光に包まれた人物を歓呼して迎えるという感激をうばわれることになりはしますまいか。彼ら兵隊に有能な将軍が必要なこともございます。でも、それ以上にいま必要なのは、彼らが酔うに足るような栄光であり感激でございます。兵隊たちの忠誠心を支えてくれるのは、装備でも給与でもなく、こうした陶酔や畏敬の念でございます。このためには、私たちと血をわけたガルスを登用するほか道はございません。ガルスには、故大帝の栄光がなお光背のようにそのまわりを取りまいております。いま軍隊の忠誠に必要なのは、この光背のような幻惑なのでございます」

皇妃コンスタンティアは椅子に背をまっすぐにして坐り、言葉を切ると、波形にカールした髪束にかこまれた秀でた額を、ぐっと後にそらせるようにした。そして大帝によく似た大きな灰暗色の眼で、コンスタンティウスが、広間を、ゆっくり、行ったり来たりするのを追っていた。

「それはわかる。その通りだと思う」コンスタンティウスは足をとめると妹を見て言った。「だが、そうした軍隊の忠誠心をかきたてた男は、いっそう自分の権力の強さを知るのではないのか。いままで権力の味を知らなかっただけに、いっそうそうなるのではないのか。そうならぬという証拠はどこにもないのだ」

「たしかにございません。でも……」妹は兄の眼に見入りながら言った。「でも、いま差しあたって必要なことをまずなさらなければなりますまい。でなければ、ガリアの火は拡がる一方でございます」

「それはそうだ」

「では、すぐガルスをお呼びなさいませ」

「しかし彼にすべてを委《まか》すことは……」

「不安でございますか？」

「いかにも不安だ」

「私がおりましても……」

「あなたが……？」

「ええ、私が……」

「それはどういう意味だ？」

「私がガルスのそばにいるという意味でございます」

「そばにいる？」

「ええ、ガルスのそばで私がすべてを見ております」

「まさか……」

「不可能とお考えになりますか。それとも無意味と？」

「そうは言わぬ」

「では、私に、そうお命じ下さいませ」

「ガルスのそばにいることを、か？」

「はい」

「どんな資格で？」

「妃としてでございます」

一瞬コンスタンティウスは息をのんで、じっと妹の燃えるような灰暗色の眼を見つめた。

「妃として参るには、私は年をとりすぎておりましょうか」

コンスタンティアはヴェトラニオンのことを思いだしたのか、頬のあたりに微笑をただよわせた。しかし皇帝のほうは妹のこうした冗談に笑わなかった。彼はただ頭を横にふっただけで、妹の、波形にカールした髪束にかこまれた額と、大きな灰暗色の眼と、いくらかふっくらした顎のあたりを眺めた。そしてパノニアで過した十三年も、この妹の容貌をいささかも変えていないのにコンスタンティウスは改めて気がついたのだった。

紀元四世紀がちょうど半分だけ終って、三五一年が新たに幕をあけようとしていた。ボスフォルス海峡には冬の風が音をたてて吹きつのり、黒ずんだ海面に荒々しい白い波を鋭く刻みこんでいた。海峡にのぞむ大宮殿の櫓《やぐら》や屋根の角で風は同じような底ごもった唸りをあげた。凍りついた雲が半透明な雲母《きらら》のような輝きで海峡のうえにこびりついていた。

ガルスはそうした風の音をコンスタンティノポリス大宮殿の一室で聞いていた。煖炉には火が赤く燃えていた。重い緋の帳が時おり隙間風にゆれ、そのたびに炎がちらちらと赤い舌を動かした。

ガルスは煖炉の前に坐り、片肘で顎を支え、じっと炎がゆれるのを眺めながら、自分がコンスタンティノポリス宮殿の一部屋にいることが、どうしても本当に思えなかった。考えてみれば、皇帝からの使者がアンティオキア宮廷に到着してから、まだ二月とはたっていなかった。それまでのガルスは、どんなに皇族であるという自負に生きていても、所詮は、現皇帝にうとんじられた日陰者であり、幽閉者にすぎなかった。たしかにアンティオキア宮廷に出向くようになってからは、彼にも会議に参加することが許され、統治に関する決議にも発言が認められていた。しかしつねに首都宮廷からひそかに送られた密偵が、広間といわず、廊下といわず、彼の一挙手一投足をうかがっていた。

だが、皇帝の使者が到着して以来、すべては一変した。密偵の姿は消えたし、侍従たちはガルスの言葉にぴりぴり神経をふるわせるようになった。ガルスが臨む宮廷会議では、皇帝に対すると同様の儀礼が示され、彼の着席、退席には全員が総起立した。

ガルスは赤い炎を見つめながら、その後におこったことを一つ一つ数えるように思いかえしてみた。宮廷馬車でローマ街道を首都まで急行したこと、首都宮殿で皇帝に迎えられ抱擁まで受けたこと、コンスタンティアから宝石や剣、スキタイ産の黒い馬を贈られたこと、華やかな宴会が幾日もつづいたこと、副帝に任じる旨の勅令がくだり、同時にユリウス一族殺害に対して皇帝が深く遺憾の意を表したこと、影のように誰かが近づき、耳もとでささやき、遠ざかっていったこと、大勢の宮廷人たちがきらびやかな大広間に集まり、大司教が姿を見せ、儀式が果しなくつづいたこと——こうしたことは、実際ガルスの身のうえにおこったことでありながら、まるで誰か別の人の出来事のように感じられた。何もかもガルスの意志などとは無関係に進んだ。彼のまわりで勝手に人々が集まったり、喋ったり、歩いたりしていた。全体はひどくぼんやりとしていた。そのくせ妙にはっきり思い出されることもあった。それはどこか夢のなかの出来事に似ていた。ガルスは宮殿の外に吹き荒れている風の音を聞きながら、ひょっとしたら、自分はまだマケルム離宮の寂しい寝室にいて、ただ夢をみているだけであって、またあのかたい寝台のうえで目を覚ますことになるのではあるまいか、と思った。

ガルスはいま自分が立ちあがれば、夢がさめて、隣の部屋で静かな寝息をたてているユリアヌスの顔が見られるような気さえした。だが、むろん彼は窓の外に鳴る風の音に耳をかたむけながら、そのままじっと動かずにいた……。

ガルスは赤い炎を見ながら考えつづけた——皇帝や高官たちが何を考え、何を計画していようと、ともかく父ユリウス殺害の罪を認め、ガルスを副帝にしたことは、宮廷で新しい事態がおこったことを示していた。皇帝コンスタンティウスにはまだ世継ぎの皇子は生れなかった。皇帝がガルスを自分の世継ぎと思うと言った言葉は、あるいは真実の声であったかもしれぬ。といって、それだけがすべてであると考えるわけにゆかなかった。副帝に任じられたということは、決して父や兄が殺されたような運命から免れたことを意味してはいなかった。いや、責任が加わっただけ、それだけ危険も多くなったと言わなければならぬ。

「たしかに皇帝からコンスタンティアとの結婚の一件を切りだされたとき、正直言っておれはおどろいた。皇帝は、二人が結ばれることで、怨恨を解消し、親和と友情が新たに生れることを期待していると言った。おれとしたって、皇帝の信任の厚いコンスタンティアを妃とすることで、少なくとも当面の宮廷内の陰謀から身をまもることはできる。ユリウス一族を敵視する勢力に対抗するには、これ以上いい方法はない。おれがコンスタンティアとの結婚を承諾したのはそのためだが、もちろんそんなことで、おれたちの関係が変るものとは思えない。おれはおれ、あの女はあの女だ。だが、それはそれで十分だ。おれはともかくようやくの思いで事の端緒につくことができたのだからな。あの女にもそれなりの思惑はあるだろう。なにしろダヌビウス上流地方の叛乱軍団を相手に一芝居打った女だ。ただの鼠であるわけがない」

ガルスはコンスタンティアの燃えるような灰暗色の眼と、複雑な髪形の頭を後にそらすようにする癖とを思いだした。

「自負心と傲慢と、子供じみた我儘、それに先帝に対する気違いじみた盲目的崇拝、短気、憤怒……これがあの女につきまとった評判だ。だが、こうした女は外に対しては情け容赦もないが、自分の良人、情人、子供に対しては不思議なほど真実をつくす。外に苛酷なほど、自分に与えられたものを盲目的に崇拝しないではいられない。ま、俺がつけこめるのはその辺だろう」

なお彼は煖炉の火を見ながら、弟ユリアヌスのこと、皇帝の妃、マイヤと愛称される美貌のエウセビアのこと、その他の宮廷内の誰かれのことを考えつづけた。そのあいだにも、海峡を吹き荒れる風はいっこうに衰える様子もなく、宮殿の屋根をかすめては鋭い悲鳴をあげていた。

兄ガルスが副帝に任じられ、皇帝の妹コンスタンティアを妃としたという報せは、三五一年の春、ニコメディアに届いた。それと前後して、眉の薄い、皮肉な黒い眼をしたエウビウスが首都宮廷の侍従長の職に抜擢された。ユリアヌスのもとには、コンスタンティウスから直接、書簡が届けられ、居住の自由と身分、財産の恢復《かいふく》が許可された。彼はもはやニコメディア離宮にとどまらなければならぬ理由はなかった。首都でもアンティオキアでもアテナイでも、どこでも好きな場所に、皇族として行くことができた。しかしユリアヌスは皇帝への返書のなかで、鄭重に礼をのべるとともに、当分はこのままニコメディアに残っていたい旨書き送った。

リバニウス学塾の中庭では、冬のあいだ裸だったプラタナスの枝々に、つぶつぶと銀の生毛《うぶげ》に包まれた黄みどりの葉が、まるで赤子の手のひらのように柔くひらきはじめた。新たに首都から来た侍従がしきりと馬車で学塾へ通うように言ったが、ユリアヌスはそれを断わりつづけた。彼はゾナスや学塾の仲間に自分の身分が知られるのを極度におそれていた。「そんなことにでもなれば、筆記帳を借りることも、酒場で飲みながら議論することもできなくなる」ユリアヌスはそう思った。彼には、学塾の仲間と気楽に打ちとけて談笑したり、熱くなって美の本質を論じたり、順番に各自が自分の所説を朗読したりすることが、何にもまして大事なことに思われたのだった。彼はガルスから手紙を受けとったときにも、皇帝の書簡を手にしたときにも、一度も宮廷に帰りたいと思ったことはなかった。ガルスが副帝となれば、それにならって弟が何らかの官職につくとしても、別に不自然なことはなかったが、ユリアヌスはそんなことを考える気にもならなかった。皇帝宛書簡にそのことは繰りかえして触れていた。彼は狩猟や闘技を好む兄ガルスとは違って、宮廷のなかで会議に臨んだり、軍隊に演説したり、法令を口述したりすることは性に合わなかった。彼は決して人嫌いではなかった。学塾の仲間などとはむしろ好んで交際したし、その交際も広いほうだった。仲間もユリアヌスに親しみを示していた。

しかし相手がエウビウスのような宮廷人になると、事情はまったく別だった。ユリアヌスは急に無口になった。話しだすと、どもったり、不必要に興奮したり、身体ががくがく震えたりした。彼は自分でも態度の自然らしさが失われてゆくのを感じた。話題まで急速になくなってゆくような気がした。首都から誰か高官でも挨拶にくるようなとき、ユリアヌスはよくそうした重苦しい沈黙にとらえられ何から話したらいいのか、わからなくなった。それは鳥もちのように身体にまつわりつき、もがけばもがくほど、身動きができなくなるような感じに似ていた。

ユリアヌスはもちろん自分がなぜ突然こんなふうに変ってしまうのか、理解することができなかった。「ぼくはふだんはこんなじゃない。もっと楽に喋れるんだ。人一倍お喋りなんだ。愉快なことだって、冗談だって、ぼくは喋れるんだ。こんなに不愉快そうに黙っているなんてことは、ふだんはないんだ」彼は心のなかでそう叫んだ。しかしどんなにユリアヌスが話題をみつけようとあせったり、はっきり喋ろうと努めたりしても、自然のままのふだんの落着きは戻ってきてはくれなかった。

彼は侍女や侍従たちがそうした態度を冷たく嗤《わら》っているのを知っていた。しかしそれに気がつけば気がつくほど、奇妙な焦燥と狼狽からのがれることができなくなるのだった。こうしてユリアヌスはかなり前から自分に自由が許されたとしても、宮廷の官職には決してつくまいと決心していた。宮廷にゆけば自分は嗤いものにされる——それがユリアヌスの奇妙な固定観念になっていた。もちろんそれは彼の学問好きと結びついていたが、こうした固定観念がなければ、宮廷の官職と学問とを両立させることだって考えられたのだ。だが、ユリアヌスはそう思わなかった。学問の道が閉されたら、彼は生きてゆくことはできまいと思った。皇帝宛書簡で、ユリアヌスがくどくどと生涯かけて学問の道に励みたいと述べたのは、こうした気持があったからである。

この手紙を読んだコンスタンティウスは、自分の危惧するような、ユリウスの二人の遺児が同盟して叛くという事態は、おそらくおこらぬだろうと感じた。そのことが、疑い深い彼を深く満足させた。コンスタンティウスは早速ユリアヌスの希望を適えるとともに、もし学問をつづけるために他の都市へ行くことを望むなら、そのための十分の便宜をはかるであろうと書き送った。

副帝《カエサル》ガルスがアンティオキアに宮廷を置き、皇帝コンスタンティウスの片腕として東方諸地域を統治し、ペルシア軍撃退の任務を担う旨、勅令で広く布告されたのはその年三月十五日のことだった。ついで四月初旬、美々しく飾った宮廷馬車が二百の近衛騎兵にかこまれて首都を出発した。馬車には、淡い眼の色の、浅黒い、頬のこけたガルスと、燃えるような灰暗色の眼を、過ぎてゆく町や沿道の人々に向けている、頭をそらしたコンスタンティアの姿が見えていた。若い副帝ガルスは皮肉な薄い唇をゆがめ、笑うとも泣くともない奇妙な表情をした。彼のこけた頬はたえずひくひくと痙攣していた。

副帝一行は海岸沿いの道を二日走って四月十日の夕刻ニコメディアの離宮に到着した。

ユリアヌスは副帝の正装をして馬車から姿を見せた兄の前で、ただ呆然として立ちすくんでいた。彼の眼から涙がとめどなく溢れて頬をぬらした。

妃コンスタンティアは、肩をふるわせ、しゃくりあげている、質素な衣服をまとったユリアヌスを、何か珍しい動物でも見るような眼で、じっと見つめた。彼女の燃えるような大きな眼は、自分の良人と、この好人物らしい若者とに、交互に向けられた。

ユリアヌスはほとんどコンスタンティアの顔を見ることはできなかった。彼は皇妃の前に頭をたれ、短い挨拶を申しのべるのがやっとだった。皇妃は頭をそらし、広間のどこか別の一点を見つめて、口のなかで、どもりどもり何かを喋っているユリアヌスの言葉を聞いていた。彼女の顔には感情の動きのようなものは何も見られなかった。

その夜、開かれた副帝歓迎の宴会でも、コンスタンティアはつねにガルスとユリアヌスのあいだに身を置いていた。盃を重ねたガルスが、白い豊かな皇妃の肩ごしに、弟にむかって、マケルム離宮の思い出話をしようとすると、皇妃は、頭をそらせて、別の話題を良人に向けるのだった。

宴がほとんど終りに近づいたとき、皇妃は衣裳をかえるために席を立った。ガルスは弟をうながすと、つれだって露台に出、暗い星空を仰いだ。城門から中央広場に通じる街路に赤々と戸ごとに松明《たいまつ》が焚かれ、それは離宮の露台から見ると、暗い夜の底を流れる一すじの火の河のようだった。

「おれがこんどペルシアを討って帰ってくるときには、町じゅうが松明を焚いて歓迎するだろう。いずれ、おれはコンスタンティウスと並び称せられる人物になる。いや、それ以上になるかもしれぬ。おれがマケルムでお前に言ったことを憶えているか。おれが万一皇帝にでもなることがあれば、おれは誰よりも、お前を副帝に選んで仕事がしたい、と……。おれは、いまでは皇帝を継ぐ者となった。お前を副帝にする日も遠くはあるまい。いまに見ていろ、この町じゅうを松明で昼のように明るくしてみせる」

ガルスはそう言うと、弟の肩に手をおき、ひっそりと静まりかえる暗い町々を眺めた。四月の夜らしい微風が花の乾いた香りを露台まで運んできた。城壁のつづく丘が、青味わたった夜空に、黒々と盛りあがっていた。月のない空には銀河が白く流れていた。

ユリアヌスはマケルム離宮の露台で夜になると独りで星座を観測していたことを兄に話した。司教グレゴリウスの書庫では、星に関する本が読めなかったので、彼はただ観察だけで月齢を知ったり、星座の移動や惑星の動きに気づいたりしたのだった。

ユリアヌスは兄と二人きりになると、ようやく落着きをとりもどし、リバニウス学塾での古典教育の内容や、学塾の仲間の話などをした。

ガルスは弟に教会には行っているのかと訊ねた。ユリアヌスは首をふった。

「夏以来、半年以上も行っていません。司教の顔を見るのもいやなのです」

「なぜだ?」

ガルスは弟の顔をのぞきこむようにして言った。ユリアヌスはなかいことためらっていたが、やがて口ごもりながら、ゾナスから聞いた事実と、その後彼が味わった苦しみとを物語った。

「あの頃も、ぼくは大司教が好きではなかったのです。大司教の前に出るとき、悪寒のようなものを感じました。でも、大司教が父上の殺害を指嗾《しそう》するなどとは思ってもみませんでした。人を殺しておいて、その子供を、あんな平然とした顔で見られるなどと、誰が想像できたでしょう。かえってぼくは、大司教がぼくら兄弟をかばっているのだと信じていました。それで、ぼくは、大司教が死んだとき、涙を流したのです。本当に悲しいと思ったのです。そのことを考えると、ぼくは自分の愚かしさが笑えてきてなりません。いいえ、哀れとさえ思えるのです。その後、ぼくは努めてこういう苦しみに触れまいと考えました。自分の苦しみを無視しようと思いました」ユリアヌスは言葉をきった。また涙が溢れてきそうだった。彼はしばらく星空を見てから、言葉をつづけた。

「でもキリスト教に関するものは、教会も、司祭も、書物も、何とも言いようのない苦痛を呼びおこすのです。たしかにキリスト教徒たちはうまいことを言います。熱心です。愛や献身を説きます。他人の家にあがりこんで、病人の看護から煮炊き、洗濯まで手伝います。裸足の修道僧たちは貧民の救済に骨身をけずっています。でも、ぼくは、大司教のあの平然とした顔を思い出すと、こうしたキリスト教徒の働きが、すべて、おぞましいものに見えてくるのです。どれも信用できないのです。いかにも無知の鈍感さがまるだしのような気がするのです。ぼくはニコメディアの小教会に一度さそわれたことがあります。そこは曲りくねった裏町にありました。集まっているのは貧しい職人や、商人、人足、女たちなどでした。ろくに字も読めなければ、自分たちの神が何であるかを知りもしませんでした。彼らはただ集まり、歌をうたい、聖句をとなえていれば、それで満足だったのです。ちょうどその日、教会の裏の工事場で大理石の石棺の破片が出てきました。裸の童子たちが葡萄の実を手に手にとって歌をうたい、踊りをおどっている楽しげな浮彫りのある一枚板の大理石でした。人夫たちが会堂にそれを運んできたとき、ぼくは、それがローマの最盛期につくられた、手のいい職人の作であることがわかりました。実にほれぼれする美しさでした。しかし次の瞬間、司教もキリスト教徒たちも教会のそばからそんな異教の石棺が出てきたことに憤慨しはじめたのです。みんなは口々にその浮彫りを呪いはじめ、口ぎたなくののしりました。揚句の果ては、司教がその石板を地面に叩きつけて、粉々に砕いてしまいました。信徒たちは声をあげて神の勝利をたたえ、なかにはわざわざ足で踏みにじる者もいました……」

ユリアヌスはほっと太い息をついて、兄のほうを見たが、ガルスは腕組みをしたまま黙っていた。夜風のなかに乾いた甘い花の香りが強くなった。ユリアヌスは言葉をついだ。

「ぼくも、はじめはそうした人々を許しました。努めて同調しようとしました。しかしそのうち信徒たちの鈍感さ、無知、饒舌、わずらわしい干渉、愚鈍な熱心さに我慢できなくなってきました。その全体が、大司教の平然とした顔が象徴するような虚偽で覆われているような感じがしたのです」

ユリアヌスが口をつぐむと、ガルスは腕組みをほどき、弟の肩に手をのせた。

「お前はなぜ大帝がキリスト教徒を公認したか、知っているか」と訊ねた。

「キリスト教に帰依されたからではありませんか」

ユリアヌスはおどおどと言った。

「それもあるだろう」ガルスは弟の肩に置いた手に力をこめた。「だが、大帝がキリスト教を公認したのは、このがたがたになったローマ帝国に、もう一度、しっかりした箍《たが》を嵌《は》めようと思ったからだ」

ガルスは露台の端まで歩いてゆき、手すりに両手を置き、夜気のなかに漂っている甘い乾いた花の香りを嗅いだ。

「大帝の気持では、各都市に急速に増えているキリスト教徒の団結力をそのまま帝国の国力振興に用いようとしたのだ。わかるかね。大帝は自分の肖像を大の玉座と等しいものに描かせている。そこでは皇帝は神なのだ。神でなければならないのだ。ところが、ローマ神教には、もはやそれだけの信仰力は残っていない。誰だって、あれは冠婚葬祭を行なうための便宜だとしか思っていない。ローマ神教は単なる形骸なのだ。だから大帝はキリスト教を取りあげたのだ。彼らの神への信仰心をそのまま皇帝崇拝に利用している。この点は大帝の政策をそっくり踏襲したコンスタンティウスも巧みにやってのけている。あの臆病者でも、自分が神の座にあるときは、どんな顔をしなければならぬか、よく心得ている。きらびやかな儀式を行なう。金ぴかの玉座や絢爛たる垂れ幕をつくらせる。だが、これはいずれも平民たちを幻惑させる手段なのだ。しかしユリアヌス、そのおかげでローマ帝国は分裂、崩壊から免れているのだ。大帝がキリスト教を公認したのは信仰からではない。彼らの熱狂をローマ帝国のために使うためだったのだ。だからこそ、大司教は皇帝と取り引きをしたのだ。キリスト教徒は皇帝を熱烈に崇拝することで自由を手に入れたのだ。彼らが皇帝崇拝を拡げれば、帝国では、信仰はいっそう強固になり、したがってキリスト教は一段と栄える――まあ、こんなからくりが首都宮廷に隠されている。そうした問題をお前のように、まともに考えたら、何一つ理解できなくなる。おれたち統治の任にあるものは、何が真理であり、何が正義であるかを考える必要はない。おれたちはいかに帝国を統治しうるかを考えれば、それで十分なのだ。手段について思い及ぶ必要はない。帝国統治が完全なら、その手段は正義になる。政治とはそういうものだ。まず実際の生活がある。統治がある。軍隊の維持がある。法律の制定がある。土木がある。交通がある。それらを完全に動かすこと、それが、おれたちの正れ、大胆不敵な企みが平気でなされるのだ。たとえ千人の無辜《むこ》の人間を殺さなければならないとしても、それでローマの平和が保てるなら、おれたちはそれをやらなければならないのだ。政治とはそういうものだ……」

ガルスは新任の副帝らしい断固とした口調で、そう言った。

しかしユリアヌスはそうした兄の言葉についてゆくことができなかった。「兄は結局、あの大司教の陰謀をも認めているのだ。皇帝同様、兄もキリスト教徒を政治の道具として使うつもりなのだ。たしかに実際の生活を安定させることが先決であろう。政治とは、所詮そうした実際の生活を動かしてゆく技術にすぎないのだから。しかし、だからといって、何が正義であるか、何が真理であるか、考えなくていいという法はない」ユリアヌスは兄の薄い唇がゆがめられるのを見た。「兄は、このユリアヌスがなぜ黙りこくっているのか、知っているのだ。マケルムにいた頃からどこか一点でつねに兄ガルスとどうしても意見の合わぬところがあった。いまでもそうだ。兄は統治がうまくゆけば、それが正義だという。だが、キリスト教徒を道具として使って統治がうまくいったとしても、それは果して正義なのだろうか。父ユリウスを殺害して教会の勢力を拡げえたとしても、それが一体正義と呼べるのだろうか。兄はそれが正義だと主張する。現実がすべてだと言う。だが、どう考えても、大司教エウセビウスの平然たる顔を、正義と呼ぶことはできぬ。キリスト教徒を道具として利用することも、信仰と何の関係もない以上、正義と呼ぶことはできぬ。いや、兄が何と言おうと、正義を実現する政治はあるはずだ。でなければ、人間がいままで考えてきたことは、すべて無駄になる。万一、自分が統治者になるようなことがあれば、政治がうまくゆくことをただ単純に正義だなどとは絶対に考えまい。いや、あくまで正義を実現するための政治を行なうのだ。おそらくそんな機会はないだろうし、統治などという宮廷の仕事は自分にはまるで向いていない。だが、それでも、万一そんなことにでもなれば、巧みな政治を正義と考え、手段を選ばぬような態度だけは、絶対にとらぬようにするのだ……」

彼はそう考えた。しかしそれを兄に言うことはできなかった。むろん兄がこわかったからではなく、その種のことは、それが言葉になった途端、軽薄な、とるに足らぬものになるような気がしたからである。ユリアヌスは、もしそれが何か意味を持つとしたら、ただ黙ってそれを実現するときであろうと思った。世の中には、たしかにそういう種類のものがある。このこともその一つに違いない——彼はそう直感したのである。

兄弟はしばらく露台に立って、冷えはじめた四月の夜気のなかで、花の香りを感じていた。流星が長い尾をひいて暗い夜空を横切っていった。二人は無言でそれを眺め、ながいこと、そこへ立ちつづけていた……。

ニコメディアの中央広場に近い競技場で副帝ガルス歓迎の戦車競技が行なわれたのは、

それから二日後の午後のことである。久々で首都からもエフェソスからも名だたる競技者たちがニコメディアに呼び集められていた。入場券は数日間で売りつくされ、前評判は、ガルスの噂とともに、町の人々をやたらに熱狂させていた。ビリタス親方は晴れの日にそなえてゲルギスやディアを相手に最後の訓練で死にもの狂いになっていた。戦車競技のあいだに前後二回、ビリタス親方一座の軽業が興行されるはずだった。ここで評判をとれば、首都の興行師に呼ばれる可能性は大きいのだった。ディアは身軽に馬に横坐りし、円形に駆けさせたり、駆ける馬の背で逆立ちしたりしていた。

ユリアヌスは兄が離宮に入ってから、学塾を休んでいた。そのため学生のあいだでも特別興行の戦車競技が彼らを熱狂させていることは知らなかった。とくに首都から来たアイギストスとかペリクスとかは競技者のなかでも最も高名な人々で、馬につけた戦車を御しては帝国広しといえども、この二人の右に出る者はないという噂だった。

競技場は競馬場《ヒポドローム》に似た楕円に近い形をし、正面と裏正面の直線コースは長くのびて、千メートルをこえていた。観客席はそのコースのうえにのしかかるような急斜面になっていたが、競技場が広々としているため、息苦しい感じはなかった。

その日はすでに朝のうちから観客がぞくぞくとつめかけていた。副帝到着のトランペットが吹奏されたとき、さすがに巨大な競技場もニコメディア近郊の人々でぎっしり埋められていた。

ゾナスは学塾の仲間とともに、正面桟敷に近い一画を占領していた。もちろんビリタス親方に特別に計らってもらった席であった。

ゾナスの隣に、空席があったが、それは彼がユリアヌスのためにとっておいた席だった。ゾナスは例によってビリタス親方から特別券を手に入れると、早速、高台の上のテラスのある豪邸をつぎつぎと訪ねてユリアヌスを捜したが、とうとうその居所をつきとめることができなかった。

ゾナスが捜しくたびれてディアの家に寄ると、猛練習でぐったり床に寝ていた彼女は、猫のように、ぐにゃりとしたまま上半身をおこし、「どうも怪しいとは思ったけれどね。私が訊いたときも、なんだかおどおどしていたもの」と言った。

「せっかくアイギストスとペリクスの戦車競技が見られるというのに、どうしたっていうんだろう。まったく手のかかる男だよ」

ゾナスは口ではそう言いながらも、くしゃくしゃの金髪をかきあげて、陽気な青い眼をかがやかした。

「なんでも首都からも相当の人が見物に来ているという話だぜ。これで親方も評判をとれば、首都に呼ばれるのは間違いなしだね」

ビリタス親方は四角く筋肉の盛りあがった肩をぐりぐりと動かしながら、「さよう、このビリタスは野心家ですからな。チャンスは見逃しませんよ。まあ、見ていて下さい」と低い声で言った。

　むろんその後ゾナスの奔走にもかかわらずユリアヌスの居所は判明せず、その姿を街中で見かけることもできなかったのだった……。

　どこか中央舞台の周囲から拍手の音が湧きおこった。トランペットが再度金色のような輝く音色で鳴りひびいた。正面桟敷の中段あたりに、手すりに囲まれた舞台状の席がつくられていて、そこに、浅黒い、頰のこけた副帝が、白い衣裳をまとった妃コンスタンティアを従えて入ってきた。

　ゾナスはそばの仲間に「副帝ってのは、あれで、結構男前じゃないか」とささやいた。

　仲間は笑いをこらえて言った。

「十三年目の後家を貰えば、ゾナス、貴様だって男前があがるぜ」

　そのときゾナスは、ふと、副帝ガルスとその妃の後から、おずおずと姿を現わした男に眼をとめた。

「あれを見ろ」ゾナスは仲間に耳うちして言った。「あれは誰だ？」

「皇族の誰かだろう。それとも侍従長か。大方、そんなところだろう」

「あれを見ろ。よく見てみろ。誰かに似ていないか」ゾナスは眼をこらすようにした。

　彼らの席から、中央舞台の人物は、辛うじて目鼻立ちを見分けられる程度にすぎなかった。仲間は同じように眼をこらした。

「誰に似ているって？」仲間が訊いた。

「誰って……よく見ろ、どこか、あのユリアヌスの野郎に似ていないか」

ゾナスは眼をこらしつづけた。

「そう言えばそうだな。似ていなくもない。だが、遠くてよくわからんな」

「いや、あれは間違いなくユリアヌスだ」

ゾナスは金髪をふりたてて叫んだ。

中央舞台では副帝ガルスが人々の割れるような拍手にこたえて、両手をあげ、頭を軽く前へ動かしていた。妃は頭をそらし、虚空を見つめるような眼ざしをして、じっと動かずにいた。三番目の男は、白い寛衣を着て、落着かない様子で、うつむいたり、兄のほうを見たり、自分のまわりを、思い出したように急に眺めたりしていた。

「だが、なんだってユリアヌスがあんな場所にいるんだね。他人の空似じゃないのか」

仲間は、なお執拗に中央舞台のほうを見ているゾナスに言った。

「それは、おれにだってわからんさ。だが、ともかく、皇族席にいるのはあいつなんだ。よく見ろよ。頭のがくがくした動かし方、手を肩のところへ持ってゆく動作、みんなユリアヌスの癖だ。間違いない、あれぁユリアヌスだ」

ゾナスたちの声も波のように高まってゆく拍手と喚声に掻き消された。

第一の組がすでに競技場に姿を現わしていた。二輪戦車《シャール》が二頭の馬に曳かれて、軽々とした、流れるような動きで、競技場のフィールドを横切っていった。競技者たちは、戦車の上に直立し、馬を御しながら、つぎつぎに、中央舞台の真下まで行き、胸に手をあてて、副帝に敬礼した。ガルスはそのたびに黄金色の鷲頭のついた笏をあげて答礼した。

馬の足音が、がらがら鳴る二輪の装甲車の車輪の音にまじっていた。馬たちも周囲の緊迫した空気と、津波のような喚声におびえて、後じさりしたり、後足で立ちあがったりした。中には勝手に走りだす馬たちもいた。

どの戦車にも競技者が兜をかぶり、胴鎧を着て、さながらギリシア古代の戦士のように、正面をむいて直立し、馬の手綱をひきしめていた。

第一の組は五台の戦車で勝利が争われることになっていた。馬たちの激しい息が聞えていた。すでに五台とも出発点に並んでいた。トランペットが高らかに鳴り渡った。場内が一瞬しんとした。次の瞬間シンバルが鳴った。

馬たちがいっせいに走りだした。ゾナスは腰を浮かせて、正面桟敷の前の直線コースを恐ろしい勢いで走りぬけてゆく五台の戦車を見つめた。砂煙が黄色く巻きあがり、それを走りぬける馬と車輪と競技者が影のように見えた。蹄の音と車輪の音が地響きとなってゾナスの身体を通りすぎた。

何台かが先に出、何台かが遅れた。最初の曲り角を争って、先頭の戦車がカーヴを切りそこね、砂煙のなかで、横転した。車輪がとび、馬たちが折り重なって、重い液体のように崩れるのが見えた。

その傍らをかすめて、片車輪を虚空でからから空転させながら、斜めに車輪を傾けて、首位の戦車が走りぬけた。二位、三位が車輪を接してカーヴをまわった。

裏正面の直線距離を戦車の一団は疾風のように走りつづけた。人々の口からアイギストス、アイギストスという声があがった。四番目に走っていた戦車が直線距離でぐんぐん追いあげ、三位をぬき、二位と並び、満場の絶叫のなかで、二台が並びながら、カーヴをまわりはじめた。アイギストスは外にまわりこみ、時おり片車輪のからからという空転音を響かせながら、前の戦車に食いさがった。そしてカーヴをまわりきって直線にかかるや否や、二位を追いぬき、首位に迫った。

アイギストスが首位を追いぬいたのは二周目の裏正面の直線コースで、両者はほとんど直線距離をぴったり並んで、一台の戦車のように疾駆した。時々二台の車輪が触れあう不気味な金属音が、きーん、きーん、と場内に響いた。人々は熱狂し、声をかぎりに叫んでいた。興奮のあまり衣服を引き裂く者もいた。たえずとびあがっている者もいた。

三周目に入るカーヴでアイギストスがわずかに前へ出た。それに追いぬかれまいとして首位の男は一瞬身を前に乗りだした。戦車の車輪が空転した。と、次の瞬間、戦車は一転して、競技者の姿が弧をえがいて、空中を飛び、ぼろか何かのように大地へ叩きつけられた。馬は横転した戦車をひきずって、驚いたように、斜めに走り、コースをはずれて、砂煙をあとに濛々《もうもう》と立てていた。

アイギストスは間一髪、相手の車輪を逃げきると、そのまま一直線にゴールへ走りこんでいった。

場内は酔ったように湧いていた。ニコメディアでこんな戦車競技を見るのははじめてのことだった。人々は自分の手が汗でぐっしょりしていたのに気がついた。思わず興奮して隣の人と話をかわさずにいられなかった。トランペット隊が高らかに曲を吹奏していたが、誰もそれに気づかなかった。場内はまだ嵐のような騒ぎだった。フィールドを幾まわりもして観衆の歓呼にこたえていたアイギストスは、軽々と戦車をあやつりながら、副帝ガルスの手から月桂冠を受けるために、中央舞台の真下まで走っていった。ガルスの手が動いて、アイギストスの頭に冠が載せられると、喚声は一段と高まり、それはもうとどめようもない狂乱となった。

第二の組がスタートについたとき、喚声はふたたび潮がひくように静まった。しかしシンバルの音とともに競技がはじまると、熱狂は前よりも激しかった。第二の組はその実力は伯仲していた。一周をすぎ、二周をすぎても、互いにぬきつ、ぬかれつしていた。そのたびに喚声は狂ったように渦巻き、絶叫や悲鳴がそのなかにまじっていた。

明るいトランペットの曲に乗って、ビリタス親方一行の軽業師が姿を現わしたのは、第二の組の競技の興奮がまだ渦をまいて残っている最中だった。人々は緊張からときほぐされ、中央のフィールドを自由自在に駆ける馬の曲乗りに喝采した。

ユリアヌスはこの前の円形闘技場《コロセウム》のときとは違って、もうほとんど目の前といった距離で見るビリタスらの軽業に何度か息をのんだ。とくに身軽なディアが円をえがいて走る馬の上で演じる逆立ち、空中回転、梯子乗りなどは、戦車競技以上に、ユリアヌスをひやひやさせた。しかしディアの身体に何か特別な仕掛けがあるみたいに、曲芸のたびにひらりと馬の背に立ち、にっこりと微笑し、中央舞台にむかって会釈した。

前のときよりも出し物は一段と多彩だった。ビリタス親方としては、たしかにいまが勝負時だった。新たに雇ったインド人やスキタイ人の曲芸が加わっていた。珍しい音楽や踊りが織りこまれていた。そのあいだにもディアの皿廻しや剣投げや綱渡りがつづいていた。

軽業は円形闘技場《コロセウム》のとき以上の大成功だった。曲芸が一つ終るごとに喚声が高まっていった。副帝ガルスまで身をのりだして、しなやかなディアの身体が空中を幾回転もして地上にひらりとおりたつのを眺めていた。

ユリアヌスには、それが市場で穀物の袋をかかえていたあのディアと同一人であるとは、どうしても信じられなかった。荒織りの布を頭からかぶっていたディアは、それでも、胸のあたりが豊かにふくらみ、香わしい果実のような感じがした。それはいかにも娘々した甘やかな感じだった。しかしいま曲芸を軽々とやってのけているディアは、若い女というよりは、どこか少年じみており、時には小さな人形のように見えた……。

ユリアヌスが放心から我にかえったのは、ビリタス親方一行が、満場の割れるような喝采を浴びて、輪をとき、整列して、副帝ガルスに頭をさげたときだった。

彼は、近々と、中央舞台の真下に立っているディアの姿を見つめた。すると、そのとき一揖《いちゆう》を終って頭をあげたディアと、不意に、眼が出会った。ユリアヌスは狼狽を感じた。しかしディアのほうは、まるで雷にでも打たれたように、呆然として、両手をたらし、まじまじとユリアヌスのほうを見つめていた。

軽業師の一行がトランペットの曲に乗って一斉に引きあげたとき、ディアは、なお、ぼんやりとそこに一人で残されていた。途中で気がついた仲間の一人が、あわてて引きかえし、ディアの手をとって、出入口に引っぱっていった。観客はどっと笑い、喝采し、足を踏み鳴らした。彼らはそれをビリタス親方の仕組んだ巧みな道化だと思ったからである。

軽業師一行が姿を消したとき、戦車競技は中休みに入った。副帝ガルスは上機嫌で、妃コンスタンティアと弟ユリアヌスのほうへ顔をむけた。そのとき彼はユリアヌスが放心したような表情で自分の前に見入っているのに気がついた。しかしニコメディアの都市参事会議長がそのときガルスに声をかけた。そのため彼はユリアヌスが放心し、ほとんど涙ぐんでいた理由を訊くことができなかった。

巻末付録　著者による本作関連エッセイ

ユリアヌスの浴場跡

パリのカルティエ・ラタンのまん中を通るサン・ミッシェル大通りが、サン・ジェルマン大通りと交叉する四辻に、鉄柵にかこまれたローマ時代の遺跡がある。雨にさらされた白い石の壁が半ば崩れ、そのつづきに、一角獣のタピスリで有名なクリュニー美術館のゴシックの端正な建物が並んでいる。このローマ時代の遺跡が背教者ユリアヌスのテルム（浴場）だと教えてくれたのが誰だったか、いまでは忘れてしまったが、パリにはじめて着いた頃から、この遺跡のそばを通るたびに、私は、不思議な魅惑をもつ、この背教者ユリアヌスという名前を思いだしたものだった。

もちろんそれが真にユリアヌスのテルムの跡なのか、ローマがガリアを統治していた時代の、他の執政官たちの宮殿跡なのか、何も正確にわかっているわけではないが、私は、とくにそれを詮索しようという気持もおこらなかった。私には、ただ、深々と枝をひろげるマロニエの下に、青く冴えた芝生と、古いテルムの廃墟が、そこだけいっそう空気の澄んでいるような静けさのなかで、ひっそり息づいているだけで、十分なような気がした。

雨にさらされた石の壁には、白い石を数段積むと、赤い薄板煉瓦を四列ずつ水平に並べるという、遠いガロ・ロマン時代の遺構に共通した特徴を見わけることができた。私は、読書に疲れると、サン・ミッシェル大通りを下り、鉄柵のあいだから、よくこのローマ遺跡を眺めた。石の壁も芝生も庭園も落葉におおわれているようなとき、その落葉をガサガサいわせて、黒い歌鶫《メルル》がせわしく鳴きながら、素早く飛びさっていった。

私が七年ぶりに、このユリアヌスのテルムの跡を見たのは、埴谷雄高《はにやゆたか》氏と東欧、北欧をまわってパリに着いた一九六八年の夏の終りである。カルティエ・ラタンはヴァカンスでひっそりしており、サン・ミッシェル大通りにも人影はまばらで、プラタナスの並木だけが濃いかげを道に落していた。五月事件でバリケードに用いたため、三十メートル近く鉄柵がもぎとられ、そのあとに木の塀がたてられていたが、ユリアヌスのテルム跡も、青く冴えた芝生に立っている石像も、町角の新聞売りも、枝をひろげるマロニエも、何もかも昔のままだった。私は、雨にさらされた廃墟の石を見ながら、言い知れぬ感銘が自分をつらぬくのを感じ、ふとなまなましく背教者ユリアヌスという名前が、どこか遠いところから、ゆらめき出てくるような気がした。

もちろんその頃はまだユリアヌスが自分にとって何か決定的な人物になるという気持

はもっていなかった。それは、ながいこと忘れていた旧知に、偶然出会ったほどの、ある種のなつかしさが、そこに僅かに感じられた程度のことにすぎなかった。

しかしその年私がパリに住みつくようになると、はじめは小さなかげりにしかすぎなかったユリアヌスの影が、次第に大きく私のなかに拡がってくるのを感じた。それは、かつて背教者ユリアヌスという名前に魅惑された頃の、単純な、歴史的好奇心にみちた、夢想にとりまかれた関心とは違って、もっと切実な、どうすることもできぬ悲劇に立ちあわされた、血を流した人間に対する共感として、私の心に迫ってくるような気がした。

私は、埴谷氏とともに東京をたつ前、もちろん種々の事情が十年前と異なっているだろうことは十分に予想しているつもりであった。たとえば十年前のフランスはなおアルジェリア戦争に苦しんでいたし、ヴェトナムの苦悩は現在ほど大きく世界の前にクローズ・アップされてはいなかった。パリで私はフルシチョフがドゴールと並んでエリゼ宮に向うのも見たし、ケネディが新しい期待を担って登場したのも見ていた。安保闘争の写真をポン・デ・ザールの橋の上で、毎夕、図書館の帰りに息をつめて眺めたことは、いまも、新しい傷のように心に残っている。

むろんフルシチョフ体制は崩れたし、ケネディも倒れ、中国も新しい段階に突入し、ヴェトナムの悲劇が全世界をゆすぶり、フランス自身、アルジェリア戦争後の繁栄につづく深刻な危機を経験している。なるほどチェコ事件のようにパリに来た後に起った事件もあり、予想しえなかった事態も幾つかあることはある。しかしこうした現代史の変貌は、私なりにあとづけられたし、また、事実、あとづけようと努め、そのかぎりでは、ある程度予測しえた事柄と言ってよかった。

しかし私がパリに来て徐々に気づきはじめたのは、こうした政治、経済、文化の全領域にわたる事件が、パリもニューヨークも東京もローマもモスクワも、ほとんど同時的に起り、ほぼ同質の速度、性格、規模をもって変貌しつつあるということだった。たとえばパリの街頭デモ一つをとってみても、それがその翌日には東京のテレビで見られるように、東大事件はほとんど同時的にパリ市民の眼をテレビの上に釘づけにする。その運動の性格は、それぞれの社会の歴史的条件、環境によって決定的に異なっているのも事実だが、一つの社会が自己の矛盾を止揚してゆく運動としては、全く同一の性格を担っている。

たしかに経済、政治の影響関係でも、まだ個々に孤立した狭い領域に閉ざされている場合が多いが、単純に十年前と較べただけでも、その相互影響、相互依存は、信じることのできない度合で進んでいる。なお十年前まで感じられた西欧、ないしアメリカから日本へ向ってゆく思想、文化、流行などの一方的な流れは、こうした世界同時的な、新しい文化状況のなかで、ほとんど爆発的な力で、ねじまげられ、変貌したように思われる。

なるほどフランスにはフランスらしい特色や伝統をもった政治経済の動きがあり、文化的な活動がある。それは日本の政治経済や文化活動が、われわれの風土、伝統とわかちがたく結びつけられているのと同じである。しかしそれにもかかわらず日本から外へ流れでてゆくさまざまな精神活動は、かつてのように、浮世絵や茶道やフジヤマ式なエキゾチスムでもなく、また西欧化をあせる擬似近代の結果でもない。日本の社会がその広い底辺になおそうした近代化問題をかかえているのは事実である。しかしその問題の解決すら、世界史の平面で行われなければならぬほど、現在は、いや応なく、世界の全員が、平等の資格で、同時的に、世界史形成という、共通した課題に立ちむかわされているのである。

同様の意味で日本の文芸雑誌が、フランスやアメリカの文壇の消息や新刊紹介をのせて、翻訳家が新流行の文学を一方的に紹介し、一般の読者が自分の生活や思想の基盤と関係なく、それを文化の意匠として受けとるということが、現在では、ほとんど無意味になり、不可能になりつつある。ということは、日本の文学者や読者だけが、ひとり世界史の見物席にいて、気楽に、あるいは羨望の眼《まな》ざしで、世界形成を眺めることが、できなくなっている、ということなのだ。そうしたことは、よくもわるくも、不可能であって、われわれは相互的に、世界同時的に、あらゆる国々とともに、この世界史形成へ参加を強いられているのである。

言葉という制約、文学者のもつ保守的気質その他の理由で、日本の文学がなお世界同時的な場での活動を十分に実現していないのは事実だが、といって日本文学だけが狭い列島のなかに孤立しているというのは、現在では、次第に現実に合わぬ認定となりつつある。その一つの例は、フランス、ドイツ、あるいはアメリカの若い世代が、日本ないし日本語に対して激しい関心を示しているということであり、また、日本、ないし日本の若い世代が、自分の現実の場としてヨーロッパやアメリカに出かけ、そこで生活し、考え、新しい世界史の状況を生きているということである。

彼らがこうした世界史の状況を自分の肌で感じ、それぞれ同時形成的な現実に生き、考え、学んでいることは、いままで少なくとも私などには考えられない事柄であった。交通機関の発達と情報交換の進歩が、かかる世界史の新しい面を切りひらいたことを、われわれは、やはりはっきり認める必要があるように思う。

日本語、日本文学に関する関心は、すでに専門家により報告されているが、それがかつてのようなエキゾチスムから生れたものでないことは強調されていい。日本は、世界史形成の、重要な可能性の一つとして、新しい姿を現わしているのである。

私が予測もしえなかった事態とは、実は、こうした世界の同時的な形成が濃密に行われているという事実であり、それゆえに、また、十九世紀から二十世紀前半までつづいたさまざまな文化基準、精神、人間観、価値観の尺度が、二十一世紀にむかって、激しく変貌し、そこに必然的に、大きな悲劇的様相が浮彫りされているということだった。

私のなかに背教者ユリアヌスのかげが次第に大きくなり、ユリアヌスが辿った悲劇が、私に他人ごとと思えなくなりだしたのは、こうした予測しえない事態を自分の感覚として日々刻々に痛切に感じるようになってからである。

時代の大きな変革期には、つねに時代を象徴するごとき人物が、壮大な悲劇を強いられて、歴史のなかに立ちはだかる。背教者ユリアヌスが立たされたのは、まさに古代的現実が、激しくゆすぶられ、古代を支配したあらゆる精神、人間観、価値観が危機に立たされた四世紀から五世紀への過渡期である。現在のイスタンブールにローマから都をうつし、コンスタンティノポリスを建設し、キリスト教を国教として承認し、ビザンツ帝国の基礎をひらいたコンスタンティヌス大帝の甥にうまれ、自らキリスト者として洗礼をうけたユリアヌスは、その燃えつきるような三十二年の短い生涯を、すべて古代異教の復興に賭け、音をたてて崩れる地中海古代を支えようと最後の悲劇的な苦闘をつづけるのである。

もちろんそうした精神や文明の悲劇に関係なく、ガリアの野では蛮族の討伐がおこなわれ、兵士たちは故郷を思い、町々の女たちと戯《たわむ》れたにちがいなく、またペルガモの市民は商売に精を出し、小アジアやシリアの町々では暑い日を浴びながら市が雑踏し、男は女を恋し、女は男をたぶらかしたにちがいない。私には、なぜかそうした歴史の変貌と、永遠に変りない人間のあくことない生活の諸相とが、現代の状況と二重うつしになって迫ってきて、しばしば息苦しいような気持になったのである。

はたしてこうした自分の意図を作品の前に書くことが、いいことか、わるいことか、私にはわからないが、ともあれ私が次の作品の主人公に背教者ユリアヌスをえらばなければならなかったのは、こうした日々の推移があったからである。

すでに私のなかで何人かの人物たちが、姿をあらわそうと、身をもがき、片眼をつぶり、しきりと身ぶりをしているのを感じる。そうした人物たちが、向う一年、読者の親しい友となって、人生の喜悲にささやかな贈物をもたらすことができれば、作者としてこれ以上の喜びはない。

ユリアヌスの廃墟から

パリのラテン区の中心を通っているサン・ミッシェル大通りを、サント・ジュヌヴィエーヴの丘のほうから、ソルボンヌを右に見て下ってゆくと、間もなくサン・ジェルマン大通りにぶつかる。

その四辻に鉄柵をめぐらしたローマの石造建築が残っている。風雨にさらされた石壁を深々とプラタナスが覆い、暗い窓などもあって、鉄柵のこちら側の、若い人たちが談笑してすぎてゆく大通りの雰囲気とは、際立った対照を見せている。

このガロ・ロマン時代（ローマ帝国がガリアを支配していた時代）の遺跡は、このほかパリのあちこちに見られ、たとえば植物園《ジャルダン・デ・プラント》近くの円形闘技場（アレーヌ）とか、ノートル・ダム大聖堂の前の遺跡（これはこの広場に地下駐車場をつくろうとして掘りはじめたとき、地下から発掘されたもの）とかは、ガイド・ブックにも記されている。

円形闘技場は小規模ながら形はよく残っている。ノートル・ダム大聖堂の前のローマ遺跡は、かつてこのシテ島にローマ為政者の宮殿があったことが知られているので、いずれもそれに関連した建物であることがわかる。

しかしこのクリュニーの四辻にあるローマ遺跡は、実際は何に使用されたか明瞭でなく、宮殿の一部か、あるいは大浴場のあとではないか、と考えられている。

この廃墟の建築は、そのままゴシック風の建築につづき、現在はクリュニー美術館と呼ばれ、十一、二世紀からルネサンス期までのタピスリなどを展示している。リルケの『マルテの手記』に出てくる有名な「一角獣のタピスリ」があるのも、この美術館である。ここがクリュニーと呼ばれるのは、かってこの建物がクリュニー派の修道僧たちのパリでの住居だったためと言われている。

はたしてクリュニー派の僧たちが、このローマ遺跡を何に使用していたか、わからない。倉庫とか、厩舎とかに用いていたのであろうか。内部は天井も高く、ちょっとした大広間であり、部屋も幾つかある。

私が一九五七年秋に、はじめてパリに着いた頃、この廃墟が「ユリアヌスの浴場」と呼ばれていると教えたのは森有正《もりありまさ》氏であった。たぶん私を連れてシャトレの中華料理店にゆく途中ではなかったかと思う。シャトレのサン・ジャックの塔で、パスカルが真空の実験をしたということを教えられたのも、そのときだった。

当時、私はパリの孤独な生活のなかで思索されていた森有正氏から、多くのことを学んだが、散歩の途中、パリの町に刻まれた歴史の一つ一つを、氏は克明に語ってくれた。それは後に『バビロンの流れのほとりにて』を中心に形成される思索を含んでいた。その中で「ユリアヌスの浴場」という言葉が、なぜいつまでも私の心に残りつづけたのだろうか。

おそらく私は「ユリアヌスの浴場」という言葉のひびきに、まず魅せられていたのであろう。もちろんその当時、ローマ皇帝ユリアヌスについては西洋史のかすかな知識しかなく、かろうじてパリ（ローマ時代ルテティアと呼ばれていた）で皇帝に挙げられたこと、「背教者」と異名されるようにキリスト教を棄てて古代異教を復興させたこと、などを知っているにすぎなかった。

私が松本の旧制高校にいた頃、一時メレジコフスキイの『神々の復活』や『神々の死』が友人たちのなかで読まれていて、私もレオナルド・ダ・ヴィンチを扱った『神々の復活』は夢中になって読んだが、どういうわけかユリアヌスを扱った『神々の死』は、ついに読む機会がないままに過ぎた。イプセンの『皇帝とガリラヤ人』もユリアヌスとキリストを扱ったものだが、これも眼を通していなかった。

だから「ユリアヌスの浴場」が私の心に残ったのは、あくまで「ユリアヌス」という音のひびきのためであり、かえってそのために、私がその廃墟の前を通るたびに、一種の魔力となって、私の心を捉えていたのかもしれない。

一九五七年から六一年まで私はずっとモンパルナスに住み、歩いてソルボンヌに通っていたから、毎日一度はクリュニーの四辻に出て、そこからサン・ミッシェル広場のほうへ出たり、サン・ジェルマン・デ・プレのほうへ曲ったりした。夕方、学生食堂に出かけた帰り、リュクサンブール公園をぬける近道をとらず、わざわざ人通りで賑わうサン・ミッシェル大通りをのぼってゆくとき、美しく照明されたクリュニー美術館を、鉄柵の向うに見ることもあった。

秋になって、早く色づくマロニエが絵のように紅葉し、芝生だけが冴え冴えと緑に見え、淡い霧がセーヌのほうから流れてくるような日、私は、鉄柵にかこまれたこの静かな小公園のような一画の前によく立ったものだ。メルルと呼ぶ、せわしなく動く黒い鳥が、芝生のなかを素早く走り、高貴な燻《いぶ》し銀のようなゴシック建築が、時の経過を忘れたように、ひっそり静まり返っていた。半ば崩れたユリアヌスの浴場跡も、そんな日は、ことさらに一種の物質感をあらわにして、雨にさらされた白い石の部分が、眼にしみるようだった。

私は世の興亡の空しさというより、そうしたものを越えた「時間の永遠の静けさ」のほうを、より強く感じた。一九五〇年代の終りのパリは、なお戦後の気分が残り、内閣はフランスのお家芸の短命内閣がつづき、アルジェリア紛争も日に日に悪化していた。

私はそういう日々に、自分の内部には、むしろ時間の流れの深さというものを感じつづけた。リルケが『マルテの手記』の中で書いたパリの死と病気と永遠を、私もひたすら私なりの流儀で感じていたといってよかった。

私が『廻廊《かいろう》にて』と『夏《なつ》の砦《とりで》』の中で徹底的に描きだそうと試みたのは、このパリで味わった「死」と「病気」と「永遠」だったと言っていい。それはながいこと私のなかにあった「歴史」と「実践」と「現実」というものを変容させ、その一面的な性格に多様なニュアンスを与え、その本質がずっと深い根底につづいていることを私に開示する役目を持った。

もちろんこの照明は、直接にはギリシアを旅行したときの強烈な印象と切りはなし得ない。それはいろいろの形で説明できる自己変容であり、私はそのことを何度か作品のなかにも書いたが、一口に言えば、パリで感じつづけていた「死」「病気」「永遠」——つまり「精神」の領域が、あらゆる物質的、現世的な実在よりも、強い現存感をもって迫るようになった、ということだった。

これは後に書かれた『円形劇場から』の主題の一つ——永遠の同一性の自覚——でもあった。ギリシアの神殿に象徴される崇高な精神の美しさは、われわれの興亡生滅をこえて、永遠に存在している、という、光の貫いてゆくようなレヴェラシオン（開示）となったのである。

歴史に対する永遠、変化に対する同一性、未来性に対する現世性が、作品を創りだすという心的姿勢をつくりあげたばかりではなく、いつか、このギリシアを憧れる心情を、単なる主観的な視野からの眺めではなく、その生れてくる必然や、その昂揚した気分や、またそれが負わされる制約、アナクロニズムなどを、客観的に描きだしてみたい、と考えるようになったのは、このギリシア旅行のあとであった。

もちろんそれがユリアヌスと直接に結びついたのではなかったが、おそらく真夏の日に灼かれながら、ギリシアの乾いた岩山や谷間を歩きまわることがなければ、ユリアヌスという歴史上の一人物に、私の思念が収斂されなかったと思う。

すくなくとも私が、終戦直後から十年以上も取りかかることのできなかった小説創作の根拠が、このギリシアが開示した永遠の同一性のなかに見出されたことはたしかだった。

『背教者ユリアヌス』も、他の作品同様、この開示がなかったら、生れ得なかったものだが、この作品が特殊なのは、主題そのものが、このギリシアを志向している、という点であった。

フランスから帰って、学習院大学の同僚たちとギリシア語でプラトンの「アポロギア」を読んだことも、遠くユリアヌスの上に光を投げかけている。このギリシア語輪読には、学習院大学の哲学担当の加藤泰義、仏文の山本功、山崎庸一郎、そして当時、私の同僚でもあった評論家の粟津則雄が出席していた。一度私たちが研究室で、難解な箇所で議論していると、福永武彦《ふくながたけひこ》氏が顔を出して、それを聴いていたことも、懐しい思い出となって残っている。

*

ちょうど帰国した一九六一年から一九六七年までの六、七年は、ギリシア体験を定着することと、そこから次への展望を開くこととに、全力を集中していたように記憶する。一九六六年の『夏の砦』と一九六八年の『小説への序章』は、この時期の探究の方向をよく示しているような気がする。

私が一九六八年に『安土往還記』と『天草の雅歌』を書きはじめたのは、いわばこうした探索が具体的な形をとって、一応客観化されたからであろう。

私は、直接自分に課された問題を、外側に出て、時代とか、別個の条件とかのなかで、描いてゆく可能性をつかめたような気がしたのだった。

たしかに一九六八年前半だけで前記二作のほかに『嵯峨野明月記《さがのめいげつき》』（第一部）を書き『ランデルスにて』『円形劇場から』を書いた。私は自分が書くのではなく、誰かが耳もとで囁く声を、ただ夢中になって筆記しているような、創作衝動の昂揚状態を味わった。

私は書くべきこと、書かねばならぬこと、書きたいことに、満されているような気がした。書いても書いても、心の中に脹らみ充満したものが、吐きだせないような感じだったのである。

こうして一九六八年七月二十四日、私は、埴谷雄高《はにやゆたか》氏と突然日本を離れた。もちろん旅行の準備はしていたが、書くことに夢中になっていて、それはほとんど上の空だった。私は羽田に行く直前まで原稿を書いていて、その足で飛行機に乗った。それはまだ夢がさめないうちに、次の行動に移るのに似ていた。いま思いだしても、そのときのことは一切、もうろうとした輪廓に包まれている。埴谷氏を見送りに来ていた若い人々のなかに、亡き高橋和巳《たかはしかずみ》がいたことが懐しく思い出される。

私は香港に着き、マニラに着いても、現実に旅行しているという実感はまるでなかった。

私は夢をみつづけているような気持でいた。一切は私の意志に関係なく、どんどん進行していた。私は埴谷氏を案内してソヴィエト、東欧を経て、ヨーロッパにゆくのだが、そんなことは、すべて嘘のような気がした。自分がどこにゆくのか、まったくわからなくなっていた。一切が、勝手に、どんどん進行していた。

私たちはカラチでパン・アメリカンを乗りかえ、モスクワに入ることになっていた。ところがカルカッタに着陸するとき、故障が起って、私たちの飛行機は一晩、むし暑いカルカッタに泊ることになった。噂に聞くこの熱帯の不気味な大都会の夜景を、私は通りすぎるバスの窓から、息をつめて眺めた。男も女も子供も老人も、道路にごろごろと寝ているのである。その間に家畜も寝ていた。全カルカッタの人々が家から外へ吐きだされたような感じだった。

しかしこの故障で私たちはカラチからの乗りかえ機を取りにがした。その結果、私ははからずもイスタンブールに行くことになったのである。

カラチからベイルートを経てイスタンブールに近づいた飛行機が、翼を斜にして金角《きんかく》湾《わん》に降下していったとき、私は窓から眼を皿のようにして、眼下を走ってゆく雲間から、何とかイスタンブールの市街が見えないものか、と眺めつづけた。

もちろんそのときはユリアヌスのことは頭になく、ただ漠然と、かつてコンスタンティノポリスと呼ばれた古代の大都市を上空から見たいという願望があっただけだった。たとえば『夏の砦』のなかの「グスターフ侯年代記」では、コンスタンティノポリスがビザンツ帝国の黄金の幻影に包まれて現出する場面がある。私は写本挿絵やモザイクなどで、そうした昔の宮殿、城壁、寺院などを見たにすぎないし、そうした昔の姿が現在残っているわけはなかったが、偶然イスタンブールに来るという運命の配慮があった以上、せめてその地形なりと、眺めたいものだ、と思ったのである。

しかし視界は雲また雲であった。時間は午後三時ごろであろうか。私はその前年、妻がここを訪ねたときも霧が深く、着陸できないで、ながいこと旋回していた、という話を思いだした。

やがて私は白く飛びすぎてゆくものの向うに何か青く新鮮に輝くものを見たように思った。それは何度か、白い雲に遮断されたのち、突然、青く、広く、目の前に輝きわたった——私は思わず息をのんだ。それはボスフォロス海峡の波であった。

青い波のうえをジェット機は低く匐《は》うように飛んで、陸地へ近づいていた。私は、角度が悪く、イスタンブールの市街も聖ソフィアの屋根も見ることができなかった。草の土手をこえ、滑走路にすべりこんだとき、ともかく自分がボスフォロス海峡の波を見たのだという実感だけは抱くことができた。

『背教者ユリアヌス』の冒頭が、霧のなかから徐々にこのボスフォロス海峡が現われる場面ではじまっているのは、コンスタンティノポリスとのこの接触を、私なりに記録したいと考えたからであった。

小説家が作品をつくるうえで、こうした多くの偶然を持つというのは事実だし、時にそれを幸運とすら呼びうるような場合もある。しかしそれはあくまで後から考えてみてそうなのであって、その意味では、人生で偶然でないものはありえない。

にもかかわらず『背教者ユリアヌス』に関しては、妙にこうした「神々の導き」とユリアヌスなら呼んだであろうような偶然が、幾つか、つづいたことは事実だった。

イスタンブールで一日をすごし、旧市街のほとんどをタクシーでまわり、聖ソフィア寺院や城壁、旧宮殿跡などを見たのが、その第一だとすると、その第二の偶然は、パリに着いて間もなく、オペラ座のそばの大通りで起ったのだった。

＊

その年の夏の終り、パリを離れる埴谷雄高氏をル・ブールジェ飛行場に送ったあと、私は、カルティエ・ラタンを逃げだして、もっとも庶民臭く、やくざな臭いのするモンマルトル界隈に住むことにした。

前にパリに住んだのは、カルティエ・ラタンとモンパルナスの間で、国立図書館に通うほかは、ほとんど左岸で暮していた。

六八年の五月事件の直後のことで、町全体に何となない挫折感と奇妙な昂揚感が交錯していた。しかし芸術映画や前衛映画をもてはやすだけではなく、ドラキュラものなどに夢中になっているふりをする知識人や利口な学生たちを見ると、そうしたスノビズムにやりきれない気がした。

それより、私は、職人や、小売商人や、町のおばさんや、娼婦たちのほうが、はるかに自分の気持に近いような気がした。私は、そのころ生活を直接生きることを、自分の念願にしていた。知識や書物ではなく、素足で生の実感を踏みしめること——そのよろこびが私の目的であった。

私は前と同じようにパリの町々をよく散歩した。絶対に人と一緒にならない、というのが、パリでの私の生活方法であった。知人や友人のもとを訪ねるのも、最小限度の必要時にのみ切りつめ、たいていは電話で用を足した。

こうして私は多くを思索と読書に捧げたが、そうしたある日、私は『タンホイザー』の前売り切符を買うためにオペラ座まで出て、それから、いつもの散歩コースをたどって、オペラ通り、パレ・ロワイヤル、ルーヴルと歩こうと思ったのだった。

しかしその日、どういうわけか、私は、オペラ通りと交叉するキャプシーヌ大通りへと左折した。秋らしい午後のひとときで、明るいショウウインドウには流行の洋服や貴金属や装身具が並んでいた。プラタナスの並木が黄ばんでいた。大勢の人々が楽しげに歩いていた。フランス語にまじって英語やドイツ語が聞えた。

私は、大通りをぶらぶら歩き、あちこちの店をのぞいた。広告塔の前で立ちどまって、音楽会のポスターを読んだ。

そのとき、突然、私の眼の前に、一冊の書物が飛び出してきたのだった。まるでその書物を、誰かが突きだしてでもいるかのようにそれは、私の前に差し出されているのだった。

しかしよく見ると、それはある書店が、歩道いっぱいに、台をひろげて、そこに廉価本をずらりと並べていて、その台の突端に、一冊、ぽつんと切りはなされるようにして、ジュゼッペ・リッチオッティの『背教者ユリアヌス』が置かれているのであった。

私はその本をとりあげた。それはアルテーヌ・ファイヤール書店の「時代と運命」叢書中の一冊で、リッチオッティの仏訳本なのだった。

このリッチオッティの『背教者ユリアヌス』は十フランほどの感じの本だったが、六フランで売られていた。私は、はじめてクリュニーの四つ角でユリアヌスの廃墟にめぐり合って以来、十年目に、まさにその人の生涯を明らかにしてくれる書物に出会ったことを喜んだ。廉価本であったこともうれしかった。

私はそれをモンマルトルの屋根裏部屋に持ちかえったが、むろんすぐ読むつもりではなかった。いつか、遠くない将来、これさえあれば、ユリアヌスを作品に書くことができるだろう――そんな漠とした気持が動いていただけであった。

その一九六八年の秋から冬にかけて、私はパリの屋根裏で、『嵯峨野明月記』第二部の原稿をすすめるので四苦八苦していた。第一部は私がパリ出発直前に書きあげ、その年の九月号の『新潮』に掲載されたが、第二部は翌年前半に掲載するという予告が出ていた。私は読者に対する約束を何とか守らなければならなかったので、午前中は、何はともあれ、この作品の執筆に当てようと決めていたのであった。

私は、旅行直前の忙しさのなかで、あれだけ昂揚感を味わいながら書けた作品だから、パリの落着いた環境なら、いっそう筆がよくのびるだろう、と思いこんでいた。だから、『新潮』編集部にも、ごく軽い気持で、作品執筆を約束していたのである。

しかしいざ原稿用紙をひろげ、東京から送ってきた資料を調べていても、いっこうに昂揚感は訪れず、叙述の筆も思うように進まなかった。舞台は関ヶ原合戦前後であり、京都は慶長年間の町衆文化に賑わっていたが、私の部屋は、そんな世界とまったく無縁に、不機嫌な感じで静まりかえっていた。灰色のパリの秋の曇り空が、どんよりと、マンサード屋根の上に垂れこめていた。屋根裏の生活が、ボードレールが歌ったとおり、裏窓のむこうに見てとれるのだった。

私は日一日と自分の中から日本語が消え、フランス語が増えてくるのを感じた。日本人と付き合わないので、喋るのも、聞くのも、読むのも、フランス語ばかり、という状態になってゆく。そんな状態にいて、およそパリの雰囲気と縁のない慶長の京都を書くというのは、ほとんど不可能な作業だった。

私は、書くのが苦痛だという経験を味わったのは前にも後にも、そのときだけであった。書いていると、額に脂汗がにじんでくる。歯をくいしばって書いていると、気が遠くなりそうになり、ついには頭が変になりそうだった。

しかし約束は約束だった。私は机に向って虫が匐うように一枚二枚と原稿を進めていった。東京の中央公論社から一通の手紙が舞いこんできたのは、ちょうどそんな悪戦苦闘の最中であった。差出人は近藤信行《こんどうのぶゆき》氏だった。

近藤信行氏の手紙は、新しく文芸雑誌を発行する計画があるが、それに長篇小説を連載して貰えまいか、という原稿依頼だった。

もちろん『嵯峨野明月記』が難航しているときだったので、その依頼が早急のものであれば当然断ったにちがいないが、手紙によると、創刊は翌年の四、五月ということだった。私の気持では、その頃には『嵯峨野明月記』も終っているであろうし、新しい作品にかかる余力も生れるだろう、と、かなり楽観的に考え、その依頼を引き受けた。そして作品の主題はたぶんユリアヌスの生涯を扱ったものになるだろう、と返事の中に書いたのである。

いまから思えば、私がどうしてあんな状況のなかで、ユリアヌスのことに言及する気になったのか、まるでわからないが、おそらくリッチオッティの『ユリアヌス』も手に入ったことだし、国立図書館の文献も使えるし、実地にユリアヌスの足跡を追うこともできるし、万事パリにいるほうが、ユリアヌス執筆には好都合だ、と判断したためであろう。

私はその年はなお朝鮮戦役の文献を読んだり、ノートをとったりするかたわら、自分の専門であるプルースト研究の文献や、現象学、存在論の書物を勉強したいと思っていたが、さすがに慶長の物語の苦闘がつづくと、その時間が刻々になくなってゆくのに焦燥を感じた。

ユリアヌスの材料も、年末か、おそくても年が明けたら、調べはじめないと、五月の創刊には間に合いそうになかった。

私は一九六九年のはじめに『嵯峨野明月記』第二部の前半三百枚ほどを『新潮』編集部に送り、目下最悪の状況で書いている所以を説明しこれ以上の執筆は不可能なので、しばらく休養したい旨を書き送った。それは不本意なことだったが、どうにも他に解決策はなかった。

いまから思うと、外国語の体系のなかに身を置くと、母国語であっても、発語能力をかなりの程度、阻害されるのではないか、という気がする。ましてその内容が、周囲の環境からの刺戟《しげき》を受けて活潑化することがない以上、二重に、書くことは苦しくなる。

こうして私は二月には決定的にこの作品から遠ざかり、新たにユリアヌス関係の材料の蒐集にむかいはじめた。前記リッチオッティの『ユリアヌス』を読み、ノートや年表をつくり、国立図書館に出かけ、ユリアヌス関係の書物をリスト・アップし、借りられるだけのものには大急ぎで眼を通した。

しかしそこで最も私の空想を刺戟したのは十九世紀半ばに出版された『ギリシア・ローマ人名辞典』で、不完全な編集方法であり、ただ古代文献、墓碑等に見られる人名の羅列にすぎなかったが、その人名を見てゆくうち、私は、そこに無数の人々が、身もだえしながら、私の方へ手をのばし、ぜひ作品に自分のことを書いてこの人名の羅列の中から自分を解放してほしい、と懇願しているような気持を感じた。

＊

私は国立図書館の閲覧室のナポレオン三世風の沈鬱な擬古典的な飾りを見ながら、ここ十年あまりのあいだにパリに現われた変化を考えた。日本も刻々に変っているが、パリの変りようも大きかった。世界史がいかにも大きく音をたてて方向を変えているように思われた。

私が無意識のうちにユリアヌスという人物を借りて直観していたものは、実は、この世界史の変化、という主題ではなかったか――私はそう思った。そしてユリアヌスが古代末期の文明没落を経験しながら、あえて古代の神々の復興というアナクロニックな努力をしたことのなかに、何とも多様な現代のアレゴリーを読むような気がした。

こうした思いがユリアヌスの素材調査を一段と熱気のある空気で包んだのは当然だっ

た。私はフランス文学よりもユリアヌス調査に捧げる時間が多くなるのが、さして苦にならなかった。文献がフランス語、英語というのも苦痛を減じてくれる原因だった。

国立図書館でつくったリストをもとに、私は購入可能な書物を買い入れ、主要なものは大急ぎでアンダーラインを引いたり、書きこみしたりしながら、眼を通した。こうして復活祭の休みが終る頃になると、資料的に私はかなりユリアヌスの世界に精通するようになった。その精通した眼で見ると、私が最初買い入れたリッチオッティの『背教者ユリアヌス』は、ごく不完全な通俗本にすぎぬことがわかった。つまりこの本の役割は内容的に私を助けたのではなく、私の目をユリアヌス素材へと向けることだったことになる。

内容の点ではレ・ベル・レットルの古代研究叢書に加えられたJ. Bidezの『皇帝ユリアヌスの生涯』などは、リッチオッティのものに較べると、正確で、包括的であり、文章も古風な懐しい味わいを持っていた。同じレ・ベル・レットルの対訳でユリアヌス自身の書簡、演説、布告文など四冊本を手に入れたことも、うれしかった。これはユリアヌスの書いたギリシア語が左頁にあり、対向頁にフランス語で訳が書かれていた。

人名辞典がユリアヌス周辺の架空の人物の顔を思いえがかしたのと同じく、ユリアヌス自ら書いた（または、口述した）ギリシア語は、ユリアヌスその人の表情を、まざまざと私の空想のスクリーンに描きだした。

この時代のすぐれた歴史家アミアヌス・マルケリヌスの『歴史』を私は読むことができなかった。仏訳もないうえ、短時間で読むには私のラテン語の読解力は貧しすぎた。もちろん前記 Bidez の伝記は、ほとんどアミアヌス・マルケリヌスの記述とユリアヌス著作から構成してある。とすれば、ともかく一応この Bidez をストーリーの中心にすえ、あとは私の主題から生れるイデーの形象化を、時間の展開に即して、進めればいい、というあたりまで、目ぼしがつきはじめた。

その頃、東京から、中央公論の文芸雑誌が『海』という表題で、七月号からスタートすること、その前に発刊記念号を出すこと、などを知らせてきたのである。

私は『海』の発刊記念号に「ユリアヌスの浴場跡」と題する小文を送り、『背教者ユリアヌス』の主題に関する大まかなスケッチを描きだしておいた。

私がこの作品の劇的モチーフのうち最も重要で、かつ作品効果のうえでも無視し得ぬと考えたのは、ユリアヌスの異教復興の意図と、時代全体に浸透してゆくキリスト教信仰との対立であった。しかしそれが作品の中心主題となるためには、差しあたって二つの困難が予想された。

その一つは異教とキリスト教の対立を、キリスト教が社会の根底にない日本において、どの程度のリアリティを保ちうるか、という問題。その二つは、異教とキリスト教の対立という宗教イデオロギーの論争を正面から扱うとなれば、資料的にも、かなり厖大な文献に当る必要があるし、それを消化して、登場人物の意見として喋らせるとしても、ちょうどトーマス・マンの『魔の山』ふうの、過剰な観念でふくれあがった作品になりはしまいか、という問題であった。

最初の問題に関しては、この宗教イデオロギーの対立は、十分に現代のイデオロギー的対立と重ね合せて、それを象徴化、戯画化、典型化して描くことができるはずで、それこそが当面の私の狙いであった。とすれば、それはとくにキリスト教自身の内的な考察が目的ではなく、四世紀の異端論争に明け暮れするキリスト教の動きの外観がむしろ問題となる。つまりその具体的な姿をかりて、イデオロギー的対立の一般的な像を描くことが求められていることになる。

したがってこの意図に即して具体像を描きうれば、キリスト教的地盤のないところでも、十分のリアリティを持ちうるのではないか。

第二の問題については、他のところでも触れたが、私はつねにトーマス・マン自身が言っている次の言葉を座右の銘にしている。

「思想そのものは、芸術家の眼から見ると、決して多大の固有価値や所有価値を持つものとは思われない。芸術家にとって肝腎なのは、作品という精神的装置のなかで発揮される、思想の作用能力である」

私はマンのこの言葉が必要なのは、まさにこんどの作品であろうと直感した。たまたま妻が四、五世紀の初期キリスト教美術の研究家であり、当時の研究対象が初期教父の典礼に関する問題を含んでいたので、文献的にはかなり豊富なアドヴァイスを受けることができたが、しかし私は、それがかえって作品に過重な負担を与えるばかりか、文献の森にさまよって小説空間の形成を困難にするのではないか、とおそれていた。

私のこうした危惧に対して、たまたまロンドンに行っていた妻が、この時代の宗教対立を包括的に扱った書物を持ち帰ってくれた。それがモミリアーニ編『四世紀における異教とキリスト教の闘争』であった。

この『四世紀における異教とキリスト教の闘争』は編者モミリアーニ自身の序文のほか八つの論文を集めており、たとえばA・H・M・ジョーンズの「異教とキリスト教闘争の社会的背景」、ヴォークト「コンスタンティヌス大帝の家族における異教とキリスト教」、クールセル「反キリスト教論争とキリスト教的プラトニズム」などは、この時代背景を明らかにするばかりではなく、「思想」を「作用能力」として取り扱いたかった私の目的に、過不足ない支えを与えてくれることとなった。

もちろん私は四世紀ローマの社会背景が明確に浮び上るように風俗的な細部を小説のなかに導入し、そこに思想だけではなく、いきいきした生活感情をつくることを願っていた。

そのための材料としてはルーヴル美術館のローマ彫刻や、各種の異教石棺に描かれた風俗が役立った。もちろん妻の専門領域である初期キリスト教美術の多くの絵画、彫刻は、私自身も親しんでいたし、その知識が意外なところで役立った。

たとえばローマ帝国内の各地に現存する円形闘技場や競技場（ヒポドローム）などで、闘技や競技のあいだに行われた軽業師たちの曲芸は、いまも象牙浮彫りや絵画などに残っているが、この曲芸図がはるばるシルクロードを経由して、正倉院の御物にも描かれていることを、私の妻があるエッセイの中で書いている。

私はこれらの曲芸図が好きで、あれこれ眺めていたが、『ユリアヌス』を書きはじめた頃、ひとつこのローマ帝国内を巡業した軽業師たちにも、大事な役を担ってもらおうと考えたのであった。

このほか作品にとりかかる前に私が眼を通した主要な本は、ギボンの『ローマ帝国衰亡史』で、結局これは前記 Bidez の『ユリアヌス皇帝の生涯』とともに、最後まで座右に置かれることになった。

その他の参考書は一度「夢想のための書庫」と題して書いたことがあるので省略する。とまれ私にとってこれらの書物は、決してユリアヌス皇帝の生涯や社会背景の研究のためにあるのではなく、あくまで小説家の夢想を保持するための支柱として存在すべきものだった。

その限りでは、つねに私のなかに生きていたのは、小説空間を満している一つの情感であり、気分であった。それは言わば善意が現実の苛酷なメカニズムに噛みくだかれてゆく悲劇であり、理想と現実の相剋のなかに現われる人間存在の悲痛な宿命の気分であった。ちょうどこうした交響する「静かな物悲しい人間性の音楽」を、個々のローマ的な人間の姿を借りて、作曲してゆくというのが、これら参考書を、鉛筆を手にして読んでいるときの、私の心構えであった。

こうした準備ののち、各章ごとのノートを簡単に書き、ほぼ全体のプランを構想したのが、その翌年（一九六九年）の四月だった。その頃、私はモンマルトルのムーラン・ルージュからルピック街を少しのぼったロベール・プランケット街にいて、近所の画家の柴田賢治郎氏夫妻とともにパリ郊外をよく自動車で散策しながら、少しずつこうした全体像をすすめていたように記憶する。

こうしていよいよ『背教者ユリアヌス』にとりかかったのは、日記によれば五月六日の午前であった。しかし長篇の土台石に似た「序章」の部分は、あらかじめ計画された全体像を睨みながら書いてゆくため、冒頭の興奮がすぎ、十五、六枚ほど書きすすめると、早速、進行がにぶりはじめた。

当時の日記をみると、長大な作品の調音を決定する文体のトーンに迷っていたようだ。とくに序章、第一章を含めた最初の三、四回分は毎回、同じような試行錯誤をくりかえし、原稿を何回も書きなおした。

それでも五月十六日の日記に「昨日〈ユリアヌス〉第一回分五十二枚をアンヴァリードの郵便局から出す」と書いてある。日記は曜日を欠いているので確かではないが、おそらくモンマルトルに住んでいた私が、アンヴァリード郵便局へ出かけたのは、その日が日曜で、エア・ターミナルのあるアンヴァリードだけが開いていたためではなかったか、と思う。

その前日かに東京の近藤信行氏から「Nous attendons votre Julianus」（編集部一同、ユリアヌスを待つ）という電報を貰っていたので、月曜になるのを待たず、書きあげるとすぐ、郵送したのであったろう。

しかしよくも悪くも序章が書かれたことはすでに作品が姿を現わしはじめたわけで、もはや宿命のように、変更の許されぬ一定の方向に小説は動きだしていた。しかしこうした形が決定されることによって、一種の落着きを手に入れたのは事実である。

その五月十六日、私はパリをたってイタリアに入り、五月十八日から二十三日までフィレンツェに滞在した。今から思うと、ようやく『ユリアヌス』の第一回分を書いたあと、早々に次の作品『春《はる》の戴冠《たいかん》』（『新潮』連載）の舞台を見にいったことになるわけだが、たしかにそういう趣もあり、大まかな主題の輪廓は心に描かれていたものの、本当は、久恋のフィレンツェへ一仕事を終えてほっとした気分で出かけたというのが実情であった。しかし第一章で扱われるエウセビウス大司教の挿話などはフィレンツェの旅日記に書きこまれているので、旅行中も、たえず『ユリアヌス』の世界に眼が向いていたにちがいない。

イタリアから帰ってきたのは六月はじめで、すでに第二回目の執筆が私を待ちうけていた。何度かの書直しののち、ようやく第一章の前半五十二枚を仕上げたのは六月十二日で、翌十三日、アベスの郵便局から航空便で送りだした。郵便局の前のマロニエのある広場で老人たちが初夏の朝の光を浴び、鳩が集っていたのを、今も、よくおぼえている。

＊

『背教者ユリアヌス』の冒頭から第一章の終りまで、私は飛行機から見た近東地方の印象をもとに、その舞台背景を描くことができた。たとえば前年、偶然訪れることのできたイスタンブールの記憶は、前述のように、冒頭の霧の描写に用いられ、さらにコンスタンティヌス・ポルフィロゲネトスの『儀式の書』（レ・ベル・レットルのヴォクトの註解書）につけられたコンスタンティノポリス大宮殿復元図と重ねることによって、作品中しばしば出てくる大宮殿の情景を容易に思い浮べることができたのであった。

しかし作品の後半の舞台となるガリア東部――つまりライン地方は一度ぜひ詳しく見ておきたいと思ったが、作品を書きはじめるまで、ついにその希望は実現されなかった。私がそのことを近藤信行氏に書いたかどうか、正確な記憶はないが、その年の七月終り私がルクセンブルク公国を経てトリール、ケルン、ヴォルムス、ストラスブールなどを巡歴する旅へ出かけたのは、中央公論社から作品の取材費が送られてきたからであった。当時まだ外貨のワクが存在しており、一旅行すればそれだけパリの生活費を節約しなければならなかった私としては、この取材費は貴重であった。

私はトリールの巨大な大衆浴場やポルタ・ニグラ（黒い城門）やバシリカや円形劇場を見ながら、ローマ帝国の前線基地の一つである辺境都市の壮大さに舌を巻いた。すでに南仏から中仏にかけて散在するガリア統治時代の遺構を見てきた眼には、遺跡そのものは取りたてて変ったものに見えなかったが、それが、かくも僻遠の地まで波及しているという事実に私はおどろいたのである。

ケルンの城壁や宮殿遺構なども、マインツの博物館のローマ時代の蒐集品とともに、私の想像力をかきたてた。たとえば小さな首飾り、腕輪、小刀、櫛などは私の眼の前にまざまざとライン地方のローマ人たちの生の哀歓を描きだしてくれたのであった。

私は小説を構想する場合、ある主題を具体化し可視化するものとして、個々の然るべき具体物を素材として集めてゆく。時にそれはまったく識閾下に沈んでいて、連想作用で呼びだされたり、空想的につくられたりする。こうした小説のボディ（corps romanesque）を確乎たる形に現前化するのが、資料蒐集や旅行の目的だが、よほど注意しないと、小説の枠を離れて、対象そのものの知識へひろがりはじめる。私の場合、あくまで小説の状況の要請が、この素材の知識の取捨の基準となった。おそらくそれは小説を活気づけ、想像力を刺戟するかぎりにおいて眺められるべきものであろう。『背教者ユリアヌス』において異端論争やキリスト教教義やプラトニズムが「作用能力」を持つ具体物として扱われ、ただその限りにおいて描かれたのはそのためである。私は『ユリアヌス』を書きはじめた頃、小説よりはむしろシェイクスピアの歴史劇を読むことに努めた。それによって劇的集中と思想の「作用能力」の扱い方を学んだのである。

私はライン地方を一めぐりすると、南ドイツのアウトバーンを辿りながら、シュパイエル、ウルム、アウクスブルクと立ち寄りながら、ドイツ・ゴシック寺院の蒼古とした姿を順々に眺めていった。

もちろんそれは『ユリアヌス』とは直接に関係はなかったものの、七年前に果せなかった夢に結びついているだけに、私はしばらく作品と別個の世界に魂がさ迷うのを感じた。

私はその後レーゲンスブルク、ニュルンベルク、バンベルク、ヴュルツブルクなどを旅し、ゴシック彫刻やリーメンシュナイダーの流れを汲む多くの木彫を見てまわった。

しかしふたたびフランクフルトからアンデルナッハを経てマリアラーハに来る頃、私の心は徐々に『ユリアヌス』の世界に向いはじめ、そうしてゆっくり旅行していることに焦燥に似た気持を感じはじめた。

すでに三回を書き終え、第一章もあと一回で終るわけで、最初の土台石を置く作業はほぼ完了したように見えたが、なお私には未知数の部分が、あまりにも多いように思われたのであった。いまは、こうして楽しみのための旅行をしている時期ではない、という灼くような気持が刻々に高まってきて、旅のはじめの、あの自由な昂揚した気分などは、まったく消えさっていた。

もちろん半ば物《もの》の怪《け》に憑かれたようになっていた当時の私は、自分のそうした矛盾にはまったく気がついてはいなかった。ただひたすらパリに帰って、ユリアヌスの資料のなかにもぐりこむことだけで頭がいっぱいだった。

私は旅行予定を繰りあげて、夏なのに寒い、雨のびしょびしょ降るパリに帰りついたのは、七月二十九日の深夜であった。ドイツ旅行に出て一週間しかたっていなかった。

しかし机の前に坐ると、私の気持は突然落着きを取りもどした。『ユリアヌス』に面とむかっていると、あのじりじりした焦燥感は嘘のように消えていった。そしていまはもう『ユリアヌス』だけが私を支え、私をまもってくれる存在であることが、痛いようにわかるのだった。

北杜夫がパリに現われたのは、そうしてユリアヌスの世界にもぐりこもうとした翌三十日のことだった。もちろん私はもっぱら早朝から午前中にかけて仕事をするし、北杜夫は昼近くにならないと目覚めないので、パリにいるかぎり、仕事の進行がにぶることはなかった。

私たちはかねがねトーマス・マンの墓参りをしようと話し合い、彼がパリの私をはるばるアメリカを経由して訪ねてくれたのも、もっぱらその目的のためだった。だが、本来ならドイツであれほど焦燥を覚えたのだから、このマンの墓参旅行も何らかの焦慮がつきまといそうに思われた。しかし私は北杜夫の顔を見たとたん、そうした一切が消えて、彼がパリに来てくれたよろこびだけで胸がいっぱいになるのを感じた。私は友情の不可思議さをあらためて感じないわけにゆかなかった。

＊

私がトーマス・マンの墓参とチロルの旅から帰ってきたのは八月六日の深夜であった。八月十三日の日記に次のような記述がある。

「昨十二日、『ユリアヌス』（五十二枚）第四回分を書きおえ、二時すぎまで読みなおして、封をし、今朝、速達で『海』に送る。第一章を終え、いよいよユリアヌス自身が精神形成をはじめる戸口まできた。

いつも『ユリアヌス』を送るアベスの郵便局。局の前の三角状の小広場にはプラタナスが濃くしげり、かげがひんやりしていて、教会の赤い模造煉瓦の正面が半ばかくされている。広告塔とベンチ。ベンチには老人の男女や、酔いどれが坐っている。鳩がしきりと餌をあさる。広場にメトロの入口がある。赤くメトロポリタンとかいてあり、その下に青に白字でアベスと示され、よく気をつけると、リーニュ・5とかいてある。みどりのベル・エポックの手すり。景気のいい八百屋の前を通って帰ってくる」

私はその頃まで、作品を書きながら、作品についての反省を、さまざまな角度から日記に書いてゆく習慣を持っていた。たとえば右の文章の直前（八月十日の項）に次のような書き入れがある。

「corps romanesque（小説的ボディ）というべきものが作品をふくらます。個々のパッサージュに挿入される一種の小エピソードや対話であり、直接、情景を前面に示し、人々をその中に吸いこんでゆく。

日常の現象もかかるコール・ロマネスクとして〈限定物〉とし〈カテゴリー化〉し〈模型化〉してとらえること……」

これは『ユリアヌス』に小説的な分析記述を与えるよりは、行為、言葉、情景をそのまま示して叙事詩的な外貌を与えようという、当時の私の姿勢を説明してくれる。

ちょうど『海』の発刊記念号が到着し、そこに寄稿した海外の作家の文章がそれぞれに現代文学の方向をいきいきと示していて、こうした国際的な雰囲気を、はじめて雑誌のなかに導き入れた編集者たちの心意気に、私は感銘をうけた。

その寄稿者のなかにノサックがいて、次のように書いていた。

「作家は純粋に歴史的な事実にたいしては冷淡ですが、その事実が現代の状況の比喩と認識とになりうるとき、耳をそばたてる……主観的な参加によって、史的対象が歴史から切りはなされ、ふたたび生き生きした緊張の場に蘇ることがあります。実際、芸術家にとって、とうに死んでしまった老人たちが、死者ではなく、現代人、同時代人、いわば同僚なのです。この参加は完全に非歴史的です」

私はこの言葉に強い共感を覚えた。私自身もまたユリアヌスの生涯と一つになり、そこに人間の痛切な夢をもう一度生きたいと思っていたからである。

このノサックの文章「文学という弱い立場」は、私の思いと交錯し、共鳴を呼びおこし、何回となく繰りかえして読みふけった。

「学者の場合には知識そのものが、かれの研究の手段となり、推進すべき目標ともなるテーマでもあり、素材であるのですが、作家の場合はそれとまったく異ります……精密な専門知識であっても、もしそれが書物のシチュエーションに合っていなければ、作品のなかでは、不快な夾雑物にすぎないのです」

この言葉は、四世紀のキリスト教教父たちがローマ帝国の政治機構の中に自己を一体化させ、地上の教会の勢力を拡大してゆく有様や、それに反抗して、より純粋な信仰に生きようとする修道僧たちや、その他アリウス派をはじめとする無数の異端論争などを、作品のなかで、いかに具体的に、いきいきと描きだすかに心を砕いていた私に、明確な基準を示してくれた。

キリスト教関係の資料を積みあげ、それを、作品の負担にならぬように消化する作業は、作品を書く前の、一つの重要な仕事であった。とくにユリアヌスが生きた四世紀ローマという厖大な背景を、ダイナミックに描くことは、作品の要請からいっても、冒頭のやま場と見られるべきものだった。

しかしノサックのいうように、いかに知識を積み上げても「緊張の場」に合致しなければ、それは「夾雑物」にすぎないのである。

ノサックは別の箇所で次のように書いていた。

「作家が小説なり芝居なりを書くときは、いわば彼の全知識を背後に打ちすてて忘れてしまわなければなりません。蓄積された知識は、かれにとって自明の背景以外の何ものでもなく、かれはそこから出て緊張の場へはいってゆかなければならないのです」

私は、おそらくこうしたキリスト教的背景を、客観的な叙述として書いてゆくならば、決して「緊張の場」をつくることができず、いたずらに、集積した知識の説明的な展開になるにちがいない、という気がした。

この場合、ノサックが「全知識を打ちすてること」を忠告しているのは、私にとって、重大な示唆であった。私もまた、四世紀ローマの社会史的、精神史的な細部を描くよりは、詩的な「緊張の場」、人間精神のドラマ、を描くことに、全力を集中しようと、十全の配慮をしたのであった。

私はこのため社会的、政治的要素を、すべて登場人物の視圏の中に押しこめ、彼らの行動を直接間接に触発する限りにおいて、現前する、という方法をとった。個々人の行動とその範囲が、同時に社会的背景を描くというような両義的な描出が、考えられた。司教エウセビウスがコンスタンティヌス大帝に呼びだされる途中、馬車のなかでつづける独白は、いわばこうした方法の一応用として書かれたものであった。

私は資料や参考書の抜き書きを整理したり、あらたに買入れたP・M・カミュの『アミアヌス・マルケリヌス』などに線を引いて読んだりしながらノサックの言葉を嚙みしめた。

私は『背教者ユリアヌス』を年代記的に忠実に書いてゆきたいと考えていたので、最初に簡単な年表をつくり、そこへユリアヌスの事蹟を書きこんでいった。

これは『嵯峨野明月記』とほぼ同じ方法だったが、この慶長年間を扱った作品のノートでは、年表と平行して、三人の主人公の年譜を別々につくり、それを一目で見ることができるように、四段にして貼り合せ、一枚の地図のようなものをこしらえた。作品を書くたびに、それを目の前にひろげることにしていたわけである。

しかしユリアヌスの場合はごく簡単で、こうした多旋律の声ではなく、一すじの主旋律を記してゆけばよかった。ただ、こんどは主旋律にみちびかれながら、その部分ごとに、ポリフォニックな効果があがるように、また長い作品の前後の照応や伏線が狂いなく描かれるように、注意を集中する必要があった。

この作品が当初の予想をこえて刻々にふくれあがり、作品の進行が、いつか小説的リズムより叙事詩的リズムになっていったのは、こうした個々の部分を、十全な形にふくらまそうという意図の結果だったのかもしれない。

どのような小説もそうであるが、作品には、作品を統一し凝集させる中心があり、そこに向って、作品の部分部分は集中している。この凝集力、集中力が強ければ強いほど、作者は、個々の部分をゆっくりふくらませることができるし、また凝集力に見合うだけの分量がそこにないと、作品の印象は痩せた、薄手なものになる。

もちろん個々の部分が凝集力をこえて肥大すると、印象は散漫になり、読者は作品の構造的な本質と無関係なものを読ませられる結果、小説の生命感とでもいうべき牽引力が弱まり、ひどく退屈な作品に感じられる。

ノサックのいう「書物のシチュエーション」とは、まさしくこの全体の凝集力と、部分の拡大力との、働き合う場のことであった。私は、こうした力の働きを、構造的に分析したり、明確に跡づけたりしたわけではないが、ほとんど無意識的にこうした力が自分に作用していることは知っており、その重力の法則に即して、作品をつくりあげてゆこうと努めていた。

私ははじめから二千枚の作品を意図したわけではないが、もし個々の部分がたっぷり脹らみ、それぞれの主題を十分にうたいつくすために、それだけの長さを必要としたとすれば、それを許すだけの凝集力、集中力が、はじめから作品に備わっていたことになる。しかし序章、第一章を書いた段階では、私は、まだ、その作用力に気づいていなかった。

＊

ユリアヌスの誕生から死までの年譜的進行が作品の凝集力をつくりあげるとしたら、その構造から見て、ユリアヌスの死こそが、作品の中心になければならない。したがって年譜的進行の最終到着点を、作品の凝集点にするごとき把握の仕方が的確であれば、この進行力は働きつづけ、作者は、部分部分の主題を十二分にうたわせることができるはずだった。

とまれこうした「書物のシチュエーション」はすでにできあがっていた。私にはその構造力学的な作用力に即して、作品世界の個々の部分をつくりあげてゆくことだけが残されていた。

現在手もとにある書類の中に、この時期のノート類が見当らないところをみると、私は基本の年表のほか、一回分ごとにノートを書き、使用後はそれを破棄していったらしい。

次に示すノートは第十章の半ばの挿話に用いられたもので、その時期の作者の制作方法が、おおむねどのようなものだったかが推測いただけよう。

ユリアヌス軍進撃。

春ヘレナの死の報せがきたときのことを思いだす。

その夜、魔神があらわれて、コンスタンティウスの死を告げる。

翌朝、使者がコンスタンティウスが討伐準備をしていることを告げる。

ユリアヌスが進撃に踏みきったのはそのときだった。

「もうヘレナを苦しめることもない」それが唯一の慰めだった。

山も沼沢も突破、橋がなければ泳いで渡る。一直線の行進。ラティスボンとヴィン

ナのあいだに出る（地図をたしかめること）

タウルス（イタリア総監）

フロレンティウス（イリリア総督になった）ともに逃亡。

若い将軍に住民はおどろく。

重い鎧、汗、息をつく。ひげや髪の埃り。きらきら光る眼。

ダニューブにつく。軍船を集め、河を下る。ローマ守備軍は歓呼し、現住民はおそれおののく。火の流れのようである。

十月十日夜、三日月の光の下、ボノニア（シルミウムの北十マイル）に上陸。タガライフス、その手勢。

イリリア司令官ルキリアヌス、無数の軍隊を率いて超人間的速度で進軍する若い英雄の前に心を決めかねる。

ユリアヌスのつかわしたタガライフスに急襲される。

ボノニア上陸後、すぐ軽装歩兵隊をつれて突入。将軍ルキリアヌス捕虜、ユリアヌスの前に連れられる。

気をうしなっていた将軍を地面から助けおこす。ルキリアヌス、小軍隊で皇帝軍にむかうのは危険であると説く。

〈それはお前の主人コンスタンティウスのためにとっておくがいい。私の紫衣に口づけするからには、顧問官ではなく、嘆願者として受け入れられているのだ〉という。

シルミウム攻撃。軍隊や人民、歓呼して迎える。花の冠、手に提灯、離宮に案内する。二日間は一般の祝祭日、サーカス。

第三日目早朝、ユリアヌス、ハエムス山の隘路にあるスッキに進撃。トラキアとダキアの分水嶺、トラキア側は嶮岨《けんそ》。ネヴィッタに委任。

右のノートは『ユリアヌス』のなかでも比較的に歴史的な事実を追って進行してゆく箇所である。

このノートでわかるように、私は厖大な作品の全体の見取図をごく大まかな年表でつくりあげると、あとは、むしろ個々の部分の自然の成長力に委ね、とくに作品構成のうえから厳密に形式美を整えようという考えは持たなかった。作品をつくりあげるうえで、つねに問題となるのは、作品に内在する素朴な生命力を、いかにして十分に開花させるか、ということである。この内発の力のある作品は、どのような形をとれ、それは人の心を打たずにはいない。このことに較べれば、作品の形式をどう決定するかという問題はやはり二の次といわなければならない。

私が用いたこれらノート断片は、その意味では、この内発力を最も効果的に一つの流れに乗せるための準備作業というべきものであった。

ルーヴルやウィーンの美術館にルーベンスやドラクロワなどの大画面のそばに、その画面の習作である小さなスケッチ、彩色画などが並んでいることがある。部分の習作の場合もあるが、その大画面全体をそのまま縮小したようなスケッチもある。

これは明らかに、この小画面のなかで、全体の見取図を書き、構成とか、色彩配置とか、量感の比例とかを研究しているわけで、おそらく画家の意識のなかでは、この小画面を仕上げたとき、ほとんど必然的に、大画面の姿はできあがっていたと言えるのである。

したがってルーベンスなりドラクロワなりは、この小画面さえきちんとできあがれば、大画面のほうは、むしろ忍耐と体力の問題ではなかったか、と思われる。むろん細部における絵画的想像力のふくらみ、即興、偶然的な発見、部分と部分の関係が規定する方向の制約など、実際の制作に当らなければ生じない様々な問題はあるが、その作品の根本気分、様式はすでに小画面が決定している。

私のノートはこの小画面に当るものと言えるかもしれない。

私がこうした形でノートを用いるようになったのは、以前チャールズ・ディケンズの作品を調べている頃、彼の創作ノートがやはりこれと同じ方法をとっているのを見たからである。これはジョン・バットとキャスリーン・ティロットソンの *Dickens at Work* の中で詳しく展開されているが、たとえば『デヴィド・コパフィールド』の二十章のノートは次のとおりである。

第二十章　スティヤフォースの家
スティヤフォース夫人
ミス・ダートル「彼女に金槌をほうったの？」
「え？　でもそれで本当に全部ですの？　私は知りたいんです」

このノートを作品と較べてみるとすぐわかることだが、この数行のノートが、実は第二十章の四百字づめ原稿用紙三十枚ほどの場面に拡大されている。ここに「スティヤフォース夫人」と書いてあるだけなのは、彼女の登場を示すだけではなく、なお彼女に附属する性格的な特徴が明確化されていないためかと思われる。作品中にも、事実、彼女は上体をまっすぐにした物静かな厳しい婦人として描かれているにすぎない。

しかし次のミス・ダートルについての、この「金槌を彼女に投げた」ことが彼女の外貌、性格、そして最後の悲劇を決定している点で、この一行は実に多くの内実を包みこんでいる。おそらくディケンズはこの一行を書いたとき、すでにこうしたミス・ダートルのすべてを、一挙に、直観的に把握していたにちがいないと思われる。

そのあと、彼はこの「金槌を彼女に投げた」というシンボルのもとに集約されて摑んだ内容を、ゆっくり丁寧に、紙のしわをのばすように、ひろげてゆけばよかったのである。

小画面の方法と、このディケンズの象徴的なノート記号法が、大画面制作に有効である、というより、ほとんど不可欠なものであることを知ったのは、『天草の雅歌』を書いているときであった。

とまれ、こうした手法の別の例として、『背教者ユリアヌス』の第六章の最初の一節のノートを引用してみたい。これは雑誌掲載当時の一回分五十二枚に相当する。

①黒いヴェールのディアが現われる。

「私はユリアヌスを捜した。その日、競技がおくれたのはそのためだった」

「さすがに一緒に競技場にいたと言う人はいなかった。何しろ五千人の人々の眼がそれを証拠だてているのだから」

ディアが証言を終ったとき、皇帝は立ちあがった。

皇后エウセビアはじっとディアを見つめる。

「何を望むか」

「ニコメディアにかえること」

ディアの眼のかがやき。「私どもがおとも申上げます」

エウセビアはそれに耐えられない。

皇帝の言葉は聞えない。「かえしてはならない。なんとしてもここにとどめなくてはならない」（そうだ、コモへやろう）

②エウビウス、ディナミウスをガリアに送り、陰謀をたくらむ。

皇后、ディナミウスの謀略を見ぬく。

しかしシルヴァヌス、ケルンで叛乱。

メディオラヌム宮廷では動揺。

ウルシキヌスをガリアに送る。いつわって味方にきたと信じさせる。

こうしてウルシキヌス、シルヴァヌスを殺す。

③ユリアヌス、コモにいるとき、皇帝から呼びもどされる。シルヴァヌスの叛乱のため、不安になったからだ。皇后エウセビアは恐怖を感じる。ディアがローマにいったので、ともかくユリアヌスをアテネに送る。

こうしたノートは、作品を書きおえた後では、下手なすじ書き程度の意味しか持たないが、作品に取りかかる前には、一挙に全体を摑むという、あの電光石火の早業のデッサンの意味を持っていた。

年表式のノートが航路の全体を見渡す海図であるとすると、この一回ごとに書かれたノートは、その海域や港や海岸線を記した部分海図であり、刻々に変る潮流の方向や、岩礁の在りかや、海溝の存在を示していたのである。

その頃、私が使っていたローマ地図は、ヴァン・デル・メールとモーアマン編の Atlas of the early christian world だった。この地図は初期キリスト教教会の分布や、ローマ国境の移動や、地方都市を知るのに欠くべからざる役割を担ってくれたが、もう一つ、私がつねに座右に置いていたのは、タイム・ライフの『ローマ帝国』の仏訳本の口絵に使ってある鳥瞰図だった。

これは、山岳地方のパノラマ模型などに見られるように、山脈の凹凸、平野、渓谷、川、海などが、上空から実際に見たように描いてある彩色地図で、たとえばアルプスの辺りは雪をいただいた高山が連なり、またロシアから中央アジアの高原は、はるばる雲のなかに消えている、といった具合に見える。

私は作品に取りかかる前に、このパノラマを眺めていると、いつか自分が鳥になって、このローマ世界の上空を飛んでいるような気持になるのを感じた。

言わば、この地図のおかげで、私はローマ帝国全体を両腕に抱えこんでいるような実感を味わった。これは見ようによれば、ずいぶんと単純な子供っぽい方法であるが、この長大な作品を書くうえに、有効な視点を確保するのに役立ったのは事実だった。

このパノラマ地図が呼びおこすローマ帝国の全体像は、言わば視覚的に、ローマ的現実を、一個の有限物に変形する効果をもっていた。もちろんそれがそのままでは、無際限な多様さを示す一社会の全体を、小さな模型で代置するのに似た無理な縮小化にすぎないが、しかしそれが、かかる全体を超出した視点を確保するように働くかぎり、一種の想像力の創出の根拠となりうるのである。

私は別のところで、それを次のように書いたことがある。

「それは言わば、ある「全体」を捉えるのに、「部分」を加えて、その総計に達しようというのではなく、逆に、「全体」を（……）先に捉えていて、それを「部分」によって分節してゆく、という方法なのだ。そしてここで特徴的なのは、すでに「人形」なり「パノラマ」なりのイメージが明白に示すように、それを捉える主体が、その対象の、「全体」をこえていることである」

この全体と部分の問題は『小説への序章』以来、私の課題の一つであったが、はからずもローマ帝国の全体像を描くという形で、私の上にのしかかっていた、と言えたかもしれない。

むろん私はそれを十分に解決しえたわけではないが、あくまでパノラマ地図を鳥瞰するように自分の視線を保つことによって、まず「かくあるべし」と思われたローマ的現実の全体を、一挙に、直覚的に、掴むことに努めた、とは言えたかもしれない。

　これらの事情についてアンドレ・アルマンは次のように言っている。

「すべての文学創造は世界全体の所有を予想する。あるいはまた、それは、時間の制約をこえ、生成の流れの外に立つ可能性を予想する、と言ってもいい。それは、永遠の現在の中で、創造主が自由に使いうる力を、自らの世界に直面しながら、手に入れるための行為なのだ」（『バルザック世界の統一と構造』）

　この結果に現われる彼の世界とは、むろん日常的現実の総和という無際限の世界ではない。

「それは有限の世界であり、したがって限定しうる世界である。一定の世界であり、したがって認識しうる世界である」

　当然、ここで、この無際限の世界が、なぜ有限の世界に変形されるか、という根拠（理由）が問題となる。

　これはすでに『小説への序章』に詳細に展開した問題だが、一口に言えば、私たちの表出しようと願う内実が、すでに個々の部分の総和という形で捉えられておらず、いってみれば、かかるものについてのイデーとして把握されている、というところに、その核がある。私たちはかかる無限なイデーを有限な形象によって表現する。私はローマ世界の全体を描く可能性を、このような形で、理解していったように思われる。

私が『ユリアヌス』に取りかかりながらも、たえず手稿、日記の類のなかで、自分と題材との関係を点検したり、原理的な小説構造論について考えたりしたのは、こうした「全体と部分」のディナミスムのなかに、作品創造の原動力があると信じられたからである。

私はその年（一九六九年）八月十二日に連載第四回分を書きおえ、第一章を何とか締めくくることができたが、すでに序章と第一章だけで二百枚をこえる分量に達したのを見て、やや愕然として、前途は決して平坦なものではあるまい、と思ったのだった。だいたい私の作品は、当初に予定したより長くなる傾向があった。『安土往還記』は百枚ほどの短篇のつもりで書きはじめられたし、『天草の雅歌』『嵯峨野明月記』にしてもはじめの計画では現在のものの半分以下であった。

『ユリアヌス』も『海』編集部からの依頼は一年連載の作品ということで引きうけたにもかかわらず、第一章まで書きおえてみて、到底予定どおりに終らせることができまい、という気がした。

私は作品にむかう場合の態度として、トーマス・マンの次の言葉を座右に掲げている。「作品を大規模なものとしようと望むこと、作品を最初から大規模なものとして計画すること、それはおそらく正しいことではあるまい――作品にとっても、また、あえて作品を書こうと試みる者の気持にとっても」

しかし他方、作品が要求するものに身をまかせて、体力と気力の許すかぎり、内在する真の形体を現前させなければならないという気持は強かった。

私はそのことを『海』の近藤信行氏に訊ねたところ、長さなど気にせず心ゆくまで書いてほしい、という懇切な返事を受けとった。それが、作品の規模についてためらっている私に、はっきりした姿勢をとらせることになった。

というのは、私はその八月を最後に、フランスを離れなければならず、日本に帰れば帰ったで、生活のリズムも違い、仕事の量も変化することが予想されたからである。しかし万一そのような事態になっても、この『ユリアヌス』の世界は、作品の魔術的圏として閉ざしておくことができそうだ――私は近藤氏の助言を得たとき、そんな気持がしたのである。

パリを出発したのは九月一日の夜で、モスクワまで汽車の旅をし、モスクワ―ハバロフスクを飛行機、ハバロフスク―ナホトカを汽車、ナホトカ―横浜を船、という旅をつづけて九月八日夜、帰国した。

しかし予想どおり東京での生活はパリほどゆっくり執筆に専念できなかった。ちょうど大学紛争の最中で、教授会にヘルメットに覆面の学生がなだれこむのを、私は小説の情景のように眺めていた。

私自身も大衆団交の席で、およそ時代ばなれした「理性」の恢復《かいふく》について主張し、同僚の教師からその「時代ばなれ」を揶揄されたりするなかで、第二章が書きはじめられた。教授会につぐ教授会、研究室会議、その延長の飲み屋での深夜までの討論など、昼も夜も、日本の社会は大揺れに揺れていたが、私は不思議と「ユリアヌスの世界」の中に戻ると、自分が静かなのを感じた。

日本の片隅のそうした事件ですら、何人かの人々を傷つけ、人生の浮沈や悲劇やグロテスクや滑稽や狂信があるのを見るにつけても、私は、そこに自分の作品世界を眺めているような気がしたものだった。

たしかに私が空想したローマ世界は日本の現実とは直接何の関係も持たなかった。しかし私が眼にする日々の激動と、ユリアヌスを取りまく古代末期の苦悶とは、何という奇妙な照応を示すのであろうか——私は学生たちに押しつぶされそうになりながら、そうした全体を冷静に見ているもう一人の自分を感じることがあった。

＊

一九六九年も終りになって、大学問題も解決の曙光が見えはじめ、連日の教授会、団交、研究室会議も徐々に正常に戻りはじめると、こんどは第一部を終えたままの『天草の雅歌』第二部の続稿に取りかからなければならなかった。『嵯峨野明月記』第二部も出番を待っていた。

幸か不幸か、私はキーツの言う negative capability に近い性格を持っていて、容易にある人物、情況に同化してしまい、自分を失った。それが、一度に二つも三つも作品を書く場合、私を助ける結果となった。

ともあれ、まず『天草の雅歌』第二部を書きつぐ仕事から始められた。私は月々二本の作品をかかえ、そのほかに幾つかのエッセーを書いた。

四月には『ランデルスにて』と『円形劇場から』が二つの連載のなかに割りこんできた。いまから思うと、とても正気の沙汰とは思えないが、ともかくそれにかかっているときは愉しかった。その愉悦感の響きのようなものは、これらの作品のなかに残されている。

ただこの年の四月、大学紛争のあと、私が一般教育部から文学部へ移籍され、講義を余分に持たなければならなくなったことは辛かった。それは学生たちに十分調べた講義をする自信がなかったからだが、紛争を耐えてきた以上、この部署にも耐えねばならぬ、と自分に言いきかした。

私はウェードレの『アリスタイオスの蜜蜂』の講読を軸に、自分が辿っている小説論を講じることにした。時間がないときはウェードレのテキストを先にすすめた。しかし主知的な認識が作品世界をたそがれに導いたという彼の論旨は、小説制作の上で相変らず模索をつづける私に、大きな支えとなっていた。

一九七〇年十二月に『天草の雅歌』第二部が終り、すぐ続いて『嵯峨野明月記』第二部に取りかかった。この光悦《こうえつ》、宗達《そうたつ》、角倉素庵《すみのくらそあん》を扱った小説はパリ以来、手こずっていただけに、いざ取りかかってみても、その困難さはいささかも減少してはいなかった。いまから思うと、『天草の雅歌』も『ユリアヌス』も三人称小説であるのに、これが一人称の独白体である、という表現様式の上の困難であったのかもしれない。

しかし、二月末にはようやくそれも終った。私は光悦の独白の部分を書きおえたとき、思わず大きな吐息をついたことを憶えている。この場合は一種のほっとした思いだったのであろう。

ただ、その頃、国分寺の家は手狭なのと不便なのとで、ほとんど生活不能の状態に達していた。私は本の山に埋もれ、原稿用紙を置くだけの空間を残した机にむかって仕事をしていた。

私たちは追いつめられた気持で十八年来住みなれた家を離れ、高輪に移った。しかしまだ本の整理がつかないうちに、私は『ユリアヌス』の執筆にとりかからなければならなかった。

その夏、妻が入院し、私は病院のなかに参考書やノートを持ちこんで仕事をした。夜、消灯後に電気をつけようとすると、看護婦がきて、私をひどく叱りつけたりした。

そんな間に私は『ユリアと魔法の都』の書きおろしをすすめていた。三島由紀夫や高橋和巳が亡くなったのもその間のことであった。『海』の担当編集者も何人か変った。

そして一九七二年一月からは、本来は『ユリアヌス』のあとに予定していた作品『春の戴冠』の連載がはじまった。

しかし『背教者ユリアヌス』は、そうした外界の変化や騒ぎにまるで無関心であるかのように、静かに、着実に、自分の歩みをすすめていた。たしかにそれを書いているのは私には違いなかったが、その作品世界はすでに固有の時間と雰囲気を持っていて、作者の私でも、それを乱すことはできなかった。私は日常の怱忙《そうぼう》のなかから「ユリアヌスの世界」に入ると、自分がまったく別個の人間になるような気がした。

三年四ヵ月という歳月は決して短いものではない。しかし作品の生成にとってはそれでさえ十分とは言えないのかもしれない。それを測るのは私たちではなく、やはり作品の意志と呼ぶべきものなのであろう。私たちはただそれに従い、ちょうどデルポイの巫女がアポロンの神託を聞いたように、ひたすらムーサの声に耳をかたむけるほかないのであろう。

私が、敗れたローマ軍団が砂漠の果てに消える終章を書いたのは七二年の初夏であった。そして宮脇愛子氏の見事な装幀になる、幾人かの編集者の注意深い熱意に守られてきた『背教者ユリアヌス』を私が受けとったのは、その秋パリから東京に戻ってきた日の夕刻、羽田の国際空港のロビーであった。

解説

加賀乙彦

『背教者ユリアヌス』は、四世紀のローマ皇帝を描いた歴史小説である。雑誌「海」に一九六九年七月から七二年八月まで連載されており、本にまとめて出版されたのは一九七二年の十月であった。

辻邦生はすでに三篇の歴史小説を物していた。『安土往還記《あづちおうかんき》』（一九六八年）、『天草《あまくさ》の雅歌《がか》』（一九七一年）、『嵯峨野明月記《さがのめいげつき》』（一九七一年）の三作である。織田信長、キリシタン記、鎖国時代と、いずれも日本を舞台にした作品である。読者が知っている、あるいは知ろうとしている日本史を土台にした小説である。読者の読みたがっている時代の歴史と、作者が書こうとしている歴史上の人物とのあいだに、連絡と同意とがある。

ところがこのたびは、いきなり四世紀のローマ時代を描く小説となった。このころ、キリスト教徒への迫害が終わり、ついにはキリスト教が国教になり、ローマ帝国の首都がローマよりコンスタンティノポリスに移された歴史的事実を知る人はいるものの、日本ではなお詳細な歴史的事実はあまり知られていない。とくに永年のローマ帝国で培われた政治組織の実態、有名な皇帝の事績、ヨーロッパで図抜けて広大な国土を得て統治したローマ帝国の歴史を知る人々は少ないであろう。そこで不審に思われるのは、二十一世紀の今、なぜ『背教者ユリアヌス』なのかである。

この小説のエピグラフは左のようである。

かの人を我に語れ、ムーサよ……

Ἄνδρα μοι ἔννεπε, Μοῦσα ……

——ホメロス——

詩神（ムーサ）への祈りは、この作品で活躍する人物を見事な詩句として成就させてくれという切なる祈りであった。エピグラフとなったのはホメロスの『オデュッセイア』の冒頭の祈りである。作者の目指した「かの人」とは四世紀半ば過ぎのローマ皇帝ユリアヌス。この小説の主人公をホメロスの叙事詩の主人公に見立てている。

作者の意気込みの強さが推し量れる。そこで思い出されるのが作者の初期の長篇小説『夏《なつ》の砦《とりで》』のエピグラフである。それは次のようであった。

風は己が好むところに吹く、
汝その声を聞けども、

何処より来り何処へ往くを知らず。

　　　　　　　　　　　　　　――ヨハネ伝――

それは新約聖書の言葉である。風とは霊のことをも示している。この風への言及は霊と言っても同じ事だとヨハネは言っているのだ。ギリシャ語で風と霊とは pneuma であるという謎解きが見事になされている名場面だ。明らかにこのエピグラフにはキリスト教の聖霊を作品の指標とすると言う心構えがある。東洋の島国に生まれた作者は島国を脱出して外国に目をむけること、そのために彼が憧れていたヨーロッパに旅をして、フランスを出発の国としてギリシャ、ローマ、さらにローマ帝国に組みこまれていたラテン系の国々を始め、北国の国々を旅することに熱意をもっていた。

まるで辻邦生の胸中を察しているかのような私の筆致には、同じ船でフランスに旅して、船中で四十日間の時を過ごした、そしてほとんど毎日のように仲良く話し合っていた経験があるからだ。

辻邦生と私は一九五七年九月四日フランスの快速船カンボージュ号でマルセイユに向かって旅立った。彼はフランス文学を深く広く読んでいたし、フランスの歴史、とくにキリスト教史に詳しかった。その博識に私はただただ驚き、また新知識を喜んで受け入れていった。私のほうは精神医学と犯罪学の研究をしていた実録の話で彼の興味を引いたのだったけれど。

私たちがパリに到着したのは同年十月の半ばであった。日本のように朱をまぜた色彩豊かな森の景色ではなく、黄と銀との寒々とした秋の公園であった。私は大学都市の日本館に、辻は航空機で先着していた佐保子夫人と再会してパリ市中のアパートに住むことになった。

まずはパリ市内の見物をした。私は辻夫妻に誘われて展覧会を見てまわった。とくに私の興味を引いたのは、ロマネスク展であった。ロマネスクとゴチックの教会建築の差異だの、壁画の意味だのを知ったのは、キリスト教美術に詳しい佐保子夫人のおかげであった。

こうして辻邦生との交友関係は続いたのだが、次第に各自の留学目的の差異で出会うのが間遠になっていった。一九五九年の春、私はパリを去って、北仏サン＝ヴナン精神科病院で働くことになった。この年の夏、辻夫妻とギリシャ旅行をする約束をしていたが、私が犯罪学の論文を送っていた医学雑誌から、誌面の赤字補塡を頼まれて、夏の旅行は不可能になり、私は病院に残り、辻夫妻はギリシャへ出かけたのであった。ずっと後、二人とも日本に帰国してからも交友関係は続いた。

たしか『夏の砦』が刊行された一九六六年ごろのことだった。この物語形式の小説を私が称賛すると、彼は機嫌よく、一九五九年夏のギリシャ旅行について話し始めたのだ。「パルテノンで人肌のような柔らかい風が吹き寄せてきた。ギリシャの神々は、生きている間の幸福を大事にしていると風に教えられたよ」

しかし辻はギリシャで出会った回心についてそれ以上の告白をしなかった。まるで自分の秘密を大事にするように口を閉じてしまったのだ。

『夏の砦』は主人公の冬子という女性の幼年時代の思い出で始まり、彼女がヨーロッパ北国の名家に伝わった「タピスリ」を見るために旅をし、行方不明になるという話である。

死の影の濃い小説である。と思うと砦の主、グスターフ侯と死神のトルコ人の武将との一騎打ちがあり、侯はついに第七夜まで相手に勝ち放してしまうという昔の出来事が語られる。この死神を追い払うのが幸福であるという思想は、キリスト教徒にはない。しかし十字軍の猛将であったグスターフ侯の戦歴などが語られているので、キリスト教の歴史が下敷きになっていることは間違いない。

『夏の砦』の複雑な構成に比べると『背教者ユリアヌス』の構成は簡単で分かりやすい。キリスト教が国教になった四世紀に生まれたローマ皇帝の血筋のユリアヌスが、幼少期の読書で、ホメロスを中心とする叙事詩やプラトンを最高峰とみなす哲学に出会い、次第にキリスト教の信仰から離れていき、ついにはギリシャの神々を信ずるようになっていく。この背教の過程を美しい文章と希望に満ちた心構えで語っていく。

ところがキリスト教を国教とし、ローマからコンスタンティノポリスに首都を移したコンスタンティヌス大帝が死ぬと、裏切りと殺人の時代が始まった。その子コンスタンティウスによりユリアヌスの父や兄は暗殺されて、すぐ上の兄ガルスとユリアヌスは、暗殺はまぬがれたものの幽閉された。

こういう複雑な政争のさなか、ユリアヌスはギリシャの叙事詩を学び、ホメロスの詩行二万行余を暗唱しているという神童ぶりを示した。反面、キリスト教の教えにはますます懐疑的になっていった。ギリシャに遊学した彼は、詩と哲学に勉学を打ち込み、とくに文章家として秀でていた。この特技は副帝となったとき、多くの政令を起草するのに役立った。

兄ガルスが副帝になり、逮捕され殺されたあと、ユリアヌスは副帝になってガリア地方の叛乱軍と戦うことになる。

副帝としてガリアの叛乱軍と戦い、勝利したユリアヌスは、ガリア人のために法律を整え、彼らは忠実な民として彼に従うようになってきた。民の前でユリアヌスの行う演説は美しい文章の贈り物として民に受け入れられた。こうして、彼は治安のいい、広大な地域と民とを得ることができたのだ。

物語の中心にある出来事をガリアの民、つまりはフランク王国人の歴史を作りだす人々と見定めれば、一九五七年から六一年のあいだパリに留学してその首都の魅力に魅かれたこの小説の作者辻邦生が、自分の先覚者としてユリアヌスに興味を抱き、その人の事績を小説として描きたくなった熱情がはっきりと感得できるではないか。

小説の最後ユリアヌスの死は悲惨であったが美しくもあったのだ。

ペルシア兵の投げた槍を脇腹に受けて出血激痛でのたうち回った。しかし、この戦乱のさなかにユリアヌスの見た日の出の光景は美しかった。そう、本当の最後に辻邦生の文章の冴えを読んでみたい。彼への友情の証として。

「彼は雲の影にも、金色に輝く波にも、黄金の矢となってはるばると地上へ届く光にも、神々の仄かな肉体を感じた。見事な石の彫像を借りて、清浄な神々の美しさが、あたりの空気を透明に引きしめながら、甘美な微笑のように現われるのと同じように、太陽や雲や風や道や木々を通して神々の豊かな恵みが、そのような涼しさとして、そのような暖かさとして、そのような安らかさとして、こちらへ流れこんできているのだった」（第四巻「第十二章　ダフネ炎上」）。

そして背教者ユリアヌスのイエス批判は次のようであった。

「ガリラヤの狂信者は、なぜ地上の生を憎むのか？　なぜ偏屈に地上の甘美な生を無視して、天国の不可知な浄福のみを望むのか？　神々の恩寵は彼岸にあるのではなく、此岸にある。それは、ここに立ち、一呼息一呼息に甘美な生の喜びを胸に入れ、外に出すことなのだ。神々はそこにいる。この息こそが神々の身近な姿なのだ。ああ、我が息よ。我が刻々の生命よ……」（同上）

ところでカトリック信者の私は、わが友がイエスをけなそうと別に反対はしない。それどころか、そのような強い信仰に、たとえ小説作品のなかのこととしても、わが友が到達できたのを祝福してやまない。

（かが・おとひこ　作家）

『背教者ユリアヌス』

初出『海』一九六九年七月号（創刊号）〜一九七二年八月号　中央公論社刊
単行本　一九七二年一〇月　中央公論社刊
『背教者ユリアヌス　（上）』　中公文庫　一九七四年一二月刊
『背教者ユリアヌス　（中）』　中公文庫　一九七五年一月刊
『背教者ユリアヌス　（下）』　中公文庫　一九七五年二月刊

編集付記

一、本書は『背教者ユリアヌス』を四分冊に再編集したものです。本巻は『背教者ユリアヌス（上）』中公文庫（二七刷　二〇一六年五月刊）を底本とし、序章から第三章までを収録しました。

一、巻末に著者による左記本作関連エッセイを付しました。

「ユリアヌスの浴場跡」初出『海』一九六九年六月号／『海辺の墓地から』一九七四年一月　新潮社刊所収

「ユリアヌスの廃墟から」初出『週刊読書人』一九七二年八月〜一九七三年三月／『霧の廃墟から』一九七六年一〇月　新潮社刊所収

『辻邦生歴史小説集成　第十二巻』一九九三年一〇月　岩波書店刊を底本としました。

一、底本中、明らかな誤植と思われる箇所は訂正し、難読と思われる文字にはルビを付しました。

一、本文中に今日不適切と思われる表現もありますが、作品の時代背景及び著者が故人であることを考慮し、底本のままとしました。

一、編集にあたり学習院大学史料館の協力を得ました。

中公文庫

背教者《はいきょうしゃ》ユリアヌス （一《いち》）

2017年12月25日　初版発行
2021年２月28日　再版発行

著　者　辻《つじ》　邦《くに》　生《お》

発行者　松 田 陽 三

発行所　中央公論新社
〒100-8152　東京都千代田区大手町1-7-1
電話　販売 03-5299-1730　編集 03-5299-1890
URL http://www.chuko.co.jp/

ＤＴＰ　柳田麻里
印　刷　三晃印刷
製　本　小泉製本

Published by CHUOKORON-SHINSHA, INC.
Printed in Japan　ISBN978-4-12-206498-0 C1193

中公文庫既刊より

各書目の下段の数字はISBNコードです。978-4-12が省略してあります。

つ-3-25
背教者ユリアヌス（一）
辻 邦生
血で血を洗う政争のさなかにありながら、ギリシア古典を学び、友を得て、生きることの喜びを見いだしていくユリアヌス――壮大な歴史ロマン、開幕！
206498-0

つ-3-26
背教者ユリアヌス（二）
辻 邦生
学友たちとの平穏な日々を過ごすユリアヌスだったが、兄ガルスの謀反の疑いにより、宮廷に召喚される。皇后との出会いが彼の運命を大きく変えて……。
206523-9

つ-3-27
背教者ユリアヌス（三）
辻 邦生
皇妹を妃とし、副帝としてガリア統治を任ぜられたユリアヌス。未熟ながら真摯な彼の姿は兵士たちの心を打ち、ゲルマン人の侵攻を退けるが……。
206541-3

つ-3-28
背教者ユリアヌス（四）
辻 邦生
輝かしい戦績を上げ、ついに皇帝に即位したユリアヌス。政治改革を進め、ペルシア軍討伐のため自ら遠征に出るが……。歴史小説の金字塔、堂々完結！
206562-8

つ-3-8
嵯峨野明月記
辻 邦生
変転きわまりない戦国の世の対極として、永遠の美を求め〈嵯峨本〉作成にかけた光悦・宗達・素庵の献身と情熱と執念。壮大な歴史長篇。〈解説〉菅野昭正
201737-5

つ-3-16
美しい夏の行方 イタリア、シチリアの旅
辻 邦生
堀本洋一 写真
光と陶酔があふれる広場、通り、カフェ……ローマからアッシジ、シエナそしてシチリアへ、美と祝祭の国の町々を巡る甘美なる旅の思い出。カラー写真27点。
203458-7

つ-3-20
春の戴冠1
辻 邦生
メディチ家の恩顧のもと、花の盛りを迎えたフィオレンツァの春を生きたボッティチェルリの生涯――壮大にして流麗な歴史絵巻、待望の文庫化！
205016-7

つ-3-21
春の戴冠2　辻　邦生
悲劇的ゆえに美しいメディチ家のジュリアーノと美しきシモネッタの禁じられた恋。ボッティチェルリは彼らを題材に神話のシーンを描くのだった——。
204994-9

つ-3-22
春の戴冠3　辻　邦生
メディチ家の経済的破綻が始まり、フィオレンツァの春は、爛熟の様相を呈してきた——永遠の美を求めるボッティチェルリと彼を見つめる「私」は。
205043-3

つ-3-23
春の戴冠4　辻　邦生
美しいシモネッタの死に続く復活祭襲撃事件……。ボッティチェルリの生涯とルネサンスの春を描いた長篇歴史ロマン堂々完結。〈解説〉小佐野重利
205063-1

つ-3-29
地中海幻想の旅から　辻　邦生
その青さは、あくまで明るい、甘やかな青で、こちらの魂まで青く染めあげられそうだった——旅に生きた作家の多幸感溢れるエッセイ集。〈解説〉松家仁之
206671-7

つ-3-30
完全版　若き日と文学と　辻　邦生／北　杜夫
青春の日の出会いから敬愛する作家、自作まで。親友の二人が闊達に語り合う。ロングセラーを増補、全対談を網羅した完全版。〈巻末エッセイ〉辻佐保子
206752-3

す-24-1
本に読まれて　須賀敦子
バロウズ、タブッキ、ブローデル、ヴェイユ、池澤夏樹……。こよなく本を愛した著者の、読む歓びが波のようにおしよせる情感豊かな読書日記。
203926-1

ほ-16-1
回送電車　堀江敏幸
評論とエッセイ、小説。その「はざま」にある何かを求め、文学の諸領域を軽やかに横断する——著者の本領が発揮された、軽やかでゆるやかな散文集。
204989-5

ほ-16-2
一階でも二階でもない夜　回送電車Ⅱ　堀江敏幸
須賀敦子ら7人のポルトレ、10年ぶりのフランス長期滞在で感じたこと、なにげない日常のなかに見出した秘蹟の数々……54篇の散文に独自の世界が立ち上がる。〈解説〉竹西寛子
205243-7

各書目の下段の数字はISBNコードです。978－4－12が省略してあります。

ほ-16-3
ゼラニウム
堀江　敏幸
彼女と私の間を、親しみと哀しみを湛えて、清らかな水が流れていく――。異国に暮らした男と個性的で印象深い女たちの物語。ほのかな官能とユーモアを湛えた珠玉の短篇集。
205365-6

ほ-16-5
アイロンと朝の詩人　回送電車Ⅲ
堀江　敏幸
一本のスラックスが、やわらかい平均台になって彼女を呼んでいた――。ぐいぐいと、そしてゆっくりと、読み手を誘う四十九篇。好評「回送電車」シリーズ第三弾。
205708-1

ほ-16-6
正弦曲線
堀江　敏幸
サイン、コサイン、タンジェント。この秘密の呪文で始動する、規則正しい波形のように――暮らしはめぐる。思いもめぐる。第61回読売文学賞受賞作。
205865-1

ほ-16-7
象が踏んでも　回送電車Ⅳ
堀江　敏幸
一日一日を「緊張感のあるぼんやり」のなかで過ごしたい――異質な他者や、曖昧な時間が行きかう時空を泳ぐ、初の長篇詩と散文集。シリーズ第四弾。
206025-8

ほ-16-8
バン・マリーへの手紙
堀江　敏幸
「バン・マリー」―湯煎―にあてた詩、音楽、動物、思い出深い人びと……愛しい日々の心の奥に、やわらかな火を通すエッセイ集。
206375-4

た-89-1
雪あかり日記／せせらぎ日記
谷口　吉郎
一九三八年、ベルリンに赴任した若き日の建築家。建設総監シュペールとの面会、開戦前夜の市民生活などが透徹な筆致で語られる。〈解説〉堀江敏幸
206210-8

と-21-1
パリからのおいしい話
戸塚　真弓
料理にまつわるエピソード、フランス人の食の知恵など、パリ生活の豊かな体験をもとに〝暮らしの芸術〟としての家庭料理の魅力の全てを語りつくす。
202690-2

と-21-5
パリからの紅茶の話
戸塚　真弓
パリに暮らして三十年。フランス料理とワインをこよなく愛する著者が、五感を通して積み重ねた、歴史と文化の街での心躍る紅茶体験。〈解説〉大森久雄
205433-2

と-21-7
ロマネ・コンティの里から ぶどう酒の悦しみを求めて 戸塚真弓
〈人類最良の飲み物〉に魅せられ、フランスに暮らす著者が、ぶどう酒を愛する人へ贈る、銘酒の村からのワインエッセイ。芳醇な十八話。〈解説〉辻 邦生
206340-2

う-9-4
御馳走帖 内田百閒《ひゃっけん》
朝はミルク、昼はもり蕎麦、夜は山海の珍味に舌鼓をうつ百閒先生の、窮乏時代から知友との会食まで食味の楽しみを綴った名随筆。〈解説〉平山三郎
202693-3

う-9-5
ノラや 内田百閒
ある日行方知れずになった野良猫の子ノラと居つきながらも病死したクルツ。二匹の愛猫にまつわる愛情と機知とに満ちた連作14篇。〈解説〉平山三郎
202784-8

う-9-6
一病息災 内田百閒
持病の発作に恐々としつつも医者の目を盗み麦酒をがぶがぶ……。ご存知百閒先生が、己の病、身体、健康について飄々と綴った随筆を集成したアンソロジー。
204220-9

う-9-7
東京焼盡《しょうじん》 内田百閒
空襲に明け暮れる太平洋戦争末期の日々を、文学の目と現実の目をないまぜつつ綴る日録。詩精神あふれる稀有の東京空襲体験記。
204340-4

う-9-10
阿呆の鳥飼 内田百閒
鶯の鳴き方が悪いと気に病み、漱石山房に文鳥を連れて行く……。『ノラや』の著者が小動物たちとの暮らしを綴る掌篇集。〈解説〉角田光代
206258-0

う-9-11
大貧帳 内田百閒
お金はなくても腹の底はいつも福福である——質屋、借金、原稿料……飄然としたなかに笑いが滲みでる。百鬼園先生独特の諧謔に彩られた貧乏美学エッセイ。
206469-0

え-10-7
鉄の首枷 小西行長伝 遠藤周作
苛酷な権力者太閤秀吉の下、世俗的野望と信仰に引き裂かれ、無謀な朝鮮への侵略戦争で密かな和平工作を重ねたキリシタン武将の生涯。〈解説〉末國善己
206284-9

各書目の下段の数字はISBNコードです。978－4－12が省略してあります。

え-10-8
新装版 切支丹の里
遠藤周作
基督教禁止時代に棄教した宣教師や切支丹の心情に強く惹かれた著者が、その足跡を真摯に取材し考察した紀行作品集。〈文庫新装版刊行によせて〉三浦朱門
206307-5

た-3-3
ルネッサンスの光と闇（上）芸術と精神風土
高階秀爾
傑作を輩出したまばゆい光の時代を支えた不穏な精神とは。文芸、思想、美術作品を縦横に考察しながらルネッサンス期の精神の明暗を明快に解き明かす。
206563-5

た-3-4
ルネッサンスの光と闇（下）芸術と精神風土
高階秀爾
世界の終わりに対する怖れ、破壊へのひそかな憧れ……。傑作を生み出したルネッサンスの輝かしい光の裏にうごめく不穏な精神を描き出す。刷新した図版多数収録。
206564-2

モ-5-4
ローマの歴史
I・モンタネッリ
藤沢道郎 訳
古代ローマの起源から終焉までを、キケロ、カエサル、ネロら多彩な人物像が人間臭い魅力を発揮するドラマとして描き切った、無類に面白い歴史読物。
202601-8

モ-5-5
ルネサンスの歴史（上）黄金世紀のイタリア
I・モンタネッリ
R・ジェルヴァーゾ
藤沢道郎 訳
古典の復活はルネサンスの一側面にすぎない。天才たちが活躍する社会的要因に注目し、史上最も華やかな時代を彩った人間群像を活写。〈解説〉澤井繁男
206282-5

モ-5-6
ルネサンスの歴史（下）反宗教改革のイタリア
I・モンタネッリ
R・ジェルヴァーゾ
藤沢道郎 訳
政治・経済・文化に撩乱と咲き誇ったイタリアは、宗教改革と反宗教改革を分水嶺としてヨーロッパ史の主役から舞台装置へと転落する。〈解説〉澤井繁男
206283-2

フ-3-1
イタリア・ルネサンスの文化（上）
ブルクハルト
柴田治三郎 訳
歴史における人間個々人の価値を確信する文化史家ブルクハルトが、人間個性を謳い上げたイタリア・ルネサンスの血なまぐさい実相を精細に描きだす。
200101-5

フ-3-2
イタリア・ルネサンスの文化（下）
ブルクハルト
柴田治三郎 訳
本書はルネサンス文化の最初の総括的な叙述であり、同時代のイタリアにおける国家・社会・芸術などの全貌を精細に描き、二十世紀文明を鋭く透察している。
200110-7